Le temps des poisons

Juliette Benzoni

Le temps des poisons

Tome I

On a tué la Reine !

ÉDITIONS FRANCE LOISIRS

Édition du Club France Loisirs,
avec l'autorisation des Éditions Perrin.

Éditions France Loisirs,
123, boulevard de Grenelle, Paris.
www.franceloisirs.com

ISBN : 978-2-298-02027-4

Première partie

LA FUITE

(1679)

Chapitre 1

Une nuit pour le diable

Emportée par son élan et sa hâte de s'éloigner du couvent, Charlotte apprécia mal la pente du chemin, buta sur une pierre, tomba la tête la première et roula comme une boule jusqu'à ce qu'un mur, heureusement protégé par un buisson, l'arrête sans autres dommages que quelques griffures et un léger étourdissement. Elle se redressa et resta assise un instant dans les branchages que l'hiver avait dépouillés de leurs feuilles, cherchant à se reconnaître. Ce qui n'était pas facile : la nuit de février était sombre, sans lune et sans étoiles. Aucun bruit ne se faisait entendre. Ce qui lui parut de bon augure : elle avait dû parcourir une plus longue distance qu'elle ne le pensait. Sa chute à elle seule lui paraissait avoir duré un siècle. En revanche, elle ne savait plus où elle se trouvait – sinon à l'orée d'un petit bois – et s'efforça de rassembler ses idées...

Le mur du jardin des Ursulines franchi grâce au lierre que – négligence fatale ! – on avait laissé recouvrir l'endroit où il s'affaissait quelque peu, elle avait tenté de retrouver à travers les ruelles de la basse ville et les sentiers des champs le moyen le plus court de rejoindre la Seine – en la suivant, il était quasiment impossible de manquer Prunoy. Mais n'étant pas sortie de Saint-Germain depuis la mort de son père et l'obscurité aidant, elle partit au hasard dans ce qu'elle espérait être la bonne direction. Si seulement il avait fait moins noir !

Assise moitié dans l'herbe desséchée, moitié dans les brindilles – heureusement il n'avait pas plu depuis des jours et tout était sec –, elle attendait de reprendre son souffle pour chasser l'impression désagréable que, si elle n'était pas perdue, elle n'en était pas loin. Devant elle il y avait beaucoup d'arbres et aucune lumière n'était en vue, ce qui aurait dû être le cas si elle n'avait pas dévié, car même en courant à perdre haleine comme elle l'avait fait depuis le couvent, elle ne pouvait avoir parcouru une assez longue distance pour ne plus rien apercevoir de Saint-Germain. Sur sa colline, la petite cité royale se voyait de loin, même la nuit, et surtout depuis que la Cour y séjournait en permanence. Le Roi-Soleil supportait mal l'obscurité. Là où il était, il fallait que ça brille !

L'idée d'attendre le jour afin d'y voir plus clair effleura Charlotte, mais ne s'attarda pas. Il fallait qu'elle soit le plus loin possible quand on découvrirait sa fuite. Or, elle se ressentait tout de même de sa chute et, si elle n'avait pas froid grâce à l'épaisseur de sa mante à capuchon et de sa robe épaisse de pensionnaire, elle découvrait qu'elle avait faim. C'était son point faible à elle, cet appétit qui se réveillait pour un oui ou pour un non. Sans d'ailleurs que sa silhouette encore frêle d'adolescente s'en ressentît, mais elle sortait toujours de table avec un creux. La vérité oblige à dire qu'elle n'était pas la seule : la nourriture chez les Ursulines se révélant peu variée et guère plus abondante, mais, pour elle, le « creux » était invariablement plus accentué que chez les autres. En outre, elle n'avait presque rien mangé au dernier repas. La double nouvelle assenée quelques minutes plus tôt par la mère supérieure lui avait serré la gorge au point que rien ne passait à l'exception de l'eau. Au point d'éveiller la curiosité de son amie Victoire :

— Tu n'as pas faim ? avait-elle chuchoté. Tu es malade ?

— Non... Je te dirai plus tard !

Un « chut ! » retentissant lui avait fermé la bouche. D'ailleurs il n'y avait pas eu de « plus tard ». Après souper, religieuses et élèves s'étaient rendues à la chapelle pour la prière du soir puis, tandis que les sœurs prolongeaient leurs oraisons, les pensionnaires avaient regagné leurs dortoirs où le silence était tout autant de règle. Charlotte n'était plus d'humeur à se confier : pendant le *Tantum ergo* final, elle avait pris la décision de s'enfuir cette nuit parce qu'une voix intérieure lui soufflait que c'était maintenant ou jamais.

Ce n'était pas la première fois qu'elle songeait à s'échapper. Quelques semaines auparavant, à la suite d'une punition injuste, elle en avait eu l'idée. Ce qui lui avait permis de découvrir comment gagner le jardin, la nuit, en passant par la porte des cuisines, et d'éprouver la solidité du lierre. Elle y avait renoncé momentanément pour ne pas quitter Victoire qui venait de perdre à la guerre son frère préféré, tellement aimé qu'elle avait pensé se donner la mort pour le rejoindre. Il n'était donc pas question de l'abandonner, mais, ce soir, le moral de son amie était meilleur et plus rien ne retenait Charlotte parce que c'était de son avenir à elle dont il s'agissait. Et son évasion s'était passée au mieux jusqu'à ce qu'elle se retrouve le nez dans les broussailles, étourdie et contusionnée.

Elle allait se décider à repartir pour chercher le chemin du fleuve quand à quelques pas de son buisson un rai de lumière filtra à travers le mur. Il y avait là une faille qu'elle se hâta de rejoindre, curieuse de voir ce que c'était, et ne bougea plus. Ce qu'elle découvrait était tellement étrange.

En fait la bâtisse où elle se fût sans doute assommée sans le providentiel buisson était une vieille chapelle dans laquelle un prêtre boiteux et âgé s'affairait à allumer deux braseros à l'aide d'une chandelle afin sans doute de réchauffer une atmosphère qui devait en avoir grand besoin. Le petit sanctuaire ne devait pas servir souvent si l'on en croyait les toiles d'araignée qui pendaient ici et là. Quant au décor, il avait de quoi glacer le sang même en plein été. Sur l'antique autel de pierre deux jeunes garçons vinrent étendre d'abord un matelas mince qu'ils recouvrirent d'un drap noir sur lequel l'un posa un crucifix mais la tête en bas. Une autre croix fut placée à terre à l'endroit où l'officiant célébrerait, de sorte qu'il pût la fouler aux pieds. Puis ils apportèrent un grand cierge de cire noire planté dans un candélabre et ils l'allumèrent. Ensuite le bizarre clergé disparut dans ce qui devait être la sacristie. Quelques minutes après, trois femmes entrèrent par une porte latérale opposée à l'endroit où se trouvait Charlotte. L'une était masquée. Les deux autres paraissaient soutenir leur compagne, leur maîtresse peut-être, car elle les dominait d'une tête habituée à être portée haut. Une grande dame peut-être, et tout au moins une dame de la Cour ! La tenant chacune par un bras, elles la conduisirent jusqu'à l'autel où elles la dépouillèrent de sa pelisse fourrée, révélant la nudité d'un corps à la peau lumineuse dont les appas épanouis arrivaient à la limite de l'excès. Le visage, lui, demeurait caché sous le masque noir à barbe de dentelle, et la « fanchon » de même tissu qui coiffait la femme devait contenir une épaisse chevelure, une ou deux mèches châtain clair s'en échappaient.

On aida la femme à s'étendre sur l'autel et aussitôt le « clergé » arriva : d'abord les deux adolescents, entièrement nus cette fois, dont l'un balançait un encensoir dégageant une épaisse fumée et l'autre tenait un livre en cuir noir ouvert. Derrière venait le prêtre portant un calice d'argent. Il avait revêtu une chasuble noire ornée de croix renversées et, sur l'estomac, de l'image grimaçante de ce qui semblait être la tête d'un bouc aux cornes d'or mais à face humaine. En marchant le trio faisait entendre une sorte de mélopée à bouche fermée. Ils vinrent s'incliner devant le crucifix inversé après quoi l'officiant baisa le ventre de la femme dont les jambes pendaient d'un côté de l'autel avant de poser le calice sur la peau bien tendue. Cela fait, il entama les premières prières d'une messe traditionnelle mais dans laquelle il s'adressait à Satan et non au Fils de Dieu.

Tout y était à l'envers, toute parole sacrée était tournée en dérision et le diable célébré en vilipendant le Seigneur.

Agrippée à la muraille lépreuse, Charlotte regardait pétrifiée d'épouvante. Le rituel de la messe, elle le connaissait par cœur, aussi pouvait-elle se rendre compte de l'étendue du sacrilège... Mais elle n'avait pas encore subi le pire. Au moment de la consécration, l'une des suivantes de la femme, sortie un instant, revint portant un bébé qui ne devait pas avoir un mois et le remit au prêtre qui le saisit, l'éleva audessus du calice et prononça :

— Astaroth prince de l'amitié, je vous conjure d'accepter le sacrifice que je vous fais de cet enfant pour que soit réalisé ce que je vous demande...

D'un coup rapide, en habitué, il égorgea le petit dont le sang coula dans le calice. C'en fut trop pour Charlotte ! Oubliant toute notion de sécurité, elle ouvrit la bouche pour crier, mais à ce moment précis une main gantée s'abattit sur sa bouche, l'étouffant à moitié. En même temps une voix chuchotait à son oreille :

— Pour l'amour de Dieu, taisez-vous !

— Hmmm !...

— Chut ! vous dis-je. Vous voulez nous perdre tous les deux ? Vous n'avez rien à craindre de moi.

Elle signifia qu'elle avait compris en hochant la tête. Cependant, à l'intérieur une autre voix – un peu tremblante il est vrai ! – se faisait entendre : celle de la femme dont le corps servait d'autel. Abasourdie, Charlotte ne comprit pas tout sinon quelques mots, tant la voix était faible. Elle requérait « l'amour du Roi... mort à la Scarron... épouser le Roi... ».

A ce moment Charlotte sentit qu'on la tirait en arrière :

— Si vous en avez assez vu, partons d'ici !

Elle était trop bouleversée pour opposer la moindre résistance. D'ailleurs, on l'emportait plus qu'on ne l'entraînait et elle en éprouva une sorte de gratitude. C'était comme si quelqu'un venait de la retenir alors qu'elle se penchait imprudemment au-dessus de l'enfer. Glacée jusqu'à l'âme, tétanisée, elle ne reprit une conscience claire que lorsqu'elle se retrouva assise sur une souche d'arbre au milieu d'une clairière où un cheval était attaché. A la lumière d'une lanterne sourde dont on avait ouvert le volet, elle vit qu'un homme se tenait debout devant elle, les bras croisés sur la poitrine, et qu'il la regardait avec sévérité.

— Ce n'est évidemment pas un spectacle pour une jeune dame ! Voulez-vous me dire ce que vous faites dans ce coin à une heure pareille ? Et d'abord essuyez vos yeux ! ajouta-t-il en lui tendant un mouchoir.

En effet, elle ne s'apercevait même pas qu'elle pleurait.

De même, sa vie en eût-elle dépendu, elle eût été incapable de décrire son compagnon. Lui restait présente à l'esprit l'horrible vision de l'enfant égorgé, du couteau, du sang dont une partie avait coulé sur le ventre blanc de la femme...

— Quelle horreur ! souffla-t-elle. Comment peut-on commettre de tels crimes !...

Puis retournant son indignation contre l'inconnu :

— Et vous ? Pourquoi avez-vous laissé faire cette abomination ? Vous êtes jeune, solide... du moins vous le paraissez, et vous portez une épée. Il n'y avait là que des femmes, des gamins et un vieux démon déguisé en prêtre! Alors...

A mesure qu'elle parlait, sa colère augmentait et sa voix s'élevait. A nouveau, il lui appliqua sa main sur la bouche :

— Taisez-vous ou je vous bâillonne! intima-t-il en lui reprenant le mouchoir. Vous n'êtes pas un peu folle?

Une telle autorité émanait de ce jeune homme – il ne devait pas avoir plus de vingt-cinq ans! – que Charlotte baissa le ton :

— Je ne crois pas mais, vous, comprenez que...

— C'est à vous de comprendre! Révéler notre présence c'était signer notre arrêt de mort... ou alors il me fallait tuer ce joli monde.

— Mais pourquoi?

— Savez-vous qui est la femme dont le corps servait d'autel?

— Non.

— Eh bien ne cherchez pas à le savoir! Et maintenant revenons à ma première question : que faites-vous ici, seule et à pareille heure? Et ne me dites pas que vous vous promeniez!

— J'ai... j'ai perdu mon chemin! Je me rends au château de Prunoy. Enfin je voudrais y aller. Je... j'y suis servante!

Sans répondre, l'homme prit la lanterne et l'éleva de façon à mieux examiner sa trouvaille, qui, du coup, ne le vit plus du tout mais l'entendit rire doucement.

— Qu'ai-je dit de si drôle?

— J'ignorais que Mme la comtesse de Brecourt

recrutât son personnel féminin parmi les pensionnaires des Dames de Sainte-Ursule. N'est ce pas leur costume que vous portez ou ne serait ce qu'une illusion ? Allons, ne faites pas cette figure ! Je ne vous veux aucun mal. Au contraire, je ne songe qu'à vous aider !

— Vous en êtes sûr ?

— Absolument. Vous voulez aller à Prunoy ?

— Oh oui !

— Pas difficile ! Je vais vous y conduire. Venez ! Le chemin qui longe la chapelle vous en éloignerait de plus en plus...

Sans attendre la réponse, il éteignit sa lanterne, rejoignit son cheval qu'il détacha de l'arbre, se mit en selle avec l'aisance d'un cavalier confirmé puis, se penchant, tendit la main pour aider sa découverte à monter en croupe. Ce qu'elle fit avec la légèreté de ses quinze ans.

— Tenez-vous à moi et tenez bon ! conseilla-t-il. Et surtout pas de bruit !

En silence, elle lui passa ses bras autour de la taille. Le cheval partit au pas, guidé par son maître qui choisissait les bas-côtés herbeux de préférence aux sentiers empierrés. Le compagnon de Charlotte s'assura d'un pistolet qu'il garda contre sa cuisse... Mais, au bout d'un moment, on emprunta un sentier suffisamment large pour prendre le galop et d'où l'on pouvait percevoir les moirures de la Seine, et l'arme réintégra sa place dans les fontes.

Une demi-heure plus tard, passé le charmant village de Marly, on s'arrêtait devant la grille d'un petit château niché dans la verdure. De jour, le site était charmant mais, par cette nuit noire, on n'en distinguait pas grand-chose. En revanche, la cloche du portail était nettement visible :

— Que faisons-nous ? interrogea l'inconnu. Je vous fais la courte échelle pour franchir le mur ou je sonne la cloche ?

— La cloche voyons ! Pourquoi le mur ?

— Bah, je me disais que pour une servante...

— Sonnez, vous dis-je !

Il s'exécuta. Une lumière s'alluma dans le pavillon du garde et, peu après, celui-ci émergeait de l'obscurité, enfonçant d'une main sa chemise dans ses chausses et brandissant de l'autre un pistolet :

— Qui va là ?... Qu'est-ce que c'est ? brailla-t-il d'une voix ensommeillée.

— C'est moi, Gratien ! Charlotte de Fontenac ! Ma tante est au château ?

— Pas ce soir, Mademoiselle Charlotte. Il y a bal chez le Roi en l'honneur d'une princesse de je ne sais plus quoi ! Mme la comtesse ne rentrera qu'au matin !

— Vous pouvez peut-être m'ouvrir et prévenir au logis. Je suis lasse, j'ai froid et j'ai faim !

— Pour sûr, Mademoiselle ! On s'en occupe !... Et votre compagnon ?

— Oh, moi je ne rentre pas. Je vous confie Mlle de... Fontenac et je repars. J'ai encore à faire par ici.

Tandis que le gardien allait chercher les clefs, Charlotte sauta à terre :

— Me direz-vous au moins qui je dois remercier ?

— Est-ce bien nécessaire ? Vous avez seulement besoin de savoir ceci : jamais, à personne et à aucun prix, vous ne devez raconter ce que vous avez vu ! Je ne le répéterai jamais assez : il y va de votre vie !

— Et de la vôtre aussi? C'est pour cela que vous ne voulez pas me dire qui vous êtes?

— Peut-être! Une précaution est toujours bonne à prendre!

— Autrement dit, je ne vous inspire pas confiance!

— Non. Parce que vous êtes trop jeune et qu'à votre âge on parle volontiers à tort et à travers!

— Vous êtes gracieux! Merci! fit Charlotte, vexée...

Gratien revenait muni de sa clef et d'une grosse lanterne grâce à laquelle la jeune fille put enfin distinguer les traits de ce personnage doté d'une telle méfiance et comme en même temps il ôtait son chapeau pour la saluer, elle découvrit un visage mince et énergique, au profil net, strictement rasé, révélant une bouche bien dessinée au pli moqueur, des yeux bleus, vifs et clairs sous le surplomb d'épais sourcils, bruns comme les cheveux raides, coupés nettement à la hauteur des larges épaules. Ses gestes possédaient une élégance naturelle comme sa façon de se tenir à cheval. Quant aux vêtements – habit et chausses collantes disparaissant dans de hautes bottes à entonnoir, chemise blanche au col fermé par un cordon de soie noire assortie au chapeau sans plumes et gants de cheval, l'ensemble complété par une vaste cape noire rejetée sur les épaules –, ils étaient irréprochables. Certes, le personnage ressemblait davantage à un gentilhomme qu'à un plébéien, mais Charlotte lui en voulait de son manque de confiance. Aussi remisa-t-elle ses remerciements et, après un froid salut, elle franchit la grille que lui ouvrait Gratien et le suivit à travers le jardin sans même se retourner.

L'inconnu ne s'en formalisa pas. Il resta un moment à suivre des yeux les deux silhouettes dessinées par le reflet de la lanterne, tourna la tête de sa monture et repartit au galop avec un haussement d'épaules : celui d'un homme qui se débarrasse d'un fardeau.

Quand la maîtresse était absente, il y avait toujours, à Prunoy, un valet de chambre dans le vestibule. Celui-ci alla réveiller la gouvernante qui appela une femme de chambre et, une demi-heure environ après son arrivée, la fugitive pouvait s'enfoncer dans des draps sentant bon la menthe sauvage et s'y endormir avec la belle facilité de la jeunesse. Elle était si fatiguée que même les images effrayantes de la vieille chapelle avaient disparu. Elle y penserait demain. Ou plutôt elle essaierait de ne plus y penser. Elle aurait déjà bien assez à faire avec les explications qu'il lui faudrait donner au sujet de sa fuite...

Quand elle rouvrit les yeux, la pendule marquait onze heures, il faisait grand jour – si l'on pouvait appeler ainsi la lumière grise, triste et terne qui s'introduisait à travers les vitres ! – et une main relativement douce lui secouait l'épaule :

— Allons, Charlotte, réveillez-vous ! Nous avons à causer !

Elle s'assit dans son lit en se frottant les yeux afin d'en chasser les dernières brumes du sommeil :

— Madame ma tante je vous salue et vous demande bien pardon d'avoir ainsi envahi votre maison en votre absence sans vous en avoir demandé la permission.

Un éclat de rire lui répondit :

— Quittez cet air confit qui ne vous va pas et dites

les choses simplement. Vous vous êtes enfuie du couvent si je ne me trompe ? Pourquoi ? Vous ne sembliez pas vous y trouver si mal jusqu'à présent.

— C'est vrai, mais c'est parce que j'étais persuadée d'en sortir un jour. Or, hier tantôt, Madame la supérieure m'a fait mander dans son appartement pour m'apprendre deux nouvelles...

— Lesquelles ?

— Madame ma mère va se remarier sous peu et elle a décidé que je prendrais le voile chez les Ursulines. J'ai compris alors que je n'étais pour elle qu'une charge dont elle entendait se défaire au plus vite avant d'entamer une nouvelle vie où je n'ai pas ma place.

— Par tous les saints du Paradis ! jura Mme de Brecourt, voilà du nouveau, en effet.

Quittant les abords du lit, elle fit deux ou trois tours dans la chambre dans une agitation grandissante, les bras croisés sur sa poitrine, suivie des yeux avec un vif intérêt par une nièce qui ne l'avait jamais vue se départir de sa sérénité qu'une seule fois : le jour où elle s'était brouillée avec sa belle-sœur, la mère de Charlotte. C'était peu de temps après la mort d'Hubert de Fontenac, son père, deux ans plus tôt, et la petite Charlotte n'avait pas réussi à en connaître la raison, n'ayant pu assister qu'au dernier acte, mais elle revoyait encore Mme de Brecourt, en grand deuil, dressée en face de la veuve, l'œil étincelant de colère et laissant tomber :

— Que vous n'éprouviez pas le moindre chagrin de cette perte qui m'est cruelle, je ne saurais vous le reprocher, mais vous pourriez au moins sauver les apparences! Ne fût-ce que pour l'enfant... Mais qu'attendre d'autre d'une femme telle que vous?

Elle était partie là-dessus et on ne l'avait plus revue. D'ailleurs, le lendemain matin Charlotte était conduite chez les Ursulines d'où elle n'était sortie qu'en de rares occasions. Aussi avait-elle souvent pensé à cette marraine qu'elle aimait et dont elle était certaine d'être payée de retour. C'est pourquoi, fuyant le couvent, s'était-elle tout naturellement tournée vers celle en qui elle voyait son unique planche de salut. Aussi était-ce sans inquiétude et même avec une réconfortante impression de bien-être qu'elle la regardait arpenter sa chambre. Et puis elle était tellement agréable à regarder!

Aux abords de la cinquantaine, en effet, Claire, comtesse de Brecourt, née Fontenac, restait belle. Grande, élancée, elle possédait le précieux privilège de pouvoir porter avec élégance n'importe quel vêtement et elle était toujours habillée à ravir. Veuve d'un lieutenant général aux armées du roi Louis XIV, elle appartenait au cercle de la reine Marie-Thérèse dont elle était seconde dame d'atour, ce qui ne l'empêchait pas d'avoir noué des liens de solide amitié avec Madame « Palatine », duchesse d'Orléans, dont elle appréciait le franc-parler et le cœur généreux. Deux qualités rares à la Cour! Bien vue du Roi et jouissant d'une belle fortune, elle y occupait une situation enviable et enviée. Enfin, elle était mère d'un fils unique, Charles, qu'elle adorait et qui, au contraire de son père, avait choisi la Marine. Elle n'en portait pas moins à sa filleule une réelle affection dont la petite ne doutait pas parce qu'elle la lui témoignait en lui écrivant régulièrement.

Arrêtant enfin ses allées et venues en se posant sur le bord du lit, elle demanda :

— Savez-vous qui votre mère veut épouser ?

— Un M. de La Pivardière, je crois.

— Ce bellâtre ? Il compte facilement dix ans de moins qu'elle !...

Elle avait parlé trop vite et se mordit la lèvre : il n'était pas d'usage de critiquer les parents devant les enfants. Dans ce cas particulier c'était même une faute parce que Charlotte n'avait parlé que par ouï-dire, se contentant de rapporter ce qu'elle avait appris de la mère supérieure...

— Je n'aurais pas dû dire cela, reconnut-elle. Sans doute ne le connaissez-vous pas ?

— Non. Je ne l'ai jamais vu...

— Depuis combien de temps n'avez-vous pas séjourné chez votre mère ?

Charlotte se sentit rougir comme si la faute lui incombait :

— Depuis l'an passé. Aux dernières vacances ma mère avait commandé des travaux et n'aurait su que faire de moi...

Cette fois, Mme de Brecourt retint le commentaire acerbe qui lui venait. La petite n'en avait nul besoin après s'être entendu signifier qu'on ne voulait plus la recevoir et, quand on connaissait Marie-Jeanne de Fontenac, cela n'avait rien d'étonnant : jamais belle apparence n'avait caché cœur plus sec et plus égoïste.

Plus avare aussi, sauf en ce qui concernait sa petite

personne dont elle prenait le plus grand soin. La quarantaine atteinte, elle conservait un joli teint, de beaux cheveux d'un blond ardent qui s'harmonisaient à ses yeux d'or liquide et à un corps qu'à une exception près elle avait su préserver des nombreuses maternités qui déforment et alourdissent. La venue de sa fille ne lui avait causé aucune joie, bien au contraire : elle aurait cent fois préféré un garçon qui eût pu faire carrière. Aussi ne s'en occupa-t-elle guère. Charlotte – qu'elle montrait le moins possible et plus du tout quand elle s'aperçut qu'elle risquait d'être belle ! – passa des mains de sa nourrice au pensionnat des Ursulines sans autre transition que le quartier des domestiques et les soins hésitants d'une cousine, vieille fille hébergée par charité. Celle du mari, naturellement, le mot et la chose demeurant étrangers à Marie-Jeanne de Fontenac, sauf à la sortie de la messe dominicale ou lorsqu'une personnalité de la Cour s'inscrivait sur son horizon...

Jamais Claire de Brecourt n'avait compris ce qui avait si fort attiré son frère Hubert, bel homme d'une quarantaine d'années qui avait voyagé longtemps en Orient avant de reprendre la survivance de son père comme gouverneur de Saint-Germain, vers cette demoiselle de Chamoiseau rencontrée dans le salon de Mme de Rambouillet où l'avait traîné une parente fière de produire un grand voyageur. Bien que le héros de la soirée, il s'y fût ennuyé copieusement s'il n'y avait eu cette jolie fille qui ne s'amusait pas beaucoup plus que lui mais qui avait pris plaisir à l'écouter évoquer les terres lointaines. Ce fut pour Hubert une sorte de coup de foudre auquel la belle répondit avec un tel enthousiasme qu'il fallut les marier afin d'éviter une conséquence qui ne fut d'ailleurs qu'une fausse alerte.

Devenue baronne de Fontenac, la demoiselle troqua avec délice le logis parisien de son procureur de père pour le bel hôtel de Saint-Germain, proche du château royal et d'une cour que le jeune roi y ramenait le plus souvent possible, ayant, depuis les tumultes de la Fronde, pris Paris en grippe.

Louis XIV, à qui la mort du cardinal Mazarin laissait les mains libres, commençait alors un règne qu'il voulait brillant. Il venait d'épouser l'infante Marie-Thérèse et faisait tout exploser autour de lui. Aimant le faste, le jeu, la chasse, les fêtes, les femmes et bien sûr l'amour, sans oublier la danse et les beaux jardins, il mariait Monsieur son frère à la charmante Henriette d'Angleterre et trouvant également sinistres le vieux Louvre, les Tuileries et même le Palais-Royal, partageait ses résidences entre Saint-Germain et Fontainebleau, envoyait devant ses juges le surintendant Fouquet pour le punir de lui avoir montré une vie de château beaucoup plus fastueuse qu'il l'eût jamais imaginée et, du coup, mettait sur pied le projet d'un palais fabuleux construit à Versailles autour du modeste relais de chasse qu'y avait bâti son père. Son appétit de femmes équivalait celui qu'il déployait à table, proche de la goinfrerie, et s'il avait toujours quelque passion au cœur il lui arrivait de-ci de-là de choisir dans le parterre de jolies femmes qui papillonnaient dans son sillage. Mme de Fontenac fut, un soir, de ces élues fugaces et durant quelques années ne vécut plus que dans l'attente d'un retour de flamme.

Qui ne se produisit pas, mais, de cette unique nuit, la jeune femme, y voyant une sorte de sacre secret, devint peu à peu invivable pour son entourage. A commencer par son époux qu'elle rêvait maréchal de France, ou, tout au moins, gouverneur d'une province et qui s'estimait regrettablement satisfait de son sort. Alors, en attendant que lui revienne le souverain, elle trompa Hubert deux ou trois fois jusqu'à ce qu'une mauvaise grippe l'enlève à la fleur de l'âge, fasse de Marie-Jeanne une veuve et chasse Charlotte de la maison paternelle, marquant ainsi la rupture entre les deux belles-sœurs.

Rupture d'autant plus sérieuse que Mme de Brecourt n'avait pu s'empêcher de trouver le trépas de son frère un peu trop rapide. Il était survenu trois mois environ après un événement, considérable en ce qu'il avait frappé bien des esprits. Le 16 juillet 1676, on avait en effet décapité en place de Grève une jeune et jolie femme de la meilleure société parisienne, la marquise de Brinvilliers, convaincue d'avoir empoisonné son père, ses frères puis tenté d'infliger le même régime à son époux et à une de ses sœurs. Sans compter les quelques malades de l'Hôtel-Dieu qui lui avaient servi de cobayes au moyen des douceurs qu'elle leur portait par charité. Le 16 juillet 1676, donc, elle était exécutée au milieu d'une foule énorme qui s'entassait derrière les cordons de gardes et débordait des fenêtres, des toits et de tout ce à quoi on pouvait s'accrocher pour mieux voir. Claire de Brecourt elle-même y avait assisté depuis le pont Notre-Dame où elle s'était retrouvée coincée avec deux amies, Mme d'Escars et Mme de Sévigné, grande bavarde et grande épistolière qui, dès le lendemain, écrivait à sa fille, Mme de Grignan : « Enfin c'en est fait, la Brinvilliers est en l'air. Son pauvre petit corps a été jeté, après l'exécution, dans un fort grand feu, et les cendres au vent de sorte que nous la respirerons, et par la communication des petits esprits, il nous prendra quelque humeur empoisonnante dont nous serons tous étonnés... » Paroles qui se révélèrent bizarrement prophétiques. Quelques mois après, en effet, un billet anonyme trouvé dans le confessionnal des jésuites de la rue Saint-Antoine dénonçait un complot visant à empoisonner le Roi. En même temps, les pénitenciers de Notre-Dame révélaient, horrifiés, qu'ils voyaient défiler en confession un nombre inquiétant d'hommes et de femmes – dont bien sûr ils ne donnaient pas les noms ! – s'accusant d'avoir éliminé un proche encombrant au moyen de substances vénéneuses à eux procurées par l'un ou l'autre des nombreux sorciers, devineresses, tireuses de cartes, avorteuses, prêtres défroqués ou charlatans divers qui encombraient alors Paris. De là à penser qu'Hubert de Fontenac avait été victime de l'un d'eux pour permettre à sa femme de s'approprier sa fortune, il n'y avait qu'un pas et la comtesse n'hésita pas à le franchir.

Claire s'en ouvrit à un ami de son défunt mari, le lieutenant général de Police Nicolas de La Reynie, sans doute l'homme le plus à même de lui apporter une réponse, mais celui-ci se récusa :

— Tant que son nom n'a pas été prononcé par ceux que nous interrogeons, mes mains sont liées. Cependant je crains que de nombreuses arrestations ne suivent les premières et s'il advient qu'un interrogatoire mette cette dame en cause, je m'y attacherai personnellement et vous le ferai savoir. Pour l'instant, je suis débordé de travail. Les dénonciations pleuvent : il va falloir que le Roi prenne une décision...

Elle ne l'avait pas revu depuis des semaines et l'on en était là par ce matin gris d'un mois de mars à son début... Pour l'heure, il y avait le problème que représentait l'arrivée de Charlotte en pleine nuit pour chercher refuge chez elle et qui – cela crevait les yeux! – mettait en elle toutes ses espérances. Des espérances qu'il ne fallait décevoir à aucun prix. L'enfant était encore trop fragile, même si elle possédait un caractère impétueux et si elle venait de faire preuve d'un courage et d'une détermination au-dessus de son âge...

Inquiète soudain du silence de sa tante, Charlotte demanda :

— Madame ma tante, vous n'allez pas, j'espère, me renvoyer là-bas?

Mme de Brecourt passa un doigt caressant sur la joue veloutée de la petite. Qu'elle était donc devenue mignonne depuis leur dernier revoir! Les angles de poulain nouveau-né qu'elle avait encore deux ans plus tôt s'adoucissaient en dépit du fait que sa minceur était à la limite de la maigreur, mais son visage à fossettes ne s'en ressentait pas. Et qu'elle avait donc de beaux yeux! Longs, fendus en amande et remontant légèrement vers les tempes, ils étaient d'un vert profond comme la mer et scintillants comme des étoiles. Leur contraste avec les cheveux blondargenté était frappant. En dépit du peu de soin qu'en prenait Charlotte, assez indifférente à son aspect extérieur, ils avaient la douceur et la souplesse de la soie. Encore inachevée sans doute, elle était déjà ravissante et sa marraine comprit que jamais sa mère ne l'accepterait dans son entourage. La beauté épanouie, un rien clinquante, de ladite mère n'avait rien à y gagner. Elle aurait donc trouvé une solution : un couvent, même si la règle voulait que chaque future épouse du Christ apportât une dot. La pingrerie de la dame en souffrirait mais lui serait moins douloureuse que celle qu'il faudrait donner en mariage. En outre, la trésorière du couvent aurait sans doute quelque peine à en recevoir l'intégralité... Mais il fallait répondre à l'interrogation angoissée de l'adolescente :

— Non, je ne vous renverrai pas là-bas...

— Il ferait beau voir ! renchérit une forte femme qui venait de pénétrer dans la chambre, portant un plateau sur lequel une tasse de lait fumait à côté d'une pile de tartines. Cette pauvre enfant est arrivée cette nuit plus morte que vive et peut-être ne serait-elle jamais parvenue jusqu'à nous si un étranger ne lui avait porté secours !

Celle qui s'exprimait ainsi savait qu'on ne la reprendrait pas. C'était Marguerite, la sœur de lait de Mme de Brecourt, qui ne l'avait jamais quittée et faisait office de gouvernante dans ses différentes demeures, aussi bien Prunoy que l'hôtel parisien. Seules lui échappaient les tours féodales de Brecourt, le fief comtal de Normandie dont le maître actuel était depuis sa majorité le fils de Claire...

— Au fait, sait-on de qui il s'agit ? Il conviendrait de le remercier !

— Il s'est contenté de me laisser à la grille, répondit Charlotte en attaquant ses tartines, mais il ne m'a pas dit son nom. Il n'a pas voulu. C'était sans importance, selon lui...

— De quoi avait-il l'air ?

— Que puis-je dire ? Qu'il était jeune, vêtu convenablement... et que c'était un excellent cavalier. Un bourgeois peut-être ? Il n'avait pas de plumes à son chapeau... quoique sa tournure fût plutôt militaire.

— Comment l'avez-vous rencontré ?

— J'avais si grande hâte de m'échapper que je courais de toutes mes forces. J'ai fini par faire une chute et il m'a ramassée. En plus, je m'étais trompée de chemin. Mais Gratien pourrait vous en parler : il l'a vu aussi bien que moi. Mieux sans doute ! J'avais tellement peur !...

— De quoi, mon Dieu ? Tout de même pas que les nonnes vous courent après !

Sans trop savoir pourquoi, Charlotte sentit qu'elle rougissait et piqua du nez dans sa tasse de lait mais sa confusion n'échappa pas à celles qui l'observaient. D'un accord tacite, cependant, elles ne la questionnèrent pas davantage. Et comme ayant fini son lait elle se laissait aller de nouveau dans ses oreillers, Marguerite la débarrassa du plateau :

— M'est avis que notre demoiselle a encore besoin de dormir un brin, Madame la comtesse ! Un souper léger ce soir avant une bonne grande nuit et elle sera comme neuve demain !...

— Tu as raison !... Reposez-vous bien mon cœur et

quittez tout souci ! Nous allons voir quel avenir pourrait vous être offert...

Reconnaissante et apaisée, la rescapée sourit, se pelotonna dans son lit, ferma les yeux et se rendormit aussitôt !

— Que c'est beau la jeunesse ! murmura la comtesse tandis que Marguerite refermait les courtines.

— A condition de lui laisser le temps d'exister, bougonna Marguerite. Ce qui ne semble pas entrer dans les intentions de Mme la baronne de Fontenac ! Jetée au cloître à quinze ans et jusqu'à la fin de ses jours, ça promet une agréable existence ! Et qu'est-ce que nous allons faire, maintenant ?

Mme de Brecourt lui fit signe de se taire et elles quittèrent la chambre sans autre bruit que le léger grincement du parquet. La porte refermée, elles gagnèrent le cabinet attenant à la chambre de la comtesse où elle se retirait souvent pour lire ou pour écrire. C'était une pièce élégante et chaleureuse. Un feu de bois pétillait dans la cheminée de marbre blanc et ses flammes caressaient le cuir blond et les ors des livres alignés dans une bibliothèque, les bronzes d'un petit bureau en bois des îles, la soie « feuille-morte » des rideaux assortis aux trois fauteuils. Au mur un miroir de Venise ancien renvoyait la lumière triste du jour et surtout celle du candélabre chargé de bougies rouges allumées.

La comtesse alla s'asseoir à sa table mais se contenta d'y appuyer les coudes afin de pouvoir reposer sur ses mains son visage d'où le sourire s'était effacé :

— Assieds-toi ! Il faut que nous parlions. Que va-t-il se passer à présent selon toi ?

— On va la chercher. Le couvent d'abord puis si on ne la retrouve pas, on préviendra la mère. C'est sûr ! Peut-être pas tout de suite. La supérieure doit savoir que Mme la baronne ne porte guère d'intérêt à sa progéniture puisqu'elle veut que le couvent l'en débarrasse. Est-ce que vous la connaissez ?

— La supérieure ? Pas assez pour lui parler à cœur ouvert. Et puis mieux vaut que l'on ne me voie pas à Saint-Germain ce jour d'hui.

— Est-ce que vous n'allez pas au château ?

— Non. Le Roi chasse, la Reine comme chaque jeudi se rend à l'hôpital visiter les malades et je laisse à d'autres le plaisir de l'accompagner. Mme de Visé, par exemple, à qui, en digne Espagnole, le sang ne fait pas peur. J'y suis allée une fois et j'ai pensé m'évanouir : tu n'imagines pas jusqu'où sa charité mène notre reine. Les plaies les plus hideuses ne la rebutent pas. C'est un ange de bonté. Elle déverse sur ces misérables les trésors d'un cœur dont on ne se soucie pas ailleurs. Jamais reine de France n'a été si mal traitée par un époux qui la honnit au point de lui imposer ses maîtresses... mais qu'est-ce qui nous arrive là ?

Le roulement d'un carrosse et le son cadencé des sabots des chevaux se faisaient en effet entendre :

— Va voir ! dit Mme de Brecourt.

Mais Marguerite n'eut que le temps de quitter le cabinet : un valet accourait annonçant M. de La Reynie. Le bruit d'un pas rapide venant de l'escalier l'accompagnait. Apparemment le visiteur ne doutait pas d'être reçu.

— On dirait qu'il y a urgence, mon ami! fit la comtesse en allant à la rencontre du lieutenant général de Police que dès son entrée elle prit par la main, coupant court aux politesses de la porte pour le mener au canapé où elle le fit asseoir près d'elle.

— De quoi s'agit-il?

En dépit d'une impassibilité dont il se départait rarement, La Reynie ne put s'empêcher de sourire :

— C'est vrai, je suis pressé... mais pas au point de renoncer à baiser votre main!

Elle la lui offrit aussitôt :

— Voilà! Voulez-vous boire quelque chose de chaud? Il fait un froid de gueux ce matin!

— Je vais me répéter : pas à ce point-là! Mais j'admets qu'un doigt de vin d'Espagne me ferait plaisir!

Une déjà ancienne amitié autorisait ce ton libre entre la grande dame et le gentilhomme que le Roi avait personnellement chargé de traquer le crime sous toutes ses formes et de purger Paris de ses sanies. La Reynie s'y employait d'une main de fer qu'il lui arrivait cependant de couvrir de velours lorsque son sens aigu de la justice l'exigeait. Originaires de Guyenne, les Fontenac avaient connu La Reynie alors président de ladite Guyenne au temps de la Fronde quand celui-ci, indéfectiblement fidèle au jeune roi, affrontait le parlement de Bordeaux et le prince de Condé retranché dans la ville. Ensuite, après avoir assisté le duc d'Epernon dans le gouvernement de Bourgogne, il vint à Paris, y acheta une charge de maître des requêtes et fut remarqué par Colbert au point que celui-ci le recommanda au Roi pour réorganiser la police de la capitale – en admettant qu'elle l'eût jamais été – et mettre de l'ordre dans l'incroyable pagaille régnant alors sur les nuits – et même les jours! – de la ville. Chose plus appréciable encore, La Reynie ne rendait compte qu'au Roi et à son ministre. Ce qui lui laissait les mains libres vis-à-vis des autres magistrats... Au physique, et à cinquante-trois ans, c'était un homme de belle taille, droit comme un I et sans un pouce de graisse. Un visage aux traits nobles, sérieux mais sans excès, où la puissance du menton annonçait la volonté, un nez fort, deux yeux sombres, ouverts et pénétrants, d'un brun foncé comme l'épaisse chevelure à peine striée de quelques fils d'argent complétaient l'ensemble.

— Si vous me disiez ce qui amène chez moi un homme aussi occupé que vous? fit Mme de Brecourt quand on les eut servis et qu'ils eurent trempé leurs lèvres dans le vin.

— Votre nièce, Mlle de Fontenac, est arrivée chez vous cette nuit, n'est-ce pas?

— Mais... comment le savez-vous? souffla la comtesse sans essayer de cacher sa surprise. Je vous sais l'homme le mieux renseigné de France, mais je ne vous savais pas le don de double vue!

— C'est beaucoup plus simple que cela : un mien cousin, le jeune Alban Delalande, qui est déjà l'un de mes meilleurs limiers, l'a rencontrée alors qu'elle avait perdu son chemin : il l'a prise en croupe et l'a menée jusqu'ici!

— Ah? Je vois! Eh bien vous lui direz toute ma gratitude et...

— Veuillez m'excuser mais ce n'est pas de cela dont je viens vous entretenir. Ce garçon a cru comprendre que cette jeune personne venait de s'enfuir des Ursulines de Saint-Germain ?

— En effet, et elle avait pour ce faire la meilleure des raisons : sa mère entend qu'elle y prenne le voile et n'en sorte plus... et si vous venez la chercher pour l'y ramener, sachez qu'il ne saurait en être question !

La Reynie se mit à rire :

— Chère comtesse ! J'ai trop à m'occuper avec les sorciers de tout poil que mes hommes arrêtent depuis le début de l'année pour galoper après des jeunes filles fugueuses, mais je crains que celle-ci ne soit en danger. Le hasard a voulu qu'au cours de son expédition, elle soit témoin d'un fait qu'elle n'aurait jamais dû voir. Ne me demandez pas quoi, ajouta-t-il précipitamment en voyant s'ouvrir la bouche de son amie. Alban lui a fait promettre de n'en parler à qui que ce soit mais à cet âge il arrive que l'on bavarde sans réfléchir... A d'autres âges aussi.

— C'est... si grave ?

— Cela touche au secret d'Etat ! En outre s'enfuir d'un couvent est chose sérieuse. Quand on commencera à la chercher c'est à Prunoy que l'on ira en premier. Bien que, si j'ai bonne mémoire, vous soyez brouillée avec votre belle-sœur.

— Rien n'est changé. Je vous ai confié, il y a deux ans, le doute où m'a laissée la mort de mon frère. C'est pourquoi il est hors de question que je rende Charlotte. Sa mère, j'en jurerais, n'hésiterait pas à la faire passer de vie à trépas afin d'avoir la paix une bonne fois. Cependant, je n'ignore pas qu'elle a sur elle tous les droits et j'ajoute qu'elle éprouverait un vif plaisir à envoyer vos gens fouiller ma maison de fond en comble.

— Seconde raison pour que votre filleule ne reste pas dans vos murs !

— J'en suis d'accord mais où la mettre à l'abri ? Notre hôtel de Paris comme notre château normand seront pareillement suspects. De plus, qu'y ferait-elle seule ? Elle n'a que quinze ans !

— Vous ne voyez personne à qui la confier ? Votre amie Sévigné par exemple ?

— C'est la meilleure personne qui soit mais sa plume est beaucoup trop bavarde... Sa langue aussi d'ailleurs.

— J'y pense ! Vous êtes très bien en cour, vous-même. Mme de Fontenac l'est-elle aussi ?

— Du vivant de mon frère elle y était acceptée avec lui et à cause de lui mais depuis sa mort, sa méchanceté et surtout sa sottise lui ont fermé nombre de portes. Pourtant... il paraîtrait qu'elle vient de temps à autre faire ses révérences à l'ex-Mme Scarron que le Roi a faite marquise de Maintenon pour la remercier de ses soins aux enfants que lui a donnés Mme de Montespan... dont l'astre semble pâlir. C'est une bigote et elle serait sans doute charmée de contribuer à l'arrestation d'une future nonne en fuite. Mais pourquoi ces questions ? Vous n'auriez pas l'idée d'envoyer ma pauvre Charlotte à la Cour ?

— Il y a de cela mais pas entièrement. L'idée ne serait pas mauvaise en vertu du principe que c'est au milieu de la foule et en plein soleil que l'on vous remarque le moins. Or, sans aller jusque-là, vous êtes amie de Mme la duchesse d'Orléans, notre pittoresque princesse palatine ?

— En effet. J'avoue que je l'aime beaucoup : elle est imprévisible mais son cœur est plus grand que Notre-Dame de Paris !

— Parfait. Vous savez mieux que moi qu'en attendant la fin des gigantesques travaux de Versailles où le Roi a décidé que la Cour serait fixée définitivement, on la promène selon la saison de Saint-Germain à Fontainebleau avec seulement de brefs séjours dans le nouveau palais. Monsieur et son épouse, eux, partagent leur résidence entre le Palais-Royal à Paris et leur magnifique château de Saint-Cloud. Votre nièce serait ainsi à l'écart de la Cour et personne n'aurait l'idée ni l'audace de l'y chercher. Sans compter que je serai à même de la surveiller. Qu'en pensez-vous ?

— Que vous êtes génial, que je vais faire atteler pour me rendre dans l'instant auprès de Madame... et que vous êtes le meilleur ami que l'on puisse avoir !

— Merci ! Auparavant n'oubliez pas de lier la langue de vos serviteurs. Mlle de Fontenac n'a jamais mis les pieds ici !

— Soyez tranquille ! J'ai en eux toute confiance !

— N'en ayez pas trop tout de même. Ce que j'apprends en ce moment de ce que j'appellerai le « monde souterrain » réserve d'étranges surprises.

— Pas chez moi. Tous mes serviteurs sont nés à Prunoy ou à Brecourt. Cela dit tout !

— Même au Paradis terrestre il y avait un serpent ! J'insiste : faites attention !

La Reynie reparti, la comtesse réunit tout son monde et, sous l'œil sévère de Marguerite, lui tint un petit discours à la fois ferme et chaleureux telle qu'une mère de famille pourrait en tenir à ses enfants puis demanda ses chevaux. Une demi-heure plus tard elle roulait en direction de Paris où elle était certaine de trouver Madame. La veille, le bruit courait à Saint-Germain que la princesse, souffrant d'une indigestion, allait prendre médecine et garder le lit. Il était donc évident qu'elle ne bougerait pas. Cela donnait l'assurance d'un entretien en tête à tête autorisé par le degré d'amitié, donc d'intimité, que la duchesse d'Orléans accordait à la comtesse Claire...

Celle-ci ne rentra qu'à la nuit close et se rendit droit chez sa nièce qu'elle trouva assise dans son lit sous la surveillance de Marguerite et en train de faire disparaître le contenu du plateau que celle-ci lui avait apporté.

— Voilà ! Tout est arrangé ! exhala-t-elle en se laissant tomber dans un fauteuil sans avoir pris seulement le temps d'ôter ses vêtements de sortie où s'attardait l'odeur des frimas du dehors. Demain je vous conduirai à Paris. Madame, la duchesse d'Orléans, s'est déclarée prête à vous accueillir. Elle n'ignore plus rien de vous et vous serez parfaitement à l'abri chez elle.

Charlotte, qui mangeait une crème à la vanille, resta la cuillère en l'air :

— Moi ? Chez une aussi grande princesse ? La propre belle-sœur du Roi ? Mais pourquoi ? fit-elle sans faire montre du moindre enthousiasme.

— Parce que vous y serez mieux protégée que nulle

part ailleurs. Non... ne protestez pas ! M. de La Reynie m'est venu voir ce tantôt et le conseil émane de lui.

— M. de La Reynie ? Mais que sait-il de moi ?

— Ce que lui a raconté le jeune homme qui vous a récupérée la nuit dernière.

— Il le connaît donc ?

— C'est l'un de ses meilleurs limiers... et aussi son cousin. Il s'appelle... Alban Delalande, ajouta-t-elle après un instant de réflexion.

La nouvelle ne causa aucun plaisir à Charlotte. Son sauveur lui avait plu et son imagination avait déjà commencé à poser les bases d'une histoire romantique... bien qu'il n'eût pas de plumes à son chapeau. Or ce n'était qu'un argousin ! Quelle déception !

— Ah ! fit-elle seulement.

Elle se tut un instant puis :

— Je voudrais bien savoir la raison pour laquelle il lui a parlé de moi ?

— Parce qu'il estime – et nous estimons tous ! – qu'en restant ici vous courez le risque d'être reprise et, si votre mère en exprimait la volonté, menée à quelque couvent éloigné et beaucoup plus sévère que les Ursulines...

Elle s'abstint de dire qu'elle redoutait pour elle pis encore que cette éventualité : les hasards des chemins, les conditions de vie difficiles et – pourquoi pas ? – la maladie mystérieuse, l'accident bête qui la retrancherait purement et simplement du monde des vivants. En ces temps troublés c'était relativement facile et Claire tenait sa belle-sœur pour parfaitement capable d'aller jusqu'à cette extrémité dès l'instant où elle comprendrait qu'elle avait affaire à une rebelle et non plus à une fillette silencieuse et soumise.

— Oh non ! gémit Charlotte.

— Oh si ! Il faut regarder les choses en face. Surtout si l'on vous aime ! Et c'est mon cas, continua-t-elle en passant un bras affectueux autour des épaules de l'adolescente pour poser un baiser sur son front.

Celle-ci leva des yeux soudain humides. C'était bien la première fois qu'on lui disait qu'on l'aimait...

— Alors vous n'êtes pas en train de vous débarrasser de moi... vous aussi ?

— Mais non, petite sotte ! Je veux vous protéger et d'ailleurs je ne serai jamais loin ! Enfin Madame est le meilleur cœur de la terre. Vous pourrez le constater. Elle ne ressemble à personne et je crois même que vous vous amuserez chez elle. Et assurément plus qu'à la Cour !

— Comment est-ce à la Cour ?

— Fort brillant mais il convient à chaque minute de faire attention à l'endroit où l'on met ses pieds. Dès l'instant où deux fauves en jupons se disputent quasi publiquement le cœur du Roi jusque chez une pauvre reine que cela crucifie parce qu'elle n'a jamais cessé d'aimer son époux d'un amour aussi muet que désespéré, vous conviendrez que l'atmosphère s'avère parfois difficilement respirable ! Alors, c'est dit ? Nous allons au Palais-Royal demain ?

Cependant Marguerite qui se taisait depuis que Mme de Brecourt avait ouvert la bouche estima qu'il était temps pour elle de s'exprimer :

— C'est très joli tout cela mais je ferai remarquer à

Madame la Comtesse que Mlle Charlotte a pour seul bagage ses vêtements de pensionnaire et que...

— Bien sûr! Tu as raison et il faut y penser! Même chez Madame, qui méprise la toilette au point de porter le plus souvent sa tenue de chasse quand elle n'est pas obligée d'arborer le grand habit de cour, il faut un minimum. Levez-vous Charlotte! Et toi va me chercher deux de mes... ou plutôt j'y vais moi-même!

Elle disparut quelques instants et revint suivie d'une femme de chambre chargée d'une brassée de vêtements qu'elle déposa sur le lit. La comtesse y prit une robe de velours du même vert que les yeux de Charlotte et discrètement bordée d'une guirlande de fleurs en argent, la tint devant sa filleule en appuyant d'abord sur les épaules puis sur la taille et déclara :

— C'est ce que je pensais. Elle est un peu plus petite que moi, plus mince aussi : il suffit de reprendre un ou deux pouces en largeur et autant en longueur, ce sera parfait... *Idem* pour cette autre et les jupes qui vont avec. Le manteau lui ne posera aucun problème. Restent les souliers...

Déchaussant un pied, elle tendit une chaussure à Charlotte qui y glissa le sien. Ou tout au moins essaya, mais fit la grimace :

— Trop petit! soupira-t-elle.

— Et vous n'avez pas encore atteint votre taille définitive! Allez-vous nous fabriquer de ces grands pieds qui sont si commodes dans les maisons royales parce que l'on y reste longtemps debout mais bien peu gracieux? Heureusement vos mains seront ravissantes quand auront disparu ces égratignures ! Mais qu'allons-nous faire ?

— En commander chez votre faiseur, proposa Marguerite en allant chercher une feuille de papier et un crayon à l'aide desquels on dessina le contour des pieds de Charlotte.

En attendant qu'on lui en livre de nouveaux il fut décidé qu'elle garderait ses propres souliers dont Marguerite avait ôté avec soin les traces laissées par son aventure nocturne.

Et, le lendemain matin, nantie d'un coffre contenant un embryon de trousseau et habillée de neuf sous une mante à capuchon fourré et ourlée de petit-gris, Charlotte prenait place aux côtés de sa tante dans le carrosse qui allait l'emmener vers une nouvelle vie. Ni l'une ni l'autre ne parlait, chacune d'elles ressentant la gravité du moment. Tandis que les pensées de la jeune fille se teintaient du vert de l'espérance en un avenir bien plus excitant que celui d'un couvent à perpétuité, celles de sa compagne étaient plus sombres. A chaque instant, depuis deux jours, elle s'était attendue à voir sa demeure envahie par la maréchaussée chargée de ramener la fugitive et elle osait à peine croire à sa chance. Le pire fut quand on traversa le pont de Saint-Germain au pied même du double château royal, toujours passablement encombré. On ne pouvait guère être plus près du danger – Charlotte d'ailleurs l'éprouva comme elle ! – et ce fut seulement en atteignant Nanterre qu'elle respira plus librement. La capitale était toute proche à présent et Mme de Brecourt entreprit alors de lui faire répéter une fois encore les principaux usages de mise dans une cour princière. Elle y ajouta quelques recommandations :

— Avant d'aller au Palais-Royal, je vous montrerai notre hôtel du Marais qui n'est pas très éloigné... Il n'est jamais fermé et vous pourrez y trouver de l'aide. Et pourquoi pas un refuge en cas de danger. C'est Marie-Bonne, la sœur de Marguerite, et son époux qui en ont la charge. Ils sauront prendre soin de vous.

On entra dans Paris par la porte Saint-Honoré proche du Palais-Royal que Mme de Brecourt indiqua en passant avant que la voiture ne continue une longue rue au bout de laquelle se dressaient les tours rondes d'une forteresse :

— La Bastille, signala la comtesse. Elle est commode comme point de repère.

On roula encore une dizaine de minutes puis elle désigna à main droite la grande et belle église de ce qui devait être un couvent.

— Voici Saint-Louis et la maison professe des Jésuites ! Notre rue est juste en face, précisa-t-elle tandis que le cocher tournait à gauche avant de s'arrêter devant le portail à mascarons d'une belle demeure voisine d'un grand hôtel dans la cour duquel deux carrosses pénétraient au même moment. Celui-ci est l'hôtel de Kernevoy, dit Carnavalet, où habite, depuis près de deux ans, la marquise de Sévigné qui m'est une amie chère. Auprès d'elle aussi vous pourriez trouver de l'aide. Quoique je redoute son bavardage. A présent nous retournons au Palais-Royal. Il n'est pas bon de faire attendre Madame ! Et comme je ne rentrerai à Prunoy que demain matin, je vais avoir largement le loisir de passer le mot tant chez moi que chez la marquise. Ainsi je serai pleinement rassurée sur votre sort.

Il s'en était fallu de peu. Une heure à peine après son départ, un détachement de gendarmes avait envahi Prunoy qu'il avait consciencieusement fouillé sous les malédictions de Marguerite qu'il en fallait davantage pour impressionner. Naturellement, ils n'avaient rien trouvé et s'étaient retirés, bredouilles, en s'excusant sur les ordres qu'ils avaient reçus mais le fait n'en était pas moins là : les relations de Marie-Jeanne de Fontenac avec la gouvernante des bâtards royaux devaient être prises en considération...

Chapitre 2

Madame, Monsieur et les autres...

N'ayant encore jamais mis les pieds à Paris, Charlotte regardait de tous ses yeux. Elle trouva que c'était moins joli que Saint-Germain où, entre sa magnifique forêt et la Seine, le double château – le Vieux et le Neuf – avec ses beaux jardins en terrasses régnait sur un assemblage de maisons nobles, de deux couvents et de quelques commerces. L'ensemble était sauvé des crues du fleuve par la vaste terrasse où il s'étalait harmonieusement. Paris, c'était tout autre chose !

Larges rues – pas beaucoup d'ailleurs ! – ou venelles étroites, monuments magnifiques, hôtels aristocratiques, boutiques, maisons modestes ou masures croulantes, tout un peuple – environ 500 000 habitants ! – se côtoyait, se bousculait, s'entassait même les Parisiens ayant souvent tendance à considérer la rue comme une dépendance de leur logis. S'y joignaient des petits commerces ambulants proposant à grands cris des herbes, du lait, des fruits, de vieux habits, du sable, des balais, des poissons, de l'eau et une foule d'autres commodités. Sous le léger soleil qui commençait à sécher les boues de l'hiver à peine à son terme, tout cela faisait un joyeux vacarme pour un tableau plein de couleurs, même si, parfois, ces couleurs étaient en loques ! Les passants étaient nombreux, rares étant les gens disposant d'une monture ou d'un équipage. Presque toutes les classes de la société y étaient représentées. Il arrivait aussi qu'un seigneur aille à pied mais alors sa grandeur se comptait au nombre des laquais dont il s'entourait.

Enfin le carrosse franchit des grilles aux pointes dorées où veillaient des gardes aux uniformes rouges, décrivit un demi-cercle et s'arrêta pour déposer ses passagères avant d'aller se ranger sur la place.

Le Palais-Royal était alors la plus neuve des résidences de la Couronne. C'était le cardinal de Richelieu qui, près de cinquante ans plus tôt, avait fait construire cette demeure vraiment princière que, par testament, il avait léguée au Roi et à ses successeurs. Autrement dit, Monsieur en avait la jouissance mais n'était pas propriétaire[1]. Cela ne l'empêchait pas d'y mener grand train. Ainsi que Charlotte s'en convainquit sans peine, c'était la plus somptueuse résidence de Paris. Rénovée par Anne d'Autriche et par Monsieur lui-même, elle occupait un rectangle de trois cents mètres sur cent cinquante entre la rue Saint-Honoré au sud, l'actuelle rue Richelieu à l'ouest et la rue des Bons-Enfants à l'est. C'était presque une ville dans la ville. On y trouvait, outre les appartements, une chapelle – où Monsieur avait été bap-

1. Il le deviendra en 1692 pour le remercier d'avoir « consenti » au « honteux » mariage entre son fils, le futur Régent, et une des bâtardes royales, Mlle de Blois.

tisé et où il avait épousé en premières noces la charmante Henriette d'Angleterre –, une bibliothèque, des cabinets d'objets d'art, des salons de réception, des communs, des cuisines, des logements pour les serviteurs, des écuries, une salle de théâtre pour un millier de personnes, une vaste galerie vouée aux « Illustres » contenant une collection de portraits peints par Philippe de Champaigne et Simon Vouet – où le Cardinal ne s'était pas oublié ! –, enfin un jardin de bonnes dimensions agrémenté de deux grands bassins et même d'un petit bois qui en formait le fond. Il est vrai que la maison de Monsieur comptant près de cinq cents personnes et celle de Madame s'élevant à la moitié, il fallait de la place pour loger tout ce monde.

Les appartements de Monsieur et de Madame se trouvaient dans les ailes de la première cour et de la seconde, les uns à l'ouest, les autres à l'est, et tout y était d'une magnificence exceptionnelle grâce au maître de maison. Monsieur possédait en effet un véritable talent de décorateur, beaucoup de goût et, en digne descendant des Médicis[1], un œil infaillible au service de la passion du collectionneur.

Devant l'étonnement émerveillé de sa nièce, qui n'avait jamais rien vu d'autre que l'hôtel paternel, le petit château de sa tante et son couvent, Mme de Brecourt ne put retenir un sourire :

— Vous allez passer pour une campagnarde si vous continuez à regarder avec ces yeux ronds !

1. Marie de Médicis, seconde épouse d'Henri IV, était sa grand-mère.

Sachez que ce palais est modeste auprès de celui de Saint-Cloud que Monsieur vient de faire construire et dont il a fait les honneurs au Roi l'été passé. Sa Majesté en a même éprouvé quelque aigreur, son immense Versailles n'étant pas encore achevé...

— Mais le Roi a Saint-Germain qui est bien beau !

— Moins que Saint-Cloud ! Et notre Sire déteste n'être pas le premier en toutes choses. Monsieur son frère a de la chance d'être justement son frère !

— Pourquoi ? Aurait-il eu à en souffrir ?

— Je vous raconterai plus tard l'histoire de M. Fouquet, le surintendant des Finances et propriétaire du château de Vaux. Nous arrivons !

On pénétrait en effet dans l'antichambre de Madame où trois valets se tenaient en permanence prêts à acheminer une ou plusieurs des nombreuses lettres que Madame écrivait chaque jour vers des destinations différentes mais le plus souvent l'Allemagne. A cet instant précis d'ailleurs une jeune fille sortait de l'appartement, une épître à la main qu'elle remit à l'un de ces garçons. Elle sourit en reconnaissant Mme de Brecourt et retint l'huissier imposant qui s'apprêtait à annoncer les visiteuses :

— Madame attend Mme la comtesse de Brecourt, Bertrand, et je vais l'introduire moi-même.

— Ah, Mademoiselle de Theobon ! fit l'arrivante. Je suis heureuse que vous soyez ici. Comment est Madame aujourd'hui ? A l'instant j'ai cru croiser son médecin ?

— Vous savez combien elle aime la choucroute et les saucisses de son pays. Elle en a mangé un peu trop à dîner mais le malaise est déjà passé. Venez !

Comme vous venez de le voir, elle est en train d'écrire...

— Nous risquons de la déranger alors?

— On dirait que vous ne la connaissez pas. Lorsqu'elle ne chasse pas avec Sa Majesté le Roi, elle écrit... Mais vous le savez aussi bien que moi!

Tout en parlant, elle introduisait les visiteuses dans un grand cabinet où des portraits de famille alternaient avec des vitrines d'objets précieux et des cadres dorés comme les sièges recouverts de velours amarante. L'un d'eux, placé près de la cheminée, était occupé par la maîtresse des lieux qui tendait vers le feu ses mains potelées dont l'une était décorée d'une tache d'encre. Et qui somnolait quelque peu...

A vingt-sept ans, Madame – Charlotte-Elisabeth de Bavière, princesse palatine, dite Liselotte, la Palatine et parfois même « le gros Madame » – donnait une extraordinaire impression de fraîcheur et de bonne santé. Retenue sur le chemin de l'obésité absolue par la pratique constante du cheval et de la chasse, elle était loin d'être belle avec ses traits rudes et son nez légèrement de travers mais ses yeux bruns et bien fendus sous ses sourcils épais étaient vifs et pétillaient souvent de gaieté. Ses mains étaient ravissantes. Ses joues rebondies, elles, viraient souvent au rouge après les repas où elle faisait preuve d'un solide appétit. Mariée depuis huit ans au frère de Louis XIV, Philippe duc d'Orléans, récemment veuf alors de la charmante et fragile Henriette d'Angleterre et dont nul n'ignorait l'homosexualité, elle avait réussi l'exploit de s'entendre à merveille avec lui, justement à cause d'un certain manque de féminité, une bonne humeur quasi inusable et un véritable sens de l'humour. A ce jour, elle lui avait donné trois enfants en dépit de l'exclamation épouvantée du prince quand on lui avait présenté sa fiancée : « Seigneur ! Comment pourrais-je coucher avec elle ? » Apparemment il y était fort bien arrivé et le chagrin les avait encore rapprochés quand, l'automne précédent, le petit duc de Valois, leur fils aîné, leur avait été enlevé à quatre ans. A ce moment d'ailleurs, le couple faisait chambre à part à l'immense soulagement de Madame. L'entrée en scène de Mlle de Chartres, le dernier bébé, avait été dramatique et sa mère n'avait échappé à la mort que de justesse. Aussi accueillit-elle avec joie la proposition de son époux de ne plus cohabiter la nuit. La proposition avait été faite avec infiniment de gentillesse et elle lui avait répondu :

— Oui et de bon cœur, Monsieur ! J'en serais très contente pourvu que vous ne me haïssiez pas et continuiez à avoir un peu de bonté pour moi.

Le pacte ainsi conclu, Madame avait ajouté dans une lettre à sa tante : « J'ai été bien aise car je n'ai jamais aimé le métier de faire des enfants. C'était aussi fort ennuyeux que de dormir avec Monsieur. Il ne pouvait souffrir qu'on le troublât pendant son sommeil ; il fallait donc que je me tinsse sur le bord du lit au point que, parfois, je suis tombée comme un sac. »

Du fond de sa révérence, Charlotte n'osait pas lever les yeux vers une aussi haute dame quand elle entendit :

— Foilà tonc la cheune ville ?

Et faillit éclater de rire. En effet, si Madame parlait

et écrivait parfaitement la langue française, elle n'avait pas encore réussi à maîtriser un accent qui lui revenait automatiquement quand elle était prise au dépourvu. Or l'annonce de Mlle de Theobon l'avait réveillée en sursaut. Son œil embrumé n'en fut pas moins amical :

— J'ai en effet l'honneur de présenter à Votre Altesse Royale ma nièce et filleule : Charlotte Claire Eugénie de Fontenac pour laquelle j'ose demander une auguste protection dont elle a le plus grand besoin.

— Z'est... C'est une chose crave... grave que fuir un gou... couvent! Mais... c'est... à mmon avis... chose plus... grave encore que fou... vouloir y faire entrer guel... quelqu'un de force!

Madame sourit de nouveau, contente de retrouver – non sans peine il faut bien le dire – une prononciation plus normale en ce pays où l'on ne se gênait pas pour en rire. Et Madame n'aimait pas que l'on rie d'elle. A dire le vrai, c'était pour le Roi qu'elle faisait cet effort, le Roi qui l'avait éblouie dès son arrivée d'Heidelberg, qu'elle s'était mise à aimer du premier regard et qui lui montrait beaucoup d'affection depuis qu'il avait découvert en elle une jeune femme franche, rieuse, sans détour et surtout sachant monter à cheval et mener le train d'enfer d'une chasse sans jamais montrer l'ombre d'une lassitude. Cela méritait un petit effort...

— Ici, conclut Madame avec un grand sourire victorieux, vous serez à l'abri.

— Il se pourrait, avança Mme de Brecourt, que la mère réussisse à toucher le Roi. Et je serais désolée si Votre Altesse Royale devait en éprouver quelque désagrément.

— Quittez toute crainte ! Je saurai expliquer et je crois que le Roi m'aime bien. En outre cette enfant est charmante ! Laissez-nous à présent petite et dites adieu à votre tante ! Mlle de Theobon va vous conduire à l'appartement des filles d'honneur...

En embrassant sa nièce, Mme de Brecourt lui remit une bourse contenant quelques pièces d'or pour acheter ce dont elle pourrait avoir besoin, en attendant la rémunération normale d'une fille d'honneur.

Charlotte, ravie, l'en remercia, salua encore la princesse et suivit son guide à travers le palais jusqu'au logis du rez-de-chaussée donnant sur le jardin. Il se composait de deux chambres et d'une pièce commune dans laquelle d'ailleurs des valets étaient en train de dresser un lit :

— C'est pour vous ! expliqua Lydie de Theobon. En principe Madame a droit à quatre filles d'honneur et, pour le moment, vous êtes en surnombre mais cela ne saurait durer. L'une de nous va peut-être partir. Quant aux autres, vous avez pu voir, dans la chambre de Madame, Eléonore von Venningen qui est venue d'Allemagne avec elle. Il y a aussi Mlle des Adrets qui s'est absentée pour la journée. La dernière je vous la présenterai quand elle rentrera de Saint-Germain... si elle rentre ! Mais ce que vous devez savoir c'est que toutes tant que nous sommes avons tissé avec notre princesse des liens d'amitié qui vont jusqu'à la respectueuse affection. L'an passé, Madame a perdu deux amies très chères : Mme la princesse de Monaco qui était surintendante de sa maison – rôle que j'assume plus ou moins –, ensuite Mme de Sablé avec qui elle entretenait une correspondance assidue. Nous nous efforçons d'adoucir ce double chagrin. Qu'en sera-t-il de vous ?

— Oh, je suis prête à l'aimer de tout mon cœur, protesta Charlotte, elle a l'air si bon et puis elle me sauve autant dire la vie.

— Le couvent, je sais...

— Et vous n'êtes pas scandalisée ?

— Le devrais-je ? Ma chère, je suis huguenote... comme cette chère Venningen et n'oubliez pas que Madame l'était jusqu'à son mariage. Enfin, dans celles que l'on peut appeler les amies intimes de Madame, il y a la gouvernante des enfants, la maréchale de Clérambault qui est nettement plus âgée que nous et lui voue un attachement de mère. C'est une très bonne personne. Pleine d'esprit. Oh, vous ne serez pas malheureuse ici. Mieux qu'à la Cour en tout cas... mais je vous en parlerai plus tard. Est-ce là tout votre bagage ? ajouta-t-elle en voyant un valet apporter le sac de Charlotte.

— Pour le moment, mais Mme de Brecourt, ma tante, doit y pallier. Quand je suis arrivée chez elle, dans la nuit d'avant-hier, je ne possédais que ce que j'avais sur le dos : mes habits de pensionnaire.

Déjà, Lydie de Theobon inventoriait le sac, en tirait la robe de velours vert et une seconde en épaisse soie de Chine « gorge-de-pigeon » qu'elle apprécia en connaisseuse :

— Ce n'est pas si mal si vous partez du principe que Madame, venue de son Palatinat avec une simple robe de satin bleu où elle pensait mourir de froid, n'use jamais que de trois ensembles : ce que vous venez de lui voir, la tenue de chasse qu'elle porte le plus souvent et même chaque jour quand nous rejoignons le Roi à Saint-Germain, à Fontainebleau ou pour l'un des quelques séjours qu'il fait à Versailles, et enfin le grand habit de cour qu'elle déteste !

— Ah bon ? Ce doit être magnifique pourtant ?

— Ça l'est, mais elle aime ses aises. En revanche, quand vous verrez Monsieur vous découvririez que c'est son contraire : il est toujours couvert de rubans et de pierreries. Seul notre Sire étincelle plus que lui. Pour le reste je vous laisse la surprise à l'heure du souper.

Sans cesser de parler, les deux jeunes filles avaient parcouru lentement l'appartement. Dans la chambre où logeait habituellement Mlle des Adrets, Charlotte s'arrêta devant le deuxième lit :

— C'est donc celui de la demoiselle qui est à Saint-Germain. Comment se fait-il que ce soit la seule d'entre vous qui y soit ? Et tout à l'heure vous avez suggéré qu'elle pourrait ne pas rester ?

Theobon regarda Charlotte du coin de l'œil et se mit à rire :

— Curieuse, hein ?

— Très ! Et j'ai un peu honte de l'avouer !

— Il ne faut pas : je le suis aussi. Notez que ce travers peut se révéler fort utile dans ces pays où nous vivons. A condition de ne rien exagérer et de se montrer prudente. Cela dit je ne vois aucun inconvénient à vous éclairer. L'absente se nomme Angélique de Scorailles de Roussille de Fontanges...

— Peste ! Quel nom !...

— J'en conviens. Vieille famille d'Auvergne! Fort respectée... et plutôt désargentée. Des terres, certes, et un château un peu délabré mais une espérance : la beauté extrême de la demoiselle. Un vrai cadeau du Ciel qu'il fallait à tout prix montrer à la Cour! L'idée venait d'une tante chanoinesse liée d'amitié avec l'abbesse de Fontevrault, elle-même sœur et très proche de Mme de Montespan... mais vous ne savez sans doute pas qui est cette dame?

— Les pensionnaires d'un couvent se chuchotent plus de choses que l'on imaginerait. Le mien est à Saint-Germain, à deux pas du château, et les bruits de cour passionnent tout le monde. Aussi aucune de nous n'ignore ce qu'est la dame en question. Cependant je comprends mal : on dit la marquise fort jalouse et recommander à sa sœur une fille aussi belle que vous le dites n'a pas de sens.

— Parce que vous ne savez pas tout. La superbe marquise s'inquiète de voir tiédir la passion du Roi. Et davantage encore des relations de plus en plus évidentes de Sa Majesté avec la gouvernante de ses enfants bâtards, la veuve Scarron dont il a fait récemment une marquise de Maintenon que la Montespan exècre et – soit dit en passant! – que notre Madame déteste presque autant. Elle et Monsieur entretiennent de bonnes relations avec la favorite, aussi Madame a-t-elle accepté volontiers que la belle Angélique nous rejoigne. Il était en effet impossible que Mme de Montespan la prenne chez elle...

— Je comprends de moins en moins, objecta Charlotte.

— C'est pourtant facile : la marquise espère

détourner les... appétits du Roi sur une fille qui lui devrait tout et dont elle n'aurait rien à craindre. Je vous ai dit que Fontanges est fort belle mais ce que je ne vous ai pas dit c'est qu'elle est bête à pleurer! Les premiers feux de la passion éteints, notre Sire s'en lassera mais la Maintenon aura reculé dans une ombre dont elle n'aurait jamais dû sortir. Voilà pourquoi notre Angélique s'est rendue à l'invitation de la favorite...

Interrompant soudain son discours, Mlle de Theobon considéra Charlotte d'un œil critique :

— Je parle, je parle, je parle et maintenant je m'interroge. N'êtes-vous pas un peu jeune pour entendre ce genre d'histoires?

— Si, comme je l'espère, c'est là une marque de confiance, je vous en remercie car cela m'aide à me sentir moins perdue dans ce palais... En outre il est bon de connaître les personnes que l'on va rencontrer. Ainsi me direz-vous quelque chose de Mlle des Adrets et de Mlle von...

— Venningen!... Il faudra vous habituer aux noms allemands. Quant à cette chère Eléonore, c'est la meilleure personne du monde, la plus gaie aussi. Elle parle notre langue mais si drôlement que Monsieur ne peut l'entendre sans rire aux éclats. Naturellement Madame l'aime beaucoup et n'est pas sans redouter de la voir s'éloigner d'elle. Eléonore est fiancée en effet à un noble alsacien au nom difficilement prononçable pour nous : von Rathsamshausen, dont les biens sont à Strasbourg mais je crois qu'elle sera plus souvent ici que là-bas. Quant à Jeanne des Adrets, c'est un modèle de fille d'honneur, en ce sens qu'elle sait faire face à n'importe quelle situation et qu'elle fait preuve d'une discrétion exemplaire. Elle assume d'ailleurs le poste de gouvernante des filles d'honneur, ce qui n'est pas une lourde tâche puisque c'est moi qui veille à l'entretien de l'appartement. A ce propos nous avons six servantes que je vous présenterai tout à l'heure. Celle qui vous est attribuée s'appelle Marie Chariot. Elle travaille bien mais je vous préviens que c'est une bavarde. Ce qui ne veut pas dire qu'elle soit indiscrète. Simplement elle parle pour le plaisir de parler. Cela dit, je vous l'envoie et vous laisse vous installer du mieux que vous pourrez. Je viendrai vous chercher un peu avant le souper afin de vous présenter à Monsieur... Ah! Mettez la robe verte, elle est de la couleur de vos yeux : cela plaira. Pour ce qui est des souliers, je vais voir si je peux vous en trouver une paire qui convienne : ceux-ci sont impossibles.

Sur cette tirade elle s'éclipsa, laissant Charlotte perplexe et se demandant à quelle aune elle mesurait ce qu'elle appelait une bavarde. Mais après les longs silences imposés par le couvent, c'était un changement plutôt agréable. Comme elle décréta que l'était aussi la carriériste qu'on lui attribuait quand celle-ci vint lui faire sa révérence. Marie était petite, brune, vive avec de beaux yeux bruns, une figure ronde et fraîche, un nez retroussé. Elle avait dix-huit ans et semblait habitée par une perpétuelle bonne humeur. Une fois redressée, elle regarda Charlotte en face et déclara :

— J'aimerais bien plaire à Mademoiselle parce que Mademoiselle me plaît beaucoup!

Charlotte ne put s'empêcher de rire :

— Voilà de la franchise! J'en userai donc à mon

tour : tu me plais aussi et nous devrions nous entendre. Tu sers ici depuis longtemps ?

— Trois ans... et je connais cette maison comme personne.

— Moi je ne la connais pas et je compte sur toi pour m'enseigner. On m'a dit aussi que tu parles beaucoup...

— Ça, c'est Mlle de Theobon ! Elle s'y connaît... mais je sais aussi me taire ! ajouta Marie devenue sérieuse.

Charlotte alors lui tendit spontanément la main que, l'instant de surprise passé, Marie prit avec un petit salut :

— Nous nous entendrons à merveille, conclut la nouvelle fille d'honneur avec une pensée pleine de gratitude pour sa tante Claire.

Sans vouloir le montrer, elle n'avait cessé de redouter ce monde inconnu dans lequel on la précipitait. Cette impression n'entamait en rien la confiance qu'elle avait toujours vouée à sa tante, sachant qu'elle souhaitait son bonheur autant que si Charlotte avait été sa fille, mais passer de l'obligatoire grisaille d'un couvent à cet univers de splendeur et de luxe avait de quoi faire tourner une tête même si la sienne tenait solidement à ses épaules. Maintenant, après l'accueil aimable de la pittoresque Madame, les propos de Mlle de Theobon et la rencontre de Marie Chariot, ses inquiétudes s'étaient enfuies.

La surprise qui l'attendait fut pour le soir même quand à l'heure du souper, qui se prenait en grand appareil, elle put voir Madame auprès de son époux car on ne pouvait imaginer couple plus disparate.

Alors qu'elle était taillée pour porter la cuirasse d'un lansquenet et mesurait une bonne demi-tête de plus que lui, Monsieur – Philippe, duc d'Orléans – eût été indubitablement petit sans le secours des hauts talons rouges de ses souliers et de l'abondante chevelure noire et frisée qui lui ajoutait facilement dix centimètres et descendait plus bas que ses épaules. Madame était blonde, le teint fleuri, la chair opulente, il était mince, presque délicat avec un teint pâle, une minuscule bouche carminée et des yeux très noirs. Assez beau au demeurant en dépit de la bouche en question qui lui donnait un air féminin. Enfin, tandis qu'elle portait la même robe que dans la journée, il arborait un étourdissant habit bleu de France constellé de perles et de menus diamants, surchargé d'une profusion de rubans. Agé de trente-neuf ans – douze de plus que son épouse –, il ne faisait pas plus vieux qu'elle. Très souriant – pétulant même par instants –, Monsieur apportait une atmosphère de luxe, d'élégance et de gaieté sauf quand il était de mauvaise humeur, car il lui arrivait de piquer des colères noires. Les gentilshommes qui l'entouraient étaient très beaux. Singulièrement le chevalier de Lorraine, magnifique et orgueilleux comme un ange déchu dont le regard pâle d'un bleu de glacier n'exprimait le plus souvent qu'un dédain absolu, en particulier lorsqu'il effleurait Madame. N'était-il pas le favori d'un prince qu'il menait alternativement à la baguette et au sentiment ? Il y avait belle lurette que l'on n'ignorait plus, à la Cour comme à la Ville, les goûts homosexuels de Monsieur, et c'était même le côté peu féminin de sa femme qui lui permettait de faire si bon ménage avec elle. Surtout, elle ne ressemblait en rien à la première épouse, l'exquise, gracieuse et un peu perverse Henriette d'Angleterre. Ensuite, lui ayant donné trois enfants, elle ne l'obligeait plus à coucher avec elle. Enfin, elle n'entrerait jamais en compétition avec lui sur le chapitre des atours et autres joyaux dont elle n'avait que faire. Elle n'aurait jamais l'idée de lui disputer les plus gros diamants ou les parures les plus flatteuses et grâce à ces « belles qualités », Philippe goûtait auprès d'elle un repos et une tranquillité d'esprit absolus.

Tout cela, Lydie de Theobon l'avait déjà expliqué à Charlotte afin de lui éviter d'éprouver un étonnement naturel à son âge mais qui eût pu se peindre sur son visage.

— N'importe comment, avait-elle conclu, sachez que Monsieur apprécie la compagnie des dames avec lesquelles il peut discuter chiffons, parures, joyaux. En outre, il attache du prix à ce que la laideur, quelle qu'elle soit, soit bannie de son entourage comme de celui de Madame et de ce côté-là vous pouvez être tranquille. Soignez votre révérence et il n'y aura pas d'anicroche.

Ce fut donc avec un aimable sourire que le prince reçut le salut de la nouvelle fille d'honneur que lui présentait la maréchale de Clérambault. Il déclara même :

— Soyez la bienvenue Mademoiselle de Fontenac. Comme à son habitude Madame a fait preuve du plus grand goût en vous choisissant et...

Il s'arrêta soudain, fit un pas en avant pour mieux

la considérer et leva haut ses noirs sourcils tandis que son œil s'arrondissait :

— Comme c'est étrange ! émit-il. Avez-vous de la parenté en Val de Loire ? J'entends de la parenté proche ?

— Non, Monseigneur. La famille de mon père est issue du Périgord, celle de ma mère de Paris.

— Etonnant ! Tout à fait étonnant ! conclut-il en se tournant vers son épouse à laquelle il offrit la main pour la mener à table.

Tandis que le couple s'éloignait d'elle, Charlotte entendit encore :

— Vous avez l'intention de la mener à Saint-Germain lorsque nous nous y rendrons ?

— Naturellement ! Vous y voyez quelque empêchement ?

— Oui et non ! Quel âge a-t-elle ?

— Quinze ans selon sa tante. Pourquoi ?

— Elle ressemble à quelqu'un... Pour le moment cela peut aller parce que l'enfance est encore présente mais d'ici deux ou trois ans je crains que ce ne soit plus évident...

Charlotte n'en entendit pas davantage. L'étrange couple prenait place en compagnie de ses intimes. Les filles d'honneur, à l'instar de la majeure partie de la cour des princes, se contentaient d'assister : on souperait ensuite.

N'ayant rien d'autre à faire que de regarder, Charlotte fixa son attention sur une ravissante jeune fille d'environ dix-sept ans, assise auprès de Monsieur qui lui parlait souvent et dont, par moments, la main venait se poser sur la sienne avec une visible affection. Elle était brune, pâle, fragile et infiniment gracieuse avec de jolis yeux sombres mais qui ne reflétaient pas la gaieté. La curieuse n'y résista pas.

— La jeune fille près de Monsieur? chuchota-t-elle en se penchant légèrement vers sa voisine qui était Mlle des Adrets.

— C'est Mademoiselle, la fille aînée de Monsieur et de sa première épouse à qui elle ressemble beaucoup. Elle a aussi une sœur cadette.

— Elle paraît si triste...

— Non sans raison : on va lui faire épouser le roi d'Espagne mais elle en aime un autre.

— Qui?

— Chut! La musique va s'arrêter.

Les violons, en effet, achevaient un morceau mais ne s'accordèrent qu'une brève respiration avant d'en entamer un autre. Charlotte étouffa un soupir. Elle avait faim comme il était normal à son âge et les odeurs appétissantes qu'elle était bien obligée de respirer ajoutaient une sensation de vide parfaitement désagréable. Si encore il n'y avait pas ces gens qui bâfraient devant elle!

Madame, pour sa part, dévorait. Ce n'était pas difficile de deviner qu'à ce train elle deviendrait rapidement obèse. Elle faisait passer ce qu'elle ingurgitait au moyen de copieuses rasades de bière. Choses que Charlotte considérait d'un œil où la surprise et l'émerveillement devant la beauté du décor laissaient place à une sensation moins agréable. Non seulement elle était affamée, mais elle avait sommeil. La nuit quasi blanche de sa fuite, d'ailleurs amplement récupérée ensuite dans son lit douillet de Prunoy, constituait une exception dans son existence bien réglée de couventine et elle espérait que le repas n'allait pas durer trop longtemps.

Quand les convives quittèrent enfin la place au son des infatigables violons, les portes d'un splendide salon où des tables étaient disposées s'ouvrirent devant eux : cette soirée était consacrée au jeu alors que d'autres pouvaient se continuer par la comédie, un concert, voire un bal, à moins que Monsieur et ses gentilshommes ne partent se distraire ailleurs. Charlotte remarqua que Mme de Clérambault emmenait la jeune princesse et ne put retenir un soupir que Lydie de Theobon saisit au passage :

— Venez, dit-elle avec un sourire compatissant. Nous allons nous restaurer chez nous et vous pourrez vous coucher. Vous êtes fatiguée ?

— Oh oui ! J'ai peine à me tenir sur mes jambes.

— Manque d'habitude, mais cela viendra. Et puis vous êtes très jeune encore et vous avez eu votre compte d'émotions.

Charlotte la suivit avec reconnaissance. Elle était tellement lasse qu'elle en avait même oublié sa faim mais n'en fit pas moins honneur, une fois assise, au petit souper que lui apporta Marie. D'habitude les filles prenaient ce repas ensemble dans leur cabinet mais celui-ci étant occupé par le lit dressé pour la nouvelle venue, chacune fut servie chez elle et Charlotte, après avoir fait un sort au potage, aux tranches de venaison, aux compotes et aux craquelins, se laissa déshabiller puis se glissa dans le lit que la jeune femme de chambre avait pris soin de bassiner avec un énorme soupir de soulagement :

— Dieu que c'est divin ! exhala-t-elle. Merci Marie !

— Je suis là pour m'occuper de vous ! Faites de beaux rêves, Mademoiselle. Je vais couvrir le feu pour qu'il reprenne demain matin !

Elle fit comme elle avait dit puis quitta la pièce sur la pointe des pieds. Une précaution inutile : après s'être pelotonnée sous ses couvertures à la manière des chats, la nouvelle fille d'honneur de Madame dormait déjà à poings fermés...

Un premier sommeil profond, apaisant comme une plongée dans une eau tiède parfumée mais qui se fit léger au bout de trois heures pour la ramener en surface et lui permettre d'entendre grincer la porte... La chambre où une veilleuse était allumée n'était pas complètement obscure et, dressée sur son séant, elle put voir entrer sans autre précaution une jeune fille armée d'une chandelle et qui s'arrêta net en découvrant le lit et son occupante :

— Oh ! Mais que faites-vous là ?

— Que fait-on dans un lit ? Je dormais...

— C'est ce qui m'étonne. Il n'y a pas de lit à l'accoutumée !

— Je sais. On l'a dressé pour moi. Je suis la nouvelle fille d'honneur de Madame, Charlotte de Fontenac.

— Ah bon !

L'événement sembla plonger l'arrivante dans un étonnement muet... Elle restait plantée là, son bougeoir à la main et sans autre réaction, se contentant de dévisager Charlotte avec d'immenses yeux clairs, d'un gris bleuté, qui s'harmonisaient à la perfection avec ses magnifiques cheveux d'un or rouge que la flamme faisait briller. L'inconnue était d'ailleurs d'une beauté exceptionnelle. Grande et élancée, elle avait un teint éblouissant, un petit visage rond à fossettes, une bouche ravissante, fraîche, pulpeuse et d'un joli corail clair, des traits d'une finesse remarquable et des dents de perle ainsi qu'il était convenu alors de qualifier leur blancheur. Constatant qu'elle restait immobile et ne semblait pas plus décidée à bouger qu'à se faire entendre davantage, Charlotte demanda :

— Puis-je quelque chose pour vous ?

L'apparition tressaillit :

— Je... oui... non ! La voiture qui me ramenait de Clagny a eu un accident, ce qui m'a empêchée de rentrer plus tôt. Je pensais trouver ici de quoi manger !

— Et vous ne trouvez que moi qui ne suis pas comestible. Mais vous avez certainement une femme de chambre ?

— Je... oui, bien sûr !

— Alors appelez-la ! Elle devrait pouvoir vous dénicher un en-cas. Vous êtes Mademoiselle de Fontanges n'est-ce pas ? ajouta Charlotte qui se souvenait des paroles de Theobon au sujet de la quatrième fille d'honneur : « Fort belle mais bête à pleurer... ! » Il y avait quelque chance qu'elle eût en face d'elle l'original du portrait. Et, en effet, la demoiselle opinait de la tête et s'enquérait :

— Vous me connaissez ?

— Non... mais on m'a parlé de vous.

— Ah !

Nouveau silence. Charlotte se demanda si on allait finir la nuit ainsi : elle assise dans son lit et l'autre apparemment pétrifiée dans le double encadrement de la porte et de sa grande mante brune doublée de fourrure dont le capuchon était rabattu sur les épaules. Elle reprit l'offensive :

— Voulez-vous que je sonne pour que l'on vous reconduise chez vous ?

— Oh non ! C'est inutile ! Je vous souhaite une bonne nuit !

Et de repartir comme elle était venue. La porte se referma sur elle et sa bougie tandis que Charlotte se recouchait, remontait drap et couvertures par-dessus ses oreilles et se rendormait aussitôt...

Dès le lendemain, Charlotte put constater que le métier de fille d'honneur chez Madame n'avait rien d'astreignant et que ces demoiselles constituaient surtout un élément décoratif lorsque la princesse ou le couple recevait et aussi quand leur entourage était réuni aux soupers. La plupart du temps on s'ennuyait élégamment, une broderie ou un livre aux doigts, mais, heureusement on était au cœur de Paris et ses nombreuses boutiques offraient une possibilité de distractions sans compter les relations avec l'aristocratie du Marais et, par beau temps, la promenade de la Place-Royale. La Palatine, elle, se satisfaisait, lorsqu'elle ne chassait pas, à rester dans son cabinet pour y converser avec les portraits de ses parents allemands qu'elle y avait rassemblés et surtout à écrire, sur un riche papier épais à tranche dorée, d'innombrables lettres auxdits parents sans oublier ceux ou celles qui avaient su s'attirer son amitié. Même à la toilette que Madame voulait minutieuse – et à l'eau froide ! – elles ne jouaient qu'un rôle effacé : c'était l'ouvrage des femmes de chambre et de la dame d'atour, laquelle d'ailleurs ne croulait pas sous le contenu de la garde-robe dont on sait qu'elle ne débordait pas de vêtements et encore moins de falbalas. Evidemment, elle avait la charge des bijoux mais comme Madame, à l'exception de quelques belles perles, n'en portait pas souvent, elle se contentait de les passer en revue chaque jour afin de s'assurer qu'il n'en manquait pas. Il pouvait arriver que Monsieur, qui, lui, les adorait, se permît un emprunt mais il ne manquait pas de les restituer. Seule exception dans le quatuor juvénile, Mlle von Venningen, avec qui Madame parlait allemand, ne la quittait guère comme Mlle de Theobon qui avait son amitié et sa confiance.

Au matin de son arrivée, donc, Charlotte choisit d'aller visiter le jardin qu'elle avait seulement aperçu depuis les fenêtres. Elle adorait les plantes, les fleurs, les arbres, et ses meilleures heures au couvent avaient été celles passées dans l'enclos à regarder pousser et s'épanouir selon les saisons perce-neige et hellébores, primevères, violettes, giroflées et pivoines mais surtout les roses. Sans oublier les herbes médicinales dont l'infirmerie faisait grande consommation. Le plus souvent en compagnie de son amie Victoire des Essarts qui partageait cette attirance.

Au Palais-Royal, le jardin ne ressemblait guère à celui des Ursulines. Récemment redessiné par le déjà célèbre Le Nôtre, il étalait noblement ses parterres de broderies autour des deux bassins qu'animaient des jets d'eau lorsque les princes s'y promenaient. De part et d'autre, une longue allée d'ormes abritant des bancs de pierre invitait à un moment de détente ou de rêverie. C'est sur l'un d'eux que Charlotte choisit de s'asseoir après avoir effectué le tour complet. Il faisait doux ce matin et un clair soleil s'insinuait entre la tendre verdure des feuilles nouvelles en train de poindre. Elle y était depuis un petit moment quand elle vit venir à elle cette Fontanges dont elle avait fait connaissance dans la nuit de façon tellement inattendue.

— Me permettez-vous de m'asseoir auprès de vous ? demanda celle-ci avec un air de timidité qui lui allait bien. Je suis vraiment désolée de vous avoir dérangée dans votre sommeil. Je ne l'ai pas fait exprès...

— J'en suis persuadée, dit Charlotte en lui rendant son sourire. Vous ne pouviez pas deviner qu'on avait installé un lit dans ce cabinet. Mais prenez place, je vous en prie, ajouta-t-elle en resserrant ses jupes contre elle. On a dû vous dire que j'étais entrée au Palais-Royal de façon un peu fortuite, amenée par ma tante la comtesse de Brecourt que vous connaissez peut-être ?

— Non. Il n'y a pas très longtemps que je suis au service de Madame et on ne me parle pas beaucoup. Avant que Mme la marquise de Montespan ne m'invite chez elle, je m'ennuyais parce que j'étais souvent seule...

— Seule ? Dans ce palais plein de monde ?

— Il y a du monde, oui, mais il est parfois si méchant !

— Méchant ? Pas Madame tout de même ?

— Non. Elle a été bonne pour moi. Même, elle a empêché les autres de se moquer de moi.

Charlotte ouvrit de grands yeux :

— Qui pourrait avoir envie de se moquer ? Vous êtes belle à miracle.

— Oui, mais je ne suis pas au fait des usages d'ici. Je viens d'une campagne d'Auvergne et je ne sais pas de quoi on parle quand il est question de livres, de théâtre, ou des bruits de la Ville et de la Cour. Les autres filles me trouvent gauche, sotte parce que je ne sais rien de ce qui les amuse. Alors j'ai regretté ma campagne. C'est beau chez moi, vous savez ?

Et peut-être parce qu'elle s'était tue trop longtemps, elle se mit à évoquer pour cette inconnue son vieux Cropières, la vaste maison méritant à peine le nom de château, tapie au fond d'un vallon près du bourg de Raulhac. De hauts toits d'ardoise et une courte tour carrée marquaient seuls la seigneurie de cette demeure où elle était née et elle trouva pour la décrire des mots simples et touchants mais devint presque lyrique en évoquant les bois de châtaigniers, les eaux vives, les nuages changeants de son plateau cantalien et les petits bergers des champs paternels.

— Et chez vous, comment est-ce ? demanda-t-elle en forme de conclusion.

— Je n'ai pas de chez moi. Tant qu'a vécu mon père je vivais dans une belle demeure de Saint-Germain mais dès sa mort j'ai été mise pensionnaire chez les Dames Ursulines et l'on m'a fait savoir que je devais me préparer à y passer le reste de ma vie.

— Et vous ne le souhaitez pas ?

— Evidemment non ! Je veux seulement une vie comme les autres : me marier, avoir des enfants ! Vivre enfin, mais ma mère ne le veut pas. C'est pourquoi je suis réfugiée chez Madame. Et je suis bien contente !

La jeune Angélique prit un air boudeur :

— Pas moi ! Et j'espère ne plus revenir ici ! C'est tellement mieux à Clagny, chez Mme de Montespan ! Tout est fabuleux ! Les salons, les meubles, les toilettes, les jardins !...

Charlotte émit un sifflement aussi peu protocolaire que possible :

— Vous me paraissez difficile, Mademoiselle de Fontanges ! Ici ce n'est pas mal non plus il me semble et l'on m'a dit que le château de Saint-Cloud, où nous passerons la belle saison, est une merveille !

— Ce n'est pas pareil ! Là-bas on m'a habillée comme une princesse... et puis il y a le Roi à qui j'ai été présentée ! asséna-t-elle avec une autorité et un air de tête qui se voulaient superbes.

— Ah ! Evidemment ! Et comment est Sa Majesté ?

Une sorte d'extase se peignit sur le visage de la jeune fille tandis qu'elle joignait ses mains et levait les yeux vers le ciel telle une sainte attendant une apparition.

— Oh ! C'est le plus bel homme de la terre ! Il brille comme le soleil tant son habit porte de pierres précieuses ! Mais il pourrait ne porter qu'un petit habit : à son regard impérieux on sait tout de suite qu'il est le maître ! Et ce regard il l'a posé sur moi ! Il a même pris un moment ma main dans la sienne et j'ai cru défaillir !

— A ce point ? émit Charlotte, qui pensait que c'était peut-être un peu beaucoup.

— Oh oui ! Bien plus même !... Il a promis que nous

nous reverrions bientôt! C'est pourquoi, ajouta-t-elle soudain boudeuse, je suis fort étonnée que Mme de Montespan ne m'ait pas gardée chez elle. Enfin! J'ai bon espoir d'y retourner un jour prochain puisque le Roi a promis!

Elle se leva sur ces derniers mots :

— Je crois que je vais rentrer! Je sens un peu de frais!

Elle quitta Charlotte sur un petit salut et retourna vers l'entrée du palais, laissant sa confidente d'un instant partagée entre la compassion et l'envie de rire. Mlle de Theobon avait raison, Angélique de Fontanges était sans doute la plus jolie fille qui soit mais c'était une vraie bécasse! Etonnamment frileuse pour qui avait passé sa vie dans les montagnes d'Auvergne et au milieu des moutons! En reprenant sa promenade à travers les jardins, Charlotte se promit de lui montrer à l'avenir plus d'intérêt puisque c'était ce dont elle semblait manquer le plus. Ainsi elles se sentiraient moins seules l'une et l'autre...

Elle se disposait à rentrer à son tour quand elle vit venir l'un des pages de Madame, un jeune Allemand nommé Wendt qui l'avait saluée quand les princes allaient à table et avec qui elle avait échangé un sourire. Avec un accent à couper au couteau, il lui remit une lettre que l'on venait d'apporter pour elle, salua, sourit à nouveau et s'éclipsa. Reconnaissant l'écriture de sa tante, Charlotte se hâta de l'ouvrir...

A son retour à Prunoy, Claire de Brecourt trouva sa maisonnée en révolution, ses jardiniers déjà occupés à effacer, sur le sable des allées, le passage d'une troupe à cheval et Marguerite au comble de l'excitation. Laissant à peine le temps à sa maîtresse de descendre de carrosse, elle clama :

— Est-ce que Madame la comtesse se rend compte! Les gendarmes du Roi ici, fouillant la maison, posant des questions sur ceci ou sur cela?

— Ne serait-ce pas sur Charlotte? Il fallait bien nous attendre à quelque chose de ce genre. Ont-ils fait des dégâts?

— Non. Nous y avons veillé, Marguerite et moi, déclara Robin, le majordome, et nous n'avons pas eu trop de mal parce que si ces gens venaient au nom du Roi, ils n'avaient aucun ordre écrit à présenter. Ils se sont contentés de regarder partout mais sans rien abîmer et sans rien déranger. Ça, ils ont ouvert toutes les portes pour regarder ce qu'il y avait derrière et ils ont interrogé tout le monde sans obtenir une autre réponse que : on n'a pas vu Mlle de Fontenac depuis six mois. Et quand je leur ai rappelé que Madame était des dames de la Reine, ils ont eu l'air surpris et n'ont pas insisté.

— Allons, le mal n'est pas grand et je vous remercie tous de votre attitude et de votre fidélité. L'absence de mandat prouve à l'évidence que ces gens ont dû être envoyés grâce à une complaisance de leur chef... Au fait, savez-vous son nom?

— Un certain capitaine Langlumée, mais ce n'est pas lui qui m'en a informé : c'est l'un de ses hommes... Bizarre, non?

— Oui, mais facile à comprendre : ils n'avaient aucun pouvoir réel et leur intervention a dû être obtenue d'une façon aussi peu officielle que possible ! Je verrai cela demain en allant chez la Reine...

Elle devinait sans peine d'où venait le coup. Ce Langlumée devait faire partie des « relations » de sa belle-sœur mais il convenait d'être prudente et de ne pas prendre l'affaire à la légère, même si le Roi n'en savait rien. Ce qui signifiait que les relations nouées par la mère de Charlotte avec la nouvelle marquise de Maintenon étaient peut-être plus efficaces que l'on ne pouvait s'y attendre...

La confirmation lui vint une heure plus tard en la personne de Marie-Jeanne elle-même dont la voiture stoppa devant le perron du château peu avant l'heure du souper. Laissant à peine au cocher le temps d'arrêter ses chevaux, Mme de Fontenac sauta à terre et se précipita à l'intérieur, relevant à pleines mains une jupe de velours rose et des jupons de dentelle découvrant des petits souliers de même tissu et de même couleur. Sur l'ensemble une ample mante dans une gamme de nuances assortie mais beaucoup plus foncée et fourrée d'hermine dont la vue remonta d'un pouce les sourcils de Mme de Brecourt : avait-on jamais vu une veuve proche de la quarantaine s'habiller de rose comme une jouvencelle ? Il devait y avoir du vrai dans cette histoire de remariage...

N'ayant nulle envie de la voir envahir ses salons, elle choisit de la recevoir dans le vestibule afin de ne laisser aucune équivoque sur le ton réel de leurs relations, mais elle n'eut pas le loisir d'ouvrir la bouche pour demander à l'intruse ce qu'elle venait faire chez elle. Déjà, la baronne s'écriait :

— Où est Charlotte ? Puisque ces imbéciles ont

été incapables de la trouver je viens la chercher! Qu'on me l'amène, je n'ai pas de temps à perdre...

— Moi non plus. Alors autant que vous le sachiez une bonne fois, elle n'est pas ici et vous pouvez repartir!

Le joli visage de poupée que la maturité commençait à orner d'un double menton se crispa de fureur :

— Pas sans elle! Je sais qu'elle est chez vous et je vous conseille de cesser ce jeu qui pourrait vous coûter fort cher!

Debout sur la dernière marche du grand escalier, les bras croisés sur sa poitrine, la comtesse s'esclaffa :

— N'essayez pas de m'intimider. Vous me connaissez suffisamment pour savoir que c'est au-dessus de vos moyens. En outre vous devriez accorder quelque confiance à la horde que vous avez eu l'audace de m'expédier. Ils n'ont pas trouvé ma nièce pour l'excellente raison qu'elle n'y est pas! Rentrez chez vous et n'en parlons plus!

— Vous ne vous en tirerez pas de la sorte. Si elle n'est pas ici, c'est qu'elle est dans votre hôtel de Paris ou – pourquoi pas? – à Brecourt.

Claire haussa les épaules :

— Ridicule! Voulez-vous me dire ce que pourrait faire une enfant de quinze ans seule dans un hôtel fermé ou dans un château féodal glacial battu par les vents de mer? Le remède serait pire que le mal, car ce serait changer de prison.

— Je ne vous crois pas! Vous la cachez quelque part et je vous donne ma parole que je mettrai la main dessus. Ce sera effectivement pour changer de prison car c'est au Carmel que je l'enfermerai ! Je suis sa mère, vous l'oubliez un peu vite !

— Ne l'oubliez-vous pas vous-même ?... Afin de vous assurer la fortune de mon frère pour en faire hommage à ce bellâtre prétentieux qui pourrait être votre fils et que vous vous disposez à épouser ? Etrange mère, en vérité ! Jamais vous n'avez su ce que c'était et il serait fort étonnant que vous le découvriez à présent qu'il est trop tard !

— Je n'ai que faire de votre opinion. J'entends faire de ma fille ce que je veux !

— Au risque de la réduire au désespoir, mais que vous importe n'est-ce pas ? Elle n'est pas faite pour le couvent et Dieu ne s'intéresse pas aux « vocations » forcées. Charlotte se mariera...

— Pas sans dot ! grinça Marie-Jeanne.

— J'y pourvoirai, rassurez-vous ! Et mon fils m'approuvera.

— Vous la doteriez ? Vous ?

— Je viens de vous le dire !

— C'est vrai que vous êtes riche !

L'amère expression de cupidité qui transparaissait fit grimacer Mme de Brecourt :

— Vous l'êtes aussi. Ou plutôt vous l'êtes encore jusqu'à ce que votre bel ami vous réduise à la misère. Ce à quoi il ne manquera pas, vous pouvez en être sûre. A présent faites-moi la grâce de vous retirer. J'en ai terminé !

— Oh, vous n'en avez pas fini avec moi ! Je sais où porter ma plainte !

— Et je sais, moi, comment vous le faire regretter ! Je vous donne le bonsoir !

Achevant de descendre son escalier, la comtesse obligea son ennemie – c'était bien le terme qui convenait ! – à s'écarter sans ajouter un mot et passa dans le premier salon en prenant soin de refermer la porte derrière elle. Quelques instants plus tard, le roulement d'une voiture lui apprit que sa visiteuse importune s'en allait.

Celle-ci n'avait pas franchi les grilles que Marguerite rejoignait sa maîtresse. Et, naturellement, elle n'avait pas perdu un mot de l'algarade :

— Qu'entendait-elle par « je sais où porter ma plainte » ?

— Rien ! Simple formule destinée à m'impressionner.

— Si j'étais vous j'en serais moins sûre ! C'est une vipère que cette femme. Il convient de s'en méfier.

— Je n'ai jamais dit le contraire mais je te rappelle qu'elle n'est pas reçue à la Cour où elle s'est arrangée pour déplaire à tout le monde. Après sa nuit passée avec le Roi, elle s'est vue au sommet de l'Olympe et en vingt-quatre heures elle avait réussi à offenser la Reine, qu'elle s'était autorisée à traiter avec désinvolture, et à se mettre à dos la redoutable Montespan. Le jour suivant elle était renvoyée dans ses foyers...

— Oui, mais il y a cette nouvelle « amie » du Roi...

— La Maintenon ? Qu'elle lui fasse bon visage est toujours possible mais je ne pense pas qu'elle aurait la sottise de plaider sa cause auprès du Roi. Notre Sire a la mémoire longue tu sais et le souvenir qu'il en garde ne doit pas être des meilleurs...

— Sait-on jamais avec lui ?

— Et en admettant même qu'elle y parvienne ?

Charlotte est désormais sous la protection de Madame que le Roi apprécie énormément parce qu'elle lui parle vrai et qu'elle partage sa passion pour la chasse et la table ! Ce qu'il n'a encore jamais rencontré chez une jeune femme. Il y regarderait à deux fois avant de contrarier sa belle-sœur parce qu'il la sait très capable d'exploser ! Rassure-toi ! Je sais Charlotte à l'abri et je vais lui écrire pour lui dire où nous en sommes. Elle se sentira mieux ! Et moi, demain, je reprends mon service auprès de la Reine...

La lettre, en effet, fit grand plaisir à Charlotte... Après l'avoir relue, elle la plia soigneusement et la rangea dans le sac poussé sous son lit où elle serrait ses affaires, son installation dans le cabinet des filles d'honneur où celles-ci pouvaient entrer gardant un côté provisoire. On l'avait bien munie d'un coffre pour ses vêtements, mais la serrure n'avait pas de clef. Comme le lui avait expliqué Mlle des Adrets chargée de la bonne marche de l'appartement de ces demoiselles, c'était déjà une chance d'avoir un lit dans une pièce séparée. Son arrivée impromptue aurait pu lui valoir un matelas et une couverture dans l'une des chambres...

Le reste de la journée se passa sans incident. Ce ne fut pas le cas de la nuit suivante.

Par extraordinaire, ce soir-là, tout le monde s'était couché de bonne heure au palais où il n'y avait pas eu de grand couvert. Monsieur avait pris froid. Il toussait à fendre l'âme et, retranché dans son lit sous la surveillance de son médecin Jean Esprit, buvait force tisanes sucrées au miel et, entre chaque tasse, consultait son miroir à main pour voir si la fièvre qui lui rougissait le nez et faisait pleurer ses yeux ne commençait pas à céder. Madame, elle, qui avait soupé chez elle et en avait profité pour se faire servir une énorme choucroute accompagnée de saucisses variées, jambons, cervelas et autres charcuteries qu'elle se faisait envoyer d'Heidelberg, subissait les contrecoups de sa gourmandise – ce chef-d'œuvre ayant été précédé d'une tourte au gibier et suivi de quenelles de foie, de fromage de Munster et d'un assortiment de pâtisseries et de confitures. En dépit – ou à cause – de quelques pintes de bière, elle ne parvenait pas à digérer et comme elle faisait partie de ces déshérités qui n'arrivent pas à vomir, elle s'était réfugiée dans ses draps, une boule d'eau chaude sur son estomac gonflé dans l'espoir d'en activer la fonction. En compagnie aussi de Venningen qui lui lisait, en allemand, de vieilles légendes de son pays.

Il était environ minuit quand une troupe de cavaliers se présenta à l'entrée du Palais-Royal qu'elle prétendit se faire ouvrir au nom du Roi. Les sentinelles tentées de parlementer furent vite réduites au silence. C'était Louis XIV en personne qui, entouré d'une poignée de gardes du corps, arrivait chez son frère mais refusa qu'on le dérange. Ce n'était pas lui qu'il venait voir. D'un pas rapide, Sa Majesté entra dans le palais qu'elle traversa jusqu'à la deuxième cour au-delà de laquelle étaient les jardins dont une série d'arcades les séparaient. A main gauche se trouvait une porte menant à des appartements... dont celui des filles d'honneur.

Charlotte, qui commençait à s'endormir, entendit les coups frappés à ladite porte, sauta à bas de son lit et entrouvrit la sienne. Cela lui permit de saisir l'exclamation étouffée de Mlle des Adrets :

— Sire !

Il y eut des pas rapides et aussitôt après l'irruption dans son logis provisoire de Theobon et des Adrets en bonnet de nuit, robes de chambre et pantoufles. L'une et l'autre tout effarées et, du coup, même pas étonnées de la voir debout. Charlotte souffla :

— Est-ce que c'est vraiment... le Roi ?

Louise des Adrets fit « oui » de la tête puis murmura comme si elle se parlait à elle-même :

— Le moyen de lui refuser la porte ?

— Mais que vient-il faire ?

La candeur de la question arracha un sourire et un haussement d'épaules à Theobon :

— Il vient voir Fontanges !

— A cette heure-ci ? Et... depuis Saint-Germain ?

— Il n'y a pas d'heure pour les braves, ni de distances ! Et ne me regardez pas de cet œil ahuri ! A quinze ans et dans un palais princier on est en âge d'entendre ces choses-là ! Il est venu coucher avec elle et nous voilà dehors !

— Mais... que vont dire Madame et Monsieur ?

— Madame je ne sais pas. Ce n'est pas la première fois que Sa Majesté lui... emprunte une de ses filles d'honneur. Je me suis même demandée si elle ne faisait pas exprès de nous choisir plutôt jolies alors qu'elle-même est franchement laide.

Charlotte tombait des nues :

— Pourquoi le ferait-elle ?

— Pour lui faire plaisir, la renseigna des Adrets. Elle a de la tendresse pour lui, vous savez. Peut-être un peu trop et on ne peut pas lui donner tort : le Roi est charmant... quand il veut ! C'est un moyen comme un autre de s'attirer son amitié et de le faire venir chez elle... Si on s'asseyait ? Le feu est éteint et on ne peut pas dire qu'il fasse chaud !

Les trois filles s'installèrent sur le lit en se couvrant de leur mieux avec les couvertures et entamèrent une attente suffisamment longue pour que Charlotte se rendorme tandis que les deux autres restaient aux aguets. Ce fut seulement après trois heures du matin que le pas royal précipita Louise hors du cabinet. Comme elle avait laissé la porte entrebâillée, on put entendre :

— Un carrosse de la Cour viendra prendre Mlle de Fontanges vers midi. Veillez, Mademoiselle, à ce qu'elle soit prête !

— Aux ordres de Votre Majesté !

L'instant suivant elle rejoignait Lydie et Charlotte, complètement réveillée cette fois :

— Eh bien, soupira-t-elle, j'ai l'impression que ce soir vous rejoindrez la chambre des filles d'honneur, Fontenac !

Cependant, Louis XIV allait retrouver son escorte. Mais en traversant le corps de logis principal, il eut la surprise de voir en face de lui Monsieur son frère plus bouillant encore d'indignation que de fièvre et qui, enveloppé de deux robes de chambre, d'une pelisse fourrée, coiffé d'un bonnet de nuit et soutenu par son médecin se dressait sur son passage tel le génie de la vengeance :

— Vous ici, Sire mon frère ? Et à cette heure de la nuit ? Prendriez-vous ma maison pour un bordel ?

Hors de lui, la fureur le faisait bégayer. Malheureusement, son accoutrement le rendait plutôt comique. Le Roi eut un bref éclat de rire mais se reprit vite :

— Votre maison ? fit-il soudain cassant. Vous oubliez mon frère que ce palais vous est seulement prêté et qu'il m'appartient toujours. Il ferait beau voir que je ne sois pas libre de mes mouvements dans une demeure qui est mienne...

De rouge Monsieur vira au blanc cependant qu'un éclair traversait ses yeux noirs :

— Le fait d'être votre frère m'ôte-t-il tout droit à la moindre considération ?

— Nullement... mais quand vous aurez à vous plaindre arrangez-vous pour n'être pas risible !

Et sur cette flèche cruelle, Louis alla rejoindre son escorte et reprit au galop le chemin de Saint-Germain. Quelques heures plus tard, Angélique de Fontanges, rayonnante de joie et d'orgueil, faisait ses adieux à Madame ainsi qu'à ses compagnes et montait dans la voiture que lui envoyait celui qui était à présent son amant...

Chapitre 3

Un fâcheux portrait...

Entre la maison de Monsieur et celle de Madame, les contacts n'étaient pas fréquents. L'un habitait une aile du palais, l'autre celle d'en face. On se rejoignait pour le souper, pour les réceptions particulières ou pour des divertissements communs dans le corps de logis central, lieu de rencontre naturel. Parfois aussi dans les jardins lorsque le temps le permettait. Charlotte pour sa part y descendait fréquemment quelle que soit la couleur du ciel. Elle allait s'asseoir sur la margelle du premier bassin pour donner du pain aux oiseaux ou, d'autres fois, prenait place sur un banc avec un livre. Elle avait découvert un volume des fables de M. de La Fontaine chez un libraire du Palais de la Cité où l'avait conduite Lydie de Theobon et s'en délectait.

Ce matin-là, délivrée de son service et profitant d'un rayon de soleil, elle s'enveloppa de sa mante fourrée, prit son livre, descendit pour s'installer sur son banc favori qu'elle eut le désagrément de trouver occupé : deux jeunes gens qui ne pouvaient être que des proches de Monsieur si l'on en jugeait le nombre des rubans de leurs justaucorps – bleus pour l'un et rouges pour l'autre – s'y entretenaient avec animation.

Voyant qu'ils lui tournaient le dos, elle eut soudain envie de savoir de quoi ils pouvaient parler et s'approcha discrètement en restant prudemment à l'abri d'une statue.

— Tu y es vraiment allé, marquis ? Pour quoi donc ?

— Pour qu'elle me dise la bonne aventure, pardi ! Il y a des choses que j'avais besoin de savoir et avant même d'ouvrir la bouche j'ai entendu tout ce que je désirais apprendre. C'est une affreuse matrone mais c'est une fameuse devineresse. Crois-moi, tu devrais la consulter, ajouta-t-il en donnant une petite tape sur l'épaule de son compagnon. Elle est passionnante !

Il possédait une voix haut perchée, des gestes précieux et chacun de ses mouvements dégageait une onde de parfum ambré. Son ami semblait plus calme – un peu moins de rubans aussi – et s'exprimait dans un registre moins aigu.

— Je n'en vois pas la nécessité, fit-il. Et puis je ne sais pas si ce genre de visite est bien prudent. D'Assigny en parlait l'autre soir chez Mme de Soissons. Il en disait merveilles et surtout qu'elle procure des poudres pour l'amour...

— C'est bien, l'amour, non ?

— ... mais aussi pour se débarrasser facilement des gêneurs. Et moi personne ne me gêne !

— Moi non plus, mais je suppose qu'il n'en est question que lorsqu'on lui demande. Encore une fois, elle peut te dévoiler ton avenir... Le mien sera superbe et c'est ce que je voulais savoir ! Nous rentrons à présent ?

— Ma foi non. Je suis bien et je reste !

Voyant se lever le garçon aux rubans bleus, Charlotte exécuta un mouvement tournant autour de sa statue pour ne pas être surprise en train d'écouter, le laissa prendre du champ puis courut pour le rattraper : il venait de dire des choses si passionnantes qu'elle n'hésita pas à l'interpeller :

— Monsieur !... Monsieur !

Il s'arrêta, retourna majestueusement sa longue silhouette qu'une perruque brune très frisée grandissait davantage :

— Qu'est-ce ? émit-il en cherchant parmi les dentelles de sa cravate un face-à-main dont il chaussa un nez presque grec. Est-ce moi que vous interpellez ainsi, jeune dame ?

— Oui, Monsieur et je vous en demande excuses. Je suis Charlotte de Fontenac, fille d'honneur de Madame...

Il s'inclina, une jambe en avant tandis que son chapeau noir orné de plumes bleues exécutait quelques mouvements de voltige selon le rite de la bienséance :

— Charmé !... Adhémar de Saint-Forgeat, gentilhomme de Monsieur, pour vous servir... Si vous me disiez en quoi... ?

— J'y viens... mais d'abord il me faut demander votre pardon une fois de plus, pour l'indiscrétion involontaire que j'ai commise. Je vous explique : je viens souvent lire sur ce banc où vous étiez il y a un instant. Je vous ai vu trop tard et, sans le vouloir, j'ai entendu quelques-uns de vos propos. Je les ai trouvés si passionnants que j'ai continué à écouter. Ce n'est pas convenable mais je ne suis ici que depuis peu et j'aurais grand besoin de savoir ce que l'avenir me réserve et...

— Vous voudriez consulter ma devineresse ?

— Voilà !

Un sourire en demi-lune se peignit sur le visage du jeune homme :

— C'est trop naturel... et d'ailleurs ce n'est pas un secret. Cette femme est fort connue à Paris. Le meilleur monde se succède chez elle...

— Est-ce que... Est-ce qu'elle est chère ?

— Un écu... mais cela le vaut. Davantage évidemment si on lui demande un... service particulier.

— Oh non ! Je souhaite seulement qu'elle me dise la bonne aventure. A vous entendre, j'ai cru que l'on pouvait lui faire confiance ?

— Tout à fait ! s'écria le jeune homme – il ne devait guère avoir plus de vingt ans ! –, visiblement ravi d'avoir fait une adepte. Eh bien, sachez qu'elle se nomme Catherine Mauvoisin, dite la Voisin, et qu'elle habite une belle maison rue Beauregard près de l'église Notre-Dame de Bonne-Nouvelle dans le quartier de la Villeneuve-sur-Gravois... Connaissez-vous Paris ?

— Non ! Je vivais à Saint-Germain jusqu'à présent et ne suis jamais venue au Palais-Royal avant mon entrée chez Madame !

— Ah !... Eh bien c'est, comme son nom l'indique, un quartier assez neuf où gîtent volontiers des menuisiers. Il s'y trouve des maisons cossues avec parfois un jardin, dont celle de la Voisin... Je vous y mènerais volontiers, ajouta-t-il après un court silence, si je ne devais demain accompagner Monsieur qui se rend pour quelques jours à son château de Villers-Cotterêts.

La grimace qu'il fit sur les derniers mots laissa entendre que ce voyage ne l'enchantait pas. Compatissante, Charlotte demanda :

— Vous êtes obligé d'y aller ?

— J'ai l'honneur d'être l'un des proches de Son Altesse Royale sans lesquels elle ne saurait se déplacer, mais le château où elle a fait exécuter des travaux est... à peine habitable en cette saison et je m'enrhume si facilement ! fit-il en extrayant de sa manche un mouchoir orné de dentelle qu'il agita devant son visage comme pour chasser les mouches.

La mine piteuse de ce grand garçon si visiblement en bonne santé amusa Charlotte mais elle n'en montra rien. C'eût été maladroit. Tout au contraire, elle dit gentiment :

— Je vous promets de prier pour que le temps vous soit clément et que vous ne restiez pas trop longtemps !

— Ah, vous êtes bonne ! soupira-t-il avec âme. Soyez assurée qu'au retour je vous reverrai avec plaisir !... Croyez-moi bien votre serviteur, ajouta-t-il en renouvelant son salut.

Et il s'éloigna d'un pas dansant rendu possible par le fait que lui, au moins, ne portait pas de talons trop hauts. Charlotte le regarda disparaître dans le palais côté Monsieur, regagna à son tour le côté Madame et la chambre qu'elle partageait désormais avec

Lydie de Theobon, qui d'ailleurs n'y était pas. Elle en profita pour appeler Marie sa caméristе qu'elle savait parisienne et lui demanda si elle connaissait l'église Notre-Dame de Bonne-Nouvelle. Celle-ci répondit par l'affirmative mais sans cacher sa surprise :

— Vous voulez y aller?

— Oui. Est-ce loin d'ici?

— Environ un quart de lieue. Cela fait une demi-heure à pied... Evidemment en voiture...

— Non. Je veux marcher. Nous irons ce tantôt?

Madame ayant annoncé qu'elle avait plusieurs lettres à écrire, les filles d'honneur avaient quartier libre. Charlotte explora la bourse remise par sa marraine. N'y ayant fait que des prélèvements légers – des gants, et une écharpe! –, elle était encore suffisamment pleine pour que l'écu destiné à la devineresse n'y soit pas trop sensible. On pourrait même au retour, si la fatigue se faisait sentir, s'offrir un fiacre à 10 sols l'heure[1]. Et vers les trois heures, Charlotte flanquée de Marie partait pour sa première sortie dans Paris sans autre mentor que sa caméristе. Et à pied! Jusque-là Mlle de Theobon l'avait conduite dans des boutiques et aussi, à sa demande, chez des libraires. Dans son couvent, Charlotte avait en effet pris le goût de la lecture. Et maintenant, chaudement enveloppée dans son manteau fourré qui la défendait contre le vent coulis qui régnait par les rues, réintégrée dans ses chaussures de pensionnaire, elle savourait le bonheur d'aller ainsi le nez au vent

1. Ces voitures, récentes, partaient de l'hôtel Saint-Fiacre, d'où leur nom!

et de se plonger dans l'activité de la capitale qui ne s'endormait jamais beaucoup, même à la nuit close. Venait alors le temps des plaisirs plus ou moins défendus, des tripots, des voleurs et des filles de joie. Nombre de ces rues où s'attardait parfois la boue de la dernière pluie, mais qui vibraient de couleurs et de vie, se changeaient en coupe-gorge et la nouvelle venue savait déjà qu'il valait mieux ne s'y aventurer qu'en voiture et avec une escorte de valets de préférence.

Elles allèrent d'un si bon pas qu'en vingt minutes elles eurent atteint la Villeneuve-sur-Gravois, ce quartier qui se bâtissait en hauteur sur les remblaiements du tout nouveau boulevard proche de la majestueuse porte Saint-Denis élevée sur l'emplacement de l'ancien rempart de Louis XIII. Notre-Dame de Bonne-Nouvelle régnait sur ce quartier peu dense dont la pointe de deux rues – La Lune et Bonne-Nouvelle – s'avançait en proue de navire au-dessus du boulevard. Un boulanger était installé là, répandant autour de lui une délicieuse odeur de pain chaud. Charlotte en acheta deux petits à la femme qui les vendait et lui demanda où habitait la dame Mauvoisin.

D'avenant, le visage de la boulangère se ferma :

— C'est la deuxième maison à main gauche dans cette rue mais ça m'étonnerait que vous la trouviez au logis.

— Pourquoi ?

— J'en sais rien. C'est juste un conseil. Et puis ce n'est pas un endroit pour une jolie demoiselle comme vous !...

— Oh, je veux seulement lui parler.

Elle avait été bien élevée. Elle se retint de conseiller à cette femme de se mêler de ce qui la regardait, paya ses petits pains, en donna un à Marie et, mordant dans le sien, elle se dirigea vers le lieu indiqué. C'était une assez belle demeure entourée d'un jardin clos de murs... Une porte munie d'un guichet y donnait accès et Charlotte actionna énergiquement le heurtoir de bronze. Au bout d'un instant, le guichet s'ouvrit et la tête d'une femme apparut :

— Qu'est-ce que vous voulez ?

— Voir la dame Mauvoisin. On m'a dit que...

Le volet se referma mais la porte s'ouvrit sur une matrone qui était sans doute une domestique... plutôt sale, qui la regardait d'un air terrifié et s'apprêtait à ouvrir la bouche pour dire quelque chose quand un homme parut dans le couloir d'où partait un escalier :

— Par ici, Madame, fit-il d'un ton revêche. Votre servante restera avec moi !

Et il introduisit incontinent la jeune visiteuse dans une pièce entièrement tendue de velours noir et qui eût été obscure sans le chandelier à cinq branches posé sur une table recouverte du même tissu et côtoyant une grosse boule de verre posée sur un trépied. Le reste du mobilier se composait de trois sièges tendus de tissu rouge – un fauteuil derrière la table et deux chaises devant – et d'une armoire à plusieurs compartiments.

On lui désigna l'une des deux chaises où on la laissa seule pendant quelques instants, puis l'un des rideaux bougea mais au lieu de la devineresse qu'elle attendait, ce fut un autre homme, jeune celui-là, qui en sortit et vint s'asseoir à sa place.

— Voulez-vous me dire ce que vous faites là, Mademoiselle de Fontenac ? s'enquit-il calmement.

Avec stupeur Charlotte reconnut le policier rencontré près de la chapelle désaffectée la nuit de sa fuite, mais le ton qu'il employa lui déplut et elle retrouva sa combativité :

— Il me semble que ce serait à vous de m'apprendre pourquoi je vous trouve dans la maison de Mme Mauvoisin ?

Il eut un rire bref :

— « Madame Mauvoisin » ? Que de cérémonies pour une criminelle plus connue sous le nom de la Voisin. Vous la connaissez bien... Vous êtes venue la consulter combien de fois ?

— C'est votre habitude de poser plusieurs questions en même temps ?

— Cela peut s'avérer efficace, mais revenons à vous. N'êtes-vous pas un peu jeune pour fréquenter ce genre de femmes ?

— Je ne fréquente pas. Je viens pour la première fois.

— Qui vous a donné l'adresse et indiqué la Voisin ?

— Ça ne vous regarde pas !

— On vous élève bien mal chez les Ursulines de Saint-Germain ! soupira-t-il, en se carrant plus confortablement dans le fauteuil. Ce genre de réponses n'est pas marqué au coin de la bonne éducation... Surtout quand elle s'adresse à la police du Roi. J'espère que vous en avez conscience et c'est pourquoi je répète : qui vous a envoyée ici ?

— Un ami !

— Quel ami ?

— Il vantait devant moi le talent de Mme Mauvoisin pour déchiffrer l'avenir et je voulais savoir ce que me réserve le mien.

— A votre âge vous avez le temps d'y penser ! Au fait quel âge avez-vous ?

— C'est une question que l'on ne pose pas à une dame. C'est très mal élevé !

— La police l'est souvent. J'ajoute que l'indiscrétion est aussi un de ses travers. Alors, quel âge ? Douze ans ? proposa-t-il guettant une réaction qui ne pouvait que venir.

Et, en effet :

— Quinze ! Et je suis fille noble ! Vous le savez ! J'ai donc droit à votre respect !

Il se leva et s'inclina à demi, une étincelle moqueuse dans ses yeux bleus :

— Mais vous l'avez, ma chère demoiselle, ou plutôt vous l'aurez quand vous m'aurez confié le nom de celui qui vous a envoyée dans ce cloaque !

— Cloaque ?

— Dieu du Ciel ! Il faut tout vous expliquer ? Alors, expliquons : hier dimanche, à la sortie de la messe à l'église du quartier, j'ai appréhendé au nom du Roi la femme Mauvoisin suspecte d'un certain nombre de crimes dont je vous épargnerai la liste pour n'en citer qu'un seul : rapt et égorgement d'enfants en bas âge !

— Quelle horreur ! gémit Charlotte en cachant sa figure dans ses mains. Comment peut-on faire de telles choses ?

— Cela ne devrait pas vous surprendre, continua

le policier impitoyable. Rappelez-vous la vieille chapelle de l'autre soir... et tenez!

Il se leva, alla tirer un des rideaux qui faisaient le tour de la pièce, découvrant un portrait accroché au mur : celui d'une femme d'une quarantaine d'années, assez jolie en dépit d'un aspect lourd et commun. Elle était bizarrement vêtue d'une espèce de dalmatique pourpre constellée d'aigles d'or aux ailes déployées et retombant sur une robe de taffetas vert ornée de dentelle. Une sorte de turban dissimulait ses cheveux.

Charlotte étouffa un cri sous ses mains jointes :

— Mon Dieu! Mais c'est...

— La Voisin qui l'autre nuit accompagnait une riche cliente. Et vous vous souviendrez peut-être que je vous ai fait jurer d'oublier ce que vous veniez de voir? D'où ma surprise en vous voyant venir...

— Je ne savais pas que c'était elle, chevrota Charlotte. Sinon jamais je n'aurais essayé de l'approcher. On m'avait seulement dit que ses prédictions étaient remarquables...

— Vous ne voulez toujours pas me dire qui est-ce « on » ? insista son tourmenteur avec infiniment de douceur.

Les nerfs à bout, elle éclata en sanglots :

— Est-ce que je le sais? Hier j'ai entendu un jeune gentilhomme de Monsieur vanter ses talents de devineresse à un ami et je me suis enhardie à lui demander son adresse! Mais je ne sais pas son nom!

Il la laissa pleurer, conscient du soulagement que pouvaient apporter les larmes, puis alla chercher un verre d'eau qu'il lui mit dans les mains et l'aida à le porter à ses lèvres.

— Calmez-vous à présent! Et revenons-en à ma recommandation de cette fameuse nuit : oubliez tout cela, les noms et les visages surtout, et tenez-vous à l'écart de ce qui pourrait bien être un gros orage. La Voisin vient de rejoindre à la Bastille deux autres sorcières : la Bosse et la Vigoureux grâce à qui d'ailleurs j'ai pu l'arrêter mais plusieurs personnes de la noblesse sont soupçonnées de pratiques sataniques et même d'empoisonnements. Le Roi va être informé et on ne sait ce que seront ses réactions. Alors retournez auprès de Madame, n'en bougez plus et faites-vous aussi petite que vous pourrez!

Laissant sécher ses larmes, elle le regarda, surprise de la douceur veloutée de cette voix grave qui pouvait être si dure. Il lui sourit – un sourire en coin assez moqueur –, devant son expression d'enfant apeurée, prit un morceau de papier sur la table, griffonna quelques mots et revint le mettre entre les mains de Charlotte :

— S'il vous arrivait quoi que ce soit ou si vous aviez besoin d'aide, envoyez un mot ou un messager à M. de La Reynie qui est fort ami de votre tante ou alors à moi : je m'appelle Alban Delalande...

— C'est un joli nom! Dans le roman de la Table ronde, on parle des landes de Bretagne...

— Je ne les connais pas... et mon nom s'écrit d'un seul mot, précisa-t-il sèchement. Allez rejoindre votre femme de chambre pendant que je vous fais chercher un fiacre.

Elle se dirigea vers la porte et se retourna :

— Pourquoi restez-vous ici ?

— Pour connaître ceux ou celles qui comme vous, et ignorant son sort, pourraient venir chez la Voisin. La servante a reçu des ordres sévères ! Je vous salue, Mademoiselle !

— Encore un mot, s'il vous plaît ? Vous avez bien dit, tout à l'heure, que vous aviez arrêté cette femme au sortir de la messe ?

— En effet. Ne vous y trompez pas, ces gens-là cachent leurs crimes sous les apparences les plus chrétiennes, voire les plus austères !

— C'est horrible !... Quant à moi je ne saurai jamais ce que l'avenir me réserve !

— C'est peut-être préférable ! A défaut vous pouvez toujours demander des nouvelles à votre miroir. Il devrait vous faire voir la vie en rose...

Il lui sourit de nouveau et pour être rare ce sourire n'en était que plus séduisant. L'ironie qu'il exprimait se teintait d'une gentillesse qui toucha Charlotte. Dans la voiture qui la ramenait au Palais-Royal avec Marie, elle y pensa tout au long du chemin... et n'entendit même pas les questions que lui posait sa compagne.

La première personne qu'elle rencontra dans le vestibule fut l'homme aux rubans bleus sommé, cette fois, d'un chapeau noir couvert de plumes blanches. La reconnaissant, il prit un air mystérieux pour s'approcher d'elle :

— Alors ? chuchota-t-il. Vous y êtes allée ?

— Oui mais en vain, soupira-t-elle.

— Elle n'a pas voulu vous recevoir ?

— Elle aurait eu du mal : on l'a arrêtée à la sortie de la messe à Notre-Dame de Bonne-Nouvelle !

Il resta bouche bée sans avoir l'air de comprendre puis :

— Vous dites qu'on l'aurait... arrêtée ? C'est bien cela ?

— Tout à fait. Et conduite en prison. La Bastille, si j'ai compris ?

Elle crut qu'il allait se mettre à pleurer :

— Mais c'est une catastrophe ! Dieu sait ce que cette femme pourra avouer quand on l'interrogera avec les moyens que l'on sait !... Plus question de sortir ! Il faut que je prévienne...

Charlotte n'entendit pas la fin de la phrase : Saint-Forgeat ayant oublié sa préciosité galopait déjà dans l'escalier en brandissant, faute de mieux, une canne dont il ne savait plus que faire.

La nouvelle de l'arrestation de la Voisin traversa Paris comme une traînée de poudre et n'eut aucune peine à franchir la distance séparant la capitale du château de Saint-Germain. Le soir même d'ailleurs M. de La Reynie venait en informer le Roi. Depuis les précédentes arrestations survenues quelques semaines plus tôt – celles de la Vigoureux et de la Bosse –, l'inquiétude se glissait dans certains milieux de la ville. Vite accrue lorsque la Police s'empara d'une jeune et jolie femme de la meilleure société, Mme de Poulaillon, accusée d'avoir voulu empoisonner son vieux mari. C'était, depuis la Brinvilliers, la première noble dame que l'on jetait en prison et ceux qui avaient eu quelque accointance avec l'une ou l'autre des « sorcières » retinrent leur respiration, mais quand on sut la Voisin sous les verrous ainsi qu'un dénommé Lesage, l'inquiétude devint angoisse.

La Voisin possédait la plus belle clientèle de Paris et alentour. On chuchotait même que de hautes dames et de très nobles seigneurs avaient eu recours à elle. Deux épouses de membres du Parlement – et non des moindres –, la présidente Le Féron et Mme Dreux, furent conduites à la Bastille et l'événement créa dans Paris une vive émotion dont les vagues vinrent battre les grilles du Palais-Royal. Non pour s'en prendre au frère du Roi mais bien pour demander sa protection.

Il faut expliquer que les relations entre la capitale et Monsieur étaient radicalement opposées à celles entretenues par Paris avec le Roi. Cela tenait en trois mots : on respectait Louis XIV, on le craignait, mais on aimait Monsieur. Peut-être parce que lui aussi aimait Paris, s'y trouvait bien et entendait qu'on le sache alors que, depuis plusieurs années déjà, son frère avait abandonné ses palais parisiens sans esprit de retour. De caractère vindicatif, le Roi n'avait jamais pardonné les désordres de la Fronde où il avait pu mesurer, en dépit de son jeune âge, à quel point l'assise d'un trône pouvait être fragile. Il n'avait jamais oublié non plus les cris de haine adressés à sa mère à travers le cardinal Mazarin, d'autant plus exécré qu'on le croyait l'époux de la Reine. A ces mauvais souvenirs – et à quelques autres ! – se joignait depuis l'année précédente un amer sentiment de jalousie envers son frère, parfaitement indigne d'un si grand roi.

Afin de souligner cruellement le peu de valeur de Monsieur, Louis l'avait envoyé affronter en Flandre le redoutable ennemi qu'était Guillaume d'Orange, stathouder de Hollande. A la tête d'une armée de vingt mille hommes, le prince devait aller attaquer Saint-Omer avec, pour soutien, le médiocre stratège qu'était le maréchal d'Humières. La ville, mal défendue, était près de tomber quand une grave nouvelle parvint au camp français : Guillaume d'Orange en personne accourait à la rescousse à la tête d'une armée de trente mille soldats à laquelle devait se joindre un important corps espagnol. Alors, tous ceux qui étaient là, sur le terrain, purent voir ce spectacle d'autant plus inattendu qu'on ne l'eût jamais imaginé : Monsieur, le délicat, l'efféminé, la porcelaine précieuse, devinant la manœuvre du stathouder et faisant preuve d'une sorte de génie de la stratégie dont on était loin de le croire capable, enfourcha son cheval et mena lui-même, à la tête de l'armée électrisée, une charge furieuse qui le mit au contact du prince d'Orange.

Ce fut une mêlée digne des heures épiques de la chevalerie. A la fois général et soldat, Philippe d'Orléans reformait ses escadrons chaque fois qu'ils pliaient et luttait avec fureur l'épée au poing, toujours à la tête du combat, magnifique et transfiguré. Il reçut deux balles dans sa cuirasse, eut son cheval blessé sous lui mais remporta une éclatante victoire après laquelle il interdit le pillage et envoya médecins et infirmiers au secours des blessés à quelque parti qu'ils appartinssent. Or, son royal frère n'avait jamais emporté personnellement de victoire. Au lieu de l'en féliciter, il ne la pardonna pas à Monsieur[1]. D'autant

1. Dans la campagne suivante, Monsieur n'eut droit qu'à un

moins qu'à son retour Paris fit au prince un véritable triomphe, comparant sa valeur à celle de son grand-père Henri IV dont les échos allèrent résonner douloureusement dans les oreilles du Roi.

Pour en revenir au soir des arrestations, Monsieur reçut une délégation de notables – certains allant même jusqu'à évoquer l'emprisonnement du conseiller Broussel qui avait déclenché la Fronde – et s'efforça d'en rassurer les membres : le Roi n'avait nulle intention de s'en prendre au Parlement ni aux édiles de la cité. Il s'agissait seulement d'exercer la justice et de poursuivre des criminels quel que soit leur rang. En outre, certains des délégués ayant avancé l'idée que le Parlement, désigné tout naturellement pour juger les coupables, pourrait montrer quelque indulgence à ceux le touchant d'assez près, il était question de créer une nouvelle juridiction, mais Monsieur n'en savait pas plus pour le moment.

Quelques jours plus tard, on apprenait qu'à la demande de son lieutenant général de Police, Louis XIV décrétait la mise en place d'un tribunal exceptionnel, installé à l'Arsenal et qui porterait le nom de Chambre ardente. Cette appellation dramatique, bien faite pour exciter les imaginations et remontant au Moyen Age, s'attachait à un tribunal siégeant entre des tentures noires éclairées par des torches sur lesquelles se détachaient les robes rouges ou noires des juges et les justaucorps couleur de sang des bourreaux toujours prêts à intervenir pour

simple poste d'observateur avec défense de se mêler des combats.

faire parler les récalcitrants. La sentence la plus courante de ce tribunal effrayant serait le bûcher... puisqu'il s'agissait de sorcellerie.

Les juges choisis par le Roi étaient MM. de Boucherat, de Breteuil, de Bezons, de Voisin, Fieubet, Pelletier, de Pommereuil et d'Argouges, tous conseillers d'Etat, auxquels s'ajoutaient trois maîtres des requêtes choisis par La Reynie : MM. de Fortia, Turgot et d'Ormesson. Enfin le Roi choisit La Reynie lui-même et M. de Bezons comme rapporteurs ainsi que le procureur général M. Robert. La procédure devait en être tenue secrète et les jugements sans appel.

Le 7 avril 1679, la Chambre ardente siégea pour la première fois. La Reynie s'avisa qu'il manquait un greffier : ce fut M. Sagot, déjà greffier au Châtelet. Et l'on entra en séance pour entendre les premiers prisonniers incarcérés à Vincennes : la Bosse, la Vigoureux, Lesage, ainsi que Mmes Dreux et Le Féron. La Voisin, elle, était au secret à la Bastille et La Reynie entendait la tenir en réserve. Ce en quoi il fit bien. Le tribunal assista ce jour-là et les suivants à une sorte d'empoignade générale assez peu convenable mais pleine d'enseignements, et les arrestations commencèrent à se multiplier...

De l'Arsenal au Palais-Royal, la distance n'était pas suffisamment grande pour que les échos de l'un n'arrivent pas à l'autre. Aussi lorsque l'on apprit que le nom d'une fort grande dame, la duchesse de Bouillon, cousine du Roi, avait été prononcé, le petit groupe des amis intimes de Monsieur manifesta quelque nervosité. Qui pouvait dire à quel délire pouvaient se laisser aller l'un ou l'une des accusés confiés aux soins attentifs des bourreaux du Châtelet? Qui pouvait dire jusqu'à quel point leur mémoire serait capable de remonter dans le temps? A l'époque, par exemple, de l'étrange trépas de la première Madame, Henriette d'Angleterre, morte – un peu trop rapidement! – d'avoir bu un verre d'eau de chicorée un jour de chaleur? On avait chuchoté les noms du grand amour de Monsieur, le beau et dangereux chevalier de Lorraine – heureusement pour lui momentanément banni de la Cour mais qui avait fort bien pu s'en remettre de ce soin à un « ami », le beau, lui aussi – chez Monsieur tout le monde était beau! –, et presque aussi dangereux marquis d'Effiat. Aussi, profitant de ce que le temps semblait décidé à devenir vraiment printanier, le groupe parfumé des « mignons » entreprit-il de convaincre Son Altesse Royale de l'opportunité qu'il y aurait à abandonner Paris à ses turpitudes pour aller respirer l'air pur des coteaux de Saint-Cloud.

— C'est trop tôt! protesta Monsieur qui venait de faire l'acquisition de trois superbes tapisseries des Flandres et voulait les installer dans la grande galerie consacrée aux œuvres d'art. Le château est encore difficile à chauffer!

— Peut-être mais c'est une telle merveille! En outre, Monseigneur, vous y êtes au moins chez vous. Ce qui n'est pas le cas ici..., asséna le chevalier de Lorraine qui s'était chargé de parler pour la communauté.

— Comment l'entends-tu, chevalier?

— Le plus naturellement qui soit! fit le favori en haussant les épaules. Ce palais appartient toujours au Roi et il ne s'est pas privé de vous le rappeler quand il est venu forniquer avec une fille d'honneur de Madame et que vous avez protesté. Croyez-vous que son La Reynie hésiterait même une seconde si l'idée lui venait de faire saisir l'un d'entre nous après un quelconque racontar de sorcier?

— Il y a tout de même une différence! bougonna Monsieur qui s'intéressait surtout à ses tapisseries.

— Je ne vois pas laquelle. Si ces robins ont osé avancer le nom de ma cousine Bouillon, aucun des membres de sa parentèle ne sera à l'abri. Et comme je redoute ce qui peut passer par la cervelle de ces imbéciles pompeux, je vais avoir l'honneur de quitter Votre Altesse Royale!

— Oh noooooooon! gémit longuement Monsieur. Où veux-tu donc aller?

— Chez les miens... en Lorraine! Et j'emmènerai Effiat! On en a parlé un peu trop au moment de cette triste affaire...

— Puisque moi je n'y ai jamais cru, cela devrait vous suffire à tous les deux? fit Monsieur à deux doigts des larmes.

— Cela suffirait si Votre Altesse, au lieu de nous faire un caprice, consentait à sortir de son trou... Au surplus, Effiat est un charmant compagnon de route... et à l'étape c'est encore mieux. Bien entendu nous partagerons la même chambre et...

— Tais-toi! brama Monsieur. Je consens! Occupe-toi de préparer notre départ! Je vais prévenir Madame!

— Est-ce vraiment utile? Sa maison n'a rien à craindre des nouveaux juges.

— Peut-être, mais moi j'ai tout à craindre de sa mauvaise humeur si je la laisse ici. Elle déteste Paris et elle adore Saint-Cloud!

C'était presque une vérité. S'il était incontestable que « Liselotte » adorait le ravissant palais neuf érigé par son époux sur un coteau de la Seine, elle appréciait le Palais-Royal, son décor fastueux et aussi la proximité immédiate de l'Opéra, même s'il l'empêchait de dormir parce qu'en bonne Allemande, elle raffolait de la musique. En revanche, elle détestait ce qu'il y avait autour, c'est-à-dire Paris qu'elle trouvait sale, malodorant et imprévisible. Elle accueillit donc la décision de son époux avec satisfaction. Ce qui ne fut pas le cas de son entourage féminin. La duchesse de Ventadour, dame d'honneur, par exemple, renâclait à quitter son confortable hôtel parisien pour une résidence d'été ravissante certes, mais dont elle proclamait que les cheminées tiraient mal... quand elles existaient. Lydie de Theobon elle-même fit la grimace mais ne dit rien, se contentant de soupirer. Charlotte pensa qu'elle devait avoir quelque part dans Paris un amoureux – ce qui expliquerait ses absences nocturnes – et que Saint-Cloud était sans doute trop loin pour lui. Elle devait apprendre par la suite qu'en fait, la belle Lydie avait épousé secrètement l'année précédente le comte de Beuvron, capitaine des gardes de Monsieur, et, si les deux jeunes gens pouvaient se voir le jour autant qu'à Paris, les nuits deviendraient difficiles.

Charlotte pour sa part n'y voyait aucun inconvénient au contraire : elle se rapprocherait de sa tante dont elle n'avait pas eu de nouvelles depuis sa dernière lettre, mais il en avait été ainsi convenu entre elles jusqu'à nouvel ordre par crainte qu'un billet ne s'égarât ou ne fût intercepté. Si un événement grave ou seulement important se produisait, elle en serait avertie par Madame personnellement. Ce fut donc avec une certaine satisfaction et sa curiosité éveillée qu'elle prit place au jour dit dans la voiture qu'elle partageait avec Lydie pour rejoindre Saint-Cloud. On disait que c'était si beau !

Elle ne fut pas déçue.

Grand château ou petit palais, Saint-Cloud posé tel un joyau dans son écrin sur une vaste terrasse d'où coulaient jusqu'à la Seine les plus jolis jardins de broderies et de jets d'eau, adossés à d'autres jardins, d'autres bassins que couronnait le foisonnement d'une forêt, ne semblait pas réel. Dans le soleil léger de ce matin de printemps où chaque arbre s'enveloppait d'une brume verte, il paraissait tellement sorti d'un conte qu'en franchissant les hautes grilles dorées de ce paradis gardé par des anges moustachus en uniforme rouge et or, Charlotte ne retint pas un cri d'admiration en joignant les mains devant sa bouche :

— Oh, c'est magnifique ! On dirait un rêve !

— C'en sera un dans un mois environ quand il fera suffisamment chaud dehors pour que l'on ne gèle pas à l'intérieur ! bougonna Theobon obstinée à regretter le Palais-Royal. Parlez-moi des bonnes vieilles cheminées des bons vieux palais comme Saint-Germain ou notre chère résidence parisienne !

— Il n'y en a pas ici ?

— Si, mais elles sont tellement ornées et précieuses que l'on ose à peine y faire du feu. D'ailleurs elles tirent mal !

— Attendez d'avoir vu Versailles, ricana Louise des Adrets, et pensez à ce que sera notre vie quand dans peu d'années le Roi y aura transporté le gouvernement, la Cour... et nous par-dessus le marché! C'est immense, sublime, j'en conviens, mais impossible à chauffer convenablement et plein de courants d'air. Mais il paraît que le Roi adore les courants d'air et les fenêtres ouvertes. Même en hiver! Nous n'en finirons pas alors de regretter Paris!

N'étant pas frileuse – la vie au couvent n'y prédisposait guère –, Charlotte laissa soupirer ses compagnes, toute à son éblouissement. L'intérieur était digne de l'extérieur et faisait honneur au goût de Monsieur ainsi qu'à sa passion des collections. Ce n'étaient partout que marbres, tapisseries, tentures de brocart, soieries et porcelaines de Chine, girandoles et lustres de cristal, miroirs encadrés d'or, cabinets de laque, de lapis-lazuli ou d'écaille, vases précieux et cent autres merveilles. Une partie du mobilier était d'argent, une autre en vermeil, une autre encore de bois rares et les garde-meubles princiers en recelaient tant qu'on pouvait en changer selon les saisons ou le caprice du maître, mais, selon Theobon, le plus précieux était enfermé dans trois cabinets attenants à la chambre de Monsieur : dans le premier les plus beaux tableaux du Titien, de Véronèse ou de Van Dyck et autres. Dans le second les objets rares de céramique, de cristal de roche, de pierres fines venus d'Extrême-Orient, de Perse ou des Indes. Enfin, le troisième renfermait les joyaux préférés du prince, mais personne n'était admis dans ce musée privé à moins que Monsieur ne s'en fit le guide.

Madame avait observé avec amusement l'effet produit sur sa nouvelle fille d'honneur en parcourant cette demeure de conte de fées. Elle-même se souvenait encore de son propre ahurissement quand, petite princesse allemande un rien campagnarde, elle avait découvert le luxe déployé à la cour du Grand Roi. Ce qui ne l'avait pas empêchée de mener sa vie selon ses goûts à elle, n'acceptant de se parer que lorsque les circonstances l'exigeaient et qu'elle eût pu déplaire à son séduisant beau-frère :

— Vous prendrez vite l'habitude de tout ceci petite, lui dit-elle, j'y suis bien arrivée, moi !

— C'est que Votre Altesse était déjà princesse...

— Etre princesse à Heidelberg ou dans ce pays-ci ce n'est pas pareil, au contraire ! Je veux bien admettre cependant que notre Saint-Cloud a de quoi surprendre. Même le Roi hélas !

— Pourquoi ? Est-ce que ce palais ne lui plaît pas ? Nous venons pourtant de voir l'appartement qui lui est réservé...

— Sans doute, mais il ne s'y sent pas tout à fait chez lui. Et notre Sire n'aime pas qu'on le dépasse en faste. L'été dernier, quand Monsieur lui a fait les honneurs de Saint-Cloud achevé, il n'a pratiquement rien dit durant la visite. Sauf à moi, après avoir contemplé les peintures de la grande galerie aux vingt-six fenêtres que vous venez de voir et qui sont dues à Mignard, un peintre qu'il ne connaissait pas. Il m'a dit d'un ton mécontent : « Je souhaite fort, Madame, que les peintures de ma galerie de Versailles répondent à la beauté de celles-ci ! » Et durant les trois jours de son séjour, il a visiblement boudé.

— Tant pis pour lui ! L'important est de savoir si Madame, elle, aime sa maison ?

— Oh oui ! Beaucoup, je l'avoue... encore qu'il ne me soit pas permis de chasser dans cette belle forêt que vous voyez là-haut. Contrairement à son frère, Monsieur déteste la chasse et il est formellement interdit de tuer quelque animal que ce soit sur ses terres. Il aime les animaux autant que les arbres, les fleurs, les eaux vives, les jardins... Un Bourbon qui ne chasse pas ! Qui a jamais vu chose semblable ?

Le ton familier de la princesse encouragea Charlotte à donner son opinion :

— C'est bien, je pense ! C'est comme si Monsieur voulait recréer le Paradis. Adam et Eve n'y chassaient pas il me semble ?

— Une grave erreur ! S'ils avaient tué le maudit serpent, nous n'en serions pas là. Après tout... ce serait peut-être dommage !

Même s'il n'y faisait pas très chaud – un inconvénient que les jours suivant allaient corriger –, la vie, selon Charlotte, était plus agréable à Saint-Cloud qu'au Palais-Royal où l'on n'était jamais sûre de passer une bonne nuit. Paris, débordant de vie, était bruyant et le Palais-Royal, son centre nerveux, l'était plus encore. Il n'y avait guère que le quartier des étudiants, la Montagne Sainte-Geneviève, pour lui faire concurrence. A Saint-Cloud, en dehors des bals et des concerts, c'était la Nature qui avait le dernier mot et l'on pouvait s'éveiller au chant des oiseaux. En outre, les entourages de Monsieur et de Madame s'y mêlaient plus facilement. C'est ainsi que Charlotte noua des relations plus fréquentes avec celui qu'elle surnommait l'homme aux rubans bleus.

Cela ne vint pas du jour au lendemain. Dans les

premiers moments du séjour à Saint-Cloud, Adhémar de Saint-Forgeat – qui apparemment adorait lui aussi les jardins ! – avait plutôt tendance à fuir quand il voyait Charlotte paraître comme si le fait de lui avoir donné l'adresse de la Voisin établissait entre eux une sorte de secret honteux. Il semblait même tellement effrayé que cela amusait la jeune fille. Elle lui adressait alors un large sourire accompagné d'une ébauche de révérence. Et puis par un glorieux matin de mai où les oiseaux chantaient à pleine gorge la gloire du Seigneur et les fleurs du jardin, il se passa quelque chose...

Vers onze heures, ce fut dans le château grand branle-bas de combat avec rassemblement de troupes, commandements militaires, éclats de trompettes et agitation de toute la maisonnée : un carrosse enveloppé de mousquetaires noirs franchit les grilles au galop et vint s'arrêter devant l'entrée principale. Deux personnages en descendirent : d'abord un Grand d'Espagne – on ne pouvait se tromper sur sa morgue, ses riches vêtements noirs, jusqu'aux plumes de son chapeau et surtout la Toison d'or accrochée à son cou par une épaisse chaîne d'or, le quasi mythique mouton plié en deux –, ensuite un secrétaire armé d'un « maroquin » qui faisait tous ses efforts pour relever le nez à la hauteur de son maître... Le nom de l'arrivant confié à un chambellan parcourut en un éclair le vestibule, l'escalier d'honneur et les salons jusqu'au cabinet de Monsieur :

— Son Excellence le marquis de Los Balbazes, ambassadeur de Sa Majesté Très Catholique le roi Charles d'Espagne !

Heureusement l'important personnage marchait avec la lenteur solennelle convenant à sa dignité, car Monsieur n'était pas dans son cabinet : il donnait du pain aux carpes du bassin du Fer à Cheval et on eut juste le temps de le récupérer, de le changer de perruque, d'y ajouter un chapeau couvert de plumes azurées et de glisser quelques diamants à ses doigts gantés. Après quoi les doubles portes du cabinet se refermèrent sur les deux hommes. S'ensuivit alors un silence chargé d'attente. Puis, toujours aussi gourmé, l'ambassadeur repartit par où il était venu cependant que le prince envoyait le comte de Beuvron chercher sa fille aînée.

Charlotte, elle, n'avait rien vu. La toilette de Madame terminée, elle s'était munie d'un livre et, à son habitude, avait filé au jardin pour s'installer presque à l'extrémité du parc près de la lanterne de Démosthène. Elle y avait trouvé un coin délicieux et tranquille d'où l'on découvrait un joli panorama sur la Seine. Naturellement, elle avait entendu les éclats inhabituels venus du château mais n'avait pas jugé bon de rentrer : elle était un trop infime personnage pour que l'on s'aperçût de son absence. Assise au pied d'un arbre, elle poursuivit sa lecture comme si de rien n'était.

Pas pour longtemps. Le bruit d'une course lui fit lever les yeux à nouveau. Elle vit arriver alors une sorte de bulle rose sur laquelle flottaient des cheveux bruns dénoués : une femme... une jeune fille plutôt qui accourait en relevant ses robes de soie pour ne pas tomber. Pourtant elle allait droit devant elle, les yeux fermés et le bruit de ses sanglots grandissait à mesure qu'elle approchait. Sans attendre, Charlotte se releva et se précipita à sa rencontre. Si on ne l'arrêtait pas, elle allait heurter la lanterne de plein fouet... Un instant la jeune fille craignit de ne pas arriver à temps pour éviter le choc :

— Arrêtez ! Pour l'amour du Ciel arrêtez-vous !

Mais il n'en fut rien. Au contraire, Charlotte eut l'impression que la fugitive accélérait sa course aveugle. Elle en fit autant et réussit à la rejoindre de justesse. Le choc n'en fut pas moins violent. Poursuivie et poursuivante se retrouvèrent à terre. En dépit de son visage défiguré par les larmes, Charlotte reconnut alors la fille aînée de Monsieur...

Vivement relevée, elle lui prit les mains pour essayer de la remettre debout. Non sans peine parce que la princesse se laissait aller comme un chiffon sans autre réaction que de refermer les yeux tandis que sous les paupières les larmes coulaient encore plus abondantes.

— Mon Dieu ! Mademoiselle ! fit-elle en la prenant à bras-le-corps et en se demandant comment elle allait pouvoir l'emmener – autant dire la porter ! – jusqu'à un banc. Mais qu'arrive-t-il à Votre Altesse ?... Un petit effort, je vous en supplie !

Si Marie-Louise n'avait continué à émettre quelques hoquets, elle eût pu croire qu'elle était évanouie, mais elle ne l'était pas. Aussi Charlotte songeait-elle à la déposer aussi doucement que possible sur le sol pour aller chercher du secours quand Saint-Forgeat se matérialisa devant elle :

— Attendez ! Je vais vous aider !

— Je voudrais l'étendre sur le banc là-bas !

Approuvant en silence, il souleva la princesse inerte sans effort apparent et la porta à l'endroit indiqué. Là il fit asseoir Charlotte afin que la tête de Mademoiselle pût reposer sur ses genoux :

— Cette fois elle est évanouie ! constata-t-il. Vous avez un flacon de sels ?

— A mon âge ? Qu'est-ce que j'en ferais ?

— On peut perdre connaissance à tout âge ! fit-il d'un ton doctoral. Son Altesse Royale n'est pas beaucoup plus vieille que vous ! Il suffit d'une trop forte émotion ! Je m'étonne même qu'elle soit parvenue aussi loin sans s'écrouler !

— Et elle a subi une forte émotion ?

Il lui jeta un coup d'œil sévère qu'il renforça en le faisant passer à travers le petit face-à-main d'or perdu dans les dentelles de sa cravate :

— Quelle drôle de fille d'honneur vous faites, Mademoiselle de Fontenac ! En dehors des heures réglementaires de la toilette, des repas, de rares instants de compagnie et du coucher, on ne vous voit jamais dans les entours de Madame.

— Que pourrais-je y faire ? Rester plantée devant elle à la regarder écrire, lire ou s'occuper de ses collections ? Je l'accompagne comme les autres quand elle se promène mais pour le reste, et vous qui êtes si au fait des habitudes du palais devez le savoir, une seule des filles d'honneur lui est indispensable : Mlle von Venningen avec qui elle parle allemand. Deux à la rigueur, car elle a de l'affection pour Mlle de Theobon. Mais moi ! Ses meubles lui sont plus utiles... Et si nous en revenions à ce qui a causé la détresse de Mademoiselle ?

Sans répondre, il appliqua des tapes légères sur les joues devenues si pâles, puis, n'obtenant aucun résultat, alla tremper son immense mouchoir à la fontaine la plus proche, l'essora mollement puis revint dans l'intention de le lui appliquer sur la figure. Agacée, Charlotte le lui enleva des mains pour le sécher davantage :

— Vous voulez la noyer ou quoi ?... Vous déciderez-vous enfin à me faire connaître la raison ?...

— Si vous n'étiez pas toujours ailleurs, vous auriez vu l'ambassadeur d'Espagne !

— C'était lui le bruit que j'ai entendu ? Et alors ?

— Alors il arrivait de Saint-Germain où Sa Majesté le Roi l'a autorisé à venir demander à Monsieur la main de la princesse Marie-Louise. Ce qui veut dire que l'on peut la considérer dès à présent comme la reine d'Espagne !

— Et c'est cela qui...

— Oui. C'est cela qui...

— Mais enfin ce n'est pas une grande nouvelle puisqu'il en était déjà question et je ne comprends pas pourquoi elle a réagi avec une telle violence.

— Parce que le marquis de Los Balbazes apportait le portrait de son maître.

— Il est... laid ?

— C'est peu de le dire et si l'on tient compte de cette espèce de talent que déploient les peintres de cour pour flatter au mieux leurs modèles, Charles II au naturel doit être monstrueux...

— On... on dirait un cauchemar !

Charlotte écoutait si intensément Saint-Forgeat sans cesser de bassiner le front de la princesse qu'elle ne s'était pas aperçue de son retour à la conscience. Celle-ci la regardait avec des yeux si désolés qu'elle sentit les larmes monter aux siens :

— Que pourrais-je faire pour adoucir le chagrin de Votre Altesse ? Ses parents ne doivent sûrement pas savoir que ce mariage la désespère à ce point ?

Marie-Louise se redressa jusqu'à se retrouver assise auprès de Charlotte, acceptant le mouchoir qu'elle lui offrait. Puis elle eut un mouvement d'épaules désabusé :

— Mon père exulte. Il ne voit qu'une chose : je vais être reine d'Espagne ! Je vais monter sur l'un des plus hauts trônes de la Chrétienté.

— Il vous aime pourtant, hasarda Saint-Forgeat. Il aime tout ce qui est beau, Votre Altesse le sait !

— Comme il aime ses peintures, ses joyaux, ses objets d'or et de pierre dure ! Quant à Madame...

— Eh bien ? firent les deux autres d'une seule voix.

— Elle n'est que ma belle-mère, mais je pense qu'elle m'aime un peu ! Il est vrai que Madame Henriette d'Angleterre qui m'a donné le jour ne voulait pas de moi et, quand je suis née, a refusé de me voir en ordonnant qu'on me jette à la rivière tant elle était déçue d'avoir une fille !

— Je sais ce que c'est que n'être pas aimée de sa mère, fit Charlotte tristement. Quant à Madame, je crois qu'il faudrait la mettre au fait ! Peut-être n'a-t-elle pas vu le portrait ? suggéra-t-elle soudain. Elle a énormément de bon sens et quand elle parle de Mademoiselle, c'est avec affection...

Cependant, au château, on devait s'inquiéter de la brusque disparition de la « fiancée » : une robe de soie puce revêtant une forme rebondie venait d'apparaître au bout de l'allée s'efforçant de courir sur des pieds minuscules dont la dame était fière mais qui commençaient à peiner sous son poids. C'était la maréchale de Clérambault à la recherche de la nouvelle souveraine. Deux autres silhouettes féminines la suivaient sans se presser et en devisant tranquillement. Adhémar de Saint-Forgeat décida de prendre la situation en main :

— Allez la rejoindre avec Mademoiselle ! conseilla-t-il. Pendant ce temps je me rends chez Monsieur pour y chercher le portrait afin que vous puissiez le montrer à Madame. Cela la décidera peut-être à agir !

— En quoi mon Dieu ? souffla Charlotte, qui ne voyait guère d'issue à la situation.

— Parler au Roi, pardi ! Ils sont les meilleurs amis du monde parce qu'il apprécie son langage franc. C'est lui qui a fait ce mariage. Il n'y a que lui qui puisse le défaire !...

Ayant dit, il fila comme un lapin à travers les arbres pour rentrer au palais en empruntant un autre chemin tandis que Charlotte aidait Mademoiselle à se relever et la soutenait fermement – bien que plus jeune de deux ans elle était plus grande qu'elle ! – pour la ramener à sa gouvernante.

Un moment plus tard, Saint-Forgeat retrouvait Charlotte dans le salon de Mars et lui tendait un tableau de moyennes dimensions enveloppé de soie verte.

— Monsieur a accepté de vous le confier ? émit Charlotte qui en doutait jusque-là.

— Monsieur est enfermé avec le chevalier de Lorraine dans la chambre aux joyaux afin de composer les parures qu'il portera le jour du mariage. C'est d'une importance extrême, vous comprenez ?

— Non... mais voyons le prétendant !

Profitant de ce qu'il n'y avait personne – à part les gardes ! – dans le salon, elle s'approcha d'une fenêtre, souleva la soie verte... et lâcha l'objet... – heureusement rattrapé au vol par son complice – en portant ses deux mains à ses lèvres :

— Doux Jésus !...

Elle venait de découvrir un long visage blême, osseux, et visiblement malsain dont la peau adhérait à une ossature apparemment sans consistance, un front bosselé, un nez interminable tombant sur une bouche épaisse et molle ressemblant à une ventouse, des yeux d'un bleu délavé, globuleux et ternes.

— Le peintre a fait ce qu'il pouvait avec ce qu'il avait, tenta d'expliquer Saint-Forgeat. Et le modèle n'a que dix-huit ans !...

Mais Charlotte, la minute d'effroi passée, se reprenait, remballait le portrait et le mettait sous son bras...

— Hé là ! protesta son compagnon. Il faut que je le rapporte !

— Pas avant que Madame ne l'ait vu ! Je ne vous empêche pas de venir avec moi, ajouta-t-elle en prenant sa course vers les appartements de la princesse qu'elle trouva, comme à l'accoutumée, devant sa table. Simplement elle n'écrivait pas mais rêvait, le menton dans la main et la plume d'oie en suspens, en regardant le ciel bleu à travers les vitres. L'entrée tumultueuse de Charlotte derrière laquelle Saint-Forgeat essayait de se faire oublier la fit sursauter :

— Zacrebleu! Gui est là?..

— Moi, Madame! répondit Charlotte qui, gênée par le tableau, bâcla sa révérence. Je demande mille pardons à Votre Altesse mais je voulais lui montrer ça!

— Gue... Qu'est-ce que c'est?

— Le roi d'Espagne qui va épouser Mademoiselle!

Et sans autre transition, elle plaça le portrait sous le nez de Madame qui sursauta de nouveau :

— Oh!... Le pauvre garçon!... Comment peut-on être laid à ce point?

— Ce n'est pas sa faute mais Mademoiselle a vu cette image et... elle est au désespoir.

— Qu'a dit Monsieur?

— Rien pour ce que j'en sais. Monseigneur est occupé à choisir ses bijoux en vue de la circonstance! Peut-être... si Madame avait la bonté de parler à Sa Majesté le Roi...

Madame considéra encore un instant le fâcheux portrait, puis le rendit à Charlotte qui le repassa à Saint-Forgeat :

— Allez dire à Mademoiselle qu'elle se prépare à m'accompagner à Saint-Germain! Nous allons voir le Roi! Dites aussi que l'on attelle!... Ah! Monsieur de Saint-Forgeat, je ne vous avais pas vu! Vous vouliez me parler?

— N... on! C'est moi qui ai... emprunté le tableau après avoir été témoin du chagrin de Mademoiselle!

La Palatine le considéra avec une totale stupeur :

— Vous?... Il vous arrive donc de vous intéresser à autre chose qu'à vos ajustements et au nombre de vos rubans... Je n'en crois pas mes oreilles... mais bravo ! C'est vraiment très bien !

Une demi-heure plus tard, Charlotte assistait, d'une fenêtre du château, au départ de Madame, de sa belle-fille... et du portrait récupéré au dernier moment : carrosse d'apparat à huit chevaux, escorte militaire, robe de cour pour la jeune fille mais tenue de chasse pour « Liselotte » qui se sentait d'humeur trop guerrière pour donner dans les falbalas. Toujours enfermé avec ses trésors, Monsieur n'avait rien vu, rien entendu...

Madame Palatine était montée en voiture comme on monte à l'assaut, entraînée à la fois par son caractère impétueux, l'affection sincère qu'elle éprouvait pour sa jeune belle-fille – dont quelques années seulement la séparait – et la véritable répulsion que lui avait inspirée le portrait. Elle savait d'expérience que la raison d'Etat pouvait exiger que l'on épouse quelqu'un de laid puisque elle-même n'était pas belle – mais à ce point-là !...

L'annonce de son arrivée en réclamant une audience d'urgence fit le vide dans le cabinet du Roi. Cette visite suivant de si près l'autorisation donnée au marquis de Los Balbazes laissait deviner ce qu'on allait entendre. Madame Palatine s'apprêtait à déverser sur son royal beau-frère un torrent de revendications sonores... Or il n'en fut rien.

Ce fut sans dire un mot qu'elle lui offrit la plus parfaite des révérences dont il la releva lui-même en lui baisant la main.

— Ma sœur, fit-il en souriant, avez-vous dans l'idée de m'emmener chasser?

— Non, Sire mon frère, répondit-elle en faisant montre d'une gravité bien inusitée de sa part, je suis venue seulement vous supplier d'écouter avec votre bonté habituelle la prière douloureuse de votre nièce.

Louis XIV se tourna vers Marie-Louise inclinée, la releva, lui sourit et l'embrassa :

— Voyons cette prière!

A se sentir si solidement épaulée par sa belle-mère, la princesse avait retrouvé un peu du courage, assez insolent d'ailleurs, que lui avait légué sa mère. Elle plongea son regard encore étincelant de larmes dans celui du souverain :

— Sire, dit-elle, je viens implorer le Roi de refuser pour moi la main du roi d'Espagne. Je ne veux pas l'épouser.

— Et pourquoi donc?

Madame, qui n'aimait pas tenir trop longtemps sa lumière sous le boisseau, éleva le portrait qu'elle tenait d'une main le long de sa jupe :

— Faut-il vraiment poser la question, Sire? Je suis mal placée sans doute pour jouer les arbitres de beauté puisque je n'ai jamais nié être laide, mais ceci dépasse les bornes. Ce n'est pas un homme, c'est un spectre!

— Il n'a que dix-huit ans, ma sœur! Ce n'est, en effet, pas tout à fait un homme au sens complet du terme mais vous savez combien les êtres évoluent à mesure que passe le temps et, puisque vous avez abordé le sujet la première, je dirai que... vous-même avez changé en quelques années...

— Parti comme il est je le vois mal se transformer en prince charmant !

— Sire... par pitié, reprit Marie-Louise, ne me contraignez pas à ce mariage. Je ne pourrai jamais !... J'aime... j'aime ailleurs !

Madame ouvrit de grands yeux mais Louis se contenta de sourire :

— Je sais, dit-il gentiment..., et rien ne m'eût été plus agréable que de faire de vous une future reine de France, mais mon fils devra se plier lui aussi à la raison d'Etat. Pour l'heure, celle-ci exige qu'après les traités signés l'an passé qui donnent la paix à l'Europe, des liens familiaux se tissent avec l'Espagne. Or je n'ai pas de fille à donner au roi Très Catholique. C'est donc comme ma fille que je vous traite. Le plaisir de vous voir élevée en un rang que vous méritez ne me console pas de la séparation d'une personne que j'aime tendrement mais qui doit savoir que les princesses sont à l'Etat. L'Espagne m'a fait jadis un grand présent en me donnant la Reine et je crois ne le pouvoir mieux reconnaître qu'en vous faisant reine d'Espagne. Je désire que, quoique française, vous soyez aussi bonne Espagnole que la Reine, ma femme, quoique espagnole, est bonne reine française... De ce fait, si des guerres éclataient encore entre nous et votre époux nous soyons assez grands seigneurs pour ne pas pouvoir nous ruiner.

La pauvre princesse était vaincue et Madame le ressentit en s'efforçant de ravaler sa colère. D'ailleurs, Louis se rapprochait de sa nièce qu'il prit aux épaules pour l'amener un instant contre lui :

— Je n'aurais pu faire mieux pour ma fille[1] !

Marie-Louise cessa de pleurer, puis relevant fièrement sa jolie tête en une attitude qui rappelait sa mère, elle lança :

— Vous pouviez faire mieux pour votre nièce !

Puis elle salua et sortit les yeux secs sans attendre Madame, qui, elle, avait les larmes au bord des cils. Celle-ci haussa alors les épaules avec une espèce de résignation, tendit à Louis le désastreux portrait dont elle n'avait plus que faire et quitta le cabinet royal sans même songer à plier un genou...

Ce soir-là Charlotte apprit avec stupeur que Mademoiselle avait exprimé le désir de la compter parmi celles qui, dans quelques semaines, l'accompagneraient à Madrid. Au titre de fille d'honneur.

Encore qu'elle n'en eût guère envie, il fallut bien remercier. Le moyen de refuser lorsque l'on affirme la certitude d'avoir trouvé en elle une amie véritable...

Le mariage devant avoir lieu le 31 d'août au palais de Fontainebleau, les derniers jours du mois virent s'abattre sur la petite cité royale et le magnifique domaine créé jadis par François Ier la Cour au grand complet : le Roi, la Reine, la mariée et ses parents, les favorites royales, tous les princes, plus les ministres, plus les ambassadeurs espagnols, plus une visiteuse particulièrement chère au cœur de Madame : sa tante

1. Les mauvaises langues chuchotaient qu'en fait Marie-Louise était née de la brève passion qui avait uni le Roi et l'épouse de Monsieur dès son arrivée à la Cour...

Sophie d'Osnabrück[1] qui était aussi sa principale correspondante. Mais les Bellifontains étaient habitués à recevoir des foules et, tant dans les vastes bâtiments du château que dans les manoirs des alentours et les demeures privées que les plus grands seigneurs s'étaient construites en ville, on arriva à caser tout le monde.

Pour Charlotte, c'était une sorte de baptême du feu en même temps qu'un moment de désenchantement. D'un seul coup, elle avait sous les yeux tout ce qui comptait au royaume de France mais sans doute pour la première et la dernière fois puisque dans quelques jours elle monterait en carrosse avec les femmes de la nouvelle reine pour un pays dont elle n'attendait rien sinon un ennui démesuré. Son nouvel ami Saint-Forgeat ne lui avait guère laissé d'illusions à ce sujet :

— Un mien oncle y est allé avec je ne sais plus quelle ambassade. Il en est revenu horrifié : on y crève de chaud l'été, de froid l'hiver, les logis sont malcommodes, la nourriture infâme et les palais plus sinistres qu'un monastère de Chartreux, mais les églises, fort belles, ruissellent d'or. Quant aux distractions il n'y en a que deux : les courses de taureaux et les autodafés.

— Les quoi ?

— Au-to-da-fés ! Cela veut dire acte de foi et je n'ai jamais compris pourquoi : l'Inquisition, qui fait la

1. Cette Sophie allait devenir quelques mois plus tard duchesse-électrice de Hanovre et mère du futur George Ier d'Angleterre. Voir *Le Sang des Koenigsmark*, tome 1.

pluie et le beau temps là-bas, vide ses prisons de temps en temps, empile sur des bûchers des Juifs, des relaps ou n'importe qui soupçonné d'avoir éternué pendant la messe ou quelque chose d'approchant et y met le feu. Tout le monde trouve ça charmant, mais je ne suis pas certain que cela plaise à notre princesse !

— Mais à moi non plus ! Quelle horreur !

— Il faudra vous y faire !

Une joie, cependant, attendait la jeune fille : retrouver sa tante de Brecourt qu'elle n'avait pas revue depuis son entrée au Palais-Royal. Celle-ci s'efforça de corriger un peu la lugubre peinture de l'homme aux rubans bleus.

— Je ne pense pas, lui dit-elle, qu'à moins de vous y marier, vous passiez votre vie entière en Espagne. Un jour viendra où, comme cela se fait d'habitude, on renverra l'entourage français de Mademoiselle, mais je vous avoue que, pour le moment, je ne suis pas mécontente que vous vous éloigniez.

— Auriez-vous des nouvelles de ma mère ?

— Aucune depuis la visite que je vous ai décrite dans ma lettre. Il semblerait qu'elle se désintéresse de vous...

— N'est-ce pas une bonne chose ?

— Peut-être, mais je n'en suis pas certaine : cela ne lui ressemble pas. Il est vrai qu'elle a choisi de voyager. Elle serait en Italie avec M. de La Pivardière.

— Elle l'a épousé ?

— Sûrement pas. Marguerite, qui connaît presque tout Saint-Germain et « bavarde » volontiers, a su son départ mais il n'a pas été question de mariage.

D'ailleurs voyager avec un gentilhomme n'a jamais été choquant et de toute façon vous partez, vous allez voir du pays et c'est sous l'égide de la reine d'Espagne que vous vous trouverez. Donc hors d'atteinte. En outre, Madame vous a prise en affection et sa protection ne vous manquera jamais quand vous reviendrez... Quant à moi, j'espère que vous m'écrirez souvent. Je veux tout savoir ! Et maintenant retournez à votre service. Je suis fière de vous ! conclut-elle en l'embrassant.

Le service en question, en cette veille de mariage, était plutôt absorbant : il s'agissait d'aider les femmes de chambre à tenter de maintenir un peu d'ordre dans l'appartement de Madame – et donc de la fiancée – que Monsieur au comble de l'excitation ne cessait de bouleverser avec de nouvelles suggestions d'ornements et de parures. On en était encore là à onze heures au moment du coucher de Madame. Parut alors sans se faire annoncer la duchesse d'Osnabrück venue en voisine apporter un menu présent de dernière heure. Madame, qui délirait de joie depuis l'arrivée de cette tante bien-aimée, sa correspondante habituelle, chez qui elle avait passé une partie de son enfance, la reçut avec enthousiasme et les deux dames s'installèrent devant une fenêtre largement ouverte sur le jardin de Diane pour bavarder en buvant de la bière bien fraîche. Les filles d'honneur s'apprêtaient à se retirer quand surgit Monsieur, en robe de chambre à ramages, coiffé d'un bonnet de nuit orné de rubans couleur de feu et transportant une cassette ouverte débordant littéralement de bijoux :

— Mesdames! déclara-t-il toujours aussi excité, j'ai besoin de votre avis sur une idée de parure que je crois brillante... Ah, vous êtes encore là, jeunes filles, ajouta-t-il à l'adresse de Charlotte et de ses compagnes. A merveille! Vous donnerez aussi votre opinion! Je pense que, demain, Madame devrait porter ce collier de diamants. Quant à moi – et d'Effiat prétend le contraire! –, je soutiens que cette agrafe de chapeau conviendrait mieux que celle en rubis...

L'intermède dura plus d'une heure avant que les quatre filles exténuées regagnent leur logement. Encore Theobon et Charlotte choisirent-elles d'aller dormir dans le parc : sous les combles du château la chaleur était étouffante. En passant, elles levèrent les yeux vers les fenêtres de Mademoiselle, ouvertes elles aussi mais à peine éclairées par une veilleuse.

— Pauvre petite! murmura Lydie. Ce n'est déjà pas drôle d'être reine d'Espagne, mais, dans de telles conditions, c'est épouvantable! Je ne vous envie pas, ma chère!

— Je vais sûrement regretter la maison de Madame... et vous aussi, Lydie, qui vous êtes si bien occupée de l'ignorante que j'étais, mais si je peux lui être source de réconfort, je me tiendrai satisfaite... Je ne vous cache pas que je prie pour que l'époux soit moins laid que son portrait!

— Cela m'étonnerait. En général, c'est plutôt le contraire!

— Sans doute, mais il a peut-être des attraits cachés. Si j'en crois ce que j'ai appris, Mademoiselle aime Monseigneur le Dauphin son cousin. Et tout à l'heure pendant la cérémonie des fiançailles et quand elle s'est avancée vers le trône, menée d'une main par Monsieur et de l'autre par Monseigneur, je me suis demandée ce qu'elle lui trouvait de si séduisant.

— Je commence à comprendre ce que vous voulez dire. Vous pensez que tous les goûts sont dans la nature et là je suis d'accord. Ce gros garçon apathique n'a rien pour attirer le cœur d'une jeune fille. Il est séant à la Cour de lui accorder un « certain génie » sur lequel on serait bien en peine de s'expliquer. C'est sans doute parce que l'on ne sait trop quel qualificatif lui appliquer. A dix-sept ans, il est déjà bouffi et quand il ne chasse pas le loup – qui est l'unique exercice qu'il pratique, et malheureusement il n'en reste plus un seul, ni ici, ni en forêt de Saint-Germain, ce qui contraint sa vénerie à courre le lapin –, il s'installe dans un fauteuil. C'est dire qu'il ne bouge plus guère, restant assis des heures à écouter de la musique, ce qui finit par l'endormir. Et comme en outre il est gourmand !

— Et pourtant elle l'aime ! Au fait : est-ce réciproque ?

— Je vous fais juge : ce tantôt, après la cérémonie, il lui a présenté son compliment comme il se devait et savez-vous ce qu'il a ajouté ?

— Comment le savez-vous vous-même ?

— Je n'étais pas loin : « Ma cousine, lui a-t-il dit, vous m'enverrez du touron ! » J'espère que vous voilà fixée !

Le lendemain, par une chaleur de four, le cardinal de Bouillon procéda au mariage par procuration de Marie-Louise d'Orléans avec Charles II d'Espagne, celui-ci étant représenté par le prince de Conti. Blême jusqu'aux yeux sous la couronne royale qu'elle coiffait pour la première fois mais raidie de toute sa volonté, la princesse endura sans faiblir le poids d'une robe au décolleté ovale tellement brodée d'or et d'argent qu'on en distinguait mal la couleur pourpre et surtout le long manteau de cour ourlé d'hermine, brodé d'or lui aussi, que soutenaient quatre princesses. Des diamants au cou, aux bras, aux oreilles et au corsage, elle ressemblait à une idole sans paraître plus vivante.

Charlotte l'abandonna bientôt pour s'intéresser aux autres acteurs de ce drame familial : le Roi et la Reine assis côte à côte dans le chœur mais surtout à la seconde, cette fille d'Espagne qui n'y ressemblait guère ! Petite avec un visage rond aux yeux bleus, des cheveux d'un joli blond cendré, elle avait perdu l'éclat de la jeunesse mais corrigeait par une grande dignité les incessantes douleurs d'une vie conjugale d'autant plus détestable qu'elle n'avait jamais cessé d'aimer l'homme qui depuis bientôt vingt ans lui était infidèle et même lui imposait ses maîtresses jusque dans son entourage immédiat. Elle n'était certainement pas plus heureuse que celle que l'on était en train d'unir à son demi-frère[1]. Simplement sa souffrance était d'une autre sorte et Charlotte à la regarder comprenait l'attachement de Claire de Brecourt pour cette petite infante fourvoyée dans les turpitudes d'un roi que l'on comparait au soleil.

1. Tous deux étaient enfants de Philippe IV, mais de mères différentes.

Certes, il accaparait la lumière cet homme de si grande mine que nul ne pouvait s'y tromper, car royal il l'était depuis les plumes de son chapeau jusqu'aux souliers à hauts talons rouges qui, avec sa perruque, le grandissaient notablement. Ses habits somptueux ruisselaient de diamants et l'on pouvait se demander qui, de lui ou de Monsieur son frère – auquel il ne ressemblait pas du tout! –, portait le plus de pierreries. La quarantaine proche il était beau, pourtant Charlotte n'y fut pas sensible. Il y avait en lui quelque chose de déplaisant. Peut-être son attitude bizarre pour le Roi Très Chrétien : il semblait s'ennuyer prodigieusement, ouvrant de temps en temps la bouche sans aller tout de même jusqu'au bâillement et fermant les yeux. Il ne paraissait s'éveiller que lorsqu'il regardait vers le haut de la tribune de gauche où trônait une jeune femme vêtue d'azur, de dentelles, de perles, avec de magnifiques bijoux en diamants. Si la mariée présentait l'image de la douleur, celle-là rayonnait de joie et d'orgueil. Son livre de messe à la main, elle ne le lisait pas pour la bonne raison qu'elle regardait le Roi avec qui elle échangeait œillades et sourires. C'était Mlle de Fontanges devenue maîtresse en titre et affichant assez sottement son triomphe sous le nez même de la Reine. Qui ne semblait guère s'en soucier : les yeux baissés et les mains jointes, elle priait avec une ferveur qui la mettait largement au-dessus de cette assez sordide intrigue de cour.

Car, de temps à autre, Louis XIV jetait un coup d'œil à la tribune de droite. Là, juste en face de la nouvelle favorite, il y avait une autre statue de l'orgueil : une femme superbe, un peu trop en chair sans doute et plus âgée que Fontanges, mais possédant la peau la plus éclatante et la chevelure la plus dorée qui soit, de la teinte exacte de la robe qui la vêtait. Elle avait des yeux magnifiques, d'un outre-mer profond mais tellement chargés de colère que leur couleur s'effaçait par instants. Ils ne quittaient Fontanges que pour se poser sur le Roi, qui, alors, détournait les siens d'un air mécontent.

— Qui est-ce ? demanda Charlotte à Saint-Forgeat quand on fut sorti de la chapelle.

— Quoi ? Vous ne la connaissez pas ? Mais vous débarquez vraiment de votre campagne mon petit ?

— Je sors de Saint-Germain, riposta-t-elle, vexée. Allez donc dire au Roi que c'est la campagne : il y est né !

— Oui... Bon ! Excusez-moi et apprenez à connaître votre monde ! C'est la marquise de Montespan, ma chère ! Ses charmes tiennent notre Sire captif depuis... plusieurs années et elle lui a donné une collection de bâtards qu'il adore ! Mais les jeunes appâts de la Fontanges font sérieusement pâlir son étoile et elle n'aime pas ça. On peut la comprendre. Mais à mon sens elle a tort de se tourmenter : Fontanges est ravissante mais elle est bête à pleurer tandis que Montespan a un esprit d'enfer. Le Roi a beaucoup ri avec elle...

— Mais il me semble avoir entendu parler aussi d'une certaine Mme de Maintenon ?

— Ah, la gouvernante des petits bâtards ! Elle n'est pas présente aujourd'hui. Depuis l'arrivée de la belle rousse on en parle moins. Et cela se comprend !

— Et la Reine dans cette histoire ?

— Elle? Vous venez de la voir! Elle prie et répète à qui veut l'entendre que le Roi l'aime tellement! Comme si elle voulait s'en persuader! Seulement elle sait ce que c'est que garder sa dignité : cela sert d'être née infante! Cela vous tient droite la vie durant! Vous comprendrez mieux quand vous vivrez à Madrid! C'est assez curieux dans un sens!

— Vous en parlez à votre aise! Je n'ai aucune envie d'y aller. Je ne parle même pas espagnol.

De cet air supérieur qu'il prenait parfois avec elle et qui l'agaçait prodigieusement, il lui caressa la joue du bout de ses doigts gantés de soie rose :

— Bah! A votre âge, on apprend facilement! En outre, vous n'êtes pas vilaine. Vous nous séduirez quelque hidalgo à la moustache farouche qui vous couvrira de bijoux barbares...

— Pourquoi barbares?

— Parce que nos Ibères en ont rapporté des caisses pleines des Amériques. Des pierres énormes qu'ils enchâssent dans des masses d'or pesantes en diable... mais vous ne m'écoutez pas! se plaignit-il soudain.

Charlotte, en effet, avait cessé de lui prêter attention et regardait Mme de Montespan qui s'appuyait au bras d'une dame. Elle bavardait d'un air indolent en maniant un éventail doré et venait dans leur direction. La splendeur de cette femme était fascinante et surtout il y avait cette allure royale qui semblait lui être naturelle. Brusquement, elle s'arrêta près des deux jeunes gens, fixant Charlotte avec curiosité :

— Qui êtes-vous, Mademoiselle? Je ne vous ai jamais vue?

Sa voix était mélodieuse, bien timbrée mais impérieuse :

— Cela tient à ce que je viens à la Cour pour la première fois. Depuis peu, j'étais fille d'honneur de Madame...

— Et vous ne l'êtes plus ?

— Non, Madame. Sa Majesté la reine d'Espagne a exprimé le désir de me prendre dans sa maison et je vais partir à sa suite.

— Votre nom ? Ah ! Monsieur de Saint-Forgeat ! Je ne vous avais pas vu !

— Charlotte de Fontenac, répondit l'interpellée tandis qu'Adhémar balayait le sol des plumes de son chapeau en bafouillant qu'il était tout à fait le serviteur de Mme la marquise de Montespan.

Celle-ci d'ailleurs s'en désintéressa aussitôt pour reporter son attention sur Charlotte qui décidément semblait l'intriguer. Elle demanda :

— Etes-vous originaire du pays de Loire ?

Encore ! pensa Charlotte. La même question et presque avec les mêmes mots :

— Non, Madame la marquise. Je suis originaire de Saint-Germain.

— Ah !

Elle n'en dit pas davantage et s'éloigna avec sa compagne. Charlotte l'entendit dire :

— Curieux cette ressemblance, vous ne trouvez pas ?

— Elle n'est pas très évidente ! En outre, cette petite a sûrement plus de caractère que cette pauvre Louise. Et elle promet d'être plus belle...

— Sans doute. Au fond c'est une bonne chose qu'elle quitte la France !

Les deux dames s'éloignaient lentement, ce qui avait permis de les entendre jusque-là car elles ne songeaient même pas à baisser leurs voix. Charlotte revint à Saint-Forgeat :

— J'aimerais savoir à qui je ressemble ? C'est la seconde fois que l'on me fait cette remarque !

— De qui était la première ?

— Monsieur !

— Il est assez bien avec la Montespan. Je pourrais le lui demander si...

— Si quoi ?

— Si vous ne partiez pas ! Comme on ne sait si l'on vous reverra, ce n'est pas la peine de le déranger !

— On n'est pas plus obligeant ! Grand merci !

Furieuse, elle tourna les talons et partit en courant rejoindre la maréchale de Clérambault qui devait accompagner la nouvelle reine jusqu'à la frontière et l'appelait d'un signe.

Quelques jours plus tard, Marie-Louise quittait Fontainebleau escortée d'un brillant cortège à la tête duquel était le chevalier de Lorraine. Quand elle l'avait appris, la jeune reine avait eu un mouvement de révolte :

— Quoi ? Celui qui a assassiné ma mère ?...

On se hâta de lui expliquer qu'il n'en était rien, qu'il s'agissait seulement d'un de ces bruits de cour sans consistance comme en génère toujours la mort des princes, et que, surtout, Monsieur son père ne croyait faire mieux qu'en la confiant aux soins de son meilleur ami, mais elle ne voulut pas en démordre et sa tristesse ne fit que s'accroître. Enfin, ce fut l'adieu au Roi :

— Madame, je souhaite de vous dire adieu pour jamais. Ce serait le plus grand malheur qui vous pût arriver que de revoir un jour la France...

On ne pouvait rien dire de plus cruel et Charlotte, indignée par la douleur qui se peignit à ces mots sur le joli visage de Marie-Louise, décida une fois pour toutes que cet homme n'avait pas de cœur et qu'elle le détesterait toute sa vie... Monsieur, qui devait accompagner sa fille une semaine pendant sa lente descente vers l'Espagne, avait tout de même froncé le sourcil :

— Ne préjugeons pas de l'avenir, Sire mon frère ! Dans mon cœur, la reine d'Espagne sera toujours ma fille !

Il l'aida à monter en carrosse alors que de nouveaux sanglots la secouaient, s'assit près d'elle et prit sa main dans la sienne :

— Gardez confiance en Dieu, ma fille ! Il est rare que les choses soient aussi bonnes ou aussi mauvaises qu'on les a imaginées. Vous serez peut-être plus heureuse que vous ne pensez ! Allez, fouette cocher ! Finissons-en avec ces adieux qui n'ont ni queue ni tête ! Et cessez de pleurer, ma fille, sinon...

Il n'en dit pas davantage. Tandis que le lourd équipage s'ébranlait, il passa un bras autour des épaules de la petite reine et pleura avec elle...

A sa place, dans la file des voitures d'escorte, Charlotte regardait s'égrener les visages de ces gens qu'elle n'avait pas eu le temps de connaître. L'un d'eux attira son attention. C'était celui d'un homme d'une trentaine d'années, un de ces muguets de cour que rien ne distinguait vraiment de ses semblables avec ses rubans et cet air de fatuité qu'elle détestait tant – sauf peut-être chez Saint-Forgeat qui l'amusait. Mais celui-là tenait ses yeux sombres obstinément fixés sur elle. Quand ceux de la jeune fille les rencontrèrent, l'inconnu eut un demi-sourire si rempli de méchanceté qu'elle en frissonna.

Pour ne plus le voir, elle se rejeta au fond de la voiture et se signa précipitamment. A cause de cela, elle se sentit tout à coup incroyablement heureuse de partir au loin. Pour l'avoir regardée ainsi, il fallait que cet inconnu eût pour elle de la haine. Or, elle ne l'avait jamais vu...

Deuxième partie

DE MADRID À VERSAILLES

Chapitre 4

« Mi reina ! »...

Bien que vaste – elle pouvait contenir cinquante mille personnes –, la Plaza Mayor de Madrid était pleine à craquer. Sauf au centre où les soldats armés de piques maintenaient un espace vide où se dressait d'abord une sorte de tribune montée pendant la nuit et pourvue de plusieurs rangées de bancs assez bas où l'on alignerait tout à l'heure les condamnés. En face, une autre estrade mais pourvue de sièges plus élevés où prendraient place les dignitaires de l'Eglise et de la Sainte Inquisition. Enfin un énorme empilement de bûches, de fagots et de paille d'où jaillissaient des poteaux aux chaînes noircies. Un vent aigre soufflait des plateaux de Castille, luttant victorieusement contre le peu de chaleur déversé par le pâle soleil hivernal.

Le Roi et la Reine, accompagnés de quelques dignitaires et de dames, vinrent prendre place au grand balcon de la « Panaderia ». Arrivées avant eux, les dames françaises avaient été conduites à d'autres fenêtres d'où elles ne perdraient rien du spectacle. Mlle de Fontenac en faisait partie bien entendu... Elle aurait donné n'importe quoi pour en être dispensée, mais avait appris qu'à moins d'avoir la peste, la lèpre ou le choléra, il ne pouvait en être question. Même une forte fièvre ne suffirait pas et toute absence serait considérée comme une offense personnelle au souverain qui s'était donné la peine d'ordonner cette distraction de choix. C'est du moins ce qui ressortait du discours qu'avait tenu la veille la comtesse de Grancey. Celle-ci avait pris la direction du petit groupe des Françaises après qu'à la frontière on se fut séparé de la maréchale de Clérambault désespérée de quitter la princesse sur qui elle veillait depuis l'enfance. Ce qui n'était pas une mauvaise chose, selon Charlotte, dans la situation où l'on se trouvait et qui n'avait rien de réjouissant. Au contraire de l'excellente Clérambault, un rien craintive, Mme de Grancey possédait une énergie et un sang-froid sans lesquels on ne savait ce que l'on serait devenues face à la duchesse de Terranova, la ô combien redoutable Camarera mayor ! Mme de Grancey était une forte belle femme d'une trentaine d'années qui passait – le diable seul savait pourquoi – pour la maîtresse de Monsieur, mais qui était, en réalité, celle de Philippe de Lorraine, le séduisant favori du même Monsieur. Son titre officiel était celui de dame d'atour et le moins qu'on puisse dire est qu'elle veillait farouchement aux toilettes, et surtout aux joyaux dont Louis XIV avait généreusement doté celle qu'il sacrifiait si froidement à sa politique.

Depuis que l'on avait quitté Fontainebleau, six mois plus tôt, Charlotte, prenant son parti d'une situation inéluctable, avait choisi de s'intéresser d'abord au voyage – la traversée de la France jusqu'à Bayonne avait été une fête quotidienne avec discours fleuris, acclamations, réceptions et festins –, ensuite à ce pays inconnu où elle arrivait ainsi qu'à ceux qui le peuplaient. Outre que chaque tour de roue, comme l'avait dit sa tante, l'éloignait davantage d'une mère redoutée, elle était à un âge où l'on prend plaisir à des découvertes de chaque jour. A condition évidemment d'être intelligente ! Elle ne laissait derrière elle aucune attache sentimentale. Chaque jour qui passait la liait davantage à la jeune reine. De plus, elle était curieuse comme un chat, goûtant intensément – au début tout au moins ! – le plaisir de voir du pays.

L'arrivée à Burgos, l'ancienne capitale où l'on allait rencontrer le Roi, l'avait enchantée. Il faisait un soleil radieux, dorant les vieilles pierres de l'antique cité et pénétrant jusqu'au fond des rues étroites où se pressait une foule visiblement enthousiasmée par la beauté de sa nouvelle souveraine. Selon la tradition, on avait quitté les carrosses de voyage pour des chevaux de selle, plus commodes à cause de l'étroitesse du parcours, et Marie-Louise, juchée sur une haquenée blanche harnachée d'argent et de velours rouge, retrouvait pour la première fois son rayonnement d'antan, touchée par la chaleur de l'accueil. Pour la première fois aussi et suivant en cela les conseils du marquis de Villars, l'ambassadeur de France venu l'attendre à la frontière avec le duc de Medina Caeli, Premier ministre, elle était habillée à la mode espagnole d'une robe de velours incarnat brodée d'or sur toutes les coutures avec une large fraise amidonnée qui pouvait paraître archaïque à une Française mais dont son long cou gracieux s'accommodait à merveille et semblait offrir à la belle lumière du ciel sa jolie tête aux cheveux sombres coiffés d'un toquet constellé de diamants.

Consciente de son éclat, elle souriait à tous, bourgeois, mendiants, moines, artisans, commerçants ou filles de joie que les piques des gardes empêchaient difficilement de se jeter sous les sabots de son cheval pour essayer de la toucher. Les cloches des églises carillonnaient, faisant envoler des centaines de pigeons blancs. L'évêque et tout son clergé richement vêtu attendaient sur les marches de la magnifique cathédrale, formant une brillante toile de fond pour l'homme solitaire qui se tenait debout au bas de ces degrés – le Roi !

Il y eut un silence soudain quand les deux époux se regardèrent. Le sourire de Marie-Louise s'était effacé devant l'instant tant redouté. Couronne en tête, une scintillante Toison d'or au cou, Charles II, de taille très moyenne, semblait plus fragile qu'inquiétant sous la pourpre et le manteau royal qui l'habillaient. Quant au long visage blême, il était plus pathétique qu'effrayant et surtout reflétait une tristesse infinie. Pourtant, à la vue de la jeune fille que l'on aidait à descendre de sa monture – exercice que l'encombrant « gardinfante » ne simplifiait pas –, il fit un pas en avant, puis un autre et quand elle lui offrit la plus gracieuse des révérences, les yeux pâles et globuleux s'illuminèrent et la grosse bouche molle se mit à sourire. Il se pencha pour prendre sa main et l'aider à se relever puis l'attira à lui pour lui donner un baiser. On aurait dit un enfant qui, au matin de Noël, reçoit le plus beau des cadeaux et l'on entendit son étrange voix, basse et un peu rauque parce qu'il s'en servait peu, s'écrier, extasiée :

— Mi reina!... Mi reina!...

Il prit sa main et ne la lâcha pas, même pendant la messe de mariage où, en dépit d'une piété excessive et pointilleuse, il ne la quitta pas des yeux, si visiblement amoureux que « Maria-Luisa » – on ne l'appellerait plus autrement! – ne put s'empêcher de lui sourire à plusieurs reprises. Un sourire encore timide, encore tremblant, mais qui parut l'enchanter.

La cérémonie terminée, on se rendit en cortège au monastère royal de Las Huelgas où l'on rompit le jeûne obligatoire avant la communion et où l'abbesse offrit au nouveau couple quelques très beaux objets dont une coupe de cristal sertie d'or posée sur un plateau du même métal, puis à l'ancien palais où il y eut festin et bal et où la nouvelle reine fit montre de toute sa grâce en dansant la « Hacha » que la marquise de Los Balbazes lui avait enseignée durant le voyage. La journée s'acheva dans la chambre nuptiale où les dames conduisirent Maria-Luisa visiblement reprise par ses craintes et où les portes se refermèrent sur les secrets d'une nuit dont rien ne transpira. Le lendemain, le visage de l'épouse était indéchiffrable même pour ses plus proches : sa nourrice et sa compagne d'enfance, la jeune Cécile de Neuville, qui, au cours du long voyage, était devenue également l'amie de Charlotte.

Petite, brune, vive, avec un nez de chaton et de magnifiques yeux gris, plus discrète qu'une souris à l'état normal, Mlle de Neuville mettait facilement flamberge au vent pour défendre qui attirait son amitié ou simplement sa sympathie, mais surtout sa princesse bien-aimée dont elle se gênait à peine pour déplorer le sort depuis le départ de Fontainebleau. C'était même ce qui l'avait rapprochée de Charlotte lors de l'étape à Bordeaux où, après les cérémonies et les festivités, elles s'étaient retrouvées toutes deux, en pleine nuit, assises de chaque côté du lit où la « reine d'Espagne » pleurait ce qui lui restait de larmes après avoir trouvé, sur sa table à coiffer, un billet anonyme bourré de méchanceté et de fautes d'orthographe. On lui conseillait de chercher au plus vite le refuge d'un couvent et surtout de ne pas franchir la frontière au-delà de laquelle elle n'aurait à attendre que les mauvais traitements d'un roi, d'une cour et d'un peuple entier, unis dans la haine de la France et qui n'auraient de cesse de se débarrasser d'elle.

— Mais c'est idiot! s'était exclamée Charlotte. Pourquoi alors ce tintouin quand il aurait été tellement plus simple de ne pas demander la main de Votre Majesté?

— Vous n'avez pas tout lu, fit Cécile. Il y a la dot. Elle est... royale et les finances espagnoles ne sont pas au mieux depuis quelque temps...

A la suite de quoi, d'un accord tacite, les deux filles s'étaient mises à la recherche du chevalier de Lorraine pour lui mettre sous le nez la malfaisante épître. Le beau Philippe était occupé à jouer au « hoca ». Il détestait être dérangé dans ses plaisirs et n'aimait pas les femmes, mais sachant ce que pourrait être la colère du Roi si pareil libelle venait à sa connaissance, il fit un bruit de tous les diables, s'en alla tirer Los Balbazes de son lit pour lui faire entendre son point de vue, en donna un aperçu cinglant à la maréchale de Clérambault et à la Grancey et dicta les consignes les plus sévères pour que pareil fait ne se renouvelle pas. Puis, le matin venu, réunit la totalité de la délégation espagnole :

— Sachez, leur déclara-t-il, que s'il arrivait que la Reine eût à subir le moindre mauvais traitement, Sa Majesté le roi Louis Quatorzième du nom n'hésiterait pas à faire donner ses armées et sa flotte de guerre pour vous apprendre les égards dus à une fille de France !

Ce qui jeta un froid !

Le voyage put se dérouler sans autre incident, mais les jeunes filles avaient scellé cette nuit-là un pacte d'union défensive pour la protection de leur princesse. Et Cécile, qui parlait parfaitement l'espagnol, entreprit de l'enseigner à sa nouvelle amie.

Après Burgos, la Cour prit le chemin de Valladolid et de Ségovie où attendaient d'autres cérémonies, pour atteindre Madrid, dont le roi Philippe II avait fait sa capitale. Sous un soleil radieux, la ville bruissait comme une ruche. On avait dressé dans les rues aussi peu larges que celles de Burgos des arcs de triomphe ; des étendards et des tapisseries décoraient les balcons où se penchait une foule de femmes en habits de fête. Les vivats ne furent pas ménagés à la petite reine ravissante dans une robe de satin cramoisi brodée de perles. Rassurée par ces acclamations enthousiastes que soulevaient sa beauté et son élégance, et peut-être par l'amour que lui montrait son époux, Maria-Luisa souriait...

Une messe fut célébrée au monastère royal de San Geronimo et le cortège – toujours à cheval ! – gravit le chemin montant vers l'Alcazar, l'ancien palais des rois maures remanié par Charles Quint où le couple royal allait vivre le plus souvent et le sourire de la reine se fit plus machinal. C'était en fait une sombre forteresse dressée sur le promontoire surplombant le Manzanares et la pompe qui entourait l'arrivée de la jeune femme, même sur fond de liesse populaire, ne parvenait pas à effacer l'aspect lugubre du vieux palais considérablement agrandi par Philippe II pour y loger son administration mais sans se préoccuper de rafraîchir l'Alcazar lui-même. Cela donnait une longue suite de vastes pièces et d'interminables couloirs, sombres, si mal éclairés que l'or d'Amérique répandu dans la décoration n'y apparaissait qu'en lueurs sous la lumière parcimonieuse des cierges et chandelles au passage desquels s'animaient à peine les portraits d'ancêtres aux visages sévères.

Pour comble d'intimité, les appartements des époux étaient séparés par une distance appréciable, celui du Roi donnant sur le Manzanares et celui de la Reine sur les jardins et le couvent de l'Incarnation. Habituée dès l'enfance aux violons du Palais-Royal, Maria-Luisa devrait se contenter d'écouter chanter les nonnes ! Enfin, comme une signature au bas d'une sentence, la jeune reine trouva au seuil de son domaine privé la solennelle révérence de celle qui allait régir sa vie : Dona Juana de Terranova, omnipotente Camarera mayor en atours noirs semés de jais chichement éclairés par le haut col amidonné blanc sur lequel semblait posé le visage rébarbatif de la dame[1]. Derrière elle ployait une escouade de dames tout aussi gaiement parées.

— Mon Dieu! gémit tout bas Cécile, devons-nous vraiment vivre au milieu de tout cela?

— J'en ai bien peur, répondit Charlotte avec le désagréable sentiment de retourner dans un couvent, pire que celui qu'elle avait laissé derrière elle.

A Saint-Germain au moins il y avait de la lumière... et des cheminées. Choses inconnues à l'Alcazar où quelques braseros faisaient ce qu'ils pouvaient pour donner une impression de chaleur mais sans que leurs efforts obtiennent beaucoup de succès. On était en hiver et la neige couronnait les sommets de la sierra environnante. Dans ses satins et ses dentelles, le groupe des Françaises tremblait de froid. Ce qui lui valut un sourire sarcastique de la Camarera mayor :

— Nous avons, en été, des chaleurs torrides. Pensez-y et vous apprécierez à sa juste valeur la fraîcheur du palais.

— Si nous survivons jusque-là! émit Mme de Grancey. Elle venait d'éternuer pour la troisième fois, ce qui lui attira un implacable :

— Madame, on n'éternue pas devant une reine d'Espagne!

— Ce que j'aimerais savoir c'est si la reine d'Espagne a, elle, le droit d'éternuer?

— Le plus discrètement possible. L'exemple venant d'en haut, chez nous, il serait à souhaiter qu'elle puisse se retenir!

1. L'image qu'en donne Alice Sapritch au début du film *La Folie des grandeurs* est parfaitement conforme à la réalité.

— Par tous les saints du Paradis! N'y a-t-il pas...

— On ne jure pas devant la reine d'Espagne! On ne jure même pas du tout! Le nom sacré du Seigneur et de ses élus ne saurait être invoqué autrement qu'avec respect et humilité!

Battue, Mme de Grancey abandonna ce combat stérile, mais, dès qu'elle put s'éloigner, se mit à la recherche de l'ambassadeur, le marquis de Villars, pour lui poser quelques questions. En attendant, la vie commença de s'organiser autour de la petite reine mais il fut vite évident que le rôle réservé à ses compatriotes était purement contemplatif... Elles assistaient sans y prendre part au lever de la Reine, à la toilette de la Reine, à la messe de la Reine, aux repas de la Reine, mais ne l'accompagnaient pas en promenade. Celle-ci, quotidienne, s'accomplissait en compagnie du Roi, dans un carrosse peu confortable dont on prenait soin de tirer les rideaux, et à la nuit tombante, le couple ne devant être aperçu de personne. Le parcours consistait à longer le Manzanares sur une certaine distance et à en revenir. Il y avait bien, à l'est de la ville, un palais neuf, construit par le roi Philippe IV, père de Charles, et nettement plus aimable que l'on appelait le Buen Retiro, mais l'époux de Maria-Luisa le jugeait trop frivole et n'aimait pas s'y rendre. Même chose pour le magnifique palais d'Aranjuez, à une douzaine de lieues au sud de Madrid, pourvu de splendides jardins mais l'on n'y allait qu'en été et pour de brefs séjours. Charles II lui préférait de beaucoup la dernière résidence royale, le palais monastère de l'Escorial, tombeau des rois d'Espagne, à environ douze lieues au nord, où, l'automne venu, il s'accordait le plaisir de la chasse qui lui permettait une parenthèse entre les nombreuses prières du jour. Sa vie était réglée comme du papier à musique et il détestait les dérogations. Ainsi, le soir, dès la fin du souper, le couple royal allait se coucher... à huit heures et demie ! L'amour quasi maniaque que Charles vouait à sa jolie épouse ne faiblissait pas et l'on pouvait comprendre ce grand besoin de s'isoler avec elle. Encore arrivait-il que l'on dût appeler les médecins au fort de la nuit car il était sujet à de cruelles crises d'épilepsie. Maria-Luisa gardait le secret de ses nuits conjugales. Par orgueil peut-être, mais on ne pouvait ignorer qu'à nouveau elle perdait sa joie de vivre...

Les distractions qu'on lui offrait, en dehors des visites de monastères, étaient rares et peu récréatives : les corridas, d'abord, où les Grands faisaient assaut d'adresse équestre et de courage dans de magnifiques costumes aux couleurs ruisselantes d'or, quelques comédies que l'on donnait au palais même et enfin l'autodafé, cette fête de la mort que les beaux yeux de la Française allaient contempler pour la première fois...

Un son imprécis ramena l'esprit de Charlotte à l'hallucinante réalité de ce jour. C'était une psalmodie lointaine qui devenait de plus en plus distincte. Graduellement, le silence se fit dans la foule à mesure que le chant se rapprochait :

« *Miserere mei, Deus : secundum magnam misericordiam tuam. Et secundum multitudinem misera-*

tionum tuarum, dèlè iniquitatem meam... » clamaient les solides gosiers des moines noirs ou gris précédant une lamentable procession à la tête de laquelle flottait la bannière verte de l'Inquisition. Venait alors la colonne des pénitents qui s'avançaient péniblement, l'un derrière l'autre, chacun flanqué de deux familiers du Saint-Office. Tous étaient affublés du grotesque « san-benito », une sorte d'ample chemise jaune marquée de croix et de flammes rouges. Tous avaient la corde au cou et portaient un long cierge vert non allumé. Ces malheureux clopinaient et trébuchaient sur leurs membres disloqués par la torture. Leurs visages étaient terreux, leurs cheveux ternes dépassaient des mitres en carton dont on les avait coiffés. Ils se hissèrent tant bien que mal sur la plate-forme à la place qu'on leur indiquait, s'entassant sur les bancs où ils s'écroulaient, visiblement à bout de forces...

— Quelle horreur ! lâcha Charlotte. Comment peut-on imaginer d'offrir un tel spectacle à une jeune femme en pensant qu'elle y prendra du plaisir ?

— Taisez-vous ! intima Mme de Grancey qui avait entendu. Elle était blême elle aussi, car même si les exécutions capitales par des moyens divers étaient courantes dans toute l'Europe et si le peuple était censé s'y distraire, il y avait des limites à la cruauté.

Dans le haut fauteuil qu'elle occupait, la Reine était livide, cependant que ses doigts se crispaient sur les bras de son siège. Mais Charles, lui, contemplait la misérable horde et montrait une jouissance évidente. Sa langue ne cessait de passer sur ses grosses lèvres et une espèce de flamme s'était allumée dans les globes pâles toujours si ternes de ses yeux...

— Cent cinquante ! souffla Cécile de Neuville qui achevait de compter. Ils sont cent cinquante !... Mais qui sont-ils ? Des malfaiteurs ?

— Il n'y en a certainement pas un seul, gronda Mme de Grancey entre ses dents. Ce sont des conversos, des Juifs et des Maures repentis mais soi-disant revenus à leur « erreur » natale. D'autres auraient pratiqué la magie ou proféré des blasphèmes...

— Certains sont presque des enfants ! Je vois là une fille qui doit avoir notre âge, reprit Cécile, mais une fois de plus la comtesse la fit taire.

Des crieurs, d'ailleurs, parcouraient la foule en réclamant le silence. Dans la tribune du clergé, le Grand Inquisiteur en blanche robe dominicaine allait parler... Il se nommait Juan Martinez et avait été, un temps, confesseur du Roi. Dressé comme une menace, il discourut sur l'hérésie, la colère de Dieu et le feu infernal. Il exalta la clémence de l'Eglise qui sauvait les âmes et les amenait à l'état de grâce par l'anéantissement des corps... Le long sermon prit fin et, tandis que l'Inquisiteur retournait à son siège quasiment aussi imposant que celui du Roi, un frisson parcourut la foule : l'instant suprême était venu...

Un à un, les condamnés furent agenouillés devant la robe blanche pour entendre leur sentence. En d'autres circonstances, il arrivait que l'on fît grâce de la vie ou presque, le condamné étant alors voué aux galères après avoir reçu nombre de coups de fouet, mais cette fois aucun ne réchappa. L'un après l'autre, les malheureux furent attachés sur l'énorme bûcher que des moines arrosèrent d'eau bénite avant que les bourreaux n'y mettent le feu. Bientôt la belle place se transforma en une sorte d'enfer : noires fumées, immenses flammes rouges d'où ne sortaient guère de cris car on avait pris la précaution de bâillonner les victimes afin que leurs plaintes n'offensent pas trop les oreilles royales. La chaleur devint étouffante, l'odeur pestilentielle... la Reine s'évanouit sans que son époux parût s'en apercevoir : ses gros yeux fixés sur cette monstruosité exultaient de joie. En même temps il balbutiait des prières...

A leur poste d'observation, les trois Françaises étaient tétanisées d'horreur. Les yeux clos, la tête détournée, les jeunes filles priaient en s'efforçant de retenir leurs nausées. Mme de Grancey réagit la première :

— Venez ! ordonna-t-elle. Sortons de là, c'est intolérable ! Nous avons besoin d'air !

Elle les entraîna vers l'escalier pour gagner au moins le patio de la maison où leurs places leur avaient été assignées.

— Mais... la Reine ? protesta Charlotte. Le Roi ne fait pas le moindre geste pour l'assister...

— La Terranova s'en occupe. Elle doit lui dire qu'une reine d'Espagne ne s'évanouit pas devant ses sujets. Ce qui va grandement la réconforter !

Elles rejoignirent les appartements de Maria-Luisa au moment où elle y revenait soutenue par deux dames espagnoles. Elle restait encore très pâle et marchait péniblement, précédée par la Camarera mayor. Ce que voyant, Mme de Grancey explosa :

— Pourquoi obliger la Reine à marcher ? Ne pouvait-on l'étendre sur une civière ou un fauteuil et la faire porter par des laquais ?

— Seules des femmes peuvent toucher la Reine, Madame... et le Roi, bien entendu.

— Eh bien il fallait faire porter votre brancard par des dames, vous par exemple ? Vous êtes assez solide pour ce faire !

— Madame ! Sachez que...

Charlotte et Cécile n'en entendirent pas davantage. Elles enlevèrent Marie-Louise à ses porteuses empêtrées d'ailleurs dans leurs énormes jupes, la déposèrent sur son lit où Françoise Carabin, sa nourrice, accourut pour la dégrafer tandis que Charlotte appelait les femmes de service pour faire rallumer les braseros que l'on avait regrettablement laissés s'éteindre... Dame Isabelle et la Terranova poursuivaient leur différend oral, la première ne pouvant plus résister à son envie de faire entendre son point de vue sur le genre de distractions que l'on offrait à une jeune femme de dix-huit ans sous le prétexte qu'elle était reine d'Espagne.

— Cent cinquante malheureux à moitié morts et livrés bâillonnés aux flammes, vous trouvez que c'est une distraction ?

— Que cela vous plaise ou non, c'est l'une de celles que le Roi Très Catholique apprécie particulièrement parce qu'elle élève l'âme par la vue de la purification et de la délivrance d'autres âmes infectées par le mal, l'hérésie ou leur sujétion au démon. Le malaise de Sa Majesté l'a vivement affecté...

— On ne le dirait guère. Où est-il ? Il est resté sur son balcon ?

— Naturellement ! Eût-il suivi la Reine que c'eût été une offense pour la Très Sainte Inquisition. En outre je peux vous assurer qu'il est fort contrarié de l'attitude de son épouse. Une reine...

— Ce que vous appelez une attitude est pour moi un malaise totalement indépendant de sa volonté... Et j'ajoute qu'il pourrait être fatal au cas où Sa Majesté serait en attente d'enfant.

La Camarera mayor pinça un peu plus ses lèvres minces, qui, de ce fait, disparurent complètement :

— Rien ne l'indique jusqu'à présent. De toute façon le Roi ne rejoindra pas la Reine aussitôt l'exécution achevée. Il ira d'abord prier au monastère San Geronimo pour le salut de son âme et celles de ces misérables auxquels on vient d'accorder la purification...

— Seigneur, chuchota Charlotte, occupée à glisser un oreiller supplémentaire sous la tête dont Cécile ôtait les ornements de cheveux. Cette purification sent bien mauvais. Les fenêtres sont fermées et l'odeur arrive jusqu'ici !

A peine avait-elle achevé sa phrase qu'un nuage d'encens s'éleva des braseros dans lesquels on venait d'en jeter quelques grains. L'odeur en fut améliorée mais la vaste chambre devint presque irrespirable. Quelqu'un se mit à tousser puis quelqu'un d'autre. Dona Juana ordonna alors de rouvrir les fenêtres, ce qui risquait de ramener la situation à son point de départ, mais, heureusement, l'appel d'air attira les nuages parfumés qui firent écran contre la puanteur extérieure.

Les deux jeunes filles reculaient pour laisser les caméristes achever de déshabiller la Reine et la mettre au lit mais elles entendirent celle-ci chuchoter :

— Ne partez pas! Restez près de moi même si l'on veut vous faire sortir...

Elles se contentèrent donc de s'écarter, restant au bas des marches surélevant l'énorme lit à baldaquin doré mais sans rejoindre le cercle des dames qui se tenaient debout autour de la pièce dans une immobilité hiératique, les mains nouées sur leur giron. Dona Juana et son adversaire, ayant fini d'en découdre, s'étaient postées au bas des degrés chacune près d'un angle du lit, sans plus sonner mot.

Lorsque la Reine fut commodément installée dans ses draps de soie, Dona Juana frappa dans ses mains :

— La Reine doit prier à présent. Retirez-vous, Mesdames!

Mlle de Neuville alors éleva la voix :

— Sa Majesté désire que nous restions auprès d'elle, Mlle de Fontenac et moi! Avec sa permission nous prierons avec elle!

— Je le veux! articula Maria-Luisa.

La Camarera mayor, qui ouvrait déjà la bouche pour protester, fut obligée de la refermer. Le ton avait été royal, elle ne pouvait s'y opposer. Le mécontentement inscrit sur le visage, elle plongea dans sa révérence et imitée par toutes les autres l'on se retira en silence. Même Mme de Grancey, qui s'était contentée de lever un sourcil surpris.

Tandis que les dames sortaient, Marie-Louise, assise dans son lit, les suivit des yeux. Ce fut seulement quand la porte fut retombée qu'elle se rejeta en arrière, laissant éclater des sanglots violents mais avec suffisamment de présence d'esprit pour mordre la soie des coussins afin d'en étouffer le bruit. Aussitôt les deux filles furent près d'elle et Cécile, s'autorisant de leur enfance commune, l'entoura de ses bras en murmurant des paroles apaisantes comme l'on fait aux petits enfants qui ont du chagrin. Charlotte regardait sans trop savoir quoi faire, profondément désolée de découvrir pareille douleur chez celle qu'elle avait suivie sur le long chemin qui la menait à l'une des plus nobles couronnes du monde, mais apparemment pas au bonheur. Comment pouvait-il en être autrement d'ailleurs avec un tel époux?

Enfin les sanglots s'apaisèrent et Marie-Louise retrouva peu à peu son calme mais sans quitter l'abri des bras de son amie d'enfance :

— Nous voyons bien, dit Charlotte doucement, que Votre Majesté n'est pas heureuse. Ce qui nous désole et, s'il nous était donné de pouvoir apporter un adoucissement quelconque à tant de douleur...

— Il se peut que vous puissiez, Charlotte. Je voudrais que le Roi mon oncle connaisse l'étendue de ma détresse et la réalité de ce mariage que tous voulaient si flatteur.

— La Reine veut que je retourne en France pour porter ce message? Je le ferais volontiers mais je suis peu de chose à la Cour. Le Roi ne daignera pas me recevoir!

— Aussi n'en est-il pas question. Pour l'instant allez donc vérifier à la porte que nous ne sommes pas épiées. Pendant ce temps Cécile va me porter un peu d'eau.

— Dans votre état, Madame, un peu de vin d'Alicante vaudrait mieux pour Votre Majesté, fit observer la jeune Neuville. Qu'au moins les produits de son royaume lui servent à quelque chose.

— Si tu veux! soupira-t-elle en s'essayant à sourire.

Leur mission remplie, les deux jeunes filles revinrent s'asseoir sur le grand lit comme on le leur demandait afin d'être plus proches.

— C'est vrai, commença la Reine, je veux envoyer un message au roi Louis mais je n'ai aucun moyen de réaliser ce souhait puisque je ne peux même pas écrire...

— Une reine d'Espagne ne rédige pas de lettres elle-même parce qu'une reine d'Espagne ne possède ni plume ni encre, récita Cécile les yeux au plafond en imitant la Camarera mayor. En outre, pour correspondre avec qui que ce soit d'autre que son royal époux, elle doit en demander la permission. D'ailleurs, je ne suis même pas certaine qu'une reine d'Espagne ait le droit de savoir écrire...

— Tu as résumé parfaitement la situation. Il faut d'abord que vous me trouviez de quoi écrire une lettre que je vous remettrai bien entendu. En même temps l'une de vous se rendra le plus discrètement possible chez l'ambassadeur de France, le marquis de Villars, qui réside dans la grande rue d'Atocha, mais ce n'est pas à lui que vous parlerez. Aussi faudra-t-il vous assurer auparavant que François de Saint Chamant est toujours à Madrid...

Cécile de Neuville eut un petit rire vite étouffé :

— Votre Majesté veut plaisanter? Le beau François ne quitterait Madrid ni pour or ni pour argent tant que la Reine y sera et elle le sait bien. Il est tellement amoureux d'elle que même un ordre du roi Louis ne l'en tirerait pas !

Pour Charlotte la nouvelle venue, Cécile expliqua que ce jeune homme, lieutenant aux gardes du corps, s'était pris pour la princesse d'une véritable passion alors qu'elle avait à peine quatre ans et n'avait jamais pu s'en guérir. Il avait souffert mille morts quand il avait appris qu'elle aimait son cousin, le Grand Dauphin, et le mariage espagnol l'avait horrifié. Il s'était arrangé pour être de l'escorte et, depuis, implanté chez Villars qui lui était cousin, il n'en bougeait plus.

— Il sera bien obligé de partir s'il m'aime tant. Je l'ai choisi pour porter ma plainte à mon oncle. Je veux rentrer en France, auprès de mon père et de la bonne Liselotte dont on ne m'accorde pas le droit de lire les lettres seules. C'est la Terranova qui les ouvre et les lit devant toutes les dames et avec un air pincé qui serait amusant s'il ne me faisait mal !

— Madame, hasarda Cécile, le roi Louis tient énormément à ce mariage. Je ne pense pas qu'il consentirait à ce que vous le rompiez.

— Parce qu'il croit que de moi va naître une dynastie nouvelle régénérée d'un sang nouveau, mais je n'aurai jamais d'enfants du roi Charles. Donc je ne sers à rien !

— Pourquoi pas d'enfants ? s'étonna Charlotte. Il n'y a pas de nuits que le Roi ne passe auprès de la Reine et il me semble fort épris...

— Auprès de moi, oui, mais c'est tout ! lâcha Maria-Luisa exaspérée. Oui, il se couche auprès de moi et il me caresse indéfiniment mais il n'a pas accompli l'acte d'amour. Il en est incapable !

— La Reine veut dire... qu'il est impuissant ? souffla Cécile.

— Evidemment qu'il l'est et moi je ne sers à rien. Si ce n'est sans doute à endosser la rancune et le mépris de ces gens quand, au fil des années, on s'apercevra que je ne donne naissance à aucun prince. C'est moi que l'on rendra responsable et Dieu sait alors ce qui m'arrivera ? La reine mère, l'Autrichienne Marie-Anne qui ne quitte jamais ses habits de deuil et presque jamais son couvent, me déteste sans me connaître parce que je suis française et vous pouvez être sûre qu'elle fera le maximum pour me nuire et mettre une cousine à ma place...

— Cela n'avancera à rien si le Roi ne peut procréer.

— Soyez sûre qu'elle fera ce qu'il faut pour que sa protégée, qui sera une Habsbourg comme elle, y parvienne. Alors je vous en prie, faites ce que je vous demande ! Il y va de ma vie..., acheva la jeune femme dont les larmes se remirent à couler.

A ce moment, la double porte de la chambre s'ouvrit en grand et un chambellan apparut et annonça :

— Le Roi !

Cécile et Charlotte eurent juste le temps de sauter à bas du lit pour saluer le souverain qui ne leur prêta attention que pour leur montrer la sortie d'un geste autoritaire avant de se diriger vers sa femme en jetant son chapeau, sa canne et en commençant d'arracher son habit sans se soucier de faire sauter les boutons de diamants. Sa grosse bouche humide souriait et le regard halluciné, il répétait comme au jour de leur mariage :

— Mi reina !... Mi reina !... Mi reina !

Comme un leitmotiv et en tendant les bras.

— Lui arrive-t-il de lui dire autre chose ? souffla Charlotte tandis qu'elles regagnaient leur chambre fusillées par le regard furibond de la Camarera mayor revenue dans le sillage du Roi :

— Il n'a pas un vocabulaire très étendu, soupira Cécile. Quand il donne audience, assis sur son trône, l'œil fixe et le chapeau enfoncé jusqu'aux sourcils, il n'use jamais que de quatre formules, toujours les mêmes : « C'est possible... », « C'est souhaitable... », « Baisez-moi les mains » et « Nous verrons bien ».

— Comment le savez-vous ?

Le beau regard gris de la jeune fille se mit à pétiller :

— J'ai mes sources. L'un de ses gentilshommes me veut du bien et de plus, considérant son souverain comme un imbécile total, il en fait facilement des gorges chaudes... Remarquez, ajouta-t-elle après un instant de réflexion, je ne pense pas que Charles soit idiot... Il est triste, capricieux, maladif et versatile mais il est très imbu de son rang. Il a des absences surtout à la suite de ses crises... en dehors de cela il connaît des moments d'intelligence... et je crois qu'il aime sincèrement sa belle épouse !

— Souhaiteriez-vous être aimée par lui ?

— Non ! Quelle horreur !

— Alors occupons-nous sans plus tarder de tirer notre princesse des griffes de ce malade !

Les dames de la Reine ayant tout loisir d'aller où

bon leur semblait quand elles n'étaient pas de service, on attendit la tombée du soir pour se rendre chez l'ambassadeur. Sur la Plaza Mayor, l'énorme bûcher n'était plus qu'un amoncellement de braises que les valets du bourreau tisonnaient au moyen de longues fourches pour attiser la combustion de ce qui pouvait rester, donnant une assez fidèle image de l'enfer qu'une foule aux yeux écarquillés persistait à regarder. L'odeur se dissipait peu à peu.

Chemin faisant, Charlotte et Cécile avaient affiné le plan initial : au lieu de confier à Saint Chamant une lettre pour le Roi à remettre au monarque en personne, on lui en donnerait deux. Une pour Madame la priant de bien vouloir se charger de la supplique. Elle ne demanderait pas mieux, aimant beaucoup sa jeune belle-fille qu'elle plaignait sincèrement, et Louis XIV, de son côté, accorderait davantage d'attention à la lettre que si elle lui était remise par n'importe quel autre messager.

A « l'ambassade », une grosse maison située dans le quartier d'Atocha où se groupaient les quelques commerçants français tolérés par le pouvoir, le marquis de Villars n'était pas visible. Au retour de l'autodafé Son Excellence avait pris médecine et s'était mise au lit. Quant à M. de Saint Chamant, il passait ses soirées, faute d'exutoires, dans une posada proche de l'Alcazar et donnant sur le Manzanares dont les berges constituaient la promenade préférée des Madrilènes. C'était d'ailleurs la plus huppée de la ville et l'on pouvait au moins être sûr que le vin y était bon et la maison propre.

Les deux jeunes filles, résolument décidées à

mettre leur plan à exécution, s'interrogèrent sur ce qu'il convenait de faire : attendre le retour du jeune officier – mais s'il revenait complètement ivre ce serait du temps perdu ! – ou se rendre à l'auberge en question en espérant, justement, qu'il n'était pas encore trop éméché.

Arrivées en vue de la taverne éclairée seulement par ses quinquets intérieurs, elles hésitèrent bien naturellement à pénétrer dans cet univers inconnu d'où jaillissaient cris d'ivrognes, grattements de guitare et chansons dont il était certainement préférable qu'elles ne saisissent pas les paroles. Même masquées comme elles l'étaient et enveloppées de vastes pelisses à large capuche, ce n'était visiblement pas un endroit pour des demoiselles.

— Que faisons-nous ? murmura Cécile. On entre ou l'on attend que Saint Chamant sorte ?

— Je crois qu'il va falloir se décider à entrer. Si on l'attend on risque d'avoir le même problème que chez l'ambassadeur.

Mais la chance, ce soir-là, était avec elles. Au moment où, après un signe de croix, elles s'apprêtaient à franchir le seuil, un homme sortit et s'accota au mur de l'auberge pour respirer sans doute, car il resta là, son chapeau à la main, la tête tournée vers l'Alcazar dont la silhouette se découpait sur le ciel noir à peine éclairé par les feux brûlant aux murailles. A son costume, elles virent qu'il était français et s'élancèrent à sa rencontre pour lui demander si M. de Saint Chamant se trouvait dans l'auberge. Mais avant d'avoir ouvert la bouche, Cécile l'avait reconnu :

— Monsieur de Saint Chamant, dit-elle en ôtant son masque, nous sommes venues vous dire que la Reine a besoin de vous!

Il abandonna aussitôt sa rêverie pour scruter les deux visages :

— Qui êtes-vous?

— Nous sommes de ses filles d'honneur : voici Mlle de Fontenac, et moi je suis Cécile de Neuville. Nous nous sommes déjà rencontrés au Palais-Royal!

On échangea des saluts :

— Certes, certes, fit le jeune officier. Et vous dites que la Reine a besoin de moi?

— Sans aucun doute, appuya Charlotte. Elle attend de vous un service d'une extrême importance. J'irais même jusqu'à dire... vital!

L'émotion de Saint Chamant fut quasi palpable :

— Elle?... De moi! Mais quel bonheur!... Peut-être devrions-nous quitter cet endroit...

Il les prit chacune par un bras pour les entraîner le long de la rivière là où il n'y avait plus d'autres lumières que celle, incertaine, du ciel. Ils trouvèrent bientôt un muret sur lequel il les fit asseoir, restant lui-même debout et le chapeau à la main.

Charlotte se souvenait de lui, à présent, pour l'avoir vu deux ou trois fois au Palais-Royal et à Saint-Cloud. C'était un homme d'une trentaine d'années, blond et de belle taille, au visage agréable mais sans autre caractère qu'une tristesse latente et qui semblait incurable. Mais, à l'instant où elle avait mentionné la Reine, elle avait senti qu'il s'éclairait en dépit de l'obscurité. Etait-ce la flamme de l'espérance?

— Que veut de moi sa douce Majesté?

— Que vous regagniez Saint-Germain sans délai et de toute la vitesse de vos chevaux...

La flamme s'éteignit instantanément :

— Oh non!...

— Si vous me laissiez finir ma phrase? s'impatienta Charlotte. J'allais ajouter : pour porter d'urgence une lettre à Mme la duchesse d'Orléans...

— N'importe quel courrier peut s'en charger! Moi...

— C'est une manie!... Une lettre qui en contiendra une seconde destinée au Roi. Une lettre qui ne devra tomber à aucun prix dans de mauvaises mains. Madame se chargera volontiers de la remettre. Ensuite... eh bien vous pourrez revenir!

— Vous avez compris maintenant? enchaîna Cécile.

— Je... Oh oui! oh! comment vous remercier d'avoir pensé à moi?

— Vous l'aimez, non?

— Oh si!... Plus que ma vie! Donnez-moi vite ces lettres.

Il en trépignait presque. Charlotte posa sur son bras une main apaisante :

— Une minute! Il faut d'abord les rédiger et vous savez à quel point la Reine est surveillée. Elle n'est pas libre de prendre la plume elle-même. Ses lettres doivent obtenir l'approbation de Terranova. De plus, c'est cette vieille bique qui s'est arrogé le droit de lire, à haute voix, le courrier qui arrive de France. Soi-disant pour qu'aucun mot malsonnant n'offense les oreilles sacrées de la Reine!

— Doux Jésus! Elle est encore plus malheureuse que je ne le pensais.

— C'est pourquoi il faut vous faire messager mon cher comte, conclut Cécile. Si vous en êtes d'accord, nous nous retrouverons demain, ici... et vers cette heure-ci. Mais n'allez pas boire au cabaret!

— Juste ce qu'il faut pour me réchauffer. Je partirai à l'aube... suivante. A présent, je vais, s'il vous plaît, vous raccompagner à l'Alcazar. Les abords de la rivière la nuit ne sont pas un endroit pour les nobles demoiselles. Ni même pour les demoiselles tout court!

A leur retour, elles se postèrent à une fenêtre pour voir si leur messager était toujours là. Il avait en effet promis de ne pas bouger avant d'être certain qu'elles fussent en sécurité. Un premier quartier de lune s'était levé et éclairait suffisamment le chemin pour qu'elles puissent voir Saint Chamant s'éloigner en donnant tous les signes d'une joie exubérante, exécutant des entrechats en marchant et lançant son chapeau en l'air avec une virtuosité de jongleur. Charlotte émit :

— Croyez-vous avoir fait le bon choix? Il ne me semble pas fiable et, finalement, les courriers officiels auraient pu s'en charger!

— Soyez tranquille! S'il est fou c'est d'amour et il crèvera peut-être dix chevaux mais il fera le parcours plus vite que n'importe quelle poste.

Mlle de Neuville avait raison. Douze jours plus tard, François de Saint Chamant dégringolait de sa monture plus qu'il n'en descendait dans la cour du Palais-Royal. Dix minutes après, Madame le recevait tel qu'il était : crotté jusqu'aux yeux et mort de fatigue mais rayonnant de bonheur. Il avait réussi la mission confiée par sa reine bien-aimée et la double lettre remise entre les mains de Madame, il put en toute quiétude s'évanouir dans l'antichambre...

Dans le carrosse qui l'emmenait à Saint-Germain, Madame relisait pour la énième fois la lettre de sa belle-fille en se demandant comment le Roi allait recevoir celle qu'elle s'était chargée de lui remettre. Bien volontiers d'ailleurs : elle avait toujours été hostile à ce mariage délirant et plaignait sincèrement la pauvrette que l'on y avait contrainte. La peinture que celle-ci faisait de sa vie quotidienne avait quelque chose d'hallucinant : ces jours passés à ne rien faire – sinon prier ! – sous la surveillance d'un dragon femelle qui se mettait à la traverse du moindre désir dès l'instant où le Roi n'y avait pas part, ces nuits quasiment sans sommeil, livrée aux caresses malhabiles – et parfois violentes – d'un dégénéré incapable de leur apporter une conclusion naturelle ne pouvaient que révolter n'importe quelle jeune femme. Sa propre expérience conjugale n'avait rien d'exaltant mais au moins Monsieur, s'il n'était pas son idéal masculin, se comportait comme il convient pour un époux et lui avait donné des enfants qui étaient sa joie. Or, Marie-Louise n'avait aucune chance de connaître ce bonheur. Il était donc compréhensible qu'une fille de dix-huit ans essaie de sortir d'une telle situation. Madame n'en redoutait pas moins la réaction de Louis XIV. N'avait-il pas dit à sa nièce au jour de son départ qu'il espérait ne plus la revoir ?

L'idée l'effleura de passer d'abord chez la Reine avec qui elle entretenait les meilleures relations. A y réfléchir, le triste Charles II était son demi-frère mais au fond ce lien de parenté importait peu étant donné leur différence d'âge et le fait que leurs mères appartenaient à deux clans ennemis. En outre, la pauvre Marie-Thérèse, aux prises depuis des années avec les favorites successives de son époux, ne pouvait guère se targuer d'en avoir l'oreille. Enfin n'offrait-elle pas, depuis son mariage, l'image de la soumission aux volontés de Dieu d'abord, de son mari ensuite, se contentant d'opposer à la vie dissolue de Louis l'illustration parfaite d'une reine retranchée derrière sa dignité ainsi que celle d'une épouse exemplaire... et muette ! Sans doute plaindrait-elle beaucoup sa jeune belle-sœur, mais ne comprendrait pas qu'une souveraine pût vouloir se débarrasser de son époux comme de sa couronne...

Arrivée à destination, Madame envoya Theobon qui l'accompagnait faire préparer l'appartement réservé aux Orléans dans les résidences royales, puis apercevant M. de Saint-Vallier, capitaine des gardes de la porte, elle le fit appeler pour demander si le Roi était au château ou s'il chassait.

— Non, Votre Altesse Royale. Sa Majesté a pris froid hier et ses médecins lui ont conseillé de ne pas sortir. Elle est dans son cabinet où Elle reçoit Mme la marquise de Maintenon...

Madame fit la grimace. Elle détestait d'instinct cette femme, veuve d'un poète pervers qui avait su tracer son chemin depuis la modeste maison de Vaugirard où elle élevait les bâtards du Roi et de Mme de Montespan jusqu'à l'amitié dudit Roi dont elle semblait être devenue la conseillère occulte.

— Veuillez lui dire, s'il vous plaît, que je veux lui parler !

Le ton était raide. Saint-Vallier, qui n'aimait pas beaucoup lui non plus la « veuve Scarron », ne s'y trompa pas et dissimula un sourire :

— Bien sûr, Madame ! Tout de suite !

Ainsi qu'il s'y attendait, elle le suivit dans le bel escalier de pierre blanche menant aux appartements royaux. De si près qu'il pouvait sentir le parfum de roses dont elle avait usé abondamment. Contrairement à son habitude, Madame avait fait toilette et si elle ne portait pas le grand habit, du moins avait-elle renoncé à sa chère tenue de chasse au profit d'un assemblage de velours violet – sa couleur préférée –, de satin blanc, de renard noir pour réchauffer le manteau et de ses splendides perles dont elle savait qu'elles plaisaient énormément à son beau-frère. Coiffée à la perfection, chaussée élégamment, Madame avait fort grand air. Elle en avait conscience, car cela lui semblait important pour la réussite de ses projets. Elle comprit qu'elle avait eu raison quand, au moment où elle s'approchait, la double porte du Roi s'ouvrit – à un seul battant ! – pour livrer passage à Mme de Maintenon dont les yeux noirs s'arrondirent de surprise en face de tant de splendeur palatine. Elle se hâta de plonger dans une profonde révérence à laquelle Madame, déployant son éventail comme s'il s'agissait de chasser quelque miasme, répondit par un bref signe de tête avant de franchir avec majesté les battants de la porte que deux valets ouvraient devant elle.

Debout près d'une grande table soutenant des

maquettes de bâtiments, Louis XIV la regarda entrer, saluer, puis vint à elle pour la relever et baisa la main qu'il tenait :

— Ma sœur! Quelle joie inattendue!... Et comme vous voilà belle! ajouta-t-il sur un ton caressant qui la fit rougir comme une adolescente à son premier compliment, et du coup elle s'en voulut de s'être chargée de cette commission qui ne plairait certainement pas. Il y avait à présent tant d'années qu'elle était secrètement amoureuse de lui qu'elle aurait dû être capable de se prémunir contre ce genre de surprise! Mais quand le vin est tiré il faut le boire!

Elle toussota pour s'éclaircir la voix et, s'asseyant sur un siège :

— M. de Saint-Vallier m'a dit que vous étiez souffrant, Sire. J'ai peine à le croire en vous voyant si élégant.

Louis XIV portait en effet ce jour-là un justaucorps de velours brun de la nuance exacte de ses cheveux, dont les larges parements et l'habit lui-même étaient ourlés d'une broderie au fil d'or sur lequel tranchait la blancheur de sa chemise aux poignets et au jabot de précieuse dentelle de Malines.

— Peu de chose en vérité et j'ai tort d'écouter mes médecins! Surtout cet animal de D'Aquin! Il me voit à la mort dès que j'éternue! Toujours est-il qu'il m'a obligé de rester ici... ce dont je le remercie à présent puisque cela me vaut votre présence. En revanche... Je vous trouve bien sérieuse. M'en voudriez-vous encore pour le mariage du Dauphin?

Un mois plus tôt en effet on avait célébré à Saint-Germain le mariage du gros prince Louis, qui – Dieu sait pourquoi ? – avait conquis le cœur de la pauvre Mademoiselle, avec Marie-Anne-Christine de Bavière, une cousine éloignée de Madame qui espérait lui voir épouser la fille de sa tante d'Osnabrück, une charmante enfant alors que la Bavaroise était laide. Défaut qui, chose étrange, avait paru séduire le Grand Dauphin. Comme quoi il ne faut jurer de rien en matière de sentiments !

— Du tout, Sire mon frère, j'en suis même fort éloignée car nous nous entendons fort bien, la nouvelle Dauphine et moi. Non, c'est de quelqu'un d'autre dont je viens vous entretenir.

— De qui ?

— De notre Mademoiselle ! Je veux dire de la reine d'Espagne. J'en ai reçu de fort mauvaises nouvelles car je ne crois pas qu'il y ait au monde une princesse plus malheureuse !

Le visage aimable de Louis XIV se ferma comme une fenêtre dont on a mis les volets :

— Elle vous a écrit ?

— Oui. Ce n'est pas la première fois mais ses précédentes réponses à mon courrier étaient fort différentes. En fait elle ne parlait que du temps qu'il faisait et de banalités. Aujourd'hui c'est un autre langage parce qu'elle a réussi à me faire tenir quelques lignes de sa main qui ont échappé à l'intolérable surveillance que fait peser sur elle la duchesse de Terranova, sa Camarera mayor. Elles n'étaient qu'un prélude à cette deuxième lettre destinée à Votre Majesté, conclut Madame en tirant de sa poche le pli scellé de rouge qu'elle offrit, consciente de l'inquiétant froncement de sourcils dont s'accompagna la réception.

Louis fit sauter le cachet, déplia l'épais papier, se renversa dans son fauteuil et se mit à lire. Madame observa non sans inquiétude que les rides de son front s'accentuaient peu à peu. Finalement, il se redressa en jetant la lettre sur le bureau.

— Vous savez ce qu'il y a là-dedans ?

— Pas tout sans doute mais principalement que cette enfant est malheureuse et qu'elle a peur !

— Elle est folle ! Que s'imagine-t-elle ? Que je vais écrire au Roi, son époux, pour lui apprendre que sa femme l'a pris en détestation et qu'elle veut se séparer de lui ? Cela ferait un beau scandale !

— Non. A ce que j'ai cru comprendre, elle désirerait que vous l'autorisiez à revenir en France sous un prétexte ou sous un autre et qu'ensuite sa présence puisse se prolonger. Le roi Charles ne semble pas destiné à vivre très longtemps...

— Excellente raison pour rester à sa place jusqu'à ce qu'il meure !

— Ce dont on ne saurait préjuger car c'est le secret de Dieu. Mais il faudrait prendre en compte la peur de Marie-Louise. Elle vit actuellement en milieu hostile. Tout le monde en ce pays-là déteste les Français, à commencer par la reine mère... et le Roi lui-même. La Reine peut craindre chaque jour un mauvais procédé car elle est seule à l'exception d'une poignée de femmes françaises dont le rôle est purement décoratif. En outre elle ne pourrait se raccrocher à l'espérance d'une naissance qui ne se produira jamais. Il s'avère, en effet, que si son époux se montre amoureux presque à l'excès, il n'en demeure pas moins qu'il est impuissant.

— Vous ne m'apprenez rien, je le savais!

La surprise mit Madame debout :

— Ai-je bien entendu? Le roi de France a livré sa nièce à un homme incapable de la rendre mère? Savez-vous seulement, Sire, ce qu'il adviendra d'elle quand on attendra en vain que son ventre annonce un fruit? Elle sera en grand péril, car, ne vous y trompez pas, jamais l'Espagne n'acceptera que le mal vienne de Charles, si débile soit-il. C'est elle que l'on accusera d'être stérile et l'on pourrait aller jusqu'à vouloir l'éliminer...

— Vous venez de le dire vous-même, ma sœur, Charles ne vivra pas vieux...

— Suffisamment peut-être pour que notre petite reine soit accusée de stérilité. Deux ou trois ans devraient suffire. Alors on n'hésitera pas à s'en débarrasser pour mettre à sa place une princesse tout aussi stérile mais qui aura l'immense avantage de n'être pas française. Une cousine Habsbourg... par exemple?

— Ma sœur, veuillez d'abord vous calmer, vous rasseoir et m'écouter. Quelque touchante que soit cette lettre, quelque convaincants que soient vos arguments, ils ne sauraient infléchir ma politique. Je veux que lorsque Charles rejoindra son tombeau de l'Escorial, ce soit ma nièce qui marche derrière lui sous les voiles de deuil. Ce sera elle, alors, la reine régente et, comme la lignée de Charles Quint, celle des Habsbourg d'Espagne, sera éteinte, je pense être en mesure de peser sur le choix d'un nouveau roi. Qui pourrait épouser la veuve. Ce n'est pas à vous que j'apprendrai, ma sœur, combien Marie-Louise est jolie...

— Le sera-t-elle encore lorsqu'elle sera délivrée?... On vieillit vite quand on est malheureuse!

— Allons, ma sœur, apaisez donc votre cœur tendre! Je vais faire en sorte d'adoucir le sort d'une nièce qui m'est chère en envoyant dès aujourd'hui un courrier au marquis de Villars, notre ambassadeur à Madrid, pour qu'il prenne langue avec le duc de Medina Caeli, Premier ministre qui pallie assez heureusement aux... déficiences de son jeune roi. Celui-ci l'écoute volontiers et il saura lui faire entendre que l'on ne saurait livrer une fille de France aux tracasseries d'une duègne mesquine. Qu'il conviendrait aussi de lui offrir des distractions plus réjouissantes que la vue de cent cinquante Juifs se tordant, transformés en torches vivantes, dans les flammes d'un bûcher. De cela vous avez ma promesse... Vous n'allez pas vous mettre à pleurer?

— Je sais que vous détestez les larmes, Sire, renifla Madame, mais ce sont les effets de l'émotion. Cette petite reine je l'aime comme si elle était ma jeune sœur. Nous avons si souvent ri ensemble et la savoir quasi prisonnière d'un vieux palais et de gens détestables me rend malade. Comment le supporter quand on a vécu son enfance ici dans les demeures du Roi-Soleil? soupira Madame qui savait son beau-frère sensible à la flatterie.

De fait, elle obtint un beau sourire :

— Soyez certaine que je garderai un œil sur Madrid. Je confesse que j'ai beaucoup demandé à cette enfant mais vous devez comprendre de votre côté qu'elle m'est une pièce trop précieuse sur l'échiquier européen pour la laisser se perdre. A propos, qui donc vous a porté ces lettres ?

— Le comte de Saint Chamant qui faisait partie de l'escorte après le mariage.

— Et il était encore là-bas ?

Forte de son innocence, Madame s'autorisa un sourire indulgent :

— Je crois qu'il a peine à s'éloigner de notre reine qu'il connaît depuis l'enfance.

Le royal sourcil se fronça :

— Un amoureux ? Je n'aime pas beaucoup cela mais je lui parlerai. Qu'il ne s'avise seulement pas de repartir sans que je l'aie vu. Vous aurait-il confié par quel truchement les lettres lui ont été remises ? Cela n'a pas dû être aisé si elle est surveillée d'aussi près que l'on me dit ?

— En arrivant au Palais-Royal il était à peu près mort de fatigue. J'avoue ne pas l'avoir questionné. Je me suis contentée de l'envoyer dormir...

— Oh, c'est sans importance ! Nous verrons plus tard... Avez-vous mis Monsieur au courant de ces nouvelles ?

— Je ne l'ai pas vu depuis deux jours. Il est à Saint-Cloud où M. Mignard a demandé sa présence pour je ne sais quel changement de décoration !

— Dans ce cas ne lui dites rien. Je lui en parlerai plus tard ! Evitons-lui une peine inutile...

Madame sortit là-dessus, plutôt satisfaite d'abord de ce qu'elle avait entendu, mais, à mesure qu'elle s'éloignait du cabinet royal, la magie se dissipait. Elle n'était pas innocente au point d'ignorer le pouvoir que Louis exerçait sur elle et cela depuis le jour de son arrivée plusieurs années plus tôt. En le voyant, elle avait escompté que Monsieur lui ressemblerait et la déception avait été sévère, mais elle avait fini par s'en accommoder. A présent, elle avait appris à connaître Louis et n'était pas très sûre que l'on puisse accorder une confiance absolue à ses promesses. C'est pour cette raison qu'au moment de l'entretien, elle avait gardé pour elle les noms de ses anciennes filles d'honneur. Une sorte d'instinct s'était alarmé en elle quand il avait bien fallu livrer le nom de Saint Chamant et que s'était froncé le sourcil du Roi. Elle ne pouvait qu'espérer que le pauvre garçon n'aurait pas à pâtir de son dévouement... et d'ailleurs, au lieu de passer la nuit à Saint-Germain comme elle le pensait en arrivant, elle choisit de rentrer au Palais-Royal afin d'être présente quand le messager se réveillerait et de le mettre en garde avant l'audience que lui accorderait le Roi... Cela ne faisait jamais que trois heures de route en plus. En conséquence de quoi, elle gagna son appartement, récupéra Theobon déjà occupée à l'installation, reprit son carrosse et rentra à Paris...

Chapitre 5

Où Charlotte fait une découverte...

Un mois plus tard, la redoutable duchesse de Terranova cédait la place à l'aimable duchesse d'Albuquerque, le couple royal quittait l'Alcazar pour le charmant château de Buen Retiro à l'est de Madrid en attendant de gagner le palais d'Aranjuez et ses magnifiques jardins où l'on faisait des travaux, mais le marquis de Villars était chargé de rapatrier en France Mlles de Neuville et de Fontenac...

Désolée d'une décision qui la privait de ses deux compagnes préférées, la Reine voulut savoir le pourquoi de ce rappel particulier, mais se heurta, chez l'ambassadeur, à cette explication qui n'en avait jamais été une mais devant laquelle tout devait plier : « Ordre du Roi ! »

— Pourquoi elles ? insista Marie-Louise. Ce sont deux jeunes filles de seize et dix-sept ans et mon oncle ne les connaît certainement pas. Certes, depuis mon arrivée dans ce pays-ci, je m'attends à ce que l'on me retire mes suivantes françaises l'une après l'autre ou toutes ensemble ainsi que l'on en use pour les princesses mariées à des souverains étrangers et d'ailleurs, Mme de Terranova me l'avait fait savoir au lendemain de mon arrivée. Mais pourquoi ces deux-là et elles seules ? Pourquoi pas Mme de Grancey qui ne laisse ignorer à personne son importance et ne cesse de déplorer d'être retenue dans une cour où elle s'ennuie à périr ?

— Madame, je n'ai aucune réponse à donner à Votre Majesté. Le Roi veut qu'elles rentrent en France et comme l'ordre n'est assorti d'aucune explication, je ne peux qu'exécuter.

— Sans doute mais n'est-ce pas là un abus de pouvoir ? Après tout, je suis la reine d'Espagne, ces filles sont à « mon » service et, le roi de France ne régnant pas ici, il est presque offensant qu'il ose y régenter ma maison. Je refuse de les laisser partir !

— Madame, Madame ! Votre Majesté ne fait que compliquer les choses ! Elle a entièrement raison lorsqu'elle avance qu'un souverain français ne saurait faire la loi dans la maison de son voisin, mais j'oserais lui faire observer que le roi Louis n'agit jamais sans un motif sérieux et que si Votre Majesté s'y oppose, un simple courrier de la Chancellerie obtiendra sans peine que l'ordre ne vienne plus de lui mais du roi Charles II !

— C'est justement ce motif que je voudrais comprendre...

Tandis qu'elle parlait, une idée lui venait. Jetant alors un regard au cercle de ses femmes rangées le long des murs du salon où elle recevait Villars, elle murmura :

— Savez-vous des nouvelles de M. de Saint Chamant ?

— Aucune, Madame. Puisqu'il n'est pas revenu, je suppose qu'il est resté en France.

— Pourriez-vous essayer de savoir ? Nous nous connaissons depuis si longtemps !

— Puisque la Reine le désire, je m'informerai au mieux !

Comme la nouvelle Camarera mayor s'avançait vers eux pour marquer sans doute la fin de l'audience, Villars effectua les saluts protocolaires et se retira à reculons. Quelques semaines plus tard il était en mesure de répondre à la dernière question de Marie-Louise : nul ne savait ce qu'était devenu son amoureux transi. Après plusieurs jours passés au Palais-Royal, il semblait s'être volatilisé. Prudent, Villars se contenta de faire savoir à la jeune reine que Saint Chamant « s'était retiré sur ses terres » ! Ce qui ne tirait pas à conséquence.

Les deux jeunes filles reprirent donc le chemin de la France. Non sans larmes. Cécile, orpheline de père et de mère dès l'enfance et dont la seule famille se réduisait à un frère aîné marié, avait été élevée près de Marie-Louise. Quant à Charlotte, ces quelques mois l'avaient attachée à la Reine. De son côté, cette dernière voyait partir avec ses suivantes le peu de gaieté qu'on lui eût laissée depuis son entrée en Espagne. Aussi offrit-elle à chacune une agrafe de corsage composée, identiquement, d'un joli rubis entouré de petites perles d'où pendaient trois autres perles en poire d'assez belle taille :

— Afin que vous pensiez à moi chaque fois que vous les porterez, leur dit-elle en les embrassant, et je souhaite de tout mon cœur que nous nous revoyions un jour...

Si les deux filles avaient espéré partir seules, elles furent déçues. Le marquis de Villars, dont l'une des voitures allait les ramener à Saint-Jean-de-Luz d'où elles poursuivraient leur voyage jusqu'à Paris dans une chaise de poste que l'on retiendrait pour elles, leur adjoignit une sorte de porte-respect chargé en réalité de les surveiller. C'était l'un des plus anciens conseillers de l'ambassade, un certain Isidore Sainfoin du Bouloy, qui rentrait en France prendre possession d'un héritage. Un petit homme d'une soixantaine d'années gris de poil, arborant un nez imposant surplombant une longue bouche mince que ne corrigeaient ni barbe ni moustache. Quant à ses yeux, enfoncés et presque toujours cachés par de lourdes paupières, il était impossible d'en distinguer la couleur. Vêtu de noir de la tête aux pieds avec pour seul éclairage une large fraise à l'ancienne mode, il semblait confit en dévotion ainsi qu'en attestaient le chapelet de buis perpétuellement enroulé à son poignet gauche et le missel qu'il tirait fréquemment d'une de ses vastes poches pour s'absorber dans sa lecture où il finissait invariablement par s'endormir. Sans oublier les prières qu'il marmottait sotto voce le reste du temps, refusant fermement de s'intéresser non seulement au paysage qui défilait de chaque côté du véhicule, mais aussi à ses compagnes, qu'il saluait matin et soir sans chercher le moins du monde à lier conversation même pendant les haltes aux auberges. En outre, dès le départ, il s'était installé d'autorité entre elles deux au fond de la voiture au lieu de prendre place sur le devant comme la bienséance l'eût voulu. Il avait pour ce faire allégué le mauvais état de son dos, le peu de place que tenait sa maigreur et le respect que leur jeunesse devait à ses cheveux gris. Ceux du moins qui semblaient attachés à son chapeau, car, lorsqu'il le quittait pour les saluts obligatoires, ils étaient regrettablement absents de la majeure partie de son crâne. Cette situation lui permettait de voyager plus confortablement ainsi étayé par ses compagnes, sur l'épaule desquelles il lui arrivait d'achever ses oraisons.

Inutile d'ajouter ce qu'en pensaient ses compagnes. Pour comble de bonheur, il faisait une chaleur de four en ce mois de mai, ce qui rendait plus pénible encore la remontée vers les Pyrénées, une chaleur inhabituelle qui transformait le voyage en une sorte de cauchemar que l'on vivait dans l'attente de la halte du soir où, au moins, dans la paix de leur chambre d'auberge, Charlotte et Cécile pouvaient se débarrasser de leurs vêtements, se laver et, même si la température ne baissait guère, dormir à l'aise sur leur lit, même si les maigres matelas semblaient faits de noyaux de pêche. A l'aube on reprenait le poussiéreux chemin et tout recommençait...

Enfin on franchit la Bidassoa qui servait de frontière aux deux royaumes en Pays basque et à peine y fut-on qu'un véritable déluge s'abattit sur les voyageurs. Non seulement le soleil avait disparu, mais des nuages noirs et menaçants s'amoncelaient sur le nord. Sainfoin du Bouloy ordonna alors d'arrêter et, à la stupeur de ses compagnes, sauta lestement à bas de la voiture, jeta son chapeau à terre, se mit à genoux et après avoir marmotté une courte prière entama les bras et la figure levés vers le ciel un genre de bourrée auvergnate qui traduisait une allégresse parfaitement inattendue chez lui. Enfin, il remonta et comme les filles se serraient chacune contre son coin de carrosse pour éviter son contact, il prit place sur le devant du véhicule et leur sourit :

— Quinze ans ! exhala-t-il. Quinze ans dans ce fichu pays à attendre l'hiver en espérant la neige ! Le soleil ! Toujours le soleil ! Et moi j'exècre le soleil ! Et aussi la chaleur !

— Ah oui ? Et c'est parce que vous exécrez la chaleur que vous nous avez contraintes à voyager serrées comme harengs en caque ?

— J'avais une réputation à soutenir, Mademoiselle de Fontenac ! Celle d'un homme austère, tout en dévotion, ne cessant de rechercher de nouvelles mortifications et de faire étalage d'un profond dédain pour les dames. C'est cela qui m'a permis de rester aussi longtemps en place !

— Pourquoi n'avoir pas demandé votre retour plus tôt ? s'étonna Cécile.

— Pour plusieurs raisons dont la première est que j'étais un cadet impécunieux qui avait besoin de ce poste pour vivre et qu'il me fallait absolument demeurer dans ce pays où à peu près tout le monde nous déteste et où l'Inquisition nous surveille de près. Vous avez vu, il y a peu, l'une de ses distractions favorites ?

— Vous n'aviez tout de même rien à redouter de tel ? On a brûlé surtout des Juifs espagnols. Ce que vous n'êtes pas ?

— Ma chère, vous ne pouvez imaginer de quoi le Saint-Office et ses séides sont capables. Rien de plus facile pour eux de glisser ici ou là un étranger suspect dans la masse. Une fois bâillonné et affublé du san-benito, il devient impossible de se faire entendre et d'échapper au supplice. Je sais des exemples, croyez-moi.

— Fallait-il vraiment en faire tant? fit Charlotte.

— Avec eux on n'en fait jamais assez! Ma « grande piété » m'a permis d'approcher des couvents de moines, et aussi des personnages de plus d'importance grâce auxquels j'ai pu rendre quelques services. Maintenant c'est fini, terminé et, je l'espère, bientôt oublié! Mon frère aîné dont je suis l'héritier vient de mourir. C'était à mon exemple un vieux garçon, avare de surcroît, et je vais récolter les fruits de sa ladrerie, en l'espèce une jolie maison et le magot qu'il a dû cacher quelque part à la cave ou dans un mur!

— Vos sentiments fraternels n'ont pas l'air fort développés.

Isidore Sainfoin haussa ses maigres épaules qui semblaient déjà moins voûtées :

— Pourquoi voulez-vous que je rende ce que l'on ne m'a jamais donné? Je ferai dire des messes pour le repos de son âme à présent que je vais être riche!

— Mais comment en êtes-vous si sûr? demanda Cécile.

— Vous connaissez un conseiller au Parlement dans la misère, vous? Moi, non!

A Saint-Jean-de-Luz, où l'on changea la voiture espagnole pour une chaise de poste française, l'échappé des bureaux de Madrid changea aussi de vêture. Au matin du départ, les deux jeunes filles le virent apparaître débarrassé de ses nippes noires et de sa fraise qu'il avait remplacées par un ensemble de petit drap gris avec chemise à rabat et discret jabot de fine toile blanche et si la longueur ou l'absence de ses cheveux n'avaient subi aucune modification, c'était un chapeau de beau feutre gris ponctué d'une coquine plume rouge qui les abritait. Des gants et des souliers à boucle d'argent complétaient l'ensemble dont elles lui firent compliment bien sincère. Et si elles supputèrent que les fonds remis par l'ambassadeur pour le voyage avaient payé cette magnificence, elles se gardèrent de le déplorer : Isidore s'était mué en le plus amusant et le plus attentionné des compagnons de voyage.

La remontée de la France jusqu'à Paris sous une pluie têtue aurait pu être un véritable calvaire, elle fut presque une partie de plaisir. On allait à petites étapes afin de ne fatiguer ni gens ni chevaux ; on s'arrêtait dans les meilleures auberges et on prenait le temps d'admirer au passage les églises, châteaux et autres monuments présentant quelque intérêt. Pour leur commodité, Isidore déclarait les jeunes filles comme ses nièces, évitant ainsi nombre de curiosités intempestives. En outre, il se montrait aussi savant que cultivé : récitant des poèmes, racontant des histoires, entamant parfois une chanson d'une voix de fausset amusante. Bref, le plus agréable des compagnons. C'était comme s'il essayait de rattraper en quelques jours les quinze années de pénitence vécues sous la protection relative du drapeau fleurdelisé planté sur son ambassade.

Enfin on fut à Paris en fin d'après-midi d'un des premiers jours de juin. Le soleil, reparu depuis la veille, brillait sans trop chauffer les toits d'ardoise, les girouettes et les flèches des églises fraîchement lavés. La boue, elle, n'était pas encore sèche mais il était possible de descendre de voiture sans s'y enfoncer jusqu'aux chevilles.

— J'ai ordre de vous déposer au Palais-Royal, déclara alors le nouveau Sainfoin du Bouloy. Vous étiez au service de Madame quand vous avez été invitées à suivre la nouvelle reine d'Espagne, il est donc naturel que je vous remette à elle ! Ce sont d'ailleurs les instructions de M. le marquis de Villars.

On fut à destination aux environs de six heures mais là une mauvaise surprise attendait les voyageuses : Monsieur, Madame et leur entourage étaient à Fontainebleau et le palais était fermé sauf pour les rares privilégiés qui y possédaient un appartement.

— Nous sommes filles d'honneur de Madame, protesta Cécile. Voici Mlle de Fontenac et moi je suis Mlle de Neuville... Laissez-nous au moins entrer chez nous !

— Chez vous, chez vous, c'est vite dit, objecta le Suisse de garde. Et rien ne prouve que ce soit la vérité ! Alors, un bon conseil : ou bien vous partez pour Fontainebleau rejoindre Madame, ou bien vous rentrez chez vous, ou bien vous allez à l'auberge attendre que la Cour revienne ! Moi je ne sors pas de là !

On n'en put rien tirer de plus et l'on remonta en

voiture afin de s'y concerter plus commodément qu'au milieu de la rue :

— Je n'ai pas de chez moi à Paris, gémit Cécile. Le seul que je me connaisse – encore est-ce chez mon frère – est notre château familial en pays de Caux. C'est plus loin que Fontainebleau et je suis trop fatiguée pour y aller ce soir. Et vous Charlotte ?

Celle-ci haussa les épaules :

— Vous savez à quoi vous en tenir en ce qui me concerne mais ma tante de Brecourt possède un hôtel rue de la Culture-Sainte-Catherine. Même si elle n'y est pas, je sais que je peux toujours m'y réfugier et vous aussi car la maison est vaste. Voulez-vous que nous y allions ? A moins, ajouta-t-elle avec un sourire, que notre ami, M. Sainfoin du Bouloy, ne nous accueille dans son nouveau domaine ?

— Ce serait avec joie, fit Isidore, mais je dois d'abord passer chez le notaire et il commence à se faire tard ! Ecoutez, mes petites demoiselles ! Voici ce que je vous propose. Pour ce soir, nous cherchons une bonne auberge, nous y passons la nuit et demain, je vous emmène à Fontainebleau puis je reviens à mes affaires. Qu'en pensez-vous ?

— Enormément de bien, dit Charlotte. Mais d'auberge, moi, je n'en connais point.

— Et moi je n'en connais plus !

Mais, se penchant à la portière, Sainfoin interpella le cocher :

— Où remisez-vous à Paris, mon brave ?

— A l'auberge de l'Aigle d'or, rue du Temple.

— Eh bien voilà ! Nous y allons ! Et demain vous

serez à pied d'œuvre pour vous procurer un véhicule qui vous conduira à Fontainebleau!

Les deux filles se regardèrent. Charlotte aurait préféré l'hôtel de Brecourt mais après tout la belle saison étant là il pouvait être fermé. Et puis elle se sentait vraiment éreintée. Un bon lit était tout ce qu'elle demandait même s'il fallait se passer de souper. Visiblement Cécile était dans les mêmes dispositions. On accepta et Isidore se rassit.

Tête de pont des voitures publiques que l'on commençait à appeler diligences desservant le Sud de la France, l'Aigle d'or jouissait depuis longtemps d'une bonne réputation pour sa propreté – on était certain de ne pas y partager son lit avec des punaises et autres locataires indésirables! – et pour une cuisine simple mais toujours savoureuse faite à partir de produits frais. Ce qui n'était pas tellement fréquent!

Le mauvais temps décourageant les envies de courir les grands chemins, les voyageurs y obtinrent sans peine deux chambres où l'on put faire un brin de toilette avant de descendre dans la salle commune pour s'y restaurer. Les odeurs des poulets rôtissant à la broche en compagnie d'une grosse marmite dont le couvercle se soulevait de temps en temps leur étant apparues fort sympathiques, l'ex-conseiller d'ambassade commanda du vin de Sancerre après s'être assuré qu'il y en avait – un vieux souvenir de sa jeunesse – et l'on prit place à la vaste table où étaient installés un mercier de Tours et deux bas officiers aux gardes françaises venus plus pour faire bombance que pour y attendre un éventuel départ...

Ils ne remarquèrent pas deux personnages – dont l'un était l'aubergiste – qui causaient près d'une fenêtre donnant sur l'arrière. Ils venaient juste de goûter le vin frais apporté par une servante quand l'interlocuteur de l'aubergiste tressaillit, le planta là et s'approcha de nos voyageurs en ôtant son chapeau :

— Mademoiselle de Fontenac ? fit-il sans chercher à dissimuler sa surprise. Mais que faites-vous ici ? Je vous croyais en Espagne ?

Ce fut le tour de Charlotte d'être étonnée – assez agréablement d'ailleurs car il lui arrivait de consacrer à cet homme une pensée un rien nostalgique et qu'elle ne s'expliquait pas ! Mais qui l'agaçait !

— Monsieur Delalande ? Est-ce chez vous un parti pris de sauter à brûle-pourpoint sur les gens ?

— Je préférerais, soyez-en persuadée, agir autrement, mais, dans le métier que j'exerce, il n'y a pas de place pour les préambules, prologues et autres civilités. Votre présence à Paris, et surtout dans cette auberge, m'a surpris. Vous ne devriez pas être là, Mademoiselle !

— Et où, selon vous, devrais-je être ?

— Venez avec moi. C'est à M. de La Reynie qu'il revient de vous l'expliquer. Croyez-moi navré d'interrompre votre souper...

L'ex-conseiller mit alors son grain de sel :

— Un instant, jeune homme ! Je ne sais pas qui vous êtes, mon cher Monsieur...

— Alban Delalande, l'un des assistants de M. le lieutenant général de Police.

— Et moi, j'ai nom Isidore Sainfoin du Bouloy, conseiller à l'ambassade de France à Madrid, et j'ai reçu mission de Son Excellence M. le marquis de Villars de ramener ces deux jeunes filles en France et de les remettre à Madame, duchesse d'Orléans, au service de qui elles étaient avant de suivre à Madrid la nouvelle reine d'Espagne.

Il avait débité ce petit discours d'un air important qui fit sourire le policier mais n'effaça pas complètement le pli soucieux de son front :

— Leurs Altesses n'étant pas à Paris, je suppose que vous les emmènerez dès demain à Fontainebleau ?

— C'est en effet mon intention. Aussi...

— ... Rien ne s'oppose, en attendant, à ce que je conduise sur l'heure Mlle de Fontenac auprès de mon chef. L'hôtel de Police étant proche, elle ne sera pas absente une éternité. Je vous la ramènerai ensuite...

— Permettez-lui au moins de souper !... Nous arrivons d'Espagne. C'est longue route et comme nous elle est lasse et elle a faim...

— Laissez, Monsieur du Bouloy ! intervint Charlotte. Je sais que je peux accorder entière confiance à M. Delalande. Et je n'ai pas tellement faim... Soupez sans moi, je mangerai en rentrant.

— Ma chère enfant...

— Non. Je vous en prie ! Il faut que je le suive !

Delalande la guida à travers la salle jusqu'à la cour de l'auberge où son cheval était à l'attache. Là, il s'enleva en selle et lui tendit la main pour qu'elle le rejoigne. Une fois en croupe, elle émit d'une voix pointue en glissant sa main sous le ceinturon de cuir :

— Je suppose que vous n'avez pas l'intention de prendre le galop dans ces rues ?

— Ce n'est pas impossible. Il se fait tard alors tenez-moi mieux!

Obéissante soudain, elle passa ses bras autour de lui avec un soupir qui se voulait excédé. En fait, elle dut lutter contre l'envie d'appuyer sa tête contre l'épaule solide en s'abandonnant complètement comme elle l'avait fait dans la nuit de Saint-Germain simplement parce qu'elle avait peur et qu'elle était exténuée. Ce soir c'était différent : l'impression étrange de retrouver une place à elle destinée de tous temps. Elle pouvait sentir la chaleur, la légère odeur de savon et de cuir qui émanait du cavalier.

— Vous êtes bien? demanda-t-il.

— Hm, hm...

— Serrez-moi mieux!

Elle ne résista plus, l'étreignit jusqu'à ce que sa joue repose contre le drap de sa veste et l'on partit... beaucoup plus lentement qu'elle ne s'y attendait...

En raison du mauvais temps, les rues se vidaient au contraire de ce qui eût été s'il avait fait beau, car c'était l'heure où l'on voisinait volontiers en échangeant des nouvelles du quartier... Ce soir il n'y avait guère de monde. Bien qu'il ne fît pas encore tout à fait nuit, les gens rentraient chez eux hâtivement, le dos rond sous une pluie qui n'avait pas cessé depuis longtemps. La distance étant courte entre la rue du Temple et le Grand Châtelet où le lieutenant général de Police avait ses bureaux, un petit galop eût amené cheval et cavaliers en quelques minutes. Pourtant il n'en fut rien. En dépit de ce qu'il avait annoncé, Delalande ne paraissait plus si pressé. De son côté, Charlotte engourdie dans une espèce de béatitude toute nouvelle souhaitait seulement que cela dure le plus longtemps possible. En résumé on mit une grosse demi-heure à gagner la vieille bâtisse médiévale des bords de Seine où Nicolas de La Reynie restait souvent fort tard le soir.

Remorquée par son guide, Charlotte, à peine descendue de son nuage, se retrouva en face du magistrat... et ledit nuage s'envola.

Elle le connaissait bien peu, n'ayant fait que l'apercevoir à travers une fenêtre de Prunoy lorsqu'il y était venu. Là, elle le retrouvait assis à une table encombrée de papiers et de dossiers au centre d'une salle austère dont les armoires et autres meubles de facture récente ne parvenaient pas à effacer l'aspect moyenâgeux. Les rudes murs de pierre dont un seul se réchauffait d'une « verdure » à décor forestier dont la couleur rejoignait celle de l'habit du lieutenant de police n'avaient rien d'aimable.

La Reynie achevait de lire une lettre à la lumière du grand chandelier où coulaient les chandelles quand, sans se faire annoncer, Delalande entra en lançant :

— Monsieur, je vous amène Mlle de Fontenac fraîchement arrivée d'Espagne et que j'ai trouvée à l'Aigle d'or où elle s'apprêtait à passer la nuit avec une compagne et un vieux fonctionnaire d'ambassade.

La lettre retomba sur le bureau et La Reynie se leva pour venir à la rencontre de sa visiteuse involontaire dont il prit la main pour la conduire près de la cheminée d'angle dans laquelle quelques bûches s'efforçaient de lutter contre l'humidité ambiante :

— Venez vous asseoir, Mademoiselle, et pardonnez-moi un accueil bien peu convenable pour une jeune fille, mais, je l'avoue, je ne pensais pas que vous rentreriez si tôt. Aurait-on renvoyé toutes les dames françaises de la reine Marie-Louise ?

— Non, Monsieur. Seulement Mlle de Neuville, qui est une compagne d'enfance de la Reine, et moi-même. Nous avons été confiées pour le voyage à M. Sainfoin du Bouloy, un conseiller du marquis de Villars, et cela malgré les efforts de Sa Majesté pour nous garder. Ni Mlle de Neuville ni moi n'avons réellement compris pourquoi nous repartions...

— C'est bizarre, en effet ! Auriez-vous fait quelque chose... accompli une tâche particulière que vous aurait confiée la Reine ?

Charlotte se sentit rougir et détourna les yeux. L'aide que Cécile et elle avaient voulu apporter à leur princesse devait rester secrète et elle ne savait trop ce qu'il convenait de répondre. Pour se donner le temps de réfléchir, elle dit :

— On s'est contenté de nous signifier que l'ordre venait de Sa Majesté le roi Louis XIV.

— Le Roi ? Lui-même ?

— C'est étrange, n'est-ce pas, étant donné l'absence d'importance de simples filles d'honneur ? Mais, comme ce rappel coïncide avec certaines améliorations dans le sort de Sa Majesté, je ne pense pas qu'il y ait là un sujet de crainte.

— Quelles améliorations ?

— D'abord le remplacement de la duchesse de Terranova, l'insupportable Camarera mayor, par la duchesse d'Albuquerque, puis le changement de résidence. L'Alcazar dégage autant de gaieté que... que votre Châtelet.

— Pensez-vous être à l'origine de ce changement ?

Le regard perçant de La Reynie pouvait être lourd à soutenir surtout pour une fille de seize ans, mais il avait un sourire rassurant, aussi Charlotte décida-t-elle de lui faire confiance et lui relata l'histoire des lettres portées par Saint Chamant. Le récit était bref mais permit au front du lieutenant général de Police de se charger de rides :

— Et vous croyez que le Roi vous a fait revenir pour vous exprimer sa satisfaction ?

— J'avoue que j'ose l'espérer.

— Alors n'espérez pas trop ! Comme celles de Dieu Lui-même, les voies de Sa Majesté sont impénétrables mais je m'informerai... Cela dit, si Delalande vous a amenée à moi toutes affaires cessantes c'est pour que vous n'appreniez pas sans ménagements le deuil qui vous frappe !

— Un deuil ? Moi ? Mais... à l'exception de ma mère...

— Ce n'est pas votre mère.

Il n'ajouta pas « hélas ! », mais il le pensait, Charlotte le sentit et sa gorge se serra. La voyant pâlir, La Reynie tira un tabouret près du siège de la jeune fille, s'y assit, se pencha vers elle et lui prit la main. La sentant trembler, il l'enferma dans les siennes :

— Il va vous falloir faire preuve de courage, dit-il doucement, ce dont je sais que vous ne manquez pas. Aussi ne vais-je pas prendre de détours : Mme la comtesse de Brecourt, votre tante, est morte il y a quinze jours. Assassinée !

— Assa... ! Oh, mon Dieu ! Vous en êtes certain ? C'est... C'est abominable !

— Il n'y a aucun doute hélas ! Tout tend à laisser croire qu'elle a été victime de malandrins mais je n'y crois guère en dépit du mal que l'on s'est donné. Son corps a été retrouvé en forêt de Saint-Germain, près des Loges. Elle a été égorgée ainsi que son cocher et ses laquais. Les chevaux, eux, avaient disparu...

Gonflés de larmes depuis un instant les yeux de Charlotte en se fermant sous la douleur les laissèrent couler. On craignit qu'elle ne perde connaissance tant son visage était devenu livide. La Reynie frictionna entre les siennes sa main qui se glaçait et indiqua de la tête à Delalande une petite armoire dont le jeune homme savait ce qu'elle contenait. Il en tira un flacon d'eau-de-vie, un godet qu'il remplit et vint lui porter.

— Buvez, Mademoiselle ! Cela vous fera du bien !

Elle ouvrit alors les yeux, le regarda mais repoussa le cordial offert :

— Non, merci ! Cela pourrait m'étourdir et je tiens à garder les idées claires.

Le mot évoquait trop le prénom de la disparue pour passer sans dommages. Des larmes coulèrent de nouveau mais la voix de Charlotte ne tremblait pas en demandant :

— Avez-vous retrouvé les coupables ? Car je suppose qu'ils étaient plusieurs ?

— Sans nul doute, mais jusqu'à présent nous n'avons aucune piste. Etant donné la présence constante de la Cour à Saint-Germain et le nombre des chasses, la forêt est la plus surveillée de France mais on n'a pas pu relever de traces ni obtenir de renseignements auprès des forestiers. Il y avait naturellement les marques de piétinements des chevaux autour du carrosse abandonné mais elles partaient ensuite dans toutes les directions pour finir par disparaître. C'est comme si ces malandrins, leur forfait accompli, s'étaient dispersés avant de se dissoudre dans la nature. Pour plus de crédibilité on a volé les bijoux et ce qui avait de la valeur, mais... j'ai eu l'impression d'une mise en scène de théâtre et je suis persuadé que les assassins sont à l'abri parmi la domesticité d'une respectable demeure de Saint-Germain ou de Paris.

— Auriez-vous des soupçons ?

— Oui, hélas. Mais je n'ai pas de preuves et pas de moyen d'en obtenir... à moins d'un coup de chance !

Presque brutalement Charlotte demanda :

— Penseriez-vous... à ma mère ? Elle la haïssait bien parce que ma tante était persuadée qu'elle avait empoisonné mon père.

— Elle m'en avait parlé mais son nom n'a pas encore été prononcé par cette pléthore de misérables sorciers, devineresses, prêtres sacrilèges qui encombrent les geôles de Vincennes et de la Bastille et qui, depuis la mort de la Voisin, sont ardents à dénoncer leurs clients. Des clients singulièrement huppés...

— La Voisin est morte ?

— Elle est montée sur le bûcher le 22 février dernier. Mais vous la connaissiez ?

— Elle n'en a pas eu le temps, intervint Alban. Quand Mlle de Fontenac est venue rue Beauregard consulter la devineresse, elle n'a rencontré que moi qui ne présentais aucun intérêt. Je me suis borné à lui indiquer son avenir immédiat qui était de rentrer au plus vite au Palais-Royal sans plus se vanter de son expédition...

L'ironie du policier détendit un peu l'atmosphère. Charlotte renifla ses dernières larmes, essuya ses yeux et demanda :

— Que dois-je faire à présent ? Mme de Brecourt me défendait contre l'acharnement de ma mère à me vouloir religieuse. Maintenant qu'elle n'est plus, je suppose que celle-ci va exiger de reprendre ses droits sur moi !

— Elle ne saurait le faire sans offenser Madame à qui vous étiez avant de suivre la reine d'Espagne. C'est donc auprès d'elle que vous devez vous rendre sans plus tarder.

— C'était mon intention ainsi que celle de Mlle de Neuville, ma compagne devenue mon amie, mais on nous a fermé les portes du Palais-Royal.

— C'était normal puisque la Cour réside actuellement à Fontainebleau. Demain vous vous y rendrez donc en oubliant l'entretien que nous venons d'avoir.

— Dois-je faire comme si j'ignorais le drame que vous venez de m'apprendre ?

— Absolument. Même s'il arrivait que le Roi en personne vous pose des questions, vous n'en direz rien. Cela me donnera davantage de facilité pour vous protéger... Delalande vous suivra discrètement et vous fera savoir comment l'atteindre en cas de nécessité. Je ne vous cache pas que j'aurais de beaucoup préféré vous envoyer à Saint-Cloud ou à Villers-Cotterêts. La Cour, sur laquelle s'étend de plus en plus le nuage nauséabond de l'affaire des Poisons, est loin d'être ce qu'elle était encore l'an dernier quand vous l'avez quittée. On s'y observe, on s'y épie. Quatre dames se disputent le cœur du Roi et chacune a ses fidèles – on pourrait presque dire ses clients comme dans la Rome antique ! – et toutes – hormis la Reine, leur perpétuelle et trop douce victime ! – sont dangereuses. Enfin il y a un détail que vous devez savoir. Ne vous a-t-on jamais dit que vous ressembliez à quelqu'un dont le souvenir perdure ?

— Nnnn... on ! J'ai cru deviner quelque chose de semblable quand, à plusieurs reprises, on m'a demandé si j'étais née en pays de Loire ou si j'y avais des attaches, mais c'est tout !

— Qui vous l'a demandé ?

— Monsieur d'abord, au soir de mon arrivée, puis plus tard Mme de Montespan que cela semblait amuser. Mais je n'ai jamais su...

— Ne cherchez pas : je vais vous le dire. Avez-vous entendu évoquer à la Cour la duchesse de La Vallière entrée au Carmel il y a maintenant six ans ?

— Je ne crois pas me le rappeler.

— Eh bien sachez que vous lui ressemblez suffisamment pour éveiller des émotions. Sauf, ajouta-t-il avec un sourire, que vous êtes plus belle, je dirais même plus éclatante, bien moins timide et que vos deux jambes semblent de même longueur. Sachez encore que le Roi l'a beaucoup aimée avant de s'éprendre passionnément de Mme de Montespan. J'ignore si cette ressemblance vous sera utile ou néfaste, mais je préfère que vous soyez prévenue. A présent, Alban va vous ramener à votre auberge.

Auparavant je vous prie de lui pardonner de vous avoir enlevée sans plus de façons mais il sait le souci que j'ai de vous... en mémoire de Mme de Brecourt. Je... l'admirais respectueusement.

L'ombre d'une émotion passa sur le visage du policier, légère et fugitive comme une risée sur l'eau calme d'un lac. Rendue à son chagrin, Charlotte s'interrogea cependant sur le degré d'intensité de cette admiration. Se pouvait-il qu'il l'eût aimée ? Ce qui n'aurait rien d'étonnant. Il suffisait de se remémorer les traits lumineux et fiers, les beaux yeux tendres de Claire, de ce qu'elle avait été et ne serait plus...

Tandis qu'appuyée au dos de son cavalier, Charlotte refaisait en sens inverse le chemin parcouru, elle ne put retenir de nouvelles larmes. Elle pleurait encore lorsque arrivés à destination, il mit pied à terre puis l'enleva entre ses deux mains comme si elle n'avait rien pesé. Mais, une fois à terre, ce fut instinctivement qu'elle vint dans ses bras comme un petit bateau malmené par la tempête et qui trouve son port. D'abord surpris, Alban resserra doucement son étreinte puis plus fort. Charlotte eut alors un soupir heureux. C'est vrai qu'elle se sentait tout à coup merveilleusement bien contre cette poitrine d'homme solide dont elle pouvait entendre battre le cœur. Elle n'avait jamais rien éprouvé de semblable. Elle souhaita même mourir à cet instant pour qu'il ne prenne jamais fin...

Ils restèrent immobiles un moment dont ils n'eurent pas conscience, seuls dans cette rue obscure, au bord de cet amour qu'ils ne voyaient pas venir et qui, peut-être, de retour à la réalité, leur donnerait le vertige. Tendrement, Alban releva vers lui le visage de la jeune fille et posa ses lèvres sur les siennes. Elles avaient le goût des larmes mais elles étaient fraîches et fondantes comme une pêche mûre et elles s'entrouvrirent sous son baiser qui se fit plus ardent.

Ce fut lui qui se reprit le premier. Charlotte, elle, était partie pour le Paradis et ne voyait aucune raison d'en redescendre. Quand il s'écarta d'elle, il la sentit s'amollir. Du fond de son ravissement elle aurait aussi bien pu se laisser glisser sur le sol, mais il la maintint fermement par les coudes :

— Pardonnez-moi ! murmura-t-il. Je n'avais pas le droit de faire cela !

Elle revint à une conscience nette mais, dans l'obscurité du porche qui les abritait, ses yeux se mirent à briller comme des étoiles :

— Pourquoi ?... Cela signifie-t-il que vous m'aimez ?

— Ne dites pas de sottises ! Je n'en ai pas le droit.

— Pourquoi ?

— Parce que vous êtes de grande famille et moi un homme sans naissance...

— Quelle folie est-ce là ? Vous êtes bien vivant, il me semble, donc vous êtes « né ». C'est je crois la seule façon de venir au monde et elle est la même pour n'importe qui. Pour le Roi comme pour le balayeur !

— Il ne faut pas dire ces choses-là, vous vous feriez jeter en prison !

— Ce n'est qu'une simple logique. Embrassez-moi encore !

— Je viens de vous dire que je n'en avais pas le droit...

— Oh ne recommencez pas ! J'aime que vous m'embrassiez !

— Vous êtes insupportable !

Mais il la reprit dans ses bras et cette fois elle glissa les siens autour de son cou pour mieux se serrer contre lui et l'enchantement reprit et dura... jusqu'à ce qu'un signal d'alarme s'allume dans l'esprit d'Alban... Charlotte devait être de ces femmes rares pour qui l'amour est un tout allant du simple battement de cœur au don total de soi. Il s'arracha avec l'impression douloureuse de s'amputer lui-même.

— Rentrez vite maintenant ! Vos amis doivent être dans la dernière inquiétude !

— Cela a-t-il de l'importance ? Dites-moi encore que vous m'aimez !

— Non ! Vous possédez l'inquiétant pouvoir de me faire perdre la tête ! Il se trouve que j'en ai grand besoin, de ma tête !

— Alors, c'est moi qui le dirais : je vous aime... je vous aime... je vous aime !

— Mon Dieu ! Qu'ai-je fait ?

Sans ménagements, cette fois, il l'obligea à rentrer dans l'auberge à peu près vide à cette heure où, à une table près de l'âtre, le conseiller Isidore jouait aux dés avec le patron.

— Je vous la ramène ! clama-t-il du seuil. Trouvez-lui de quoi manger ! Elle doit mourir de faim...

Puis il s'enfuit, sauta à cheval, piqua des deux et s'enfonça au galop dans le Paris nocturne qu'il connaissait si bien et qui, cependant, ne lui était jamais apparu si beau !

Le lendemain matin, le même Isidore, conscient de ses devoirs envers ses jeunes protégées, louait une voiture pour les amener personnellement à Fontainebleau où, d'après ce qu'il avait pu apprendre, la Cour devait séjourner jusqu'au début de juillet.

Le soleil qui reparut dès le matin illuminait la campagne et ajoutait au charme de la petite ville débordante d'activité comme toujours lorsque le Roi et sa cour y résidaient. C'était une ambiance de fête perpétuelle où les trompes de chasse répondaient aux violons des bals. Pourtant, en retrouvant le beau vieux palais assis sur ses miroirs d'eau et ses jardins débordant de fleurs, Charlotte eut l'impression que quelque chose avait changé, que si le décor était toujours le même, l'atmosphère était différente. Peut-être parce que aucun mariage royal n'était prévu au programme de ce séjour ? Il est vrai que le mariage en question n'était réjouissant que pour ceux qui avaient pour tâche de donner de l'éclat à l'événement et à ceux qui y participaient.

Fidèle à sa mission, Isidore Sainfoin du Bouloy, paré des couleurs d'émissaire du marquis de Villars et même de la cour d'Espagne puisque la reine Marie-Louise avait remis une lettre à celles qui la quittaient, eut la satisfaction de conduire lui-même ses protégées jusqu'aux appartements occupés par les Orléans dans la cour des Princes. Chose extraordinaire, et bien que les échos de la chasse royale voltigeassent sur les lointains de la forêt, Madame était au logis... et de fort méchante humeur. Cette cavalière émérite avait été deux jours plus tôt jetée à bas de sa monture par une branche basse, en avait récolté quelques contusions et surtout une douloureuse entorse ne lui permettant de se déplacer qu'avec des cannes ou, plus élégamment, avec une canne et l'assistance d'un bras secourable. C'est du moins ce que leur apprit la duchesse de Ventadour, dame d'honneur, qui traversait l'antichambre de Madame quand elles y arrivèrent. Avec une amabilité dont cette dame, fort haute d'habitude, n'était pas coutumière.

— C'est le Seigneur Dieu en personne qui vous envoie ! dit-elle. Vous apportez avec vous l'air de la lointaine Espagne, des nouvelles de la petite reine et cela va lui changer les idées.

Après quoi, elle donna l'ordre que l'on appelle Mlle de Theobon avant de disparaître dans les escaliers, montrant une hâte qui en disait long sur son soulagement. La belle Lydie la remplaça presque aussitôt :

— Mais quel bonheur ! s'écria-t-elle en les embrassant. Vous êtes tout juste ce dont Madame a besoin ! Venez vite !

— Madame ou vous ? plaisanta Cécile.

Elle et Theobon se connaissaient en effet depuis l'arrivée en France de la Palatine.

— Les deux ! Ou plutôt Madame et son entourage ! Sa jambe la fait souffrir mais aussi son bras droit, ce qui la gêne pour écrire ! Vous pouvez imaginer ce que nous vivons !

L'instant suivant elle les introduisait dans la chambre princière en les poussant pratiquement devant elle et en clamant :

— Voilà des nouvelles qui vont sûrement réjouir Madame ! Mlles de Neuville et de Fontenac nous arrivent d'Espagne !

En vérité, le spectacle qu'offrait Elisabeth-Charlotte était affligeant. Emballée plutôt que vêtue d'une ample robe d'intérieur en taffetas rose ouvrant sur une chemise de batiste à volants parsemés de miettes de gâteau, elle mangeait du pain d'épices à demi étendue sur un lit de repos placé devant une fenêtre ouverte sur le parc. Le cheveu en désordre, la mine lugubre, elle avait encore grossi durant les huit mois d'absence des deux filles. Ce qui n'avait rien d'étonnant si l'on considérait les assiettes, drageoirs et autres corbeilles contenant des pâtisseries, des sucreries et des fruits variés qui l'environnaient. Il y avait bien deux ou trois livres abandonnés sur le tapis où l'un d'eux gisait ouvert, mais la princesse n'y attachait visiblement qu'une importance des plus limitées.

Du fond de sa révérence, Charlotte vit un sourire soulever les joues rouges et le double menton de la princesse, qui enfourna d'un coup le reste du gâteau afin de libérer ses deux mains qu'elle tendit aux arrivantes :

— Pienfenues, cheunes villes ! barrit-elle, retrouvant sous l'effet de la surprise l'accent allemand dont elle avait tant de peine à se débarrasser. Fenez ça gue che fous emprasse !

Avec respect les voyageuses s'agenouillèrent pour recevoir chacune un baiser légèrement collant et parfumé au miel après quoi Madame leur ordonna de s'asseoir, chassa les reliefs de sa collation et croisa ses mains sur son ventre :

— Racontez... vite... à... bre... présent!

Mais elle eut à peine le temps de terminer sa phrase : la sonnerie des trompes de chasse éclatait aux abords immédiats du château. Mlle de Theobon se précipita :

— Voilà le Roi qui rentre, Madame! Comme Sa Majesté va sans doute venir prendre des nouvelles, peut-être vaudrait-il mieux remettre le récit à plus tard pour que les femmes de Madame puissent l'accommoder comme il sied. Pendant ce temps je conduirai nos voyageuses à leur logis et, ce soir, elles auront tout le loisir d'apprendre à Madame ce qu'elle veut savoir?

— Certes, certes! Vous avez raison! Et veillez à ce que personne ne leur pose de questions avant que je les aie entendues... et même à ce que personne ne les voie en dehors des domestiques.

— Comme Madame voudra! Je les emmène chez les filles d'honneur, n'est-ce pas?

— Pour ce soir oui et sans doute Mlle de Fontenac y restera-t-elle puisqu'elle en faisait partie au moment de son départ mais Mlle de Neuville était à ma belle-fille et il serait peut-être normal qu'elle rejoigne la petite Mademoiselle et ma fille! Nous verrons cela! Allez vite!

Et, dans une grande agitation, elle bouscula ses femmes pour les activer et mettre de l'ordre, ramasser les miettes, arranger sa coiffure et sa personne. A propos de coiffure, Charlotte s'intéressait à celle de Theobon. Surtout parce qu'elle en avait aperçu d'autres exemplaires sur les dames qu'elle avait croisées. Cela ressemblait à un éventail à moitié déployé planté droit sur la tête au milieu d'un entrelacs de rubans et de boucles de cheveux. C'était joli et la jeune fille ne retint pas longtemps sa curiosité :

— C'est ravissant ce que vous portez là ! Mais qu'est-ce que c'est ?

— Une « Fontange » ma chère ! Cela vous plaît ?

— Beaucoup, mais pourquoi une « Fontange » ?

— Cela coule de source : parce que notre jolie duchesse en a lancé la mode !

— Duchesse ? émit Cécile très surprise.

— Eh oui, elle est duchesse, roule carrosse à huit chevaux, porte les plus beaux bijoux et les plus belles robes... inspire toutes les modes...

— Parlez-nous d'abord de celle-ci. Comment en a-t-elle eu l'idée ?

— Cela date de plusieurs mois. Un jour qu'elle chassait avec le Roi, le vent de la course a défait sa chevelure. Cela ne l'a pas émue : elle a alors rassemblé ses tresses en une sorte de bouquet au-dessus du front, l'a noué avec l'une de ses jarretières de ruban ornée de pierres précieuses et a continué la chasse. Elle était si jolie ainsi coiffée que le Roi lui en a fait compliment et que, dès le lendemain, presque toutes les dames de la Cour avaient adopté la « Fontange » dont elles varièrent les éléments. C'est, ainsi que vous le voyez, une simple armature de laiton tendue ici de taffetas rose mais que vous verrez couverte d'une foule d'autres tissus. On y ajoute des fleurs, des rubans bien sûr et des cheveux postiches la plupart du temps afin de ne pas compromettre l'ordonnance de la coiffure qui est en dessous. Vous allez devoir l'adopter car le succès ne fait que grandir[1]. Seules la Reine et Madame ont résisté jusqu'à présent mais cela ne saurait durer...

— Ainsi notre ancienne compagne se trouve au faîte de sa gloire et continue de régner sans partage sur le cœur du Roi ? demanda Cécile.

— A vrai dire... plus vraiment : elle a eu un enfant au début de l'année et ses couches se sont mal passées. L'enfant est mort. Quant à cette pauvre fille, elle était affligée d'une perte de sang fort gênante dont elle est allée demander guérison à l'abbaye de Maubuisson où un certain prieur de Cabrières lui a prodigué des soins. Elle en est revenue il y a peu et elle va nettement mieux.

— Le Roi doit en être charmé ?

— Sans doute. Il a montré beaucoup de joie et d'attendrissement : la belle Angélique n'avait-elle pas été blessée à son service ? Mais il faut admettre qu'il prenait son mal en patience. Mme de Montespan l'attirait de nouveau et l'on put croire que l'ancienne passion renaissait mais...

— Si « mais » il y a, observa Charlotte, il devrait évoquer une autre personne ?

— Eh oui ! Il y a la bête noire de Madame, cette marquise de Maintenon dont l'influence sur le Roi ne cesse, à l'évidence, de grandir. Le Roi lui consacre chaque jour un peu plus de temps. Il s'enferme avec elle et ceux qui ont de bonnes oreilles les entendent rire parfois. Il est vrai qu'elle sait l'art de la conversation puisque, dans sa jeunesse, elle a fréquenté les salons du Marais, les Précieuses, et qu'autour du dif-

1. La mode de la « Fontange » durera plus de vingt ans.

forme Scarron, son défunt mari, se rencontraient les plus beaux esprits de Paris. Cela lui sert.

— Pourtant j'ai entendu vanter l'esprit de Mme de Montespan et l'éclat de sa conversation ?

— Certes, tout cela est fort brillant... Mais parfois cruel et ses flèches n'épargnent personne. Pas même le Roi.

— Le Roi ? Elle oserait ?

— Tout ! Il faut comprendre. La belle Athénaïs est une fort grande dame. Les Rochechouart-Mortemart, sa famille, appartiennent à la plus haute noblesse du royaume, la plus ancienne aussi, celle qui élisait le souverain[1]. Si la Reine venait à disparaître, le Roi pourrait l'épouser sans déchoir. En admettant que son époux, le marquis de Montespan, ait le bon esprit de passer de vie à trépas. Ce n'est pas le cas de la Maintenon qui a dû creuser son chemin dans l'ombre. Devenue veuve, elle entra au service de Montespan, dont elle éleva discrètement les bâtards royaux dans une modeste maison de Vaugirard. Le Roi y venait voir ses enfants et, à cette époque, il trouvait leur éducatrice fort ennuyeuse, un peu trop pédagogue, mais il aimait sa progéniture. En particulier le petit duc du Maine, qu'il appelait « mon mignon » mais qui était de santé fragile et boitait bas. Mme Scarron lui a montré une tendresse de mère, l'a soigné particulièrement et même l'a emmené par deux fois à Barèges pour lui faire suivre une cure thermale qui

1. On connaît la réplique fameuse de cet ancêtre de Talleyrand à qui Hugues Capet adressait un reproche assorti d'un « Qui t'a fait duc ? » : « Qui t'a fait roi ? »

lui a fait le plus grand bien. Les terres de Maintenon et le titre de marquise ont couronné cette réussite puis les enfants et leur gouvernante étant venus vivre à Saint-Germain, les entretiens entre elle et le père se sont faits plus longs, plus intimes aussi. En fin de compte, Sa Majesté aurait remarqué que la dame n'est pas laide, même si elle a passé fleur.

— Est-elle devenue... sa maîtresse ?

— Ça, c'est ce que l'on aimerait bien savoir. Certains pensent que oui, d'autres que non. Ici on pencherait plutôt du côté du non, la passion que le Roi a éprouvée pour Fontanges ne laissant guère de place pour une nouvelle aventure.

— Et comme il l'aime toujours..., avança Cécile.

— En principe, mais, depuis son mauvais accouchement, la jeune duchesse a moins d'allant Et surtout elle est un peu moins belle. Son visage s'est légèrement alourdi et elle a perdu cette pétulance gracieuse qui la faisait irrésistible. Aussi le Roi retourne-t-il de temps à autre, paraît-il, honorer le lit de la toujours éclatante marquise. Ce qui n'empêche pas la gouvernante de poursuivre un dessein facile à deviner. Ces dames se haïssent ouvertement à présent...

— Mais enfin qui le Roi aime-t-il au juste ?

— Au fond, on l'ignore. La Cour est en ce moment gouvernée par quatre « divinités » Fontanges qui pleure, Montespan qui fulmine, Maintenon qui chuchote et la Reine qui prie.

— C'est vrai, mon Dieu ! Comment s'en accommode-t-elle ?

— Selon son habitude : avec une remarquable dignité !

En entendant, sous les fenêtres, le vacarme du retour de chasse, Mlle de Neuville s'en était approchée et regardait dehors :

— N'y en aurait-il pas une cinquième ? Le Roi a mis pied à terre pour rejoindre une jeune cavalière qu'il aide à descendre et rit avec elle. Seulement celle-là est vraiment laide !

Lydie de Theobon jeta un coup d'œil à l'extérieur et s'esclaffa :

— Aussi ne participe-t-elle pas au concours. La jeune dame que vous voyez, mesdemoiselles, est Son Altesse Royale, Madame la Dauphine.

— La Dauphine ? firent les deux jeunes filles d'une seule voix.

La gaieté de leur mentor s'accentua :

— Ma parole, vous arrivez du bout du monde ? Ne vous a-t-on rien dit à Madrid des noces de Monseigneur le Dauphin qui ont eu lieu en février ?

— Non, reprit le duo.

— Un bon point pour M. de Villars ! Il a dû vouloir épargner un chagrin supplémentaire à la reine Marie-Louise qui était si fort éprise de Monseigneur. Il faudra bien pourtant en venir à l'informer. Toujours est-il qu'à l'automne dernier, M. Colbert de Croissy a été envoyé en ambassade auprès de l'Electeur de Bavière pour rencontrer la jeune fille et faire parvenir un portrait. Rude mission quand il s'est trouvé en face d'elle ! Mais c'est un homme intelligent qui sait aller plus loin que les apparences. Il a envoyé le portrait en y joignant un rapport sur toutes les belles qualités de la princesse. Chose incroyable : le portrait qui catastrophait Sa Majesté a plu à Monseigneur. Il s'est déclaré prêt à épouser. Finalement la princesse a pris le chemin de la France et en rejoignant son maître, M. Colbert de Croissy a dit : « Sauvez le premier coup d'œil, Sire et vous serez content ! » Et en effet, c'est ce qu'on pourrait appeler une « charmante laide ». Elle est gaie, cultivée, musicienne – important pour Monseigneur ! –, pleine d'esprit, de gentillesse et d'allant. Résultat le Dauphin est bel et bien tombé amoureux d'elle !... Ah, j'allais oublier : la Maintenon a été nommée seconde dame d'atour de la Dauphine !... A présent, je crois, mes belles, vous en avoir assez dit pour vous éviter des impairs ou des questions intempestives ! Installez-vous, mangez, dormez afin d'être fin prêtes pour entamer demain une nouvelle vie !

— Mais, hasarda Charlotte, Madame voulait nous parler ce soir ?

— Je lui dirai que le voyage vous a exténuées. Ainsi vous pourrez mettre un peu d'ordre dans vos idées...

Chapitre 6

Rencontres nocturnes dans le parc

Dès que Madame en eut fini avec les cérémonies de son lever – plutôt réduites étant donné qu'il s'agissait seulement de la transporter de son lit à sa chaise longue ! –, elle fit sortir ses femmes mais retint Cécile et Charlotte. A la première, elle confirma son retour auprès de la classe enfantine : la jeune Anne-Marie, sœur de la reine d'Espagne, onze ans, le petit Philippe, six ans, qui dans quelques mois passerait chez les hommes, et la mignonne Elisabeth-Charlotte, quatre ans. Mlle de Neuville, qui adorait les enfants, remercia et s'en alla rejoindre son poste avec satisfaction. Cet univers enfantin n'aurait aucune peine à être plus amusant que les interminables stations debout, les mains croisées sur le ventre le long d'un mur du palais orné de portraits rébarbatifs. En outre, elle ne serait pas séparée de son amie, la progéniture du couple princier le suivant dans ses diverses résidences. Cela c'était le côté mère poule de Madame, durement touchée par la mort de son petit duc de Valois survenue deux ans auparavant.

Quand elle fut seule avec la princesse, Charlotte, devinant ce qui allait suivre, s'arma de courage. Même prévenue par La Reynie, même protégée par le souvenir de ses premiers baisers, elle savait que l'annonce, autant dire officielle, lui serait rude. Et, de fait, quand, avec une délicatesse qui donnait la mesure de son cœur, Madame lui eut relaté les affreuses circonstances du meurtre, elle n'essaya pas de retenir ses larmes.

— Qu'avait-elle fait pour mériter un sort aussi abominable ? murmura-t-elle entre deux sanglots.

— Mais... rien ma pauvre petite ! Elle a été attaquée par des brigands dont il faut espérer que l'habileté de M. de La Reynie saura les retrouver et leur faire subir le châtiment qu'ils méritent.

— Des brigands attaquent pour dévaliser leurs victimes pas pour les tuer, surtout de cette manière barbare. Ils doivent savoir que le prix à payer pour l'assassinat d'une noble dame sera beaucoup plus lourd que pour un vol. Ou alors ils ont été grassement payés...

— Mais quelle horreur ! Qu'allez-vous penser là ?

— Je demande infiniment pardon à Madame si je la choque mais je ne peux m'empêcher de penser que si ma tante ne m'avait pas accueillie après ma fuite du couvent ou si elle s'était contentée de me ramener chez ma mère, elle serait encore vivante !

— Il ne faut pas dire de telles choses. Vous savez bien que les chemins ne sont pas sûrs. Si ces gens ont tué c'est parce qu'ils craignaient d'être un jour reconnus !

— Passe pour le cocher, les laquais afin d'arrêter la voiture mais, si elle se parait avec un goût et une élégance raffinés, Mme de Brecourt portait peu de bijoux sauf dans les grandes occasions. Y avait-il fête à la Cour ce soir-là ?

— Oh que non ! C'était le soir du Jeudi saint !

— En plus ! Madame voudra bien admettre que j'aie raison : ma chère tante a été assassinée pour m'avoir protégée, sauvée du sort que me réservait ma mère.

— Oh ! fit Madame scandalisée. L'accuseriez-vous d'avoir payé des assassins ?

— C'est là que le bât blesse. Ce genre de service doit coûter les yeux de la tête et ma mère est avare sauf pour elle-même et ses plaisirs. Je sais qu'elle serait capable de n'importe quoi pour s'approprier la fortune de mon père qui me revient par droit d'héritage. Si le poison avait été l'outil de ce forfait, je n'hésiterais pas un instant à l'accuser...

— Le poison ? On voit, ma petite, que vous avez été éloignée de France tous ces mois. La Cour telle que vous la voyez en ce moment courbe le dos par crainte des accusations et la Chambre ardente ne désemplit pas ! L'horrible femme Voisin a été exécutée il y a quelques semaines mais depuis un an qu'elle était emprisonnée elle a eu le temps d'accuser bien du monde et depuis qu'elle est morte, sa fille et une autre sorcière ont continué de livrer des noms. On s'est assurés de Mme de Polignac, de Mme d'Alluye, du maréchal de Luxembourg, de M. de Cessac. La comtesse de Soissons elle-même, la belle Olympe cousine du Roi et qui a été sa maîtresse, prévenue à temps, s'est enfuie à l'étranger. Le tribunal a voulu entendre aussi la maréchale de La Ferté,

Mme de Tingry, la duchesse de Bouillon, la comtesse du Roure... et beaucoup d'autres.

— Tant que cela ? souffla Charlotte abasourdie.

— Et plus encore ! Ne vous y trompez pas, depuis le mariage de Mademoiselle, Fontainebleau a énormément changé. Dans toute la noblesse à présent on redoute d'apprendre qu'un membre de sa famille est suspect. J'ai même ouï parler de deux suivantes de Mme de Montespan. Et, depuis que notre pauvre Fontanges est plus ou moins patraque, les mauvaises langues se posent des questions bizarres. Alors, si cette chère Brecourt était morte empoisonnée le danger eût été redoutable pour ceux de sa famille. Une attaque de brigands, par comparaison, paraît presque anodine. Normale en quelque sorte auprès de ces horreurs longtemps cachées et qui viennent au grand jour...

— A... a-t-on pu prévenir son fils, mon cousin Charles, qu'elle aimait tendrement ? Je sais qu'il sert à la mer mais je ne sais pas sur quel vaisseau et la mer est vaste...

— Soyez certaine que M. de Colbert le sait comme tout ce qui touche à cette marine qu'il aime tant. En outre, très proche de la Reine, notre Mme de Brecourt n'était pas n'importe qui et sa fin tragique a fait un bruit énorme...

— Pas suffisamment cependant pour venir jusqu'en Espagne, constata Charlotte avec tristesse. Votre Altesse saurait-elle où elle est enterrée ? J'aimerais prier sur sa tombe...

La rougeur que lui procurait son petit déjeuner

s'accentuant un peu, Madame avoua qu'elle l'ignorait mais conseilla :

— Demandez à Theobon. C'est une vraie gazette !

Et de fait, Lydie était au courant. Sachant à quel point la défunte était proche de Charlotte, elle s'était renseignée :

— Le corps embaumé a été déposé dans la chapelle de Prunoy où il attend le retour de son fils, qui, sans doute, le fera déposer à Brecourt auprès des ancêtres.

— Donc mon cousin Charles n'est pas rentré ? Madame l'ignorait.

— Elle a donné des larmes à son amie mais ne se préoccupe pas de ce genre de détail... S'il était rentré, le comte de Brecourt serait venu présenter ses devoirs à M. de Colbert et au Roi. C'est la règle, je l'aurais su.

En dépit de son chagrin, Charlotte ne put retenir un sourire :

— Comment faites-vous pour savoir toujours tant de choses sur tant de gens ?

— D'abord je suis curieuse de nature, je vous le confesse sans honte parce que au lieu d'être un défaut c'est un talent indispensable pour évoluer dans les palais royaux et surtout dans une cour où les influences fluctuent et où, comme en ce moment, le cœur du Roi balance entre plusieurs dames. Il suffit pour cela d'ouvrir grand ses yeux, ses oreilles, de posséder un certain sens d'analyse et de se taire opportunément. Soyez assurée que lors du retour de votre cousin j'en serai informée... et vous aussi !

— Mais le château de Prunoy est une demeure

de plaisance. Ma tante n'y était entourée que de quelques serviteurs pas très jeunes.

— Que craignez-vous : un violeur de sépulture? Cela ne ressemble guère à un quelconque brigand.

— Elle possédait de fort beaux joyaux mais n'était que peu parée. Ce trésor pourrait tenter justement un bandit suffisamment sauvage pour l'assassiner avec tout son monde.

— M. de La Reynie faisait partie de ses amis, n'est-ce pas?

— Effectivement. Je crois qu'il... l'admirait!

— Alors soyez sûre qu'il n'a rien laissé au hasard. Prunoy doit être sous surveillance au moins jusqu'à l'arrivée du maître!

— Savez-vous si M. le lieutenant général de Police vient quelquefois ici?

— On ne le voit jamais pendant les vacances de la Cour à Fontainebleau. Il a charge de tenir le Roi informé – puisqu'il ne dépend que de lui seul! – au moyen de courriers peut-être quotidiens mais il évite de se montrer pendant cette période de distractions et autres fêtes. Il faut vous dire que la Cour en a une peur bleue. Vous n'imaginez pas le nombre et la qualité de ceux qu'il défère quasi journellement à la Chambre ardente!

— Madame m'en a touché un mot. C'est assez effrayant en effet.

— Et notre petite cour à nous n'est pas non plus rassurée. Vous devriez en parler avec votre ami Saint-Forgeat!

— Oh, mon ami! C'est un bien grand mot. D'abord il n'aime pas les femmes!

— Ce n'est pas le seul autour de Monsieur mais il se trouve qu'il fait une exception pour vous. Une ou deux fois il a demandé si l'on savait de vos nouvelles !

— C'est gentil à lui... en attendant il faut que je me procure des habits de deuil. Ma chère tante Claire le mérite !

— N'en faites rien ! Cela attirerait l'attention sur vous et jetterait un froid. N'oubliez pas que nous sommes en ce lieu pour nous amuser... de gré ou de force ! Alors, un peu de gaieté que diable !

— Vous en parlez à votre aise. Je ne m'y sens guère encline !

— N'importe comment, le pied de Madame tient ses femmes à l'écart des festivités. Seul Monsieur et ses gentilshommes font de leur mieux pour s'y distraire mais nous regrettons notre délicieux Saint-Cloud où l'on respire plus librement. Malheureusement nous devrons patienter et attendre le mois de juillet.

— Pourquoi si longtemps ?

— Je suppose que le Roi trouve son Saint-Germain encore trop près de ce Paris qu'il détestait déjà et qui, à présent, sent un peu trop le fagot...

Charlotte pensa que ce siècle était bien cruel et que les bûchers de la place de Grève devaient ressembler comme des frères à l'autodafé de la Plaza Mayor, en plus modeste sans doute, l'exécution espagnole ressemblant davantage à un massacre mais à un, deux ou cent exemplaires la souffrance des hommes était la même. Le mieux était de les oublier aussi bien l'un que l'autre... Au fond, le Roi n'avait pas tort : Fontainebleau avec ses beaux ombrages, ses broderies de fleurs, ses échappées lointaines et ses miroirs d'eau, l'harmonie de ses pierres claires et ses grands toits d'ardoises bleues offrait une image paisible et souriante habitée de chants d'oiseaux. A cette heure de la matinée le parc était encore paisible, on savait que le Roi travaillait après avoir entendu la messe et chacun pouvait s'y promener à sa guise.

Un peu avant midi, Monsieur, suivi de quelques gentilshommes, vint prendre des nouvelles de Madame. Il était frais comme un gardon, ses épais cheveux noirs humides du bain que l'on était allés prendre dans la Seine à Valvins et son humeur était charmante. Il embrassa Madame fort bourgeoisement, lui fit compliment de sa mine, se déclara ravi d'apprendre que son pied la faisait moins souffrir, lui conseilla une promenade en voiture découverte pour l'après-dîner, ce qui ne la fatiguerait guère et aurait l'avantage de lui faire respirer un air plus revigorant que celui de ce pavillon, puis pêchant du bout de ses doigts gantés une prune confite dans un drageoir – l'appartement de Madame étant toujours largement approvisionné en douceurs diverses –, y planta la dent, la déclara exquise et s'apprêtait à reprendre son essor quand son regard accrocha au passage les cheveux de Charlotte, dont le blond argenté était rare à la Cour, et s'y arrêta :

— Ah ! Mademoiselle de Fontenac ? Vous voici donc de retour ? Je ne le savais pas !

Il y avait un reproche dans sa voix, Charlotte fit une belle révérence et se justifia :

— Nous ne sommes arrivées qu'hier au soir, Mlle de Neuville et moi, Monseigneur, mais j'espérais pouvoir, dès ce matin, présenter mes devoirs à Votre Altesse Royale et lui donner des nouvelles de Sa Majesté la reine d'Espagne.

— Ah ! Voilà qui est mieux ! Accompagnez-moi et voyons ces nouvelles. Nous parlerons en marchant. Je sens encore un peu d'humidité : cela me séchera !

Pas moyen d'y échapper. Charlotte saisit au passage le regard inquiet de Madame mais force lui fut de suivre le prince qui descendait déjà l'escalier d'un pas alerte après quoi il attendit que la jeune fille soit à son côté pour s'enfoncer avec elle dans le beau quinconce qui faisait suite au pavillon de Madame. Son entourage ne le suivit pas. Seul le chevalier de Lorraine, qui se savait tout permis, leur emboîta le pas.

— Je vous écoute ! Comment va la Reine ma fille ?

— Bien, Monseigneur. Du moins je devrais dire mieux depuis que son quotidien s'est fait plus agréable. Leurs Majestés ont quitté le sinistre vieil Alcazar pour le joli palais du Buen Retiro un peu en dehors de la ville. La Reine s'y mourait d'ennui avec pour uniques distractions des visites de couvents, d'interminables prières et surtout sous la férule de la duchesse de Terranova, sa plus que sévère Camarera mayor qui ne lui permettait rien y compris la lecture privée des lettres venues de France. Or, Dona Juana a été remplacée par une dame fort respectable mais beaucoup plus amène, la duchesse d'Albuquerque. Et Sa Majesté peut désormais lire son courrier en paix.

— Ah ! J'aime mieux cela ! Et mon gendre, comment est-il... j'entends... avec son épouse, car, en ce qui concerne le physique, il n'y a, je crois, rien à espérer !

— Il aime si ardemment sa belle épouse et d'un amour si touchant qu'elle doit s'habituer à sa laideur. Le Roi connaît parfois des heures sombres où il se renferme chez lui avec son confesseur. Lorsqu'il en ressort, il ressemble à un enfant malheureux... et le cœur de la Reine lui est doux et compatissant !

Le chevalier de Lorraine s'immisça alors dans le dialogue :

— On dit que, parfois, il se retire dans son palais monastère de l'Escorial où sont les tombeaux de ses ancêtres et qu'il en parcourt les couloirs, la nuit, en hurlant comme un loup malade !

— Je ne saurais le dire, fit Charlotte embarrassée. Je sais qu'il arrive au roi Charles d'y aller chasser...

— Y a-t-il espoir d'un héritier à naître ? demanda Monsieur.

— A notre départ la Reine n'annonçait aucun signe avant-coureur mais... quelques mois seulement se sont écoulés depuis le mariage !

— J'ai l'impression que l'on n'a pas fini d'attendre, ricana le beau Philippe méprisant. On le dit impuissant ?

— Comment veux-tu qu'une jeune fille de cet âge puisse répondre à pareille question ? corrigea Monsieur. Le temps en s'écoulant nous dira ce qu'il en est. Merci, Mademoiselle de Fontenac, de vos nouvelles. Je verrai aussi Mlle de Neuville et nous pourrons comparer...

Comprenant que l'entretien s'achevait là, Charlotte

recula pour saluer le prince mais Lorraine avait encore une flèche empoisonnée à sa disposition :

— Comment se fait-il, Mademoiselle, que vous ayiez été rappelée avec Mlle de Neuville, seules des femmes de la Reine ?

— Je l'ignore, Monsieur le chevalier !

— Etrange non ? Mme de Grancey aurait dû vous accompagner ainsi que les autres. Pourquoi sont-elles restées ?

— Simple fille d'honneur je ne suis pas dans le secret des dieux. Mlle de Neuville ne l'est pas davantage. Nous ne faisons qu'obéir aux ordres ! Mme la comtesse de Grancey répondrait sans doute mieux que moi à cette question. C'est une puissance à la Cour et la duchesse de Terranova en sait quelque chose : la comtesse a rompu maintes lances avec elle.

Un sourire s'épanouit sur le visage de Monsieur :

— Cela ne m'étonne pas d'elle. Une maîtresse femme s'il en est ! N'est-ce pas Philippe ? Il serait préférable pour ma fille qu'elle restât auprès d'elle le plus longtemps possible. Une dernière question, Mademoiselle ?

— Aux ordres de Votre Altesse Royale !

— Vous n'êtes pas revenues seules j'imagine. Deux gamines sur les grands chemins...

— Non. M. de Villars nous avait confiées à un vieux conseiller de son ambassade en poste à Madrid depuis quinze ans et qui rentrait en France pour recueillir un héritage. M. Sainfoin du Bouloy. En voyant le Palais-Royal vide, il a tenu à nous escorter jusqu'ici. Il a dû passer la nuit dans une auberge mais, à cette heure, doit être reparti !

Enfin libérée, Charlotte retourna par où elle était venue rendre compte à Madame. Elle aurait cent fois préféré s'entretenir seule à seul avec Monsieur dont elle savait qu'il était naturellement aimable, généreux et compréhensif à condition que le chevalier de Lorraine lui laisse la bride sur le cou. Elle n'aimait pas du tout Lorraine : il possédait la beauté d'un archange déchu et le regard froid d'un serpent.

En pénétrant chez Madame, elle la trouva toute agitée et dut lui répéter presque mot pour mot ce qu'elle avait dit. Mais lorsque la jeune fille déclara qu'elle avait tu la raison de son rappel, la princesse poussa un soupir de soulagement :

— Vous n'avez pas fait état d'un ordre du roi Louis?

— Non, Madame. J'en aurais peut-être parlé si j'avais été seule avec Monsieur mais j'avoue que la présence du chevalier de Lorraine...

— Vous vous en méfiez? S'il vous déplaît seulement la moitié de ce que j'éprouve pour lui, vous voilà garantie, mais pour une fois c'est une bonne chose qu'il ait été là. Lorsque je me suis rendue à Saint-Germain pour plaider la cause de notre petite reine, le Roi a exigé que je n'en sonne mot à Monsieur, se réservant de s'en charger lui-même. Courez à présent chez mes filles et mettez Neuville en garde!...

Le retour de Charlotte à Fontainebleau marqua le début d'une chaleur caniculaire. Ville et château se mirent en défense... Fenêtres et volets grands ouverts du soir tombant à l'aube se refermaient à l'unisson pour conserver un semblant de fraîcheur. Grâce à

Dieu l'épaisse forêt environnante et les arbres centenaires du parc apportaient une protection appréciable et les bains en Seine connurent une affluence. A Valvins où la barge où l'on se déshabillait restait en permanence, Monsieur et ses gentilshommes, le Roi et les siens et aussi les dames les plus jeunes allaient oublier un moment le poids des lourdes soieries, des traînes, des habits surbrodés et même des joyaux. Ensuite chacun rentrait chez soi pour une sieste bienvenue. Même le Roi mangeait moins, ce qui ne voulait pas dire qu'il s'était mis au régime. Il est vrai qu'il compensait ses divertissements par de longues heures à sa table de travail avec l'un ou l'autre de ses principaux ministres Colbert et Louvois. La nuit on se rattrapait. On jouait, on dansait, on applaudissait les comédiens, on se promenait dans la verdure des parcs ou bien en barque sur les plans d'eau en admirant le ciel bleu foncé semé d'étoiles, on faisait médianoche au son des violons et il n'était pas rare que des couples se perdent dans les bosquets surtout quand le rossignol se faisait entendre. Cependant, par crainte des incendies, le Roi avait interdit les feux d'artifice...

Seules la Reine et Madame vivaient en marge des fêtes du château. En bonne Espagnole, Marie-Thérèse ne redoutait pas la chaleur et ne changeait rien à son programme, faisant sa promenade quotidienne en abritant son teint de blonde sous un parasol, allait à la messe et dînait avec son époux mais ne variait pas ses habitudes de prières et de charité.

Quant à Madame, l'état de sa jambe ne s'améliorait pas. Son impatience lui avait fait poser le pied à terre trop tôt. En outre elle trompait son ennui en grignotant toute la journée, augmentant son surplus de poids sous lequel ses pieds, petits et élégants comme ses mains, ne cessaient de protester. Elle essayait de lire, n'écrivait pas parce que la position assise à sa table, la jambe étendue sur un tabouret garni d'épais coussins, lui était incommode et passait des heures à transpirer abondamment en se faisant éventer par des valets... La nuit venue, on la descendait dans les jardins à l'aide d'un fauteuil porté par de solides laquais et on la déposait dans une chaise roulante que poussait Eléonore von Venningen, la plus vigoureuse de ses filles d'honneur. Heureuses d'échapper à la touffeur de l'appartement, les autres femmes suivaient avec empressement. On faisait le tour de l'étang des Carpes ou du Parterre, on rejoignait le canal en évitant les salons où se déroulait la fête du soir. Puis on rentrait et il arrivait que Madame demandât ses musiciens pour l'aider à s'endormir... Monsieur venait tous les matins, encore tout frais de son bain, ce qui entretenait chez sa femme une mauvaise humeur latente dont il avait pleinement conscience :

— Que ne vous faites-vous porter en Seine vous aussi ? Cela vous requinquerait...

— Grand merci ! La Cour s'y précipite à longueur de journée sauf aux heures du zénith et je n'ai pas envie de me montrer...

Le Roi, lui, sachant pertinemment que sa « sœur » n'aimait pas à être vue quand elle ne se jugeait pas montrable, envoyait prendre de ses nouvelles chaque jour, chargeant ses messagers de présents, de fleurs, de fruits et même de sorbets. Il avait proposé son premier médecin D'Aquin mais Madame, qui ne supportait ni la médecine ni les médecins, déclara que son propre praticien Nicolas Lizot suffirait largement pour l'usage qu'elle voulait en faire. Elle détestait les saignées, avait en horreur les clystères qu'elle jugeait offensants pour la pudeur. En bonne Allemande elle ne croyait guère qu'aux remèdes prescrits au XIIIe siècle par sa compatriote sainte Hildegarde, abbesse de Bingen... Encore faisait-elle le tri dans ceux-ci basés surtout sur la façon dont il convient de se nourrir lorsque l'on voulait rester en bonne santé.

Ce soir-là, il y avait jeu chez la Reine. En arrivant en France, Marie-Thérèse s'était découvert la passion des cartes. Elle s'y adonnait avec un visible plaisir, perdant parfois de grosses sommes avec un parfait naturel. La Cour se pressait alors chez elle, car c'étaient les seuls moments où l'on était sûrs de s'y amuser.

Madame rentra chez elle plus tôt que de coutume, chassée par quelques roulements de tonnerre que l'on entendait du côté de Moret sans d'ailleurs qu'aucune goutte ne fût tombée. Paradoxalement, cet orage en formation tenta Charlotte, lasse d'étouffer dans la chambre d'entresol qu'elle partageait avec Mlle des Adrets. Elle prit une légère mante de taffetas à capuche au cas où l'orage viendrait plus vite que prévu, descendit, quitta la cour des Princes et gagna le quinconce qu'elle parcourut lentement jusqu'au bord du Jardin français d'où elle pensait aller vers le canal afin d'y trouver l'obscurité.

Le château était immense et au long des siècles écoulés depuis le roi François Ier son bâtisseur, les bâtiments s'étaient ajoutés aux bâtiments, créant plusieurs cours et maints décrochements. A cette heure de la nuit il brillait de tous ses feux, principalement les appartements royaux puisque la Reine recevait sur un fond de musique douce qui allait s'atténuant à mesure que Charlotte s'éloignait. Heureuse de sa solitude, elle espérait trouver le calme, le silence, l'approche du mauvais temps faisant taire les oiseaux. Et, soudain, elle entendit pleurer...

Elle s'arrêta pour écouter puis obliqua à gauche où une double rangée d'arbres centenaires abritait plusieurs bancs de pierre. L'ombre produite par l'épais feuillage renforçait l'obscurité, il y faisait aussi plus frais. Bientôt elle découvrit celle qui pleurait. Grande sans doute si l'on en jugeait par sa position repliée sur elle-même, elle était entièrement vêtue de satin neigeux sur lequel scintillaient, malgré cette ombre, des centaines de minuscules diamants. D'autres encore mais plus gros, aux poignets, aux mains, aux oreilles, à la gorge et semés parmi les boucles de cheveux sous la haute « Fontange » de fine dentelle baleinée. C'était peut-être une fée à la recherche de sa baguette magique ou d'un amour perdu, mais l'illusion ne dura guère pour les yeux vifs de Charlotte qui accommodaient vite. D'ailleurs le trait blafard d'un éclair lointain lui permit de reconnaître la désolée :

— Mademoiselle de... je veux dire Madame la duchesse de Fontanges ! murmura-t-elle en s'agenouillant près d'elle. Mais pourquoi ce chagrin ? Pourquoi tant de larmes? Ne devriez-vous pas être heureuse, vous qui régnez sur le cœur du Roi, vous qu'il aime?

Mais la belle désespérée secoua la tête sans permettre à ses mains de quitter son visage :

— M'aimer, le Roi?... Oh oui, il m'a aimée... et j'ai cru, folle que j'étais, que cet amour durerait autant que nous, mais c'est fini, je l'ai bien compris...

— Allons! Vous êtes trop sensible et peut-être avez-vous mal interprété un regard, voire une parole... Je vous en prie, regardez-moi! ajouta-t-elle en pesant doucement sur les mains de la jeune femme pour mieux voir son visage.

Celle-ci ne résista guère, sans doute pour essayer de reconnaître celle qui proposait une aide si spontanée. Son regard noyé rencontra celui de Charlotte.

— Vous ne devez pas vous souvenir de moi, fit celle-ci avec un sourire. Je suis...

— Oh si, je me souviens! Vous êtes Mademoiselle de Fontenac, n'est-ce pas? Vous étiez des filles de Madame...

— Et je le suis restée.

— Oh non, je ne vous ai pas oubliée. Je n'oublie pas les figures qui ont accompagné l'éclosion de mon grand bonheur. Vous étiez au Palais-Royal quand « il » m'a envoyée chercher. J'étais si heureuse alors! Ensuite ma vie n'a été qu'une fête perpétuelle... Un rêve dont je pensais ne jamais me réveiller. Il m'a tout donné à foison! A moi qui n'avais rien il a offert des robes somptueuses, des diamants, des perles; j'étais la mieux parée...

— Vous l'êtes toujours, remarqua Charlotte

émerveillée par ce miracle d'étincelante blancheur dont s'illuminaient les ombres.

— La plus chargée d'honneurs – huit chevaux à mon carrosse quand la Reine n'en a que six, un appartement de vingt pièces, le tabouret de duchesse. Il m'a mise si haut que tous m'enviaient...

— Trop peut-être ? hasarda Charlotte, mais la désolée ne l'écoutait pas, reprise par le fil de ses regrets.

— Lorsqu'en ces lieux mêmes, l'an passé, il a marié Mademoiselle sa nièce au roi d'Espagne, on me regardait plus qu'elle tant j'étais resplendissante ! Oh ! C'était si merveilleux ! Quelles belles fêtes !

— Sauf pour celle qui en était l'héroïne. Elle était loin d'être heureuse, elle !

— Comment est-ce possible ? Elle allait porter couronne dans un pays où l'or des Amériques coule à flots m'a-t-on dit ?

— Je crois qu'il y coule beaucoup moins ces derniers temps. En outre la couronne et l'argent n'ont jamais été garants du moindre bonheur et notre princesse n'en a même pas rencontré un aperçu. C'est affreux d'épouser un homme que l'on ne peut aimer !

— On le dit jeune... et il est roi ! N'est-ce pas le plus important ?

« Allons, se dit Charlotte en étouffant un soupir. Elle ne changera jamais ! Inutile d'expliquer ! » Elle se contenta de demander :

— Auriez-vous aimé le Roi s'il n'était notre souverain ?

— Oh oui ! Il est beau, il a si grand air et il sait si bien aimer...

— Eh bien, voyez-vous, Charles II d'Espagne n'a rien de tout cela, hormis le règne. Il est laid, presque repoussant et débile...

— Ah bon ? Lors du mariage, je ne voyais pas les choses sous cet angle...

— Vous étiez trop occupée de votre propre bonheur.

Le dernier mot était sans doute superfétatoire. Il servit de déclencheur à une nouvelle avalanche de larmes :

— Regardez ce qu'il en reste ! J'ai cru atteindre à la suprême félicité lorsque j'ai su que je portais un enfant... son enfant ! Et j'ai attendu avec impatience le jour qui me sacrerait mère d'un prince... mais il n'y a pas eu de triomphe... Seulement une éternité... de souffrances atroces... Pour rien puisque mon fils n'a pas vécu. Ensuite j'ai éprouvé un grand mal, parce que j'ai été blessée juste avant la délivrance... Le sang ! Je perdais mon sang...

— Je sais, dit gentiment Charlotte, mais on a parlé d'une cure miraculeuse dont vous auriez bénéficié dans je ne me souviens plus quelle abbaye...

— Maubuisson !... Certes, j'en ai reçu un immense soulagement et le prieur de Cabrières qui me soignait est un grand homme, mais que peuvent sa science et sa bonté contre le mal que me veulent faire mes ennemis ?...

— Vos ennemis ? En avez-vous donc ?

Une poussée de colère sécha les larmes de la jeune duchesse et elle tourna vers sa compagne un regard courroucé :

— Je devrais dire mon ennemie ! Car, en fait, je n'en ai qu'une mais si redoutable !...

— La nommeriez-vous ?

— Oh, ce n'est un secret pour personne ! La marquise de Montespan me hait de toutes ses forces...

— Elle ? Mais... n'était-elle pas votre bienfaitrice, votre amie, votre espérance même à l'époque où vous étiez encore au Palais-Royal ? Je me remémore votre retour nocturne lorsque nous avons fait connaissance. Vous ne tarissiez pas d'éloges ni d'admiration pour elle. Je me trompe ou n'a-t-elle pas ouvert devant vous, en vous invitant chez elle, le chemin du Roi ?

— En effet... et je le reconnais bien volontiers... mais elle obéissait à un calcul d'intérêt. Notre Sire la voyait moins... l'aimait moins certainement car il prenait plaisir à converser avec Mme de Maintenon, une femme si paisible... et qui le reposait des hauteurs et des reproches dont la marquise ne cessait de l'abreuver. J'ai appris par la suite qu'elle souhaitait que le Roi se prît de goût pour moi, pour ma jeunesse dans le but de le détourner de cette dame qui n'est pas jeune et qui, si elle possède encore quelque beauté, ne saurait se comparer à moi... Et dès le début elle a pu s'estimer satisfaite mais elle n'a pas prévu ce qui est arrivé : le Roi s'est pris pour moi d'une vraie passion que je lui ai rendue de tout mon cœur et de tout mon corps ! Quelles heures divines nous avons connues ensemble ! Je lui rendais sa jeunesse et en échange il me donnait le monde !

Un peu perplexe, Charlotte regardait cette éblouissante créature, véritable apparition de conte de fées, qui pleurait comme une fontaine sous une fortune en diamants...

— Mais... Vous en avez connu d'autres depuis votre

retour de Maubuisson. On a parlé de votre réapparition triomphante. Toutes vos rivales seraient rejetées dans les ténèbres extérieures, vous laissant seule dans la lumière du soleil...

— Quand je suis revenue c'était vrai, mais cela ne l'est plus. Elle a recommencé... et je sens le mal qui me reprend...

— Qui a recommencé ? Et quoi ?

— La Montespan, voyons, et les pratiques infâmes qu'elle cherchait auprès de cette horrible sorcière, la Voisin, que l'on a brûlée cet hiver. Des billets sans signature m'ont prévenue : elle possède des poudres, des onguents dont elle se sert contre moi. Ses suivantes, Mlle des Œillets et la Catheau, en ont fait des provisions et...

— Prenez garde, je vous en prie ! Songez à ce que vous dites ! Vous accusez la marquise de... vous faire empoisonner ?

— Et quoi d'autre ? Le prieur de Cabrières m'avait guérie, je suis revenue délivrée, heureuse, le bonheur me revenait, à nouveau j'étais la mieux aimée, la favorite plus que reine ! Quelques jours où tout revenait à moi... et puis le mal a fait sa réapparition. A nouveau des migraines... des nausées...

— Etes-vous certaine de n'être pas en attente d'enfant ?

Fontanges eut un rire amer :

— J'en suis sûre, hélas, car il y a le sang... le sang qui recommence à s'échapper de moi... Je l'ai senti tout à l'heure et ma robe doit être tachée... alors j'ai jeté mes cartes et, sans m'excuser, je me suis enfuie. Personne n'a fait attention à moi sauf mon partenaire qui a demandé ce que j'avais, mais le Roi ne s'en est même pas aperçu. Il riait avec la Montespan...

— Mais pourquoi être venue ici ? Il fait si sombre... et l'orage menace...

Un coup de tonnerre, plus proche, souligna ses paroles. Il ne pleuvait toujours pas, pourtant Charlotte pensa qu'il fallait mettre cette pauvre fille à l'abri.

— Venez ! dit-elle en prenant sa main pour l'aider à se relever. Je vais vous ramener chez vous sinon vous ne tarderez pas à être trempée !

— Mais... ma robe ? Je vous l'ai dit : elle est souillée et...

— Un, il fait nuit. Deux, je vais vous mettre cela !

Et ôtant son léger vêtement de taffetas vert, elle le jeta sur les épaules d'Angélique, noua les rubans sous son menton et offrit son bras :

— Là ! Appuyez-vous sur moi et nous allons rentrer tranquillement mais vous nous guiderez ! Je ne connais pas assez le château pour savoir où se trouve votre appartement.

— Près de celui du Roi, voyons !

— Malheureusement, je ne sais pas non plus où loge Sa Majesté. En dehors de la cour des Princes et des jardins alentour, j'ai tendance à me perdre dans cet immense palais...

— Que sera-ce alors quand vous irez à Versailles ? Le plus grand palais qui existe sous le soleil, un monde de merveilles à l'image de celui qui l'a suscité. Nous y sommes allés seuls, tous les deux, et c'est lui qui me l'a fait visiter... Si vous voyiez l'appartement qui m'est destiné !... Oh, c'est un rêve !

— Et vous pleurez ? Vous désespérez ? Que la Cour

n'habitât pas encore ce palais et que votre place y soit déjà marquée devrait vous rassurer sur les sentiments du Roi.

— Vous croyez?

— C'est l'évidence il me semble...

— C'est vrai... mais me laissera-t-on vivre jusque-là?

— Avez-vous confiance en vos serviteurs et votre entourage?

— Oui! Je les crois fidèles et dévoués, mais comment se protéger des objets de tous les jours? D'un mouchoir au milieu d'une pile, d'une paire de gants, d'une chemise... ou d'un gâteau que l'on partage avec vous. On m'a dit qu'en passant du poison sur un côté de la lame d'un couteau, l'on pouvait tuer son ennemie sans hésiter à manger ce même gâteau avec elle...?

— Demandez à rencontrer M. de La Reynie et confiez-lui vos doutes... et puis pourquoi ne pas reprendre cette cure si bienfaisante dont vous m'avez parlé?

— J'y ai pensé mais retourner à Maubuisson... si loin de mon roi!

Elle était à la fois pitoyable et décourageante dans son désir pathétique de retrouver l'éblouissement de naguère tout en redoutant la main silencieuse qui portait la mort...

— Je suis trop jeune peut-être pour en juger mais quand j'ai rencontré Mme de Montespan, reprit Charlotte, l'hypocrisie ne m'a guère paru lui convenir. Elle est trop fière pour cela! Il me semble avoir entendu dire qu'il lui arrivait de disputer le Roi en personne?

— C'est vrai ! De son orgueil elle tire toutes les audaces... Elle est une très grande dame et elle ne le sait que trop ! Pourtant... – et la jeune femme baissa la voix jusqu'au murmure – elle aurait été une cliente de la Voisin et en aurait obtenu... des choses affreuses... comme des messes noires...

Au souvenir que Fontanges évoquait, sans le savoir, Charlotte sentit un frisson la parcourir. Avec cette netteté qu'inspirent les images d'horreur, elle revit la chapelle perdue dans le bois, les braseros crachant presque autant de fumée que de chaleur, le vieux prêtre borgne et boiteux élevant un calice noir au-dessus du ventre dénudé d'une femme dont la chair blonde, opulente et lumineuse l'avait frappée. Elle revit la tache de sang glissant étroite et sombre telle une couleuvre. Elle entendit également la voix, étouffée mais impérieuse, d'Alban lui intimant l'ordre d'oublier cette scène, de n'y jamais faire allusion devant qui que ce soit sous peine de mort !... La mort parce qu'une bourgeoise avait partie liée avec les pires criminels ? Allons donc !... Et puis il y avait cette prière adressée à Satan au moment le plus abominable. Qu'était-ce donc ? Ah oui ! « La perte de la Maintenon... celle aussi de la Reine afin de pouvoir épouser le Roi... » Sur l'instant elle n'y avait rien compris parce que ces gens étaient à cent coudées de son univers, mais en écoutant la plainte de la favorite, les faits, les visages se mettaient curieusement en place. Et si c'était la Montespan qui avait osé livrer son corps à ces mains sacrilèges pour obtenir la destruction de tout ce qui pouvait se dresser entre le Roi et elle ?... Cela expliquerait la sévérité des défenses d'Alban Delalande. Maîtresse passée ou encore en faveur, la marquise n'en demeurait pas moins la mère de plusieurs enfants reconnus par leur royal père. Y toucher devait équivaloir à un arrêt de mort!... D'un autre côté, la Montespan était mariée...

La belle Angélique se taisait maintenant. Appuyée au bras de sa jeune compagne, elle marchait en reniflant ses larmes dans la lumière incertaine diffusée par la partie du château qu'elles longeaient. Il y avait là, l'une contre l'autre, la chapelle dont l'abside arrondissait ses vitraux à peine distincts de la nuit par les lampes de chœur et la grande salle de bal obscure dont ce soir on n'avait pas usage puisque le jeu était chez la Reine. On allait doucement afin de ménager les forces de la malade – comment l'appeler autrement? – que Charlotte sentait trembler de faiblesse contre elle.

— Mon Dieu! souffla la duchesse. Je sens... que je recommence à saigner...

— Ce que nous faisons est imprudent. Attendez-moi ici un instant après m'avoir expliqué où je dois chercher du secours. On va venir et l'on vous portera chez vous.

— Oh non! Cela ferait un trop grand bruit! Continuons! Par la cour de la Fontaine je peux rentrer sans éveiller les curiosités.

On poursuivit donc, mais Charlotte la sentait peser plus lourdement sur son bras. En même temps la malade se penchait de plus en plus en avant, une main posée sur son ventre. Craignant qu'elle ne s'évanouisse et ne glisse sur le sable de l'allée, Charlotte avisa devant elle une porte, ou plutôt un passage mal éclairé où veillaient deux gardes. Tant bien que mal, on réussit à les rejoindre :

— De l'aide s'il vous plaît ! Ma... compagne est souffrante !

L'un de ces hommes s'approcha, regarda. Sans doute avait-il de bons yeux ou bien la coiffure scintillante lui rappela-t-elle quelque chose :

— Mais... c'est Mme la duchesse de Fontanges...

— Puisque vous l'avez reconnue, vous devinez l'urgence. Dépêchez-vous d'aller chercher du secours mais aussi discrètement que possible ! Madame voudrait rentrer chez elle en évitant le bruit...

— J'y vais... mais d'abord il y a là un banc. Il faut l'y asseoir...

La jeune duchesse n'avait même plus la force de protester. Elle se laissa tomber lourdement sur la pierre où Charlotte s'assit de manière à lui appuyer la tête sur son épaule...

— Faites vite, je vous en prie !

Le garde déposa sa hallebarde contre le mur, dit un mot à son collègue et fila comme un lapin vers la cour de la Fontaine. Il ne fut absent qu'un court moment mais à son retour, escorté de deux suivantes, deux laquais et un brancard, Fontanges avait perdu connaissance. Les femmes s'empressèrent autour d'elle, visiblement affolées. On essaya de l'étendre sur la civière mais elle avait dû revenir à la conscience, car elle se mit en chien de fusil sans doute pour avoir moins mal. L'une d'elles voulut lui enlever la mante de taffetas mais Charlotte s'y opposa :

— Laissez-la-lui et tâchez d'en couvrir son visage. Elle ne veut surtout pas que l'on sache cet accident...

— Puis-je vous demander qui vous êtes?

— Je suis des filles d'honneur de Madame et j'ai connu Mme la duchesse lorsqu'elle l'était aussi... Allez, pressez-vous à présent! J'espère qu'un médecin l'attend chez elle...

— Oui, oui... soyez tranquille Mademoiselle...?

— De Fontenac!

— Merci! On vous rapportera votre mante chez Madame...

L'instant suivant Charlotte regardait le petit groupe s'engager dans un large escalier montant à l'étage. Rassurée, elle se disposait à rebrousser chemin pour rentrer chez Madame quand un violent coup de tonnerre éclata juste au-dessus de sa tête. Simultanément un éclair déchira le ciel devenu noir comme de l'encre.

— Pressez-vous de vous mettre à l'abri, conseilla le garde qui s'était montré si secourable. Sinon vous allez être mouillée. A moins que vous ne préfériez attendre ici où vous serez à couvert...

— Merci, je préfère rentrer au cas où Madame me chercherait...

Prenant ses jupes à deux mains, elle se mit à courir le long du château mais elle n'était pas revenue à la hauteur de la chapelle que les nuages crevaient, déversant sur elle une trombe d'eau. En quelques secondes elle fut trempée mais n'en ralentit pas sa course pour autant, cherchant au contraire la protection du quinconce au bout duquel était le salut...

Elle l'atteignait à peine quand l'attaque se produisit.

Brusquement quelque chose s'abattit sur elle

l'enveloppant jusqu'à la ceinture – un tissu rêche qui pouvait être une couverture – où deux bras le resserrèrent. Elle sentit qu'on l'enlevait, que ses pieds ne touchaient plus terre. Elle hurla :

— A l'aide... Au secours !

Elle se débattit furieusement contre un agresseur plus vigoureux qu'elle. Il voulut la faire taire en appliquant une main sur sa bouche – à l'endroit tout au moins où il supposait qu'elle se trouvait –, mais pour ce faire dut relâcher son étreinte de la taille, ce qui permit à Charlotte de glisser sur le sol où elle hurla de plus belle mais alors il s'abattit sur elle. L'impression qu'un bahut lui tombait dessus ! Assommée, elle n'émit plus qu'un cri étouffé et perdit conscience...

En reprenant connaissance, ce fut la voix bien connue de Theobon qui lui parvint en premier :

— Où l'avez-vous trouvée ? s'inquiétait-elle.

On lui tapait dans les mains puis ce fut l'odeur piquante des sels qui la fit éternuer cependant qu'une autre voix perchée et mécontente répondait :

— Ici près, sous le quinconce. Une grande brute était en train de l'assommer après lui avoir jeté je ne sais quel chiffon dessus !...

— Et vous avez volé à son secours ? Comme c'est bien ! Surtout par ce temps !

— Quoi, par ce temps ?

— Votre vaillance vous a fait oublier votre bel habit et vos rubans ! Je crains fort qu'ils ne soient gâtés !

— Hélas!... Cette divine couleur de rose mourante!... Mais l'on est gentilhomme que diantre!

Cette fois Charlotte ouvrit les yeux, sourit à Lydie puis s'arrêta sur le second visage qui était celui de Saint-Forgeat. Un Saint-Forgeat qui s'efforçait de faire bonne figure sous ses habits mouillés et sa perruque trempée. Elle lui sourit avec d'autant plus de gratitude qu'elle ne l'aurait jamais cru capable d'endosser l'armure du chevalier blanc défenseur de la veuve, de l'orphelin et des demoiselles en détresse :

— C'est vous qui m'avez sauvée?

N'ayant plus de chapeau il salua du geste :

— J'ai eu cet honneur!

— Mais... comment avez-vous fait? Ce malandrin semblait si fort.

— Quelques pouces de fer dans le dos sont convaincants vous savez? Il a braillé et détalé sans demander son reste!

— Il aurait pu se retourner contre vous, hasarda Mlle de Theobon, une étincelle au coin de l'œil.

L'horreur se peignit sur la figure offusquée dont le fond de teint coulait lentement :

— Vous voulez dire... se battre avec moi?

— Pourquoi pas? Cela arrive quand on a affaire à ce genre d'individu... Il pouvait avoir... un couteau par exemple?

— Un couteau?... Pouah! Un outil grossier qui ne saurait convenir à un gentilhomme. Seule l'épée...

Un doigt en l'air il semblait se disposer à entamer un cours magistral quand Theobon y coupa court :

— De toute façon nous ne vous remercierons jamais assez d'avoir secouru Mlle de Fontenac.

Madame d'abord puis Monsieur sauront votre courage en la circonstance mais à présent, il faut me laisser prendre soin de Charlotte. Elle a eu très peur, elle est trempée et il lui faut du repos !

Ainsi congédié, Saint-Forgeat quitta la place en faisant des moulinets avec son arme et en sifflotant une ariette, visiblement satisfait de lui.

Après son départ, Charlotte, déshabillée, séchée, nantie d'une chemise de nuit propre et d'un bol de bouillon pour se réchauffer, gagna son lit dont sa compagne toujours efficace avait fait bassiner les draps comme en plein hiver. Non sans raison : l'orage qui continuait de balayer Fontainebleau avait fait tomber la température de plusieurs degrés. Il faisait presque froid. Charlotte se pelotonna dans son lit avec délice, repoussant de toutes ses forces le souvenir de ce qu'elle venait de vivre. Elle y penserait plus tard, quand elle serait remise... Naturellement courageuse, elle possédait cette faculté précieuse de s'abstraire un moment de ses soucis, de les laisser de côté afin de ne pas perturber le repos qui lui était nécessaire. Au couvent, son amie Victoire, que cela amusait, disait qu'elle avait la chance de pouvoir ôter sa tête et la déposer sur le chevet avant de s'endormir... La seule fois, évidemment, où elle n'avait pu le faire c'était justement cette fameuse nuit où elle avait laissé la panique l'entraîner à l'aventure sans s'accorder même le temps de réfléchir tant l'avait épouvantée la claustration définitive qui la menaçait.

Elle dormit d'un sommeil si réparateur cette nuit-là – ou ce qu'il en restait ! – qu'elle s'éveilla tard dans la matinée, tirée de son lit par Lydie au son des imprécations de Madame, outrée des dangers que pouvait faire courir à une jeune fille une anodine promenade dans un parc royal. Charlotte dut donc relater le début d'une histoire dont la princesse connaissait la fin. Son intention avait été de ne faire mention, en aucun cas, de sa rencontre avec Mlle de Fontanges mais là, elle avait été prise de vitesse : la jeune duchesse venait d'envoyer une de ses femmes prier Mlle de Fontenac de passer chez elle dans l'après-midi. Sur l'ordre de ses médecins elle gardait le lit et la recevrait par conséquent à l'heure qui lui conviendrait.

Tandis que Madame – qui allait mieux ! – clopinait avec précaution autour de son cabinet à la recherche de son agilité enfuie, Charlotte fit donc, pour elle et la seule Theobon, le récit de sa rencontre avec la favorite et de l'état où elle l'avait trouvée, mais sans mentionner les soupçons qu'elle nourrissait envers Mme de Montespan dont les bonnes relations avec les Orléans lui étaient connues.

— Pauvre fille ! soupira Madame en se réinstallant un peu brusquement dans son fauteuil qui protesta. J'ai bien peur que son beau rêve ne soit désormais en miettes ! Le mal dont elle souffre est de ceux qui s'opposent aux relations normales entre amants. Le Roi a éprouvé pour elle la plus folle des passions. Plus forte, je pense, que celle qu'Athénaïs avait suscitée. Il a été fou de sa jeunesse, de sa beauté tellement parfaite que toutes les autres disparaissaient auprès d'elle. A part lui élever une statue il a commis toutes les folies pour elle, au point que la Reine en a tremblé. Seulement, comme les hommes dotés de gros appétits, Sa Majesté a besoin de partenaires à la mesure de cet appétit... et la maladie le fait fuir... Quand Fontanges est revenue de Maubuisson guérie – du moins en apparence ! – le feu a repris de plus belle mais si le mal est revenu...

— Madame a le sentiment qu'il va se détourner d'elle ? murmura Theobon. D'après Charlotte il reviendrait à Mme de Montespan.

— C'est ce que m'a dit Mme de Fontanges, appuya celle-ci.

— Rien d'étonnant à cela. La belle Athénaïs a peut-être vingt ans de plus que sa rivale mais elle n'a rien perdu de son éclat, ni de son esprit – un point faible chez Fontanges ! –, ni de sa vitalité... et elle jouit d'une santé de fer ! En perdant sa fraîcheur notre jolie fleur des monts d'Auvergne perd de sa beauté. Je crains fort qu'elle n'appartienne désormais au passé. Mais allez donc la voir comme elle vous le demande, petite, puisqu'il semble que vous ayiez le pouvoir de lui faire du bien...

Et la messagère fut priée de venir chercher Mlle de Fontenac à quatre heures...

Le moment était bien choisi. L'orage de la nuit, s'il avait abattu quelques arbres et donné un surcroît de travail aux jardiniers, avait desserré l'étau de la chaleur, nettoyé le ciel et incité le Roi, les dames et la Cour à une promenade en forêt pour aller goûter au bord de la Seine. En suivant la jeune fille qu'on lui avait envoyée, Charlotte ne rencontra pratiquement personne et, étant inconnue à la Cour, n'éveilla aucune curiosité.

Proche de celui du Roi, l'appartement de la duchesse était l'un des plus beaux de l'étage et donnait à la fois sur la Cour ovale et le jardin de Diane mais il était presque désert quand Charlotte y pénétra. Pourtant, après avoir traversé l'antichambre et atteint un élégant cabinet tendu de brocatelle et abondamment fleuri, son guide lui fit signe de s'arrêter. La porte qui devait donner sur la chambre était entrouverte. Suffisamment pour laisser venir jusqu'à la visiteuse le ronronnement d'une voix au timbre assourdi couvrant mal l'écho de sanglots... Le cicérone de Charlotte eut un mouvement d'effroi qui déboucha sur un début d'affolement. Charlotte crut un instant qu'on allait lui faire rebrousser chemin, mais il n'en fut rien. On lui conseilla de rester là, dans l'embrasure d'une fenêtre, et d'attendre sans faire de bruit.

— L'heure est peut-être mal choisie, souffla-t-elle. Si la duchesse s'entretient avec son confesseur...

La voix qu'elle percevait était en effet basse, feutrée, comme celle d'un prêtre en train d'exhorter...

— Non, ce n'est pas un prêtre et je ne pense pas que cela dure longtemps. Ne bougez pas et attendez sans vous faire remarquer! Je reviendrai vous chercher...

Sur ces mots la suivante s'éclipsa par une porte latérale laissant Charlotte dans son coin de fenêtre. Le ronronnement lénifiant continuait, les pleurs aussi d'ailleurs qui à mesure devenaient plus bruyants. Et soudain – ce fut un cri de révolte! –, elle entendit :

— Mais, Madame, vous me parlez de quitter un amour comme on quitte un habit! Jamais!... Jamais!

— Vous y serez contrainte. Autant vous donner la gloire de partir de vous-même ! Dieu a des grâces pour les âmes qui savent se soumettre à sa volonté...

— Où prenez-vous que Dieu exige le sacrifice de mon amour ? Le Seigneur n'a-t-il pas dit « Aimez-vous les uns les autres » ? J'aime, moi, et de toute mon âme !...

— Vous interprétez à votre profit mais regardez donc la vérité en face !

— Quelle vérité ?

— Vous vous êtes crue guérie et vous ne l'êtes pas. Vous n'avez pas vingt ans et vous perdez déjà votre beauté ! Ne vous y trompez pas ! C'est là un signe ! Votre amant ne supportera pas de vous voir vous flétrir à ses côtés ! Partez quand on peut encore vous regarder avec plaisir !... Il vous pleurera... un peu, ce qui est beaucoup chez lui !

— Est-ce lui qui vous a demandé de venir me dire tout cela ?

— Non. C'est l'intérêt que je vous porte ! Croyez-moi ! Partez quand il est encore temps !

Cette fois, il n'y eut d'autre réponse que de nouveaux sanglots. Dans l'embrasure de sa fenêtre Charlotte sentait monter en elle une vague d'indignation. Cette pauvre fille déjà ravagée par le chagrin n'avait nul besoin qu'une quelconque pécore vînt lui interdire les portes de l'espérance. N'écoutant que son indignation elle s'apprêtait à s'élancer au secours de la malheureuse duchesse quand la porte s'ouvrit sous la main d'une femme dont l'aspect la figea. Grande, un peu forte, elle n'était plus jeune mais belle encore, présentant un visage aux traits réguliers où les premières rides ne marquaient que légèrement une peau ivoirine. Les yeux noirs étaient magnifiques mais difficilement déchiffrables sous les paupières qui les voilaient par instants. La bouche était petite, charnue, pulpeuse même, mais avec quelque chose d'obstiné. Quand cette femme avait une idée en tête il devait être ardu de l'en faire démordre en dépit de l'expression douce, voire bénigne de ses traits. Elle était entièrement vêtue d'épaisse soie noire sans la moindre broderie d'or mais relevée par la blancheur des dentelles en point de France moussant à ses manches, à son modeste décolleté et composant la haute fontange couronnant ses cheveux noirs où paraissaient de discrètes mèches grises. Entre ses mains gantées, elle tenait un missel.

Ne s'attendant pas à trouver quelqu'un dans cette antichambre naguère encore la plus fréquentée des palais royaux, la dame s'immobilisa à la vue de Charlotte qu'elle dévisagea en relevant un sourcil surpris. L'âge de la dame exigeait que la jeune fille saluât, ce dont elle s'acquitta :

— Qui êtes-vous ? demanda l'inconnue.

— Mademoiselle de Fontenac, des filles d'honneur de Son Altesse Royale Madame la duchesse d'Orléans...

— Et vous venez voir Mme de Fontanges ? Avez-vous un message ?

Fidèle à elle-même, Charlotte lui aurait volontiers répondu de s'occuper de ce qui la regardait mais, après le dialogue qu'elle venait de surprendre, elle devinait une puissance plus ou moins occulte peut-être mais réelle dans cette femme :

— Madame la duchesse attend ma visite, se contenta-t-elle de répondre.

— Seriez-vous de ses amies... quoiqu'elle n'en ait guère ?

— Tout dépend de ce que l'on entend par « amie ». Je la plains sincèrement...

— Et vous faites bien ! En ce cas, essayez de lui montrer la voie de la raison. Elle est malade... et ce n'est pas à la Cour qu'il convient de se soigner...

Ayant dit, la dame offrit en guise de salut une brève inclinaison de sa coiffure de dentelle et passa son chemin. La courte traîne de sa robe ondula un instant sur le seuil de la porte, glissant silencieusement comme une grosse couleuvre noire...

Ainsi qu'elle s'y attendait, Charlotte trouva Fontanges pleurant toutes les larmes de son corps, effondrée sur son immense lit tendu d'azur et d'or au milieu de ses femmes impuissantes. A celle qui l'avait introduite, Charlotte demanda qui était la dame dont la visite avait déchaîné ce paroxysme de désespoir. L'autre la regarda, effarée :

— Vous ne la connaissez pas ?

— Le devrais-je ?

— C'est que tout le monde la connaît à la Cour. On dit même qu'elle va remplacer notre pauvre duchesse dans les bonnes grâces du Roi. En un mot c'est Mme la marquise de Maintenon...

— Ah !

— On ne l'aime guère par ici, reprit son interlocutrice avec aigreur.

Charlotte n'ajouta rien. Madame Palatine, elle le savait, détestait sans prendre la peine de s'en cacher celle dont l'influence sur le Roi semblait grandir de jour en jour. Ayant vu l'ex-Mme Scarron, elle comprenait mieux l'aversion d'une « Liselotte » toute d'une pièce, franche jusqu'à la brutalité mais profondément bonne, pour cette femme un brin trop discrète, dont le visage se voulait empreint d'une douceur angélique que démentait par instants la dureté d'un regard de jais.

De quoi s'était-elle mêlée en venant prêcher à la pauvre Fontanges si péniblement atteinte dans ses entrailles le renoncement, la mise à l'écart sans nuances ? Le Roi l'avait-il mandatée ? Pour ce qu'elle savait de lui d'après les propos de Madame, sa fervente admiratrice, cela ne lui ressemblait pas. Mais si elle n'avait pas agi sur ordre, il fallait que cette Maintenon soit bien sûre de ne pas être démentie.

Auquel cas peut-être conviendrait-il de tenir compte du regard appuyé que la dame avait fait peser sur elle et qui, lui, n'avait rien de bénin. Charlotte remit à plus tard l'examen de la question. Un vent de panique se levait parmi les femmes de Fontanges. L'une d'elles s'écria :

— On ne peut pas la ranimer ! Un médecin, vite !

Deux caméristes sortirent en courant. Charlotte dont personne ne s'occupait plus jugea qu'il était temps pour elle de se retirer, quitte à envoyer plus tard prendre des nouvelles. Elle se contenta de dire à celle qui l'avait amenée :

— Si la duchesse me demande, n'hésitez pas à venir me chercher... quelle que soit l'heure.

En quittant cet appartement luxueux où les témoins de ce drame semblaient plongés dans une sincère affliction, elle fut choquée par l'écho de la fête qui se déroulait dans ce château qu'elle ne connaissait pas assez pour en situer l'endroit mais qui lui parut proche. Là, à deux pas, les violons faisaient rage et l'on devait danser.

Afin d'éviter de se retrouver au milieu du bal, elle choisit, pour rentrer chez Madame, de passer par l'extérieur et le quinconce où l'on n'entendait que le chant des oiseaux...

Pourtant en atteignant le couvert des arbres, elle vit qu'il y avait quelqu'un. Certainement l'un des « garçons bleus » puisqu'il en portait le costume. Accroupi dans l'herbe, il était armé d'une loupe et examinait soigneusement un carré de terrain. Elle remarqua qu'il prenait quelque chose – un objet très petit sans doute, car elle n'en distingua rien – et le mettait dans sa poche. Bien que les pas de la jeune fille fissent peu de bruit sur la terre molle, il dut l'entendre car il se releva, se retourna et elle reconnut Alban Delalande.

— Mademoiselle de Fontenac ? fit-il avec l'ombre d'un sourire. Vous venez revoir le lieu du crime ? D'habitude c'est plutôt le rôle de l'assassin...

Le ton railleur déplut à Charlotte qui haussa les épaules :

— Le crime ? L'assassin ! Quel galimatias est-ce là ?

Il eut ce bizarre sourire en coin dont elle se refusait de s'avouer qu'il lui plaisait :

— Allons, ne faites pas comme si vous ne compreniez pas ! C'est bien à cet endroit que vous avez été agressée cette nuit en sortant de chez Mme de Fontanges ?

— Oui... sans doute ! Je n'ai pas fait très attention. En revanche je me demande ce que vous venez y chercher... et sous ce costume ?

— Un costume remarquablement pratique pour surveiller ce qui se passe au château. Les garçons bleus vont partout...

— Assurément, mais c'est hier au soir que votre présence aurait été utile. Vous aviez promis de veiller sur moi ou ai-je rêvé ?

— Je l'ai promis et j'ai tenu parole... seulement quelqu'un d'autre m'a devancé...

— M. de Saint-Forgeat dont j'aurais juré qu'il était incapable d'un tel exploit !

— Il ne faut jamais se fier à l'eau qui dort... Cela dit ce n'est pas un exploit extraordinaire que d'enfoncer deux pouces de fer dans les côtes d'un malfaiteur qui vous tourne le dos.

— Encore fallait-il y être. Or je n'ai pas souvenance de vous avoir vu.

— Vous ne pouviez pas me voir. Pendant que l'on s'occupait de vous j'ai poursuivi votre agresseur...

— Vous l'avez pris ? Bravo !

— Ma foi non, il m'a échappé.

— Autrement dit et malgré ses blessures il courait plus vite que vous ! Félicitations !

— Ne soyez pas stupide ! Il m'a échappé parce que je l'ai fait à bon escient. Si je l'ai laissé filer c'est que je voulais savoir où il allait et, si possible, qui il est.

— Et vous savez tout cela ?

— Je sais toujours tout ce que je veux savoir !

Dieu qu'il était agaçant ! Il avait une façon de la

regarder en penchant légèrement la tête de côté qui lui donnait sur les nerfs. Comment avait-elle pu se laisser aller à l'embrasser... à lui dire que... Oh! C'était proprement insupportable!

— A mon avis, fit-elle en redressant fièrement la tête, vous en savez certainement davantage qu'il ne conviendrait! On en vient à dire n'importe quoi quand on est avec vous!

— Etait-ce le cas lorsque je vous ai amenée chez M. de La Reynie?

— Exactement! Aussi je préférerais que vous n'y pensiez plus...

— Rassurez-vous, c'est déjà fait! J'ai tout oublié...

— Voilà qui me convient! Eh bien mille mercis Monsieur Delalande!

Elle lui tournait déjà le dos. Sans bouger il lança :

— Vous n'êtes pas curieuse de connaître le nom de votre agresseur?

— Vous le savez?

— Je vous ai dit que...

— Ne rabâchez pas! Je suis au courant, vous savez toujours tout. Alors?

— Il s'appelle Eon de La Pivardière, le prétendant de votre mère.

— C'est impossible! Ils sont en Italie tous les deux!

— On en revient! Vous êtes bien revenue d'Espagne, vous? Alors, un conseil d'ami : méfiez-vous!

Et, aussi prestement que s'il eût été un elfe des bois, il disparut derrière les arbres du quinconce, laissant Charlotte trop étourdie pour mettre deux idées bout à bout. Et ce fut à pas lents qu'elle rentra chez Madame...

Chapitre 7

Les soucis de M. de La Reynie

Charlotte ne revit pas Mlle de Fontanges. En dépit des soins du prieur de Cabrières accouru à son chevet, les pertes de sang continuaient et la jeune femme allait s'affaiblissant. Le Roi venait chaque jour prendre de ses nouvelles mais il ne s'attardait guère plus de quelques minutes, ce qui désespérait la malade. Chacun devinait qu'elle allait bientôt quitter la scène où, pendant plus d'une année, elle avait joué un premier rôle si divinement grisant!...

A sa demande, celui qu'elle aimait tant lui accorda une ultime faveur. S'autorisant de ce que, dix ans auparavant, Mme de Montespan avait obtenu pour sa sœur aînée Gabrielle de Rochechouart-Mortemart la plus que royale abbaye de Fontevrault où elle régnait sur une double communauté – féminine et masculine! – ainsi que sur les tombeaux des rois Plantagenêt d'Angleterre, Angélique demanda l'abbaye de Chelles pour sa sœur Catherine de Scorailles de Roussille. Fondée jadis par la sainte reine Radegonde, et toujours sous la crosse d'une abbesse de haut rang, Chelles n'était inférieure que de peu à Fontevrault. En outre, la jeune Catherine, en religion depuis l'âge de quatre ans par vocation, venait de l'abbaye de Faremoutiers dont sa tante Jeanne de Plas était abbesse. Elle était donc tout à fait digne de s'asseoir au siège abbatial.

Le 12 juillet, la Cour quittait Fontainebleau pour rejoindre Saint-Germain après avoir assisté au départ de la nouvelle abbesse que suivait, dans son carrosse de voyage à huit chevaux, Mme la duchesse de Fontanges accompagnée de son confesseur et d'une nuée de domestiques, femmes de chambre, cuisiniers, valets de pied et autres serviteurs composant alors le personnel d'une maison ducale. Ses autres sœurs, son frère et quelques amis venaient ensuite, tassés dans des carrosses à quatre chevaux. La Cour entière assista à ce départ qu'elle s'en serait voulue de manquer. Le Roi en personne mit en voiture celle dont tous savaient qu'elle ne reviendrait plus. Et elle, de son côté, avait fait ce qu'il fallait pour que soit inoubliable cette dernière image qu'elle offrait à la Cour... Vêtue de satin d'azur pâle et de dentelles neigeuses givrées de brillants, ses magnifiques cheveux d'or roux mêlés de perles et artistement décoiffés sous cette « fontange » scintillante qu'elle laissait pour emblème, portant à la gorge, aux poignets et aux oreilles les plus beaux diamants offerts par son royal amant, droite et fière en dépit de son mal, un éventail aux doigts, elle semblait quelque divinité venue visiter une terre indigne de la garder et on put voir une larme se perdre dans la moustache de Louis XIV quand le carrosse se fut enfoncé sous les arbres de la forêt.

Comme tout le monde – et à son rang –, Madame,

entourée de ses dames et demoiselles, assistait au départ de son ancienne fille d'honneur montrant un air de mélancolie qui lui était peu habituel :

— Qui eût cru, soupira-t-elle, qu'un astre aussi éclatant fût passé aussi vite ? Le Roi l'aimait si fort que l'on aurait pu croire son règne se poursuivant durant des années. Jusqu'à ces derniers mois elle était la jeunesse incarnée... Et regardez maintenant ce qui reste à notre Sire ? La robe noire et les yeux hypocritement baissés de cette Maintenon qui a le double de son âge !

— Mme de Montespan a le même pourtant et elle est encore remarquablement belle ! Voyez-la plutôt dans sa calèche ! Elle rayonne positivement !

— Elle aurait tort de pleurer, remarqua Mme de Ventadour. Fontanges était son œuvre et elle l'a complètement éclipsée. J'ai l'impression qu'elle lui a donné la peur de sa vie. A présent la voilà libérée !

— A ce propos, demanda Charlotte à Theobon, comment se fait-il qu'elle soit devenue duchesse alors que Mme de Montespan qui a donné des enfants au Roi n'a pas été élevée au tabouret ?

— C'est tout simple. Fontanges n'est pas en puissance de mari, ce qui n'est pas le cas de la belle Athénaïs. Pour en faire une duchesse il aurait fallu faire un duc de l'encombrant Montespan !

— Oh, encombrant, il ne l'est plus guère, remarqua Mme de Ventadour. Il vit retiré sur ses terres où il a fait célébrer les funérailles de sa femme. J'admets qu'au moment où a éclaté la passion du Roi ce n'était pas le cas : on ne voyait que lui à Saint-Germain, en grand deuil et portant à son chapeau une gigantesque paire de bois de cerf. A la suite de quoi il a tâté de tout : de la Bastille comme de l'exil sans modifier le moins du monde sa position.

— Il n'a jamais servi aux armées ?

— Que si... et fort brillamment, reprit Theobon, mais la mort n'a pas voulu de lui... pas plus que sa femme !

— On ne le voit jamais à la Cour ?

— Vous voulez rire ? La dernière fois – et cela remonte à des années –, il voulait se battre en duel avec le Roi !

— Evidemment !

Quand le – triste ! – cortège de la nouvelle abbesse et de sa sœur se fut effacé, le Roi et la Reine quittèrent Fontainebleau pour rentrer à Saint-Germain tandis que les Orléans se disposaient à regagner le cher Saint-Cloud avec un enthousiasme unanime. Madame y était plus heureuse que partout ailleurs ; quant à Monsieur son époux, il avait toujours la tête pleine de nouveaux agencements pour son beau château et brûlait de les mettre en pratique. En outre, il se trouvait à l'étroit dans son logis de Fontainebleau et ne voyait pas pourquoi son frère l'obligeait à cette contrainte quand il était tellement mieux chez lui !

— C'est ce qu'il est convenu d'appeler la vie de famille, lui rappelait Madame qui pour des raisons personnelles ne détestait pas le voisinage quotidien d'un beau-frère un rien trop séduisant.

— La vie de famille ? Est-ce que je sais ce que c'est ? Au temps de l'affreux Mazarin nous vivions avec les domestiques, Sa Majesté et moi, et nous nous disputions à qui aurait l'assiette la mieux garnie...

quand on pensait à nous nourrir ! Et nous dormions dans des draps troués quand M. le Cardinal se vautrait dans la soie et le velours ! De temps en temps on nous décrassait, on nous habillait avec magnificence pour nous montrer au peuple, à des visiteurs étrangers ou pour un *Te Deum* à Notre-Dame après quoi on nous renvoyait à notre grisaille ! Alors que venez-vous me parler de vie de famille ? Vous savez ce que c'est. Moi pas !

Et vivement applaudi par la horde dorée de ses gentilshommes, Monsieur, un voile sur la figure pour éviter que le soleil ne gâte sa peau délicate, grimpa dans son carrosse en compagnie du chevalier de Lorraine, du marquis d'Effiat et de Saint-Forgeat... Et l'on partit à travers la luxuriante campagne briarde.

On ne gagna pas Saint-Cloud directement. Une halte au Palais-Royal s'imposait pour procéder à un échange de bagages et, pour Monsieur, apprendre les nouvelles de la capitale qui lui tenait fort à cœur et dont il se savait presque plus roi que son aîné.

On venait juste d'arriver quand Charlotte reçut un billet de La Reynie : Charles de Brecourt était rentré depuis deux jours dans l'hôtel familial où il mettait de l'ordre dans ses affaires et, sans doute, s'occupait des funérailles de sa mère avant d'aller présenter ses devoirs au Roi et à son ministre Colbert. C'était enfin une bonne nouvelle et Charlotte n'eut aucune peine à obtenir la permission de se rendre rue de la Culture-Sainte-Catherine. Madame y mit seulement une condition :

— N'y allez pas seule ! D'abord ce n'est pas convenable, ensuite, dans des circonstances aussi douloureuses, il vaut mieux avoir une amie avec soi. Emmenez Neuville !

Charlotte ne demandait pas mieux. Le séjour à Fontainebleau avait encore resserré les liens entre les deux filles, même si le service des enfants princiers était nettement plus absorbant que celui de Madame, même handicapée et ne se déroulant pas aux mêmes heures. Cécile, n'ayant plus qu'un frère qui ne s'occupait jamais d'elle, compatissait au chagrin de son amie privée par un crime révoltant de la seule protection affectueuse qui lui restât. Charlotte, bien sûr, n'avait pas fait la moindre allusion à la folie passagère qui l'avait jetée dans les bras d'Alban Delalande. Instant qu'elle s'efforçait à présent d'oublier, car lorsqu'il lui arrivait d'y penser, elle ne pouvait se défendre d'un frisson beaucoup trop délicieux pour la paix de son âme.

Au dernier moment cependant, Madame changea d'avis et ce fut Theobon, plus mûre, qui accompagna Charlotte.

Vers quatre heures de l'après-midi, une voiture du Palais-Royal franchissait le porche de l'hôtel de Brecourt et s'arrêtait dans la cour au centre de laquelle était une fontaine muette. Un valet vint à la porte s'enquérir des visiteuses, qui donnèrent leur nom. Puis il ajouta :

— C'est que Monsieur le comte reçoit une dame et je ne sais...

— Et il la reçoit où cette dame ? fit Lydie avec hauteur. Pas dans sa chambre j'espère ?

— Oh Mademoiselle ! J'ai dit une « dame » et...

— Et vous ne risquez pas de savoir s'il peut en

recevoir deux autres si vous ne le lui demandez pas ! Pour ma part je lui porte les condoléances de Madame, duchesse d'Orléans !

Elles attendirent un moment en silence. Tout d'ailleurs était silence dans cette demeure où se montraient partout les couleurs du deuil, comme sur les livrées des domestiques. Il y avait aussi des bandes de crêpe aux portes et à l'intérieur, les volets étaient clos, seule la lumière des cierges étant admise.

Le valet revint prier les visiteuses de le suivre et elles pénétrèrent dans un vestibule d'où partait un escalier de pierre le long duquel s'échelonnaient des niches contenant des statues dont chacune arborait son ruban noir. De l'étage partait une enfilade de salons à peine éclairés par des bougies.

Le maître de maison se tenait dans le premier adossé à une console dont la glace était voilée. Charlotte ne l'avait pas vu depuis longtemps – plusieurs années ! –, mais elle sentit une joie à constater qu'il ressemblait plus que jamais à sa chère marraine. C'était – en plus viril ! – les mêmes traits, les mêmes yeux lumineux et certainement le même sourire bien qu'il fût improbable qu'elle pût le constater.

On échangea les révérences rituelles et Mlle de Theobon débita son petit discours dont elle accompagna une lettre de Madame et qu'elle acheva en s'écartant pour faire place à une Charlotte qui, les larmes aux yeux, était prête à tomber dans les bras de son cousin pour communier avec lui dans le chagrin d'une perte aussi cruelle. Or, au lieu de s'approcher d'elle, Charles de Brecourt lui jeta un regard glacé :

— Quelle audace de venir afficher un visage d'affliction ! Croyez-vous que j'ignore qui est la cause première de cette monstruosité où ma mère a trouvé la mort ?

Désarçonnée par la brutalité de l'apostrophe, Charlotte ne trouva rien à répondre sinon :

— Vous ne voulez pas dire que...

— Qu'elle est morte à cause de vous ? Oh si ! Et je l'affirme bien haut ! Le refuge qu'elle vous a offert après votre ridicule fuite du couvent des Ursulines, l'asile qu'elle vous a trouvé et son refus de vous rendre à la baronne ont attiré sur elle les haines de cette abominable femme, car c'est elle, j'en jurerais devant Dieu, qui a armé les estafiers chargés d'assassiner la meilleure des mères !

La sortie était un peu grandiloquente. L'indignation, la colère vinrent au secours de Charlotte :

— En ce cas que n'allez-vous porter votre plainte au Roi ? C'est lui l'instance suprême. C'est à lui seul de rendre justice à ce qui touche à sa noblesse...

— Vous en parlez à votre aise n'est-ce pas ? C'est pourtant lui qui a ordonné que le château de Prunoy soit fouillé de fond en comble au lendemain de votre fuite ? Nul autre que Sa Majesté ne pouvait donner un ordre qui vous met hors la loi... comme ceux qui vous auront accueillie !

— Un instant ! coupa Lydie de Theobon en repoussant légèrement sa jeune compagne. Vous devriez mesurer vos paroles, Monsieur de Brecourt ! Ou entreprenez-vous de mettre hors de la légalité les personnes qui ont ouvert leurs portes à Mlle de Fontenac ? Si cela est, j'aimerais que vous veniez vous en expliquer avec Son Altesse Royale, Madame, duchesse d'Orléans, ainsi qu'avec Monsieur, frère du Roi, qui a toujours montré bon visage à celle dont vous me semblez décidé à faire un monstre. Et pourquoi donc pas à la reine d'Espagne ?

— Je suis persuadé qu'ils ignorent encore que cette... jeune personne a osé s'enfuir d'un couvent telle une servante ayant volé l'argenterie...

— Ils n'ignorent absolument rien. Madame votre mère ne leur avait rien caché. Serait-ce un crime de refuser de s'ensevelir à quinze ans sous un voile noir de nonne quand on n'a pas la vocation ? Aucune alternative n'était laissée à cette pauvre enfant : elle devait se soumettre un point c'est tout et sa mère n'a même pas pris la peine de se déranger pour lui signifier une volonté dont le but est des plus transparents : s'assurer la totalité des biens laissés par le défunt baron de Fontenac à sa fille.

— A condition qu'elle soit sa fille !

— Quoi ?... Comment ?

Le double cri de surprise indignée fusa en même temps, amenant un sourire de dédain sur les lèvres de Brecourt :

— Il semblerait que Mme de Fontenac n'ait aucun doute à ce sujet, ce qui est bien normal, et qu'elle en ait parlé ouvertement à ma mère lors de leurs rares entrevues. Mme de Brecourt savait donc à quoi s'en tenir. Elle haïssait sa belle-sœur qu'elle accusait d'avoir empoisonné son frère mais tenait à préserver sa « filleule ». Elle aurait déclaré qu'elle se chargeait d'elle et que, le moment venu, elle la doterait ! C'est ce que j'ai appris, par lettre, ces jours derniers. En conséquence de quoi vous comprendrez sans peine que je préfère dès à présent mettre un terme à nos relations. En mémoire de ma mère, je garderai un secret dont je n'ai pas la clef mais je ne vois nulle raison de vous doter s'il prend à quelqu'un fantaisie de vous épouser. Je vous concède le nom de Fontenac – que vous y ayiez droit ou non –, c'est déjà fort joli puisque vous héritez du baron. A condition, évidemment, que votre « mère » vous en laisse le loisir. Mademoiselle de Theobon, croyez-moi votre serviteur !

Revenue de sa surprise et bouillante d'indignation, celle-ci passa un bras autour des épaules de Charlotte qui semblait sur le point de s'évanouir et lâcha :

— Avoir des serviteurs de votre acabit est certainement la dernière chose que je souhaiterais, Monsieur ! Inutile de vous demander qui vous a si judicieusement renseigné ?

— Inutile, en effet !

— Je n'en suis pas surprise ! Laissez-moi vous dire, entre parenthèses, qu'après avoir eu le bonheur de connaître Mme la comtesse de Brecourt et son cœur immense, on a du mal à croire que vous soyez son fils ! Il y a comme cela des erreurs de la nature ! Venez, Charlotte !

Mais revenant peu à peu à la claire conscience après ce coup inattendu, la jeune fille posa une dernière question :

— Puis-je savoir la date et le lieu des funérailles ?

— Demain je l'emmène à Brecourt. Il n'est pas nécessaire d'ajouter que je ne souhaite pas vous y voir !

— Dire qu'elle vous adorait et vous croyait aussi bon, aussi généreux qu'elle l'était !

— Je sais ce qu'elle était et je n'ai point besoin qu'on me le rappelle.

— Alors souffrez que je vous dise encore un mot : j'ai trouvé auprès d'elle l'affection que me donnait mon père... Non ! Ne recommencez pas ! s'écria-t-elle, prévenant la protestation qu'il allait lui opposer. Qu'il l'ait été ou non je l'aimais et il m'aimait. Ce qui n'est pas le cas de ma mère !

— Où voulez-vous en venir ? s'impatienta Brecourt.

— A ceci ! Je ne l'accompagnerai pas pour son dernier voyage mais le Diable m'emporte si je ne porte pas son deuil !

Et Charlotte, éclatant en sanglots, regagna la voiture dans laquelle Mlle de Theobon la rejoignit plus calmement. Elle l'y trouva renversée sur le dossier de velours, les paupières closes sous lesquelles glissait sans discontinuer un double petit ruisseau. Remettant à plus tard les paroles de consolation qui sans doute ne serviraient à rien, Lydie se contenta de prendre la main abandonnée sur les genoux et de la serrer dans les siennes dans l'espoir de lui communiquer la chaleur de son amitié. Simultanément, elle ordonnait au cocher de les mener au cours la Reine avant de regagner le Palais-Royal. Il fallait donner à Charlotte le temps de retrouver son sang-froid.

Elles roulèrent en silence plusieurs minutes, Theobon essuyant d'un mouchoir délicat l'écoulement qui semblait intarissable. Sa patience fut récompensée : il finit par ralentir puis cesser. Charlotte toussa pour s'éclaircir la gorge et tourna la tête vers sa compagne :

— Merci, dit-elle. Sans vous je ne sais trop ce que je serais devenue. C'est affreux, vous savez, de perdre d'un seul coup tout ce que l'on croyait être. Je ne sais vraiment plus qui je suis !

— Raisonnons un peu, voulez-vous ? Un fait reste certain, c'est que vous êtes la fille de votre mère...

— Si vous croyez que c'est consolant ? Elle me déteste et je le lui rends bien. Et à moins qu'elle n'ait simulé une grossesse et acheté l'enfant d'une servante, j'appartiens à l'illustre tribu des Chamoiseau.

Elle était si furieuse que Theobon retint un sourire :

— C'est mieux que rien... et d'ailleurs pourquoi voulez-vous que Mme de Fontenac eût été incapable de procréer ?

— Vous devez avoir raison. J'étais encore petite mais je me souviens l'avoir entendue raconter à maintes reprises les affreuses douleurs de sa délivrance au point d'en être dégoûtée...

— Et ce sont ces tourments qu'elle ne vous a pas pardonnés ? Et c'est pourquoi vous êtes fille unique. Donc elle est forcément votre mère. Reste à savoir qui est votre père ?

— Pour moi il n'y en aura jamais d'autre que M. de Fontenac. Je l'aimais et il m'aimait. C'est à sa mort que l'on m'a expédiée dans un couvent d'où je ne devais plus sortir.

— Il n'y a nullement lieu d'essayer de changer vos sentiments. Cet amour mutuel a tissé des liens peut-être plus solides que ceux noués par la nature.

D'ailleurs, en dépit de ce que j'ai affirmé, je serais curieuse de savoir de qui M. de Brecourt tire ses certitudes. Je jurerais qu'on ne lui a pas fourni la moindre preuve – où serait-on allé la chercher? je me le demande – et qu'il s'agit là d'un de ces ragots venimeux que l'on colporte à longueur d'années à la Cour comme à la Ville. Et je comprends mal que cet homme intelligent, un officier de valeur de surcroît, vivant plus souvent sur le pont d'un navire que sur le parquet des résidences royales, se soit mis à croire dur comme fer à cette « révélation »... à moins qu'il n'y trouve son intérêt!

— Vous voulez parler de cette « dot » que ma marraine s'était engagée à me donner? Ce serait mesquin. La fortune des Brecourt est importante et il n'a jamais été question de m'en donner la moitié. En outre cela ne ressemble absolument pas au souvenir que je garde de ce garçon qu'elle adorait et qui semblait le mériter largement. L'homme que nous venons de rencontrer n'est plus le même que celui de jadis. Les rares fois où je l'ai vu il s'était montré charmant...

— Ou il a beaucoup changé ou il a toujours été un habile comédien. Mais, j'y pense, à qui la comtesse a-t-elle confié qu'elle vous doterait?

— A Madame... et à ma mère lorsqu'elle est venue au château de Prunoy pour me reprendre. J'ai dans un coffret la lettre de ma tante relatant leur querelle...

Mlle de Theobon garda le silence un moment, réfléchissant, puis se mit à penser à voix haute :

— Je me demande si nous ne cherchons pas loin

ce qui est juste sous nos yeux. Pourquoi donc l'informateur ne serait-il pas une informatrice, celle-ci n'étant autre que Mme de Fontenac ?

— Il n'aurait jamais accepté de la recevoir. Il la méprise autant que le faisait sa mère...

— Jamais entendu parler de lettres anonymes ? Pauvre innocente ! Qui mieux qu'elle sait à quoi s'en tenir sur votre véritable père ? De là à ce que le « corbeau » soit Mme de Fontenac elle-même. Le ragot ne serait alors qu'une habile machination destinée à vous aliéner la protection des Brecourt.

— Mon Dieu ! gémit Charlotte en se prenant la tête à deux mains. C'est à devenir folle !

— Mais non, et si vous vivez longtemps à la Cour vous en verrez d'autres. En attendant allons raconter l'histoire à Madame... et lui demander de vous offrir un verre de vin d'Espagne. Depuis qu'elle en reçoit de Madrid elle le considère souverain contre les idées noires. Sa production étant la seule qualité qu'elle reconnaît aux Espagnols.

Ainsi qu'on s'y attendait, Madame prit fait et cause pour Charlotte mais ne lui offrit pas de vin d'Alicante jugé trop mou pour les chocs de cette importance. Ce fut donc à l'aide d'une vieille eau-de-vie de cerise d'Heidelberg qu'elle entreprit de la réconforter avant de l'envoyer au lit avec des compresses d'eau froide sur ses yeux bouffis par les larmes.

— Une bonne nuit, prophétisa-t-elle, et vous verrez les choses tout autrement. D'ailleurs, demain, nous partons pour Saint-Cloud...

Dans l'état d'esprit de la jeune fille, c'était la meilleure des nouvelles. Charlotte aimait beaucoup

Saint-Cloud, son décor enchanteur où, en dépit d'une somptuosité sans égale, on trouvait le moyen de vivre d'une façon quasi familiale. A l'exception du dîner où tout le monde se réunissait, on pouvait se faire servir là où bon vous semblait, voire au fond du parc où un valet se chargeait de porter un panier. Il n'était pas rare non plus de voir Madame, en négligé du matin, étrangement équipée de bottes, aller distribuer du pain à ses chevaux et à ses chiens. Quant à Monsieur, ses souliers à hauts talons remplacés par des chaussons glissés dans des sabots, son habit protégé par une ample blouse bleue et sa tête par un chapeau à larges bords, il ne voyait aucun inconvénient à rejoindre ses jardiniers dans une terre fraîchement bêchée pour décider des plantations que l'on allait y faire. Ou encore, hissé à nouveau sur ses talons mais sans ôter sa blouse protectrice, retrouver son peintre Mignard dans la salle de bal dont on achevait les scènes mythologiques du plafond. Chose à peine croyable, tout le monde au château était toujours d'une humeur charmante. Même le chevalier de Lorraine qui cependant ne connaissait pas de plaisir plus vif que tarabuster Monsieur. Il est vrai que Mme de Grancey rentrait d'Espagne munie d'un plein panier de méchancetés sur l'entourage de la Reine et de très substantiels présents qu'en échange de son départ elle avait su arracher au duc de Medina Caeli. Ces deux-là avaient beaucoup à se dire...

Charlotte, qui avait du temps libre, le passait le plus souvent en compagnie de son amie Cécile et des princesses dont celle-ci s'occupait : la jeune Anne-Marie, onze ans, fille de la première Madame titrée

Mlle de Valois, et la petite Elisabeth-Charlotte de cinq ans que l'on nommait Mlle de Chartres. Avec ses huit ans, leur demi-frère et frère Philippe, futur duc d'Orléans[1], avait rejoint le clan des hommes et l'on était entre filles.

Il faisait si beau cet été-là que ces demoiselles passaient le plus clair de leurs journées dans les jardins et le parc... Ce fut dans ce décor qu'un matin elles rencontrèrent Mme de Grancey. Abritée sous le parasol bleu dont elle avait pris l'habitude en Espagne afin de protéger son teint des ardeurs du soleil, elle se promenait d'un pas tranquille lorsqu'elle les aperçut et vint à leur rencontre :

— Ainsi je vous retrouve, mesdemoiselles? C'est une surprise à laquelle je ne m'attendais pas.

— Pourquoi donc? fit Cécile qui connaissait la dame de plus longue date que Charlotte et pouvait se permettre plus de liberté. Ayant quitté le service de la reine Maria-Luisa il était naturel que nous reprenions nos fonctions précédentes au Palais-Royal!

— Disons que... vous avez eu de la chance! Ce pauvre Saint Chamant n'en a pas eu autant.

— Que lui est-il arrivé? Il n'est pas retourné à Madrid suivant son intention?

— Que non! Notre Sire le Roi, déjà peu satisfait qu'il eût démissionné des gardes du corps pour suivre Mademoiselle lors de son mariage, lui en a fait défense expresse, si mes renseignements sont exacts...

— Mais pourquoi? demanda Charlotte. Il n'a rien

1. Il sera le Régent.

fait de mal en portant à Madame une lettre de sa belle-fille.

— ... qui en contenait une autre destinée au Roi portant les plaintes de la jeune reine désireuse de rentrer alors que l'on tient essentiellement à ce qu'elle reste où elle est. Quant à Saint Chamant il ne pouvait être question de le laisser désobéir une nouvelle fois par amour. C'est très gênant un amoureux, surtout dans une cour aussi rigide que celle-là...

— Enfin qu'en a-t-on fait ? On ne l'aurait quand même pas embastillé ? fit Cécile.

— Il n'est pas dangereux à ce point-là. On s'est contenté de l'envoyer contempler le château familial dans son Auvergne natale. Et je pense qu'il y est pour un bon moment...

— Pauvre garçon ! Quelle injustice ! émit Charlotte compatissante.

— Si j'étais vous j'éviterais ce genre de discours ! Estimez-vous heureuses d'avoir repris votre place ici. On aurait fort bien pu vous renvoyer chez les vôtres...

— Mais vous-même, Madame, lança Charlotte non sans insolence, pourquoi êtes-vous rentrée ?

— Vous n'imaginez pas que j'allais passer ma vie dans ce pays ? On y meurt d'ennui surtout quand on a l'habitude de nos palais français. Si dans certains cas il est judicieux de se faire oublier, dans d'autres c'est tout le contraire qui se produit et grâce à Dieu j'ai des amis qui ont fait en sorte de me réclamer.

On ne pouvait douter desquels il s'agissait. Ou plutôt duquel : le chevalier de Lorraine avec qui elle formait un couple hors norme lié par leur commune passion de l'or et autres richesses. D'ailleurs, pour célébrer le retour de sa belle, ledit chevalier donna une fête dans son magnifique domaine de Frémont où furent tous ses amis, Monsieur en tête, et où il oublia d'inviter Madame. Ce dont l'intéressée ne montra aucune acrimonie : elle n'était jamais si heureuse que dans les moments, trop rares pour elle, où le beau Philippe était loin. Le cher Saint-Cloud devenait alors une sorte de Paradis avant le serpent...

Ce soir-là, la Chambre ardente avait clos sa séance plus tard que d'habitude et il était plus de neuf heures quand Nicolas de La Reynie regagna son bureau du Châtelet. Alban l'y attendait, sans impatience, en fumant une longue pipe en terre comme les affectionnaient les marins, les pieds sur les chenets de la cheminée et le dos calé au dossier raide d'une chaise gothique.

En voyant entrer son chef chargé d'une pile de documents, il se leva et posa sa pipe dans l'âtre pour aller le soulager de son fardeau. Le lieutenant général de Police l'en remercia d'un sourire fatigué et se laissa tomber dans son grand fauteuil de cuir :

— Trouve-moi quelque chose à boire ! soupira-t-il. J'ai la gorge aussi sèche que si j'avais avalé toute la poussière de Paris... De l'eau, tiens ! Cela suffira...

La Reynie, travaillant souvent une partie de la nuit, avait à sa disposition, dans une sorte de placard, une cruche d'eau fraîche renouvelée chaque jour et un ou deux flacons d'eau-de-vie. Il avala d'un trait le contenu du verre que lui tendait Alban mais les plis soucieux qui barraient son front ne s'effacèrent pas.

— C'est si grave que cela? s'inquiéta le jeune policier.

— Oui, parce que cette fois, nous en sommes au point que nous redoutions depuis si longtemps. La Voisin est morte sans parler mais aujourd'hui nous avons entendu sa fille et aussi l'immonde Guibourg, ce prêtre louche, boiteux, qui porte son infamie inscrite sur son visage. Et ces deux-là parlent, crois-moi, plus que ne feraient tous ceux que nous tenons à la Bastille ou à Vincennes. C'est effrayant!

— Et que disent-ils?

— Tu veux t'en faire une idée? Ecoute, alors!

Ayant ouvert l'un des dossiers, La Reynie y prit un papier qu'il se mit à lire à mi-voix :

« Mlle des Œillets est venue pendant deux années et plus chez ma mère; on ne la nommait pas par son nom, non plus que d'autres, ne voulant pas être connue. Et lorsque ma mère n'y était pas, on lui disait au retour que la demoiselle brune qui avait sa robe troussée devant et derrière à deux queues était venue la demander. Elle, fille Voisin, la connaissait particulièrement pour lui avoir parlé plusieurs fois et lui avoir porté des sachets de poudre à Saint-Germain. »

— Tant que cette femme ne parle que de Mlle des Œillets, ce n'est pas si dramatique. Certes, elle est la suivante préférée de Mme de Montespan, sa confidente, mais c'est une assez jolie fille et elle peut avoir eu commerce avec la Voisin pour ses propres affaires...

— Ne te fais pas l'avocat du diable! Il ne fait aucun doute, pour les juges, que son nom ne fait qu'en cacher un autre... Voici mieux d'ailleurs : « Toutes les fois qu'il arrivait quelque chose de nouveau à Mme de Montespan et qu'elle craignait quelque diminution aux bonnes grâces du Roi, elle en donnait avis à sa mère afin qu'elle apportât quelque remède. Et sa mère avait aussitôt recours à des prêtres par qui elle faisait dire des messes et donnait des poudres pour en faire prendre au Roi... »

— Cette fois vous avez raison, le nom est prononcé mais des poudres peuvent être prises pour une foule de choses, pour l'amour par exemple ?...

— Elles ne devaient pas être bien efficaces. Je sais qu'à cette époque, le Roi s'est plaint de maux de tête tenaces. Par malheur, la fille Voisin dit aussi qu'au plus fort de la passion avec Mlle de Fontanges, il a été question d'empoisonner le Roi !... Je sais : cela ne tient pas debout ! La mort du Roi signifierait l'accession au trône du Grand Dauphin et l'on peut chercher en vain quel intérêt y aurait eu la marquise. Il n'en demeure pas moins que le fait est écrit ici noir sur blanc... Enfin il y a les messes noires.

— Ah !

— Maintenant c'est Guibourg qui a pris le relais. Il dit avoir célébré plusieurs de ces messes sur la même dame. La première il y a huit ans dans la chapelle du château de Villebouzin près de Montlhéry... la seconde sur les remparts de Saint-Denis... la troisième chez la Voisin. C'était il y a cinq ans. Il déclare qu'il s'agissait toujours de la même personne et qu'on lui avait dit que cette femme était Mme de Montespan... Il y en aurait eu d'autres... Ce que nous savons tous les deux, n'est-ce pas ?

Delalande ne répondit pas. Les bras croisés sur sa

poitrine, il fit quelques pas vers l'étroite et haute fenêtre ogivale d'où tombait la lumière rougeoyante du soleil à son couchant :

— Auriez-vous l'intention de m'appeler en témoignage ?

— Tu perds la tête ? Et pourquoi donc pas aussi cette pauvre petite Fontenac sur laquelle un mauvais génie semble s'acharner. Je ne me féliciterai jamais assez d'avoir conseillé à Mme de Brecourt de la confier à Madame Palatine. La mort de la comtesse l'eût laissée sans protection et sans un sou !

— Plus encore que vous ne le pensez ! C'est vous, Monsieur, qui l'avez prévenue du retour du fils ?

— En effet. Cela me semblait naturel. Pourquoi ?

— Le jeune Jacquemin, mon « assistant » que j'ai chargé de la suivre dans Paris, m'a rapporté qu'elle s'était rendue aussitôt rue de la Culture-Sainte-Catherine à l'hôtel de Brecourt. Elle y est allée chaperonnée par Mlle de Theobon, ce qui n'a pas empêché le comte Charles de la chasser de chez lui, en l'accusant d'être responsable de la mort de sa mère.

— Comment cela ?

— Jacquemin s'est arrangé pour soutirer les confidences d'un des laquais assez porté sur le vin de Tonnerre. C'est ainsi qu'il l'a su... et moi aussi.

La Reynie s'empourpra et son poing s'abattit sur la table :

— C'est une honte ! Je n'aurais jamais cru ce garçon capable d'une telle dureté de cœur, lui que sa mère adorait. Il est certain que les assassins ont voulu priver Mlle de Fontenac de sa plus sûre protection et je vais de ce pas me rendre chez lui...

— N'en faites rien, s'il vous plaît, Monsieur ! Les funérailles achevées il reprendra sans doute la mer sans trop tarder et moi j'ai besoin, en ce moment, que les choses restent où elles en sont avec Mlle de Fontenac. Elle est à Saint-Cloud, elle y est bien et nous ne tenons pas encore les assassins. Même si je suis persuadé que le coup a été monté par Mme de Fontenac et son La Pivardière. Il me faut des preuves.

— Des preuves ? La tentative d'enlèvement de la jeune fille dans le parc de Fontainebleau ne t'a pas suffi ? Alors que tu l'as pris sur le fait ?

— Ce n'est pas moi qui l'ai « pris sur le fait », ragea Delalande, mais ce godelureau de Saint-Forgeat qui, en le piquant avec sa lardoire, l'a fait fuir. Mais le coup d'épée reçu ne devait pas être d'une gravité extrême car il courait comme un lapin. Je l'aurais cependant rejoint si l'on ne l'avait autant dire hissé dans une voiture noire, sans marque distinctive, postée à une grille du parc non loin des lanternes, ce qui m'a permis de reconnaître La Pivardière, mais l'attelage a filé sans demander son reste.

— Ne trouves-tu pas bizarre cette tentative d'enlèvement ? N'aurait-il pas été plus simple d'occire la jeune Charlotte ?

— Sans doute la mère tient-elle à son idée de couvent ? En outre, une mort supplémentaire dans la famille risquait d'attirer l'attention du Roi. Sa justice a la main lourde ces temps derniers... A moins, poursuivit Alban, que La Pivardière eût choisi d'œuvrer pour son propre compte ? Au fond, ce qu'il cherche, c'est s'adjuger la fortune des Fontenac et je le crois susceptible de s'être dit qu'il serait moins fatiguant...

et plus agréable d'épouser l'héritière – un assez joli tendron ! – qu'une mégère déjà sur le retour !

— Et que fait-on, dans ce cas, de la mégère sur le retour ? Un cadavre de plus ? on en revient au point de départ ! soupira La Reynie. Quoi qu'il en soit, il faut garder un œil sur les agissements de cette femme. Mme de Brecourt l'exécrait et s'en méfiait. Elle avait la certitude qu'elle avait empoisonné son mari mais sans preuves, hélas ! J'avoue, en souvenir d'elle, espérer qu'une de ces maudites sorcières que nous tenons sous clef prononcera un jour son nom !

— Il devrait y avoir moyen de le... suggérer ?

— J'en suis conscient. Malheureusement il n'en est rien jusqu'ici et j'ai trop à cœur d'exercer la justice et rien que la justice pour me livrer à ce genre de manœuvre !... A ce propos, ajouta le lieutenant de Police en revenant à ses dossiers, la fille Voisin accuse aussi Mme de Montespan d'avoir empoisonné Mlle de Fontanges, sa rivale, au moyen de gants et de mouchoirs suspects...

— La duchesse vit encore jusqu'à présent et, en juin dernier, elle a reparu à la Cour avec un éclat qui lui a ramené le Roi.

— Eclat qui s'est singulièrement terni au fil des jours. Les pertes de sang ont repris accompagnées d'autres malaises. Il a fallu qu'elle reparte se faire soigner par le prieur de Cabrières... Ce qui apporte de l'eau au moulin de la fille Voisin...

— Il y a quelque chose que je ne comprends pas. Le Roi semble avoir repris du goût pour Mme de Montespan. En la chargeant, la fille Voisin joue gros...

— Elle le sait mais elle se dit qu'elle n'a plus rien à perdre et elle veut venger sa mère. Selon elle, la belle Athénaïs aurait promis à la Voisin de la sauver du bûcher si elle se taisait. La sorcière y a cru jusqu'au dernier moment. Elle s'est débattue comme une forcenée en voyant qu'on la liait. Elle hurlait mais quand les flammes ont commencé à la cerner, elle s'est tue... Je pense qu'André Guillaume, le bourreau, l'a assommée à l'aide d'un rondin. Il faut dire qu'il avait été son amant...

— Un bourreau sentimental ? C'est nouveau ça ?

— Sentimental ou acheté. Ou les deux... Quoi qu'il en soit, vraies ou fausses, les accusations de la fille Voisin, que toute la Chambre ardente a entendues aussi clairement que moi, me mettent dans une situation difficile...

— Parce que la Montespan est encore la maîtresse du Roi ? La comtesse de Soissons, la belle Olympe Mancini nièce de Mazarin, l'a été elle aussi. Pourtant vous n'avez pas hésité à lancer un ordre d'arrestation...

— ... mais, discrètement prévenue, elle a pu s'enfuir !

— On peut recommencer la même stratégie ?

— Non. Celle-là n'avait pas d'enfants du Roi... et des enfants légitimés qui plus est ! Le scandale serait énorme... La seule conduite à tenir pour moi est d'aller en référer au Roi et au plus tôt. Les travaux de la Chambre sont momentanément suspendus... Je vais trier les pièces les plus importantes et, dès demain, je vais à Saint-Germain pour une audience privée...

— Si vous allez à Saint-Germain vous n'y verrez pas Sa Majesté. C'est à Versailles qu'il faut vous rendre !

— A Versailles ? Tu en es sûr ?

— Certain. On y donne une série de fêtes en l'honneur de Madame la Dauphine, je crois. Vous savez que le Roi y séjourne de temps en temps. Ne fût-ce que pour surveiller les nouveaux travaux qu'il ne cesse de commander.

— Comment le sais-tu ?

Delalande offrit à son chef son curieux sourire en coin :

— Parce qu'il m'arrive d'endosser parfois la livrée des garçons bleus ou n'importe quel uniforme. Cela permet d'en apprendre énormément...

— Ce qui veut dire que tu y seras ?

— D'autant plus que les gens de Saint-Cloud sont priés de prendre part aux festivités. Lorsque Sa Majesté reçoit, Elle entend que sa cour soit au complet et fasse en sorte d'y briller de mille feux. Même si elle est obligée de se loger comme elle le peut sous les combles ou dans des pièces à peine achevées... Et, malgré ces menus inconvénients, la bonne humeur et la mine ravie sont d'obligation !

Ni l'une ni l'autre ne furent au rendez-vous chez Madame en entendant son époux lui annoncer que l'on allait festoyer à Versailles. Elle détestait le grand palais dont elle pensait qu'il ne s'achèverait jamais parce que Louis XIV semblait prendre un malin plaisir à changer les plans selon son caprice, n'hésitant pas à faire démolir ce que l'on avait construit la veille pour échafauder autre chose de plus grand, de plus beau et de plus cher. Ainsi de la belle terrasse enjolivée d'orangers qui reliait l'appartement du Roi à celui de la Reine. Depuis deux ans elle avait cessé de plaire et l'on montait, devant la façade flambant neuve que l'on occultait, une immense galerie où un véritable mur de glaces ferait face à de hautes fenêtres[1]. Le plafond, confié au peintre Le Brun, devait glorifier l'histoire du règne. Le tout au désespoir du ministre Colbert, surintendant des Bâtiments royaux, qui ne cessait de payer les factures astronomiques du maître.

— Je déteste cette campagne plate et envahie de marais où on n'échappe aux moustiques que pour tomber dans des fondrières ! se plaignit-elle.

— Vous n'avez pas entièrement tort, plaida Monsieur. Admettez cependant que nos appartements y sont beaux et bien agencés...

— Il ne manquerait plus que l'on nous y loge dans des galetas. Nous sommes ses frère et sœur, que Diable ! En tout cas ne comptez pas me demander, ainsi que vous le fîtes la dernière fois, de vous céder une partie de mes chambres pour y mettre votre précieux chevalier de Lorraine !

— Que vous êtes donc dure et injuste ! gémit Monsieur. Un homme exquis, le meilleur de mes amis et vous devriez prendre en considération le fait que...

— Rien du tout ! Brisons là et qu'il n'en soit plus

1. Commencée en 1678, la galerie des Glaces ne sera achevée qu'en 1784.

question sinon je reviens coucher ici tous les soirs! Ce n'est pas si loin!

— En effet, mais mon royal frère n'apprécierait pas. Dieu sait pourquoi il préfère votre compagnie à la mienne! ajouta Monsieur avec aigreur.

— Peut-être parce que je l'entretiens d'autres sujets que de ses ajustements?

— Les chevaux, les chiens, la chasse, je sais, récita Monsieur. Et... à propos d'ajustements, comptez-vous emporter ce beau collier de diamants qu'il vous a offert à l'occasion de notre mariage? Il me semble...

— Qu'il irait à merveille avec la dernière création de votre tailleur? Prenez-le si cela peut vous faire plaisir... mais à la condition que le chevalier couche ailleurs que chez moi!

Ce marché ainsi conclu on se sépara pour vaquer aux préparatifs du départ. Charlotte, depuis sa visite à l'hôtel de Brecourt, arborant ce qu'elle possédait de plus sombre et un ruban de crêpe noir à l'épaule, demanda l'autorisation de rester à Saint-Cloud, alléguant que son deuil, pour discret qu'il soit, serait déplacé au milieu des falbalas et qu'elle ne souhaitait pas se faire remarquer... Lydie de Theobon lui rit au nez.

— Par qui, mon Dieu? Quand le Roi donne une fête à Versailles, il invite non seulement sa cour et celle de Monsieur, mais aussi le ban et l'arrière-ban de la noblesse des environs... Vous passerez dans le lot!

— Si le château se construit au milieu d'un désert, cela ne devrait pas faire grand monde!

— Détrompez-vous! Sachez d'abord qu'auprès du

palais on édifie une ville où les noms les plus illustres se font bâtir de magnifiques hôtels. Les plus proches sont ceux de Noailles, de Quitry et de Luynes, mais il y a aussi les princes de Condé, Conti, Bouillon, Longueville... et j'en oublie. Croyez-moi nous aurons de la chance si nous parvenons à obtenir une place convenable pour assister aux spectacles qui auront lieu surtout dans l'orangerie, les jardins, les grottes du parc ou le Grand Canal. S'il y a bal... eh bien vous resterez dans notre chambre, voilà tout !

Quand au sortir du bois de Fosse-Repose on aperçut Versailles, Charlotte trouva que Madame était difficile. Certes, Saint-Cloud était la plus charmante résidence qui soit, mais ce qui était en train de devenir le palais du Roi-Soleil promettait d'être une merveille. L'étirement de ses longs bâtiments roses côté ville, blancs côté jardins, même inachevés comme en ce moment où des chantiers s'activaient encore à plusieurs endroits, promettait une majesté sans pareille. Derrière, à la limite des jardins, un canal bleu filait vers l'horizon où il se perdait. Devant le château, la ville s'élevait en bordure de trois larges avenues tracées en éventail, une ville sans masures et sans misère, uniquement composée de nobles hôtels en pierre blanche tous pourvus de jardins. Il y avait aussi des bâtiments administratifs, des casernes, de grandes écuries et l'ensemble était du goût le plus sûr. Le beau soleil du mois d'août faisait briller les grilles dorées et les ardoises neuves des toits.

Cécile de Neuville, qui n'y venait pas pour la première fois, faisait à Charlotte les honneurs de ce rêve de pierre en gestation. L'une des filles du service des petites Mesdemoiselles étant souffrante, elle avait obtenu de Madame que Charlotte la remplaçât. Ce qui enchantait celle-ci : au moins elle serait à l'écart du flot tumultueux de la Cour et pourrait assister aux divers spectacles annoncés sans participer aux bals incompatibles avec le deuil qu'elle ne voulait pas quitter de sitôt... De même elle fut enchantée de l'habitation « provisoire » de Madame et de ses femmes au rez-de-chaussée du palais, sous l'appartement encore inachevé de la Reine. Monsieur et les siens logeaient sous l'appartement de Louis XIV. Cela donnait entière latitude à Charlotte de sortir dans des jardins qu'elle jugea d'emblée fascinants. L'art de celui que l'on appelait déjà le grand Le Nôtre s'y épanouissait en parterres fleuris, boulingrins, arbres taillés en plateaux, murs végétaux abritant des allées ressemblant à des passages secrets, miroirs d'eau d'où jaillissaient des fontaines, statues de marbre et ifs taillés en « topiaires », c'est-à-dire suivant des formes tout à fait inhabituelles, bosquets quasi impénétrables offrant des asiles mystérieux. Elle se promit de s'y promener le plus possible quand la Cour se presserait aux spectacles et divertissements ordonnés par le Roi.

Il y avait, en effet, beaucoup plus de monde que lors du mariage de la reine d'Espagne ou pendant le récent séjour à Fontainebleau et, de tous ces gens, c'était à qui brillerait le plus dans des atours de fête. Sur ce chapitre on pouvait difficilement battre Monsieur et ses gentilshommes. Le premier tout cousu de rubis, de diamants et de rubans moirés rouge et or ressemblait à une éruption volcanique. En outre, il était tellement content de lui qu'il rayonnait positivement. Même le Roi, qui, ce soir, donnait la main à Madame la Dauphine, ne le surpassait pas. Sachant les goûts de sa belle-fille pour les couleurs automnales, Louis XIV portait un habit de velours brun et de drap d'or sur lequel scintillait le seul ordre du Saint-Esprit.

Le programme du jour avait pour décor de fond la grotte de Thétis[1], une merveille baroque construite sur le modèle des nymphées d'Italie abritant un univers fantastique de cristaux, de coquillages, de rocailles et de superbes groupes de marbre qu'animaient des jets d'eau. On donnait l'*Alceste* de Quinault et Lully pour plaire à la jeune princesse qui adorait la musique. Ensuite il y aurait bal chez la Reine...

Après la représentation à laquelle elles prirent un vif plaisir, Cécile et Charlotte ramenèrent les petites princesses à leurs femmes de chambre et aidèrent à les coucher. Ce qui n'était pas une mince affaire avec la jeune Anne-Marie dont les onze ans estimaient qu'il n'y avait aucune raison de se coucher de si bonne heure quand tant de merveilles se déroulaient à portée du regard et ne cachait pas son envie d'aller danser. On dut lui faire servir une collation de cerises et de massepains avant qu'elle ne rendit les armes. Enfin elle s'endormit et ses victimes se trouvèrent libres.

1. La construction de l'aile nord lui a été fatale. Les marbres ont trouvé refuge aux bains d'Apollon.

— Pourquoi n'iriez-vous pas au bal ? proposa alors Charlotte à son amie. Vous n'avez pas les mêmes raisons que moi de vous en priver. En outre vous aimez danser et vous avez une robe neuve ravissante.

C'était vrai. Cécile arborait ce soir-là une robe de satin jaune et blanc qui convenait parfaitement à son minois de brune et sur laquelle était épinglée l'agrafe offerte par la reine Maria-Luisa. Charlotte aussi portait la sienne mais elle ne rendait pas le même effet, car sa robe à elle n'était pas une nouveauté. En simple soie blanche garnie de mousseline empesée et d'une mince guirlande brodée en fil d'argent autour des manches et du modeste décolleté, elle faisait partie de celles que sa tante de Brecourt lui avait données avant son départ pour l'Espagne. On la lui avait déjà vue plusieurs fois et il n'y avait pas d'apparence qu'elle pût être remplacée un jour prochain. La fille de feu Hubert de Fontenac était peut-être une riche héritière, mais cela ne l'empêchait pas de manquer cruellement d'argent. Il ne restait rien de la bourse remise par Claire de Brecourt et le poste qu'elle occupait à Madrid ne comportait aucune compensation pécuniaire. En outre Madame dédaignant pour elle-même la toilette ne se souciait guère de celles de ses suivantes et son intendant oubliait le plus souvent les – maigres ! – rétributions qu'étaient censées recevoir ses filles d'honneur. Celles-ci étaient généralement entretenues par leur famille. Y compris Cécile de Neuville dont le frère, s'il ne la voyait jamais, tenait à ce qu'elle fît bonne figure chez Madame en attendant un éventuel mariage lors duquel il ne manquerait pas de la doter. Charlotte n'avait rien de tout cela puisqu'elle n'avait plus personne pour veiller sur elle... Et la pointure de ses souliers ne lui permettait pas les emprunts.

Cécile, qui, jusque-là, n'y avait pas porté attention, comprit pourquoi elle se retranchait derrière un deuil, réel évidemment, mais qui cachait une gêne financière certaine. Elle se promit d'en parler à Madame, mais, en attendant, il n'était pas question pour elle d'abandonner ce soir son amie :

— Ma foi non! dit-elle enfin. Je n'ai pas envie de danser. Il fait trop chaud et rien n'est pire que la transpiration pour gâter une toilette. Allons dans les jardins profiter de la fraîcheur des fontaines dont les lumières font si bel effet...

Charlotte accepta volontiers et les deux jeunes filles gagnèrent d'abord la grande terrasse qui s'étendait sur l'arrière du château puis, de là, pénétrèrent dans un bosquet dont le centre était une fontaine d'où l'eau jaillissait d'une aiguière tenue par une nymphe rieuse.

Il y faisait délicieusement frais et elles s'y promenèrent en silence, les échos des violons qui leur parvenaient ajoutant une magie à cet endroit charmant. Cécile observait son amie. Elle pensait qu'en dépit de ses atours modestes elle était certainement l'une des plus jolies filles de la Cour. Une sorte de lumière émanait de ses cheveux d'un blond argenté si doux, de ses immenses yeux verts et même de cette simple robe virginale. Celle-ci fût-elle couverte de diamants qu'elle n'ajouterait rien à ce rayonnement. Il était étonnant que dans cette cour toujours en quête de visages nouveaux personne ne s'en fût encore aperçu... Tout à trac elle demanda :

— Ne me croyez pas indiscrète, Charlotte, mais... je voudrais savoir si vous aimez quelqu'un ?

— Moi ? Le devrais-je ?

— Cela me paraîtrait normal. Peut-être ne vous en souciez-vous pas mais vous êtes très belle et je ne suis certainement pas la seule à m'en apercevoir. Depuis notre retour d'Espagne je vous vois vous épanouir de jour en jour et je gagerais qu'ils doivent être nombreux ceux qui le remarquent.

Charlotte se mit à rire :

— Quelle imagination ! Soyez sûre que l'on ne se presse pas sous ma fenêtre pour me donner la sérénade.

— Nous ne sommes plus en Espagne. Ceux de ce pays-ci ont peut-être l'admiration moins mélodieuse. Alors, vraiment, pas d'amoureux ?

— Pas d'amoureux !

— C'est à n'y pas croire ! Tous ces hommes sont aveugles ! Et vous de votre côté n'en distinguez aucun ?

— Aucun...

La réponse s'était faite un peu attendre. Cécile en conclut que son amie avait un secret qu'elle ne tenait pas à partager. Même avec elle.

— Croyez-moi sur parole, voilà un état qui ne saurait durer !

— Qui peut savoir ? Mais votre cœur à vous, Cécile, aurait-il déjà parlé ? Je sais que plus d'un gentilhomme vous regarde sans déplaisir.

— Ce n'est que temps perdu. Aucun n'a l'heur de me convenir !

— Cela ne durera pas. Un jour ou l'autre votre cœur parlera.

— Croyez-vous ? En tout cas cela ne risque pas de lui arriver tant que je servirai au Palais-Royal. Dieu sait que les beaux gentilshommes n'y manquent pas. Le malheur est qu'ils ne se préoccupent des femmes que pour copier leurs toilettes et leurs travers !

— C'est vrai et je ne sais pas comment fait Madame pour s'entendre si bien avec Monsieur.

— C'est pourtant facile à comprendre. Madame a un côté résolument masculin et c'est en cela qu'elle plaît. Ce n'était certes pas le cas de Madame Henriette d'Angleterre. Non seulement elle était ravissante, mais elle avait beaucoup d'esprit. Ils vivaient comme chien et chat !

Tout en bavardant elles se disposaient à quitter le bosquet lorsque deux gentilshommes y entrèrent, en causant, par le chemin qu'allaient reprendre les jeunes filles. A cet instant, la lune sembla bondir par-dessus les arbres et enveloppa les promeneurs de son rayon argenté. L'un des deux hommes s'arrêta, frappé de stupeur :

— Louise !... murmura-t-il avec une sorte d'émerveillement. Louise... plus jeune... plus jolie que jamais ! Oh mon Dieu ! Comment est-ce possible ?...

— Sire... Je ne saurais...

Mlle de Neuville sentit alors un vent de panique souffler sur elle :

— Le Roi ! exhala-t-elle en sourdine. Elle saisit Charlotte par la main, esquissa une révérence que celle-ci imita tant bien que mal et l'entraîna sous le couvert des arbres où elles disparurent en courant. Elles allèrent ainsi un bon moment jusqu'à ce qu'enfin Cécile, victime d'un point de côté qui lui coupait la respiration, se laisse tomber sur le premier banc venu. Hors d'haleine elle aussi, Charlotte la rejoignit puis, quand elle eut retrouvé son souffle :

— Quelle mouche vous a piquée, Cécile ? Nous nous sommes sauvées devant le Roi comme s'il était le Diable en personne !

— J'ai l'impression que j'aurais préféré le Diable ! Vous avez entendu ? Il vous a appelée Louise.

— Et alors ?

— C'est le nom de Mme de La Vallière qui s'est retirée au Carmel. Ne vous a-t-on pas déjà dit que vous lui ressembliez ?

— Oui... quoique avec des réserves...

— Encore heureux mais, tout à l'heure, éclairée par la lune il a dû vous prendre pour son fantôme. C'est mieux qu'il en soit ainsi... C'est plus sûr...

— Mais pourquoi ?

— Si nous étions demeurées, nous aurions été obligées de répondre à des questions. Dites-moi : vous êtes certaine que votre mère est vraiment votre mère ?

Cette fois, Charlotte éclata de rire :

— A quoi pensez-vous ? Que je pourrais être une fille de cette La Vallière ? En ce cas, ma chère Cécile, j'aurais été élevée par cette Mme de Maintenon à l'instar des autres bâtards royaux et on serait peut-être en train de me marier à je ne sais quel prince.

— C'est juste. Oublions cela !... Mais laissons le Roi

penser avoir rencontré un spectre ! Votre robe blanche et la lumière argentée vous en donnent assez l'apparence et c'est très bien ! S'il vous savait en chair et en os il pourrait se prendre de goût pour vous...

— Ce qui veut dire ?

— Qu'un beau soir vous vous retrouveriez dans sa chambre puis dans son lit et, pour finir, devenue la cible préférée des deux harpies qui se le disputent... sans compter qu'au bout d'un moment il vous faudrait peut-être aller vous faire soigner par le prieur de Cabrières comme cette pauvre Fontanges que nous ne reverrons certainement plus !

— Que me conseillez-vous ? De quitter Versailles cette nuit pour rentrer à Saint-Cloud ? J'ai peur que Madame ne soit pas d'accord !

— En effet. J'ignore si vous l'avez entendu dire mais Fontanges n'est pas la première de ses filles d'honneur sur qui le Roi a jeté le mouchoir. Avant elle, il y a eu Mlle de Fiennes et Mlle du Ludre. On soupçonne d'ailleurs notre Palatine de les choisir suffisamment jolies pour séduire un ogre perpétuellement sur sa faim sauf quand il s'adonne à une passion.

— On la dit amoureuse de lui : cela n'a aucun sens.

— Détrompez-vous ! Madame n'a aucune illusion sur ses charmes, mais si le Roi s'entiche d'une personne de sa maison, il vient la voir plus fréquemment et, pour elle, c'est le principal !

— Que dois-je faire alors ?

— Rien ! Ou plutôt vous faire aussi petite que possible de façon à ce que l'on ne vous remarque pas.

Après tout les fêtes de Versailles ne vont pas durer six mois. Une quinzaine de jours encore et nous regagnons Saint-Cloud !

— Je ne demande pas mieux mais vous oubliez un détail.

— Lequel ?

— Le gentilhomme qui accompagnait le Roi ? Vous savez qui il est ?

— Le duc de La Rochefoucauld ? Il est Grand Veneur de France et c'est aussi le plus cher ami du Roi. D'un autre que Louis XIV, on aurait pu dire son favori. Il est de ceux qui ont fait la fortune de Fontanges...

— Il m'étonnerait qu'il croit aux fantômes !

— Lui ? Il ne croit à rien sinon à François de La Rochefoucauld et à son chemin à la Cour... Mais vous avez raison, il y a là un problème si notre veneur se mettait à flairer vos traces... Et je n'y vois qu'une solution : demain vous serez souffrante et le resterez jusqu'à notre retour chez nous !

Chapitre 8

Coup de tonnerre dans un ciel bleu...

Charlotte et Cécile avaient tort de se tourmenter. Cinq minutes après cette rencontre qui avait si bizarrement frappé le Roi, celui-ci l'avait oubliée : l'un des garçons bleus attachés à son service particulier l'avait rejoint pour lui annoncer que M. de La Reynie demandait à être entendu d'urgence et attendait Sa Majesté dans son antichambre. Pour qu'il eût osé faire chercher le souverain en plein milieu d'une fête, il fallait que ce qu'avait à dire le lieutenant général de Police fût grave. Aussi tandis que les deux jeunes filles rentraient au logis, l'une grimaçant de douleur comme à la suite d'une chute douloureuse – l'évidente bonne santé de Charlotte rendant peu crédible une quelconque maladie –, Louis XIV se hâtait de regagner son appartement. Auparavant il avait donné ordre d'introduire le visiteur dans son Grand Cabinet.

C'était la première fois que La Reynie y venait, ses précédents entretiens s'étaient toujours déroulés à Saint-Germain. Quand on ouvrit les portes devant lui, il ne put retenir une exclamation admirative. C'était en effet l'une des plus belles pièces du château dont elle occupait l'angle nord-ouest[1]. Donnant par ses six fenêtres sur les jardins illuminés, elle resplendissait de ses marbres polychromes, de ses bronzes dorés et des couleurs éclatantes de ses peintures de plafond représentant le maître des dieux prêt à lancer sa foudre... La Reynie ne put s'empêcher d'y voir un présage et les contemplait encore quand le pas rapide de Louis XIV fit résonner le bois précieux du parquet. Il se plia alors en deux pour le plus respectueux des saluts.

— Eh bien, Monsieur le lieutenant général, aviez-vous à ce point envie de visiter mon beau Versailles que l'on vous y voie à cette heure de la nuit? Vous auriez dû nous en aviser plus tôt! J'aurais donné des ordres.

Le ton, plus badin qu'agressif, restait aimable mais n'apporta qu'un soulagement passager au porteur de mauvaises nouvelles.

— Il est vrai, Sire, que je ne vois ici que merveilles dignes de la gloire d'un grand roi et je lui demande de me pardonner l'audace de le poursuivre dans ce palais de rêve et jusqu'au milieu d'une fête mais, sur un avis unanime, la Chambre ardente a interrompu ses travaux et se sent incapable de les poursuivre sans en avoir au préalable référé au Roi.

Immédiatement le royal sourcil se fronça :

— Interrompu?...Se sent incapable de poursuivre?

1. C'est aujourd'hui le salon de la Guerre. Avant et pendant la construction de la galerie des Glaces, on l'appelait salon de Jupiter et il servait de bureau au Roi.

Un bien étrange langage, Monsieur, dont vous allez, j'espère, me donner l'explication...

— Certes, Sire... et à mon grand regret mais les derniers interrogatoires de la Filastre, de la fille Voisin et du prêtre Guibourg ont révélé des faits d'une extrême gravité et touchant Votre Majesté d'assez près pour justifier les hésitations du tribunal à s'enfoncer plus avant dans l'abominable univers de dépravation et de crime qui s'est révélé à lui.

— Je croyais vous avoir autorisé à poursuivre vos investigations sans regarder au rang ? De bien grands noms ont été prononcés dont certains nous touchaient d'assez près et vous avez eu toute licence pour instrumenter. Alors ?

La Reynie ouvrit le maroquin qu'il portait sous le bras, en tira un dossier peu épais :

— Il y a des noms que je me refuse à prononcer, Sire, mais si Votre Majesté voulait bien jeter les yeux sur ces quelques feuillets...

Le regard du Roi croisa celui du magistrat qui en supporta le poids sans faiblir :

— C'est à ce point ?

— Oui, Sire... et je ne saurais dire combien je ressens douloureusement ce devoir qui m'a conduit ici ce soir...

— Je n'en doute pas un seul instant. Je ne vous ai jamais vu d'une telle pâleur ! Donnez-moi cela... et asseyez-vous !

— Sire... le respect !

— Je ne vois guère ce qu'il en restera si vous vous évanouissez devant moi ! Prenez ce tabouret et laissez-moi lire !

La Reynie s'exécuta avec soulagement. Jamais à sa souvenance il ne s'était senti aussi mal. Il connaissait suffisamment Louis XIV pour savoir combien il était imprévisible... Le coup qu'on lui portait allait être si rude qu'il pouvait aussi bien se traduire par un ordre d'incarcération à vie pour le responsable. Le Roi blêmissait en effet à mesure qu'il lisait, ses sourcils se fronçaient et son nez se pinçait. Des minutes coulèrent, de plus en plus lourdes, jusqu'à ce qu'enfin Louis ferme le dossier en laissant sa main appuyée dessus :

— Est-ce que l'intégralité du tribunal a connaissance de ceci ?

— Non, Sire. Quelques membres seulement ont instrumenté. Ceux dont le dévouement à la personne de Votre Majesté est prouvé. Mais c'est d'un commun accord que nous avons décidé d'interrompre les travaux de la Chambre.

— Ces aveux ont-ils été recueillis sous la torture ?

— Pas tous. Ce vieux démon de Guibourg semble prendre un malin plaisir à faire étalage de ses crimes...

— Quoi qu'il en soit d'autres que vous ont connaissance de ces aveux. J'entends par là les bourreaux.

— Ils sont assermentés, Sire, et savent ce qu'ils risqueraient en cas de violation. En outre, je leur ai fait boucher les oreilles avec de la cire d'abeille.

— Le greffier ?

— J'en ai fait office moi-même !

Le Roi garda le silence un moment puis :

— Vous me servez bien, Monsieur de La Reynie, et je vous en sais gré ! Laissez-moi ceci... dont vous êtes trop avisé pour n'avoir pas fait une copie j'imagine ?

— En effet, Sire.

— Il est déjà tard et je vais donner ordre que l'on vous loge. Nous nous reverrons demain, après la messe. Vous recevrez alors mes instructions.

— Aux ordres de Votre Majesté !

La Reynie salua et sortit à reculons comme l'exigeait le protocole. Hors du Grand Cabinet, il trouva Bontemps, premier valet de chambre du Roi, qui le prit en charge pour lui faire gagner sous les combles un logement exigu sentant la peinture fraîche sans lui faire traverser les appartements royaux[1].

Resté seul, Louis XIV médita longuement, la main toujours posée sur les feuillets comme si son poids pouvait retenir la marée de boue putride et sanglante qu'ils contenaient. Enfin il intima que l'on fasse venir le marquis de Louvois.

Des deux grands ministres qui illustrèrent le siècle de Louis XIV, lui et Colbert, il fut le seul à avoir accès à l'intimité du souverain, le seul à être le dépositaire des secrets d'Etat. Né dans le cénacle – il était le fils de ce premier Michel Le Tellier qui fut ministre et chancelier de France –, il était de deux ans l'aîné d'un roi qu'il servait depuis l'adolescence... Secrétaire d'Etat à la Guerre, il avait à quarante ans réformé entièrement les armées, construit des casernes – au lieu de loger les hommes chez l'habitant ! –, veillé à la santé des troupes, entamé avec Vauban la construc-

1. Les couloirs et escaliers dissimulés dans les murs de Versailles sont nombreux.

tion de places fortes d'un type nouveau, construit les Invalides afin qu'un sort décent fût offert aux vieux soldats. Enfin, et bien que Paris fût du ressort de son ennemi Colbert, c'était lui qui avait en charge la Chambre ardente et tout ce qu'elle recouvrait... Au physique, c'était un homme de taille moyenne, bâti en force, présentant une tendance à l'embonpoint et des appétits exigeants. Il aimait la chasse, les femmes, la bonne chère – tout comme le Roi ! – et les rudes plaisanteries dont il lui arrivait d'être le seul à rire. Hautain, brutal, il avait un caractère intraitable pouvant parfois aller jusqu'à la cruauté. C'était un ami de Mme de Montespan.

Lorsqu'il parut devant Louis XIV, celui-ci lui tendit sans un mot le redoutable dossier mais ne l'invita pas à s'asseoir, sachant qu'en habitué il le lirait rapidement. Ce qu'il fit en effet :

— Eh bien ? Qu'en dites-vous ?

— Que puis-je en dire, Sire ? Qu'il doit y avoir là-dedans autant de vrai que de faux. La peur de la torture, la torture elle-même peuvent inspirer des aveux plus ou moins crédibles. La soif de vengeance aussi et c'est à ce sentiment qu'obéit, je pense, la fille de la Voisin...

Le Roi leva la main pour l'interrompre mais Louvois continua :

— Encore faut-il, évidemment, que cette vengeance ait de quoi s'alimenter. Je croirais volontiers qu'à l'exemple de tant de femmes redoutant de perdre leurs amants, la... dame en question a pu chercher à se munir de philtres d'amour dont leurs fabricants promettent merveilles...

— Croyez-vous que l'on puisse seulement y songer quand on possède une beauté d'un tel éclat? N'ai-je pas donné assez de preuves de son emprise sur moi?

— Certes, Sire, mais les années passant, l'inquiétude peut venir avec les premières rides. Les beautés ne manquent pas à la Cour et, récemment, il en fut une si éblouissante...

— Je sais mais ce mal qui l'a éteinte en si peu de temps a-t-il pu être provoqué... par elle?

— Ce serait fort étonnant, Sire, venant de si haute dame! En ce qui la concerne, je porte à croire qu'ayant entendu vanter les talents divinatoires de la Voisin, elle a voulu soulever le voile de l'avenir. De là à se laisser persuader de l'infaillibilité de certains moyens visant les retours d'affection, il n'y a qu'un pas. Pour le reste il m'est difficile d'y attacher créance...

— Que feriez-vous à ma place?

— Je lui en parlerais calmement et en tête à tête bien sûr. Mais je n'en parlerais qu'à elle... seule!

L'allusion était transparente. C'était le maximum que l'on pouvait attendre du caractère sans nuances du ministre. Louis n'en rougit pas moins. Ses poings se crispèrent sur les bras de son fauteuil. Il ordonna :

— Allez la chercher mais sans que l'on sache que vous me l'amenez! Prenez-la à part puis ayez l'air de faire quelques pas en vous entretenant. Vous êtes amis. Personne ne sera surpris...

Louvois s'inclina et sortit. Resté seul, Louis se laissa aller contre le dos du fauteuil, ferma les yeux. L'écho d'un menuet de Lully berça un moment une songerie qui se teintait d'amertume. Il avait tant aimé cette femme ! Et il n'était pas sûr que sa passion fût éteinte même après l'intermède Fontanges... Un instant le souvenir de l'exquise beauté de cette fleur des montagnes l'envahit, lui restituant l'ardeur de leurs premières étreintes. Son jeune corps était un délice dont il n'arrivait pas à se rassasier. Et maintenant la fleur s'était fanée, trop fragile peut-être pour la violence de ses assauts... Rien à craindre de semblable avec Athénaïs ! Elle avait la plus belle santé du monde, une vitalité sans pareille et un goût de l'amour égal au sien ! Avec quelle malice elle savait se refuser jusqu'à l'exaspération du désir pour s'abandonner enfin, tigresse ronronnante et soumise. Et quelle opulente beauté, soyeuse et chaude !...

Soudain il entendit :

— Me voici aux ordres de Votre Majesté !

Il tressaillit, ouvrit les yeux. Elle était là, plongée dans une révérence parfaite qui étalait autour d'elle le satin blanc brodé d'or dont le large décolleté révélait des épaules et une gorge épaissies sans doute mais dont la peau n'avait rien perdu de son éclat. Elle était si belle encore ! Comment croire qu'elle ait pu faire appel à de si vils moyens ? Il retint un soupir, se redressa et sa main vint à nouveau se poser sur les documents.

— C'est vrai, Madame ! Nous avons à parler, vous et moi...

Quand, une heure plus tard, Mme de Montespan sortit de chez le Roi, elle avait la tête haute, et ses beaux yeux bleus étaient pleins d'éclairs qui étaient peut-être le reflet de larmes récentes. Agitant nonchalamment son éventail de plumes blanches, elle retourna au bal ainsi qu'elle en avait le devoir. N'était-elle pas surintendante de la Maison de la Reine ? Un poste envié par Mme de Maintenon à laquelle – une manière de consolation ? – le Roi avait octroyé celui de seconde dame d'atour chez la Dauphine. Un cadeau dont la jeune princesse se serait bien passée, car, dès le début, elle avait su qu'elle n'aimerait pas cette femme au sourire immuable que Madame, sa cousine, détestait si fort parce qu'elle la devinait dangereuse.

Il semblerait d'ailleurs que celle-ci fût seule à savoir le fin mot de ce qui s'était passé dans le cabinet du Roi. Un peu plus tard, elle écrivait à une amie : « Mme de Montespan a d'abord pleuré, ensuite fait des reproches, enfin a parlé avec hauteur. Elle s'est déchaînée contre moi selon sa coutume. Le Roi est resté ferme... mais Mme de Montespan est bien aimable dans les larmes... » ajoutait-elle non sans amertume...

Avait-elle réussi à écouter aux portes ou Louis XIV avait-il eu la faiblesse de se confier à elle en dépit du conseil de Louvois ? Toujours est-il que même si en apparence rien ne fut changé dans le mode de vie de Mme de Montespan, l'influence de l'ancienne gouvernante grandit de jour en jour. Quelqu'un traduisit parfaitement ce changement dans les habitudes royales en lançant :

« Ce n'est plus Mme de Maintenon, c'est Mme de Maintenant qu'il faut dire... »

Et le reflux des courtisans vers ce nouvel astre entama sa progression...

Vers le petit matin, tandis que le bal terminé Versailles s'endormait, livré aux domestiques chargés du nettoyage, et que se préparaient les divertissements du jour, Louvois et La Reynie, enfermés dans le cabinet du ministre, prenaient toutes dispositions pour exécuter les ordres du Roi... Rien de ce que contenait le dossier explosif du lieutenant de Police ne devait transpirer. On devait interrompre les interrogatoires des suspects que l'on savait acharnés à la perte de certaine dame. Seule la Filastre, déjà condamnée, serait exécutée dans l'immédiat dans certaines conditions. Préalablement brisée par la torture, il n'était guère à craindre qu'elle eût suffisamment de forces pour clamer ses accusations à la foule. Pourtant, le feu lui serait épargné comme il l'avait été pour la Voisin si elle se rétractait[1]. Les autres accusés, la fille Voisin, Guibourg, Lesage, etc. devaient être tenus au secret en attendant que l'on statue sur leur sort. Ce qui ne serait pas dans l'immédiat, la Chambre ardente recevant l'ordre d'arrêter l'instruction du procès jusqu'à nouvel ordre. En outre la Police devait cesser sa chasse aux sorcières. Pour une raison pratique d'ailleurs : on en comptait déjà près de cent cinquante et l'on ne savait plus trop où les mettre.

En fait Louis XIV avait refusé de croire le plus grave

1. Ce qu'elle fit d'ailleurs. A demi morte elle ne souhaitait plus que cesser de souffrir et confessa à La Reynie qu'elle avait menti sur toute la ligne, demandant même le pardon de celle qu'elle avait accusée.

des accusations : les tentatives d'empoisonnement contre sa personne – et cela en plein accord avec les deux hommes parce que cette assertion n'avait aucun sens ! –, ainsi que les messes noires. Il était hors de question que de telles insanités, accolées au nom de la mère de ses enfants, aillent devant les juges. Le scandale serait retentissant et le trône lui-même éclaboussé.

De retour au Châtelet après être passé chez lui se rafraîchir, se changer et prendre quelque nourriture, La Reynie trouva Alban qui l'attendait tiré à quatre épingles à son habitude.

— Ne me dis pas que tu n'as pas bougé depuis hier ?

— Non, je suis rentré mais le sommeil n'a pas voulu de moi. Quant à vous, vous n'avez pas dû dormir du tout si j'en juge à votre mine.

— Non. Je n'y arrive jamais en voiture. Alors, cette nuit...

— Vous avez vu le Roi ?

— Et M. de Louvois. Tous deux sont tombés d'accord sur le fait que certain nom ne devait être prononcé à aucun prix, en particulier associé à ce que tu sais.

— Ça je l'aurais parié. Que fait-on alors ?

— Plus grand-chose. On brûle la Filastre, préalablement étranglée par Guillaume, et point final !

— C'est-à-dire ?

— Que l'on n'appréhende plus personne, que l'on tient en geôle sévère les Mauvoisin, Guibourg et consorts et que les magistrats de la Chambre ardente vont pouvoir se reposer.

— Le tribunal est dissous?

— Seulement suspendu. Jusqu'à quand? C'est une autre histoire...

— J'ai bien entendu : nous avons l'ordre de ne plus arrêter qui que ce soit?

— Tes oreilles sont excellentes. L'ordre est formel!

— Par tous les diables de l'enfer!

Alban semblait furieux tout à coup. Après avoir frappé sa paume gauche de son poing droit, il s'était mis à arpenter les dalles usées qui résonnaient sous ses talons. La Reynie le regarda s'agiter un moment puis, se laissant aller contre le dossier de son fauteuil, il frotta ses yeux fatigués en soupirant :

— Si tu me disais pourquoi cela te contrarie à ce point? Tu avais quelqu'un en vue?

— Plutôt oui! Je comptais coffrer aujourd'hui même la baronne de Fontenac!

— La mère de...

— Exactement! Hier au soir, tandis que vous galopiez en direction de Versailles, une vieille dame m'est venue voir chez moi...

— Rue Beautreillis?

— Je n'ai pas d'autre chez moi. Mais il n'y a là rien d'étonnant : mon adresse n'est pas un secret et elle est venue ici auparavant où on la lui a donnée.

— Et qu'avait-elle de si urgent à te dire?

— Oh presque rien! Sinon que feu Mme de Brecourt avait tout à fait raison de soupçonner sa belle-sœur d'avoir empoisonné son époux.

— Par tous les saints du Paradis!...

Bien réveillé, La Reynie s'accouda sur son bureau,

ce qui mit son visage à peu de distance de celui du jeune homme :

— Elle t'en a donné la preuve?

— Bien sûr que non. Elle veut d'abord que l'on assure sa sécurité et même son existence quotidienne. La Fontenac l'a jetée à la rue sans autre bagage que ses hardes et sans un liard en poche.

— Alors qu'en as-tu fait?

— Elle est restée chez moi. Je n'avais pas le choix dans l'état d'épuisement où elle était. Venir de Saint-Germain à pied en mangeant seulement deux pommes grappillées sur le chemin c'est une rude épreuve. Surtout quand on n'a plus vingt ans.

— Tu veux dire... qu'elle a couché chez toi? Tu n'es pas un peu fou?

— Je ne vois pas où est le mal. Elle doit compter la soixantaine, elle est à peine plus grosse qu'une souris et elle ne tenait debout que par l'opération du Saint-Esprit. Je n'allais pas la rejeter dans les ténèbres extérieures alors que la place ne me manque pas puisque j'habite la maison que m'a léguée, comme vous le savez, mon oncle le Procureur et que j'y vis seul depuis la mort d'Eusèbe, son valet, qui était presque aussi vieux que lui.

La Reynie se leva et reprit son chapeau qu'il avait posé sur un coffre en arrivant :

— Je pense qu'il est temps pour toi de me faire visiter ton logis. Au fait, elle s'appelle comment ta protégée?

— Léonie des Courtils de Chavignol!

— Peste, si elle manque d'argent elle ne manque pas de noms! Et que faisait-elle chez les Fontenac?

— Oh, elle y gagnait son pain ! Le baron Hubert l'avait recueillie par charité un ou deux ans après son mariage. La dame de Fontenac n'étant pas femme à jeter l'argent par les fenêtres sauf pour ses plaisirs, Mlle Léonie y était chargée de la lingerie. Ensuite elle s'est occupée de Charlotte à sa sortie de nourrice jusqu'à la mort de son père où elle a été confiée aux Ursulines. L'enfant expédiée au couvent, elle a été employée à diverses tâches ménagères. Jusqu'à ce que, relevant de maladie, la charitable baronne estime qu'elle lui coûtait trop cher et s'en débarrasse sans plus de formes que s'il s'était agi d'une paire de chaussures éculées. Ce qui était une grosse sottise, mais elle ignorait que le déchet en question possédait le moyen de la perdre.

Harassé par sa nuit sans sommeil et son excursion à Versailles, La Reynie reprit sa voiture – cette fois en compagnie d'Alban – et quelques minutes plus tard on arrivait rue Beautreillis. Alban y habitait l'une des maisons construites sur les ruines du magnifique hôtel du financier Zamet[1] qui n'avaient plus grand-chose à voir avec le faste de ce dernier.

Le défunt procureur avait été un homme parcimonieux mais aimant ses aises. Il y avait là, entre cour et jardin, un petit bâtiment, pris sur un plus conséquent, comportant en rez-de-chaussée une salle qui s'achevait en cuisine, à l'étage deux chambres et, attenant à l'ensemble, une remise et une écurie surmontées

1. Il était l'ami d'Henri IV et c'est chez lui qu'à la veille de devenir reine Gabrielle d'Estrées passa une nuit qui lui fut fatale.

d'une mansarde. Ce qui constituait un état de maison appréciable pour un célibataire, mais Alban n'ayant pas les moyens de s'offrir un valet, c'était la femme du portier de l'hôtel de Monaco à quelques pas dans la rue des Lions-Saint-Paul qui se chargeait de l'entretien moyennant une honnête rétribution.

Vu l'heure matinale, et surtout la fatigue de la veille, Delalande pensait trouver sa protégée encore endormie mais elle était belle et bien en train de s'activer au ménage. Un torchon noué sur la tête et un tablier sur sa robe, elle balayait la salle toutes portes et fenêtres ouvertes.

— J'essaie de me rendre utile, expliqua-t-elle avec un sourire contrit, puisque je ne puis autrement prouver ma reconnaissance pour l'hospitalité reçue...

Il y avait une telle fierté dans ces mots que sa personne s'en trouvait magnifiée. Léonie de Chavignol eût été petite si elle n'avait tenu sa tête aussi droite. Elle avait une figure ronde mais finement ridée, et avec ses yeux noirs et vifs elle ressemblait à une pomme fripée, mais du torchon débordaient de beaux cheveux gris soigneusement coiffés.

— Il ne fallait pas vous donner ce mal, fit Alban. Voici M. de La Reynie que vous souhaitiez tellement rencontrer.

Mlle Léonie se débarrassa de son attirail de femme de ménage et esquissa une révérence :

— Je vous suis bien reconnaissante d'avoir pris la peine de venir m'entendre, Monsieur le lieutenant général. Ainsi qu'a dû vous le dire M. Delalande je veux vous donner les moyens d'envoyer Marie-Jeanne de Fontenac devant ses juges. Je sais de source sûre qu'elle a empoisonné son époux avec l'aide de son amant, il y a six ans.

La Reynie fronça le sourcil :

— Si vous avez des preuves, donnez-les-moi !

— Je ne les ai pas en ma possession. Voyez-vous j'ai été mise à la porte de façon si brusque que je n'ai pas eu la possibilité d'aller les chercher là où elles se trouvent. Il faudrait que vous vous rendiez à Saint-Germain...

— Je vous arrête tout net, Mademoiselle. Je n'ai pas le droit, sur une simple dénonciation, d'effectuer une quelconque perquisition.

— Mais... que faites-vous d'autre depuis une année ?

— J'aurais dû dire : je n'ai plus le droit. Je vais dans les heures qui viennent suspendre les travaux de la Chambre ardente et les arrestations. Mais il est évident que si j'avais à ma disposition des preuves avérées... et d'abord en quoi consistent les vôtres ?

— Un paquet contenant de la poudre et un billet d'un certain Vanens qui semblait au mieux avec Marie-Jeanne. Comment Hubert les détenait-il, je l'ignore. Il n'a pas eu le temps de me fournir des explications...

Au nom de Vanens, l'un des principaux inculpés, Alban avait tressailli et échangé un coup d'œil avec son chef. Celui-ci reprit :

— Comment avez-vous su qu'il les possédait ?

— Il était à l'agonie et je le veillais. Soudain il a tendu la main vers moi. Je l'ai prise et il a dit très bas, c'était presque un souffle : « Je meurs... poison... la preuve... Clio... dans mon cabinet... sur le côté. » Il a vomi du sang et j'ai appelé.

— Clio ? demanda La Reynie.

— Dans son cabinet de travail qui était aussi sa bibliothèque, il y a entre les planches de livres des boiseries peintes représentant les neuf muses. Après sa mort et profitant de l'effervescence de la maison, j'ai pu m'occuper de Clio et j'ai trouvé la cachette non sans mal. J'ai lu la lettre mais Marie-Jeanne est survenue et j'ai eu juste le temps de remettre la chose en place et de faire semblant d'essuyer les livres, mais on m'a signifié que je n'avais rien à faire là et il m'a été impossible d'y retourner.

— Ce que je ne comprends pas, s'étonna Alban, c'est que si M. de Fontenac savait qu'on l'empoisonnait, pourquoi n'a-t-il pas réagi ?

— Il était déjà malade. A la suite de cette découverte il est allé mieux pendant quelque temps. Marie-Jeanne devait manquer de munitions mais elle a dû s'en procurer d'autres et, ensuite, tout a été très vite...

— Et il n'a jamais rien dit à cette femme ? C'est incroyable, remarqua La Reynie. Vous avez une explication ?

— Non. Il est parfois difficile de délabyrinther un cœur humain. Hubert n'était pas toujours facile à comprendre et puis je crois qu'il l'aimait encore trop. Ou alors s'est-il senti trop las pour l'accuser ouvertement. Quant à moi, je n'ai plus eu la possibilité de pénétrer dans ce qui était sa pièce préférée et qu'elle s'est annexée. C'est la raison pour laquelle je voulais vous prier de venir avec moi à Saint-Germain pour une visite domiciliaire. Peu m'importe qu'elle sache que je l'ai dénoncée...

— Par malheur je n'en ai plus la latitude. Mais dites-moi pourquoi vous avez attendu qu'on vous mette à la rue pour en faire état.

— A cause de Charlotte que l'on m'avait confiée avant de la reléguer au couvent. Sa mère condamnée et conduite à l'échafaud, sa vie s'écroulait. Vous connaissez ce qu'il advient des familles des condamnés.

— Sachant le destin que cette femme lui réservait, je ne vois pas beaucoup la différence. D'ailleurs pourquoi n'avoir pas mis Mme de Brecourt dans la confidence ? Durant des années elle a soupçonné sa belle-sœur et j'étais de ses amis...

— Cela je l'ignorais. Si je me suis résolue à venir jusqu'à vous c'est parce que tout le monde à présent sait qui pourchasse sorcières et empoisonneurs. Et puis Charlotte a disparu...

— Ne comptez pas sur nous pour vous renseigner ! coupa sévèrement Alban. Qui nous dit, finalement, que depuis hier vous ne jouez pas une comédie destinée uniquement à retrouver sa trace ?

La vieille demoiselle devint blême tandis que des larmes montaient à ses yeux, mais sa tête demeura droite et son regard direct :

— Vous imaginez-vous, par hasard, que sa mère ignore qu'elle est fille d'honneur de la redoutable Madame Palatine ? Cet abominable La Pivardière l'a reconnue à Fontainebleau quand Mademoiselle est devenue reine d'Espagne. Il l'a vue partir dans la suite de Sa Majesté. Et je suis au courant de son retour et aussi qu'elle a repris son service au Palais-Royal...

— Et que votre La Pivardière a tenté de l'enlever le mois dernier à Fontainebleau, vous le savez aussi ? explosa Alban. Mais, bon sang, qu'attendiez-vous pour faire usage des armes que vous détenez ? Qu'il la tue ?

— Dieu m'en garde ! J'ai pour cette enfant plus d'affection que vous ne le pensez. Ce qu'elle ignore d'ailleurs. Seulement je suis tombée assez sérieusement malade pour indisposer Mme de Fontenac pour qui je n'étais plus qu'un poids mort. En outre j'ai appris l'assassinat de Mme de Brecourt... vous savez la suite... Cela posé il me reste à vous remercier, vous Monsieur le lieutenant-général de m'avoir écoutée même si cela ne sert à rien, et vous, Monsieur Delalande, de m'avoir abritée cette nuit...

Ayant dit, elle remit la coiffe de toile empesée qu'elle avait ôtée pour la préserver de la poussière, endossa la cape noire qui lui servait de manteau et reprit le sac posé dans un coin avant de se diriger vers la porte.

— Où allez-vous ? demanda La Reynie.

— Là où j'aurais dû aller hier. A l'église Saint-Paul qui est proche d'ici. On saura bien m'y indiquer un couvent où l'on accueille les demoiselles nobles mais sans le sou...

Un soudain éclat de rire d'Alban fusa, lui coupant la parole. Elle se retourna indignée :

— La reconnaissance que je vous garde ne vous autorise pas à vous moquer de moi, jeune homme !

— Veuillez me pardonner ! Je n'y ai pas songé une

minute mais depuis hier soir nous avons fait un peu connaissance et je ne vous vois pas plus chez les moniales que Ch... Mlle de Fontenac. Que je sois pendu si vous y avez la moindre vocation !

— Il n'y a pas que la vocation qui y pousse les femmes. Il existe beaucoup d'autres raisons...

— Dont l'arbitraire pour votre jeune cousine et le besoin pour vous-même ?...

La Reynie, dont les épais sourcils étaient remontés presque à toucher sa perruque brune, entra dans le débat :

— Avec votre permission et sachant l'issue de l'entretien, je vous laisse entre vous. Il faut que j'aille à l'Arsenal mettre la Chambre ardente au repos et toi, Alban, tu me retrouveras au Châtelet vers cinq heures. Mademoiselle, jusqu'à vous revoir ! Nous aurons encore à parler tous les deux... Ah, j'allais oublier ! Accompagne-moi à ma voiture !

Il prit le bras d'Alban et, quand on fut dans la cour :

— Si tu avais besoin d'argent n'hésite pas à m'en demander. Elle peut être très précieuse cette Léonie. Si tu la faisais passer pour une cousine de province ? Ce qu'elle était chez Fontenac.

Delalande se mit à rire :

— Ne vous tourmentez pas. J'ai bien l'intention de la garder. Quant à l'argent, soyez en repos, l'oncle Sosthène – Dieu ait son âme – était beaucoup plus riche qu'on ne le croyait dans la famille !

Tout étant ainsi réglé, Alban rejoignit celle qui devenait sa pensionnaire pour lui faire part des dernières dispositions. A sa surprise, Mlle Léonie montra plus d'émotion qu'il n'en attendait d'un caractère visiblement bien trempé.

— Vous êtes très généreux mais je ne peux pas accepter, fit-elle en reniflant une larme.

— Et pourquoi s'il vous plaît ?

— Parce que je ne veux pas vous être à charge. Hier, quand je suis arrivée, je ne savais pas où aller et je redoutais les auberges mais j'ai un petit pécule que je dois à la générosité discrète – sa femme n'en a rien su ! – de mon cousin Fontenac. Cela me permettra d'entrer dans un couvent convenable.

— Encore le couvent ? C'est une manie ?... Alors si vous êtes si largement pourvue pourquoi avez-vous fait à pied le trajet depuis Saint-Germain ?

— J'ai dit que j'avais quelque argent, je n'ai pas dit que je roulais sur l'or. Il me reste, je l'espère, quelques années à vivre, je dois me montrer extrêmement économe.

— Eh bien, justement, vous réglerez l'économie de cette maison. Je n'y passe guère de temps étant souvent par les chemins. Mon ménage est fait environ trois fois la semaine par une brave femme du voisinage que je vous présenterai tout à l'heure... si toutefois vous acceptez de me faire l'honneur de passer pour une cousine venue de... de...

— ... de Tréguier ! C'est là d'où je viens... et vous me semblez un cousin des plus honorables, ajouta-t-elle en faisant une petite révérence accompagnée d'un sourire qui lui coupa la figure en deux.

— Je vois que nous nous entendrons. En général je prends mes repas dans une auberge ou une autre selon mes déplacements... et je me déplace beaucoup !... Quelque chose qui ne va pas ?

En effet, elle le fixait depuis un instant d'un œil sévère.

— Si, si ! Je pensais seulement qu'au cas où vous vous déplaceriez moins, je possède de menus talents de cuisinière. Cuisine bretonne évidemment, mais en cette matière je n'ai pas d'exclusives...

— Seriez-vous en train de m'offrir une sorte de foyer, ma cousine ?

— C'est exactement cela, mon cousin. Du moins quand il vous plaira d'y faire halte car je ne veux pas vous envahir !

La glace définitivement rompue, ils se regardèrent en riant, scellant ainsi un accord spontané comme on en rencontre rarement. Une demi-heure plus tard, Justine Pivert, la concierge du prince de Monaco, était présentée à Mlle des Courtils de Chavignol à laquelle, impressionnée par le nom, elle offrit le plus beau salut que permettait un tour de taille imposant. Alban les laissa ensemble et elles inaugurèrent leur collaboration en s'en allant de concert au marché Saint-Paul, l'un des lieux favoris de Justine où elle pouvait donner libre cours à un talent oratoire certain servi par une voix de tambour-major. Aussi nul n'ignora plus, en quelques minutes, sa satisfaction de voir une personne aussi distinguée que Mlle Léonie mettre ordre et donner une apparence de respectabilité à l'univers chaotique d'un jeune homme aussi bien de sa personne que M. Alban.

— Les auberges, toujours les auberges, sans

compter les tavernes et les gargotes, ce n'est pas une vie pour quelqu'un comme lui !

— Il ne faut pas médire des auberges. Certaines jouissent d'une excellente réputation.

— Voui ! consentit Justine après avoir médité un instant sur le sujet. Mais il n'empêche que rien ne vaut la vie régulière et la chaleur d'un foyer familial...

— Bah, il est encore un peu jeune, mais il ne manquera pas de se marier et alors sa vie deviendra régulière.

— Se marier ? Lui ? Si vous voulez mon avis, c'est pas demain la veille !

— Pourquoi ? C'est un beau garçon !

— Oh pour ça, oui ! Et il y en a plus d'une qui demanderait pas mieux mais on ne lui connaît pas de bonne amie...

— Il ne doit pas être homme à étaler ses conquêtes, conclut distraitement Mlle Léonie qui cherchait à se rappeler un détail de sa conversation avec le jeune policier et son chef. Un détail qui ne revenait pas.

En fait, Alban Delalande avait une amie, la comédienne Françoise d'Hennebault, fille du célèbre Montfleury. C'était à la fois une relation physique et intellectuelle. Belle, aimable et cultivée, la jeune femme représentait la maîtresse idéale et leur relation était dénuée de toute jalousie, une sensuelle amitié remplaçant avantageusement les orages de la passion et donnant pleine satisfaction à l'un comme à l'autre. Ils appréciaient de pouvoir rire, bavarder, échanger des confidences après les jeux de l'amour en buvant un verre de vin frais...

Mais cela, Mlle Léonie ne devait le découvrir que

par la suite, bien après s'être souvenue du détail qui la tracassait tant : dans le feu de la conversation, son nouveau cousin avait failli dire « Charlotte » en parlant de la jeune Fontenac. Depuis elle se demandait s'il y avait là une signification.

En attendant elle fit apprécier à son logeur le charme paisible d'une vie quasi familiale qu'il n'avait, en fait, jamais connue. Sa mère était morte en lui donnant le jour et son père s'était remarié avec une mégère jolie et rouée, qui lui avait fait connaître l'enfer jusqu'à son entrée au collège, où il avait « fait ses Humanités » et surtout jusqu'à ce que La Reynie s'occupe de lui. Peu à peu, au lieu d'aller, le soir venu, manger un morceau dans une auberge quelconque, Alban prit doucement l'habitude de rentrer chez lui où l'attendaient le couvert mis sur du linge blanc, les fumets d'une cuisine le plus souvent simple mais toujours savoureuse, et la satisfaction de porter des vêtements impeccablement entretenus. En outre, converser avec la cousine Léonie était un réel plaisir. Elle ne voyait en effet aucun inconvénient à s'attarder au coin de la cheminée, en buvant un verre de vin et en commentant les nouvelles du jour. Bien sûr, on parla aussi de Charlotte et de ses parents... d'Hubert de Fontenac à qui Léonie vouait une affection qui eût peut-être mérité un autre nom.

De la prime jeunesse du baron elle savait peu de chose. Fils unique du gouverneur de Saint-Germain, il s'était senti attiré, dès qu'il sut lire, par l'étude de la géographie et des pays lointains. L'Asie, en particulier, l'attirait et, un jour, Hubert se lia d'amitié avec un certain Tavernier qui ne cessait de sillonner les terres lointaines à la recherche d'objets rares et surtout de pierres précieuses. C'était un homme du Nord, lourd et silencieux, mais dont la parole brève devenait singulièrement prolixe et chargée d'une étrange poésie quand il évoquait ces mers et ces cités étranges et colorées d'où il rapportait des merveilles. Aussi et au lieu de s'engager dans la Compagnie des Indes, selon son intention première, Hubert de Fontenac choisit-il de l'accompagner dans deux de ses voyages vers des pays dont la simple évocation faisait rêver : Mascate, Trincomali, Golconde...

— Le nom de Jean-Baptiste Tavernier ne m'est pas inconnu, remarqua le policier. Il est devenu, me semble-t-il, le lapidaire du Roi à qui il revend la quasi-totalité de ses trouvailles ?...

— Ce n'était pas le cas d'Hubert. Voyageant pour son plaisir, on n'a jamais su très bien ce qu'il rapportait. Si tant est qu'il rapportât quoi que ce soit. Et puis la mort de son père dont il avait la survivance en tant que gouverneur de Saint-Germain a mis fin aux grandes aventures. Le malheur a voulu qu'il rencontre la demoiselle Chamoiseau, s'en éprenne et l'épouse. Ce qui a surpris tout le monde. Moi la première – à cette époque je venais souvent à Saint-Germain –, car je savais qu'il avait vécu en Orient une tragique histoire d'amour mais il avait dû parer Marie-Jeanne de certaines vertus consolatrices dont elle était totalement dépourvue. Lorsqu'il m'a accueillie chez lui après le décès de ma mère, j'ai pu constater que le ménage allait à vau-l'eau... et était en passe de devenir invivable.

Otant sa pipe éteinte de sa bouche pour en secouer les cendres dans l'âtre, Alban objecta :

— Ce que je ne comprends pas c'est que...

— Et quoi donc ?

— Que vous étiez au même titre cousine de Mme de Brecourt puisqu'elle était la sœur de M. de Fontenac et je sais que sa bonté égalait sa générosité. Comment se fait-il que vous n'ayiez pas demandé asile à elle plutôt qu'à lui ? Vous auriez eu la vie plus agréable.

— En réalité je n'ai strictement rien demandé. C'est Hubert qui, apprenant la disparition de ma mère, m'a écrit pour m'offrir l'hospitalité. Il avait pu juger du genre de génitrice qu'était sa femme et il voulait quelqu'un pour s'occuper de Charlotte dont elle se souciait comme d'une guigne.

— Votre présence n'a pas dû l'enchanter ?

— Elle y a trouvé son avantage. Je lui évitais d'engager une gouvernante, sans compter les divers travaux dont elle m'a chargée. En outre ma figure n'étant pas de celles à porter ombrage à qui que ce soit – sans compter mon âge ! – elle m'a gardée tant qu'elle a estimé que je lui étais utile. Et puis je suis tombée malade... et vous savez la suite.

Ayant achevé de bourrer sa pipe, Alban l'alluma à un tison, tira une ou deux bouffées et se carrant dans son fauteuil :

— Cette maladie n'était-elle pas suspecte ?

— Non. J'ai les bronches fragiles et je m'étais fait tremper par la pluie. Elle n'y était pour rien.

— Mais elle aurait pu... vous empêcher de guérir. C'était si facile !

— Pas à ce point. Elle n'ignorait pas que Mme de Brecourt la soupçonnait d'avoir enherbé son époux. Ma mort eût donné à la comtesse une arme supplémentaire. C'était d'autant plus dangereux que nous étions en pleine Affaire des poisons. Elle a préféré me laisser guérir ou à peu près puis me jeter tranquillement à la rue après m'avoir cherché une querelle destinée uniquement à lui offrir la possibilité de se mettre en colère, de se déclarer offensée et de se débarrasser de moi.

— Et personne n'a pris fait et cause pour vous ?

— Qui vouliez-vous ? Les domestiques ? Elle a renvoyé les plus anciens, ceux qui étaient attachés à Hubert. Leurs remplaçants ont tous été choisis par La Pivardière et, en vérité, je ne sais trop où il se fournit. Dans quelque bas-fond échappé à la vigilance de M. de La Reynie quand il a nettoyé les cours des Miracles sans doute ! Ils ont tous des têtes de forbans et je crains fort qu'ils n'en aient pas que la tête.

A la suite de cette conversation, Alban décida de disparaître pendant quelques jours avec la permission de son chef. Laissant les « balayures de l'Affaire des poisons » à son célèbre collègue Desgrez, son aîné qu'il n'hésitait pas à proclamer le « meilleur limier de France » après qu'il eut réussi à arrêter la trop fameuse Brinvilliers – depuis la mise en sommeil de la Chambre ardente il n'y avait plus que des broutilles à glaner sur le pavé parisien –, il céda à l'envie d'aller observer l'hôtel de Fontenac et ses habitants en se faisant passer pour le fils d'un gentilhomme picard dont le père aurait bien connu feu M. de Fontenac lors d'un de ses voyages aux Indes.

Celui-ci, envoyant son héritier faire un tour d'Europe pour se meubler l'esprit, lui aurait conseillé d'aller saluer cet ami d'autrefois et lui porter une lettre accompagnée de son chaleureux souvenir. Une aventure rendue possible par les confidences de Léonie à qui Fontenac s'était confié, surtout vers la fin de sa vie, tandis que sa femme courait les salons ou allait allègrement rejoindre un amant.

C'est ainsi qu'un soir du début d'octobre, un voyageur d'apparence prospère, monté sur un beau cheval et suivi d'un valet presque aussi bien accommodé, descendit pour prendre logis à l'auberge du Bon Roy Henri située juste en face du Château Vieux. Il s'annonça le vicomte Gérard de Vauxbrun venant d'Abbeville et demanda le meilleur appartement pour lui et son valet Jacquemin. Lequel n'était autre que son jeune assistant qui n'avait pas jugé utile de changer un nom tirant aussi peu à conséquence. Une vaste perruque, une moustache et une « royale[1] » changeaient complètement sa physionomie. L'hôtelier rôtisseur François Grelier reçut avec révérence ce jeune seigneur de si noble apparence. L'installa selon ses souhaits et même, quand il eut fini son souper, vint demander si un digestif lui ferait plaisir. Il était si visiblement désireux d'engager la conversation qu'Alban l'invita à s'asseoir. Ce que Grelier accepta sans se faire prier après être allé chercher un flacon d'une eau-de-vie de prune qu'il voulait lui faire goûter. Il ne risquait pas de créer de jalousie, le faux vicomte étant ce soir-là son seul client.

1. Petite touffe de poils sous la lèvre inférieure.

Ce qui fournit à Alban une entrée en matière bienvenue. Il s'étonna du peu d'affluence d'une maison dont la réputation était venue jusqu'à lui et cela par un soir de préautomne qui devait inciter à la chasse dans la forêt voisine.

— C'est que la forêt est domaine royal, Monsieur, et qu'on n'y chasse pas quand Sa Majesté n'y est pas. Or Sa Majesté n'est pas au château. Elle devrait être déjà rentrée mais, cette année, on dirait qu'elle s'attarde dans ce Versailles qui va nous ruiner...

— Mais le Roi n'y est pas encore fixé, ni sa cour à ce que l'on m'a dit ?...

— Pas encore mais cela va venir. Il y serait sans les travaux qu'il commande sans cesse. Voici quatre ans qu'il a décidé d'y habiter...

— Et il passe toujours ses hivers ici ? Sans doute ne va-t-il plus tarder. De toute façon, nombre de grandes familles ont leur demeure à Saint-Germain et constituent un fonds de clientèle...

— Qui diminue à vue d'œil. On ne construit pas que le château à Versailles mais aussi des hôtels pour la noblesse, les ministres, l'administration et que sais-je encore ! Le pire est que je ne comprends pas pourquoi il tient à s'installer là-bas. Le site est tellement moins beau que le nôtre. Je suis allé voir : c'est plat, marécageux, triste à pleurer même si les bâtiments sont remarquables, je veux bien l'admettre.

— Allons, ne désespérez pas ! Je suis certain que Saint-Germain ne sera pas abandonné. C'est peut-être moins somptueux que Versailles mais c'est plus charmant. Le Roi est né ici. Il ne l'oubliera pas...

— Je souhaite que vous ayiez raison, Monsieur,

mais je n'y crois guère. Il paraît que, depuis l'an passé, il se fait construire à Marly un petit château d'intimité afin de s'y reposer des fastes de son palais alors que celui-ci n'est même pas achevé. Avouez que c'est désolant ! conclut-il en vidant son verre pour le remplir derechef.

C'était surtout inexplicable, mais Alban, qui n'ignorait rien de ce nouveau détail, avait renoncé à comprendre les motivations d'un souverain qui semblait se donner à tâche de s'éloigner de son peuple le plus possible. Ce qu'il n'approuvait pas et d'ailleurs cela n'avait aucune importance, l'opinion d'un obscur fonctionnaire de police ne présentant guère d'intérêt pour Louis XIV. Mais ce qui était plus grave, c'était le fossé qui ne manquerait pas de se creuser dès que le pouvoir serait définitivement implanté à Versailles. Lui-même, s'il reconnaissait la grandeur du souverain, n'aimait pas l'homme, qu'il jugeait égoïste, partial, cruel et ayant légèrement trop tendance à ne se soucier que de son « bon plaisir ». Certes, la paix de Nimègue, deux ans auparavant, avait fait de lui l'arbitre de l'Europe, mais son ambition ne s'en tiendrait pas là. En outre Versailles serait peut-être une merveille mais plus de trente mille hommes dont un bon tiers de soldats inoccupés y travaillait dans des conditions souvent difficiles. On disait que le palais était le cauchemar du ministre Colbert épouvanté de voir engloutir dans toutes ces constructions un argent qu'il eût volontiers employé autrement. Et maintenant cette mise en sommeil – en espérant que ce ne soit pas la fermeture définitive – du tribunal chargé d'assainir les plus détestables penchants d'une partie de la haute société... Le policier imaginait sans peine les bruits qui ne manqueraient pas de courir les rues de Paris.

Cependant il n'était pas là pour épiloguer sur le comportement royal. Laissant son aubergiste la larme à l'œil se resservir de prune, il en vint à ce qui l'amenait :

— Vous me dites que les hôtels de la noblesse sont de plus en plus désertés ici. J'ose espérer qu'il n'en est rien de celui du gouverneur. Vous savez certainement où habite M. de Fontenac ?

— C'est lui que vous venez voir ?

— Oui. C'est un ancien ami de mon père et...

— Je suis désolé, Monsieur, d'avoir à vous apprendre que l'hôtel du gouverneur n'est plus celui de M. de Fontenac parce que ce noble gentilhomme est décédé depuis... oh, depuis plus de cinq ans. Son remplaçant habite...

— C'est sans intérêt pour moi dès l'instant où le poste n'est plus occupé par M. de Fontenac... mais je suppose que sa famille est toujours là ?

— Sa veuve, oui ! Enfin, sa veuve... mais je n'ai pas le droit de porter un jugement sur une dame de la noblesse, moi qui ne suis qu'un modeste aubergiste...

— Tout homme a le droit de penser ce qu'il veut ! Vous n'avez pas l'air d'aimer beaucoup la baronne ?

— A vous dire le vrai, je la connais peu, n'ayant pas sa pratique, mais je ne connais que trop son futur époux. Celui-là est certainement le personnage le plus désagréable qui soit. Au point de se demander s'il est vraiment gentilhomme !

— Il loge chez vous?

— Que non! Il loge chez sa maîtresse, ce que nul n'ignore, mais il vient dans mon hôtellerie pour boire, oublie de payer et se conduit ensuite comme un possédé du Diable. Celle que je plains c'est la gamine. Dès la mort du père on l'a expédiée au couvent dont elle risque fort de ne jamais sortir...

— Pourquoi?

— Dame! pour que la fortune revienne à sa mère! On paye la dot au couvent et on garde le reste! Or le reste, paraîtrait qu'il en vaut la peine.

— Ah oui?

Etait-ce l'effet de la vieille prune mais le brave homme devenait affectueux. Une main au col de la bouteille il posait l'autre sur la manche de ce client qu'il semblait apprécier particulièrement.

— Oui, affirma-t-il avec force. J'ai recueilli le vieux valet du baron qui le connaissait depuis l'enfance et qui l'avait servi dans les Indes lointaines quand son maître était jeunot et voulait courir les aventures. Il est mort ici, autant dire dans mes bras...

— Qu'est-ce qu'il faisait là?

Maître Grelier eut un léger hoquet :

— Hic!... Je viens de vous le dire : il... hic... il trépassait!

— Mais pourquoi chez vous?

Le brave homme resservit son client et s'adjugea une nouvelle rasade :

— La... la baronne l'avait chassé... trop vieux!... Servait plus à rien! C'est ma... ma défunte épouse qui... hic!... qui l'a trouvé assis avec son baluchon sur un... montoir à chevaux. L'était charitable ma

Simone!... L'a ramené chez nous... et il y est mort! Vous comprenez?

Le faux vicomte pensa que, décidément, on mourait beaucoup dans le quartier et que la Fontenac ne connaissait qu'une façon d'éliminer ses vieux serviteurs, mais il garda sa réflexion pour lui. Son hôtelier avait l'ivresse intéressante mais il risquait de devenir incompréhensible s'il continuait à boire. Aussi, sous le prétexte de se resservir, il confisqua la bouteille.

— Et il vous a parlé de la fortune du baron?

— Oh oui!... Mais pas de celle qu'on connaissait... d'une autre! Où est la bouteille?

— Elle est vide, fit Alban sans la lâcher. Mais n'allez pas en exhumer une seconde! On a assez bu tous les deux... Vous parliez d'une fortune cachée? Je ne vois pas...

— Des... pierres précieuses qu'il... aurait rapportées... de... là-bas... et qu'il voulait garder pour... lui tout seul! Personne n'a jamais su où... où... il les gardait!

Le reste du discours se perdit dans un bredouillement ensommeillé et parfaitement indistinct, jusqu'à ce que maître Grelier s'étale sur la table en émettant un ronflement annonçant qu'il n'ouvrirait plus les yeux. Alban réfléchit un moment, bercé par cette musique nasale qui était le seul bruit que l'on entendît à cette heure tardive avec celui de la vaisselle qu'une servante achevait dans la souillarde reliant la cuisine à la cour. Il se leva et alla la voir :

— Votre maître est souffrant, l'informa-t-il. Montrez-moi où est sa chambre. Avec l'aide de mon valet on va l'y coucher...

La laveuse était une matrone entre deux âges, solidement bâtie, qui tourna vers le « client » une figure pleine, un rien bovine, où ne s'inscrivait aucune surprise. Elle s'essuya les mains à son tablier :

— Vous voulez dire qu'il est saoul ? Ça lui arrive souvent d'puis la mort d'sa pauv'femme ! Surtout quand la maison n'a point d'chalands[1] ! Y a qu'à l'laisser dormir sur son banc ! Demain y s'ra frais comme un gardon et l'aura tout oublié. C'qui est mieux pour lui. C't'un si brave homme !

— Justement je ne veux pas le laisser ainsi ! Donnez-moi un coup de main et on va le mettre dans son lit !

— Ça s'ra comme vous voulez, M'sieur !

La chambre étant située au rez-de-chaussée, le trajet ne fut pas long. Alban déposa l'aubergiste sur son lit, proposa à la femme de l'aider à le déshabiller mais elle refusa. Il lui mit alors une pièce d'argent dans la main et se retira dans son propre logement où il retrouva Jacquemin qu'il avait envoyé faire un tour en ville après son souper. Ledit tour en ville consistant surtout à reconnaître les abords de l'hôtel de Fontenac dont le policier connaissait parfaitement l'emplacement.

Assis sur le rebord de la fenêtre, celui-ci croquait une pomme en contemplant le château royal dont l'imposante silhouette se découpait en force sur le bleu de la nuit. C'était un garçon de dix-neuf ans, brun comme une châtaigne de cheveux, de vêtements et presque de figure, qui possédait le rare talent

1. Clients.

de se fondre dans le décor où qu'il aille et de passer quasiment inaperçu. Il lui suffisait pour cela de baisser les paupières sur l'extrême vivacité de son regard.

L'entrée de son chef n'interrompit pas sa collation.

— Eh bien ? interrogea Alban en ôtant son justaucorps qu'il jeta sur le lit. As-tu trouvé quelque chose d'intéressant ?

Jacquemin acheva sa pomme et cracha les pépins dans la rue.

— C'est selon ! Je me demande si on n'est pas en train de perdre notre temps. L'hôtel de Fontenac est aussi hermétique et obscur qu'un tombeau. Ni lumière ni signe de vie.

— Tu n'as pas déniché un quidam à qui poser des questions ?

— Mon Dieu non, mais ou bien on s'y couche avec les poules ou bien il n'y a personne. Ils doivent avoir un château à la campagne quelque part ces gens-là ?

— Pas que je sache. Tous les nobles n'ont pas obligatoirement un domaine champêtre...

— Pourtant Fontenac ce n'est pas un nom de par ici !

— Tu as raison. L'origine est en Gascogne. J'ignore s'il en existe encore là-bas mais, d'après M. de La Reynie avec qui j'en parlais l'autre jour, ils descendraient d'un cadet de famille « monté » à Paris en quinze cent et des poussières à l'appel du duc d'Epernon qui voulait constituer pour le roi Henri III continuellement menacé par la Sainte Ligue du duc de Guise une garde personnelle que l'on a appelé les « Quarante-Cinq » commandée par M. de Loignac. Ces gentilshommes étant pauvres, ils n'avaient rien à perdre et tout à gagner. Ce sont eux qui ont exécuté le duc de Guise !

— Exécuté ? J'ai entendu dire qu'on l'avait « assassiné ».

— Le terme est impropre quand un roi frappe un sujet rebelle ! Envoyer le duc à l'échafaud eût déchaîné une révolution. Henri III, qui n'avait pas d'enfants et refusait de laisser le royaume aux Guise, savait que ceux-ci n'auraient de cesse de le tuer et c'est la sœur du mort qui a armé le moine Jacques Clément. C'est lui qui a « assassiné » le Roi, mais, avant d'expirer, celui-ci a eu le temps de léguer la France à son beau-frère, le grand Béarnais qui allait devenir Henri IV. Et sur ce cours d'histoire, nous n'avons plus rien d'autre à faire que d'aller dormir... Demain il fera jour !

Chapitre 9

La promenade des dames

Le jeune Jacquemin – Jacquemin Lesourd pour lui donner un nom qui convenait mal à ses longues oreilles ! – n'aimait pas rester sur ce qu'il considérait comme un échec. Et le lendemain, dès le jour levé, il filait vers l'hôtel de Fontenac avant même que son « maître », fidèle à son personnage, n'eût procédé à sa toilette. C'était vendredi, jour de marché, et les rues de la ville, un rien endormie, la veille, résonnaient sous les sabots des paysans, maraîchers, volaillers et marchands qui allaient s'installer sous la halle.

A sa surprise, il trouva la porte cochère ouverte en grand sur une cour où s'activaient des ouvriers. Il était évident qu'une aile de l'hôtel avait subi un incendie depuis peu et qu'on déblayait.

Un garçon occupé à charrier des gravats dans une brouette l'interpella :

— T'as rien d'autre à faire qu'à regarder les autres travailler ? lança-t-il hargneux.

— Si, mais je me suis toujours intéressé au bâtiment et à la belle ouvrage qu'on y fait souvent, répondit-il sans se démonter. On dirait qu'il y a eu un malheur ici ?

— Ça c'est bien vrai ! Heureusement...

L'homme n'eut pas le temps d'en dire davantage. Depuis le perron, une voix autoritaire se faisait entendre :

— Le travail presse et il y a mieux à faire que clabauder avec des étrangers ! Et toi, l'homme, qu'est-ce que tu viens chercher ?

Appuyé sur une canne, élégamment vêtu de velours grenat agrémenté de manchettes de dentelle, un seigneur les apostrophait. Jeune et très brun, il était relativement beau mais son visage aigu, ses dents blanches et pointues lui donnaient l'air d'un loup, quant à ses yeux, enfoncés sous l'orbite, il était difficile d'en distinguer la couleur. Sombre de toute façon ! « La Pivardière à tous les coups ! » pensa Jacquemin s'en référant à la description qu'en avait fait Delalande. Il ne se démonta pas, salua au contraire comme il sied à un valet de bonne maison :

— Rien, Monsieur, répondit-il sans se démonter. Je venais seulement voir si Mme la baronne de Fontenac accepterait de recevoir mon maître.

— Qui est ton maître ?

— M. le vicomte de Vauxbrun. Nous arrivons d'Abbeville et M. le vicomte, qui se rend à Paris, souhaitait saluer Mme la baronne...

— Il la connaît ?

— Non mais feu son père...

— Des provinciaux ! fit l'autre d'un ton sec... Mme la baronne n'est pas ici. Il faut être idiot pour imaginer qu'elle pourrait s'accommoder de vivre dans la poussière et les plâtres.

— Ce sont ses appartements qui ont brûlé ?

— J'aimerais savoir en quoi ça te regarde.

— C'est pour pouvoir rendre compte à mon maître.

— Et où est-il ?

— A l'auberge du Bon Roy Henri. Mais peut-être Mme la baronne est-elle à Paris, auquel cas...

— Elle n'est pas à Paris et quoi qu'il en soit n'est pas en état de recevoir des visites. Le feu l'a grandement éprouvée. En conséquence, tu remercieras ton maître et le salueras de sa part.

Il n'y avait rien à ajouter. Jacquemin comprit que l'on avait hâte de se débarrasser de lui et qu'on ne souhaitait pas voir un quelconque vicomte de Vauxbrun s'inscrire dans le paysage. Il prit congé et sortit de la cour. L'ouvrier et sa brouette étaient à présent près d'un tombereau qui venait d'arriver. Jacquemin s'arrangea pour le rejoindre en passant derrière l'attelage de manière à être hors de vue du perron.

— Qu'est-ce qui a brûlé dans la maison ? Quelle partie ?

Le maçon fronça le sourcil pour envoyer promener l'importun mais une pièce d'argent brillait au bout de ses doigts.

— J'sais point trop ! Ils appellent ça la... la librairie...

— Tout a brûlé ?

— Non. Y a encore plein d'papiers et aussi des livres. C't'à cause d'une bougie qu'est tombée. Mais enfin y a du pain sur la planche !

— Merci ! Bon courage !

La pièce changea de main et Jacquemin rejoignit Delalande en train de se restaurer de jambon, de pain, de beurre et d'un pichet de vin blanc. Il en prit sa part tout en racontant ce qui venait de se passer. Alban l'écouta attentivement, puis :

— La librairie ? Tiens donc ? C'est bien dommage de ne pas pouvoir la visiter. En attendant je me demande si la baronne est vraiment absente. Le corps central et l'aile est de l'hôtel sont intacts, dis-tu ?

— Il m'en semble. Evidemment la façade de l'aile endommagée aura besoin de vitres neuves et d'un bon récurage mais on doit pouvoir y vivre à condition de ne pas craindre le bruit ni la poussière ! Surtout s'il y a un jardin derrière.

— Il y en a un qui va jusqu'au rempart. D'un autre côté, il est concevable que la baronne ait jugé préférable de s'éloigner pendant les travaux. Auquel cas, La Pivardière assurerait la surveillance... Quoique je l'imagine mal passant ses jours seul dans une maison vide. As-tu vu des domestiques ?

— Je crois avoir aperçu une livrée verte tandis que je m'expliquais avec cet affreux bonhomme...

— Peste ! Tu es difficile ! Qu'il ait l'air mauvais, je te l'accorde, mais on ne peut nier qu'il soit beau.

— Ce n'est pas mon avis, fit Jacquemin. Et maintenant on fait quoi ?

— Il faut y réfléchir. Evidemment, M. de Vauxbrun doit rejoindre Paris puisqu'il n'aura pas le plaisir de rencontrer Mme de Fontenac...

A cet instant, l'aubergiste arrivait, sortant de la cave, un tonnelet sous le bras. Ainsi que l'avait prédit la laveuse de vaisselle, il ne gardait aucune trace de sa cuite de la veille. Il posa son tonnelet sur le comptoir, sourit, salua son client et lui demanda s'il avait bien dormi :

— Comme un ange, mon cher hôte ! Je vais regretter d'autant plus de reprendre mon chemin si vite !

— Vous partez ? Je croyais que vous aviez à faire à l'hôtel de Fontenac ?

— Que voulez-vous que j'aille y faire, maître Grelier ? Mon domestique s'y est rendu afin d'annoncer ma visite mais il n'a trouvé que des ouvriers et un gentilhomme fort mal embouché qui doit être le futur époux dont vous m'avez parlé hier. Mais pourquoi ne m'avez-vous pas dit que la maison avait brûlé ?

— C'est vrai. Il y a deux jours un incendie s'est déclaré dans l'aile ouest à cause d'une chandelle mal éteinte dans la salle où feu M. le baron avait ses livres. J'ai été voir, bien sûr, mais les dégâts pour ce que j'ai compris ne sont pas très importants et Mme la baronne...

— ... a préféré s'éloigner d'après ce que l'on a dit à mon valet. Vous ne sauriez pas où elle a pu aller ?

Maître Grelier haussa les épaules :

— Ma foi non ! L'a pas de château ! Ça je le saurais, mais peut-être à Paris où elle aurait de la famille ?

Pour ce qu'il en savait, Alban voyait mal la vaniteuse épouse du gouverneur de Saint-Germain garder des liens étroits avec d'obscurs robins comme les Chamoiseau. Il se promit d'interroger à ce sujet Mlle Léonie. En attendant il n'avait plus rien à faire à l'auberge du Bon Roy Henri et annonça son départ :

— Je pourrais peut-être la rencontrer là-bas, conclut-il, mais à mon retour, j'aurais plaisir à faire étape chez vous, maître Grelier !

Une demi-heure plus tard il était parti salué bien bas par un hôtelier charmé de sa générosité et couvert de ses vœux de prompt revoir. Il avait hâte à présent de retrouver la rue Beautreillis. Chemin faisant il expliqua à Jacquemin ses intentions : demander d'abord à La Reynie de faire surveiller l'hôtel de Fontenac pendant quelques jours par l'un des indicateurs dont il s'était certainement assuré les services puisque Saint-Germain était encore la résidence officielle de la Cour.

— Etant donné que La Pivardière t'a vu, tu es « grillé » mon garçon et moi j'ai besoin de savoir ce qui se passe dans cette maison et surtout des agissements d'un personnage dont j'ai toutes les raisons de me méfier.

Rentré à Paris, Alban passa au Châtelet avant de regagner son logis pour mettre La Reynie au courant de son expédition. Celui-ci approuva et promit d'établir une surveillance aussi étroite que possible autour de l'hôtel de Fontenac ainsi que le jeune policier l'espérait. Savoir La Pivardière installé là à demeure comme les faits le portaient à le croire lui était pénible sans qu'il sut trop pourquoi : l'impression peut-être que la maison natale de Charlotte abritait un nid de serpents ! Pauvre petite ! Il eût cent fois mieux valu pour elle être orpheline de mère !

Revenu rue Beautreillis, il trouva Mlle Léonie en train de confectionner une tourte aux prunes. Enveloppée d'un vaste tablier, les mains dans la farine, elle malaxait sa pâte comme si elle lui en voulait personnellement :

— J'étais persuadée que vous rentreriez ce soir ou demain, lui dit-elle. Alors, quelles nouvelles ?

— Pas fameuses ! Il y a eu un incendie chez les Fontenac mais une aile seulement a été touchée : celle de la « librairie ».

— Tout est détruit ?

— Non, je ne crois pas : un ouvrier chargé de déblayer a parlé de livres brûlés, de murs noircis mais c'est tout. Une bougie mal éteinte aurait mis le feu !

— On peut donc espérer que les rayonnages ont été épargnés ? Il faudrait pouvoir s'en assurer !

— Je ne vois pas comment. La Pivardière est sur place et monte la garde. Mme de Fontenac aurait pris du champ. Auriez-vous une idée de l'endroit où elle a pu se rendre ? A Paris ? Dans sa famille ?

— Les Chamoiseau ? vous voulez rire ? s'exclama la vieille demoiselle en se remettant à l'ouvrage. Il y a beau temps qu'elle les a rayés de son vocabulaire comme de ses relations et si même elle pouvait les effacer de la surface de la terre, elle n'hésiterait pas un instant !

— Qu'en reste-t-il ?

— Pas grand-chose à vrai dire. Un père podagre et à moitié gâteux qui vit quelque part dans le Marais, entouré d'un valet et d'une servante pas beaucoup plus frais que lui mais qui le surveillent comme du lait sur le feu pour rafler ce qui pourrait subsister dans la maison dès qu'il aura lâché la dernière quinte de toux !

— Et cette maison du Marais ? Elle doit valoir son prix... Et la baronne en héritera si elle est enfant unique ?

— Elle est hypothéquée jusqu'au toit ! Vous pensez bien que Marie-Jeanne s'est renseignée ! Non, si elle est quelque part ce n'est sûrement pas rue François-Miron !

— Chez une amie ?

— Je ne lui en connais guère ! Deux ou trois « relations » d'église à Saint-Germain – elle donne volontiers dans la bigoterie, ce qui lui a permis d'approcher Mme de Maintenon... qu'elle a d'ailleurs connue lorsque celle-ci était la veuve Scarron et elle-même, Mlle de Chamoiseau. Je ne suis pas certaine que la nouvelle marquise en soit vraiment flattée, mais Marie-Jeanne est habile et sait se faire rampante et pleurnicheuse quand il y va de son intérêt !

— Vous lui vouez un amour dévorant à ce que je vois ? fit Alban en riant. Mais parlons d'autre chose ! En mourant le baron vous a bien confié l'existence d'une preuve de son assassinat cachée dans son cabinet de travail ?

— En effet !

— Il ne vous a rien dit d'une sorte de... trésor composé de pierres précieuses ramenées de Golconde qu'il garderait jalousement ?

— D'où sortez-vous cette histoire ?

— De l'auberge du Bon Roy Henri. L'épouse de maître Grelier aurait recueilli à peu près mourant le vieux valet du baron...

Les sourcils de Mlle Léonie remontèrent au milieu de son front tandis que ses yeux s'arrondissaient :

— Joseph ? J'étais malade quand il est parti... finir ses jours chez une nièce du côté de Saint-Denis. C'est du moins ce que l'on m'a dit.

— Qui ?

— Marion, la femme de chambre de la baronne qui me soignait plus ou moins ! Elle est presque aussi mauvaise que sa patronne celle-là !

— Eh bien, elle vous a menti. Le pauvre bougre a été jeté dehors comme un malpropre. Il n'a pas pu aller plus loin qu'un montoir à chevaux sur le marché... Au moment de son agonie il a parlé de pierres... une surtout mais sans autre précision. Il n'a pas eu le temps d'en dire davantage !

— Alors ce serait vrai ?

— Vous en aviez déjà entendu parler ?

— Par lui, oui ! Il aimait à bavarder avec moi parce que j'étais la seule à ne pas tourner en ridicule les évocations de son « beau temps »... des voyages vécus en compagnie d'Hubert. Et un soir d'hiver où l'on était tous les deux dans la cuisine à se chauffer les pieds, il m'a parlé de ces cailloux brillants trouvés ou acquis je ne sais comment par mon cousin. D'un en particulier ! Un gros diamant jaune dont il était tombé autant dire amoureux et qu'il voulait tenir caché. Joseph avait un peu bu, ce soir-là, et j'avoue ne pas l'avoir cru mais j'ai fait semblant et lui ai recommandé de n'en toucher mot à personne s'il tenait à la vie. Vous imaginez le résultat si cette histoire était tombée dans l'oreille de Marie-Jeanne ou de Marion, son âme damnée, sans oublier son La Pivardière ? Le pauvre vieux était bon pour passer à la question !

— C'eût été une cruauté inutile. Je suis convaincu qu'il n'en savait pas plus. Hubert avait dû garder soigneusement son secret.

Il y avait eu une note de tristesse dans la voix de la vieille fille, une larme dans ses yeux. Alban continua :

— Cela ne remet pas en cause sa confiance en vous. Qu'il ne vous en ait jamais parlé ne l'entache en rien. Et d'ailleurs...

L'idée qui lui traversait l'esprit le fit taire un instant, le temps de l'examiner. Mlle Léonie leva sur lui un regard d'attente.

— ... et d'ailleurs, reprit-il, pourquoi la cachette de la lettre et du sachet ne serait-elle pas aussi celle des pierres... si elles existent vraiment ?

— Vous en doutez ?

— Il faut toujours douter. Le baron s'en est peut-être défait depuis longtemps. Joseph évoquait les souvenirs de sa jeunesse et comme tout un chacun il aurait pu les embellir. Mais laissons cela ! Ce qui m'intrigue c'est...

— Quoi ?

— Que vous n'ayiez jamais essayé de savoir ce qu'il y avait de vrai dans les histoires du vieux Joseph.

— Il aurait fallu pouvoir. A peine son époux eût-il rendu le dernier souffle que Marie-Jeanne fermait son cabinet de travail à triple tour de clef, mettait celle-ci dans sa poche avec interdiction à quiconque de pénétrer dans la pièce, même pour y faire le ménage. De temps en temps elle allait s'y enfermer. Charlotte a voulu y entrer un jour : elle s'est retrouvée aux Ursulines le lendemain. Quant à moi j'avais seulement réussi à trouver la cachette et à lire la lettre !... Je vous l'ai dit.

— Pas de raison à cette interdiction ?

— Si. Elle prétendait que c'était le seul endroit où elle pouvait communier avec l'esprit de son époux bien-aimé.

— Mais quand elle était absente ?

— Sa Marion montait la garde et une garde vigilante, vous pouvez m'en croire ! Que cherchait la baronne ? Savait-elle quelque chose sur les petits secrets de ce pauvre Hubert ? Même La Pivardière n'y avait pas accès avec ou sans elle. Et cela n'a pas varié d'une ligne durant toutes ces années... Allez comprendre ! La seule solution eût été de passer par la fenêtre... mais vous me voyez grimper aux murs à mon âge ?

Alban se mit à rire :

— Mais je vous en crois très capable ! Cela dit... le bruit m'est venu d'un voyage en Italie avec son amant ?

— Elle l'a laissé courir en effet – Dieu sait pourquoi ! –, mais en fait elle n'est jamais partie.

— Bien. Ne cherchons pas plus loin pour le moment mais il n'en demeure pas moins qu'une question se pose : celle de l'incendie. Qui en est responsable ? Elle-même ? Cela m'étonnerait...

— Moi aussi... bien qu'elle ne soit pas très adroite de ses mains. Une bougie mal éteinte ou renversée sans qu'elle s'en aperçoive c'est possible. Quand elle s'y retirait à la nuit close, elle fermait les rideaux et allumait deux candélabres dont elle changeait elle-même les chandelles.

— C'est étrange ! Et La Pivardière le supportait ?

— Mal. Ils se disputaient souvent. C'est une femme terrible, vous savez. Mais... ils se réconciliaient sur l'oreiller !

— Et si c'était lui qui avait mis le feu ?

— Je ne vois pas comment il aurait pu s'y prendre. Quoi qu'il en soit, ce qui est sûr c'est qu'il est inutile de chercher Marie-Jeanne ailleurs qu'à Saint-Germain. Je suis convaincue qu'elle n'a pas bougé de chez elle.

Alban, qui s'était assis sur un coin de table, se leva et s'étira :

— Bon. Nous ne pouvons qu'attendre, pour l'instant, les rapports que j'ai réclamés. J'irai tout de même là-bas un de ces prochains jours.

Mlle Léonie, qui n'était pas restée inactive durant leur conversation, achevait sa tourte en dorant la pâte au jaune d'œuf avant de l'enfourner. Sans regarder le policier, elle demanda :

— Quand pensez-vous avoir des nouvelles de Charlotte ? Si vous saviez combien je me tourmente pour elle.

Il allait franchir le seuil de la porte pour monter dans sa chambre. S'arrêta et se retourna :

— Cela veut-il dire que vous l'aimez bien ?

— En seriez-vous surpris ? C'est une enfant attachante !

— Je sais... Et pour ce qui est des nouvelles, la famille royale s'attardant à Versailles, je suppose qu'elle s'y trouve aussi en compagnie de cette force de la nature qu'est Madame. Je l'y crois en sûreté mieux que n'importe où...

— Vous êtes vraiment naïf ! Comment peut-on être en sûreté au milieu d'un palais inachevé encore ouvert à tous les vents et d'une cour dont l'année qui vient de se passer a démontré largement ce que ses broderies et ses joyaux pouvaient recouvrir de malfaisance ? Charlotte promettait d'être belle à dix ans !

— Elle a tenu sa promesse, grogna-t-il en se raclant la gorge. Je vais envoyer Jacquemin voir ce qu'il en est...

Enfermée dans sa chambre ou clopinant sur deux cannes, exhibant un pied orné d'un gros pansement – le récent accident de Madame lui en avait donné l'idée ! –, Charlotte se fût ennuyée à périr si les bruits d'une cour en perpétuelle ébullition n'étaient venus la distraire, portés par Lydie de Theobon et par Cécile que le soin des enfants Orléans tenait cependant à l'écart des fêtes incessantes. Elle sut ainsi qu'au lendemain même du passage de M. de La Reynie, une violente querelle avait opposé Mme de Montespan à Mme de Maintenon. La première ayant reproché à la seconde non seulement de la desservir auprès du Roi, mais encore d'avoir oublié qu'elle était son obligée depuis de nombreuses années puisque, réduite à une quasi-misère après la mort de Scarron, son douteux mari, c'était elle qui lui avait confié ses enfants, l'amenant par conséquent à entrer en relations avec le Roi. Qui la détestait d'ailleurs à l'époque. Finalement la veuve en était venue à vivre dans les palais royaux mais Montespan n'avait pas manqué d'évoquer les amants que son adversaire avait eus du temps de Scarron.

— Si vous êtes parvenue à l'état où l'on vous voit aujourd'hui c'est à moi que vous le devez et, au lieu de m'en savoir gré, vous me desservez de cent manières auprès du Roi qui, sans moi, ne vous aurait jamais vue.

Et ainsi de suite...

Le Roi étant apparu vers la fin du conflit, Mme de Maintenon lui avait demandé humblement la faveur d'un entretien privé. Ce qui lui avait été accordé. A la suite de quoi, Louis avait entrepris de raisonner la blonde tigresse qu'il avait tant aimée... et aimait encore un peu. Non sans une certaine logique : comment croire d'une aussi grande dame qu'elle eût fait choix pour élever ses enfants d'une ancienne demoiselle de petite vertu dont ils n'eussent pu attendre que de mauvais exemples ? Le coup était imparable. Il fallut bien que la favorite s'en contentât. Du moins en apparence, car il ne fit de doute pour personne que la guerre était à présent déclarée entre les deux femmes. Et que la balance semblait pencher vers l'ancienne gouvernante des petits bâtards...

Née princesse de Bavière, d'une branche collatérale à celle de Madame, la Dauphine Marie-Christine avait noué avec celle-ci des liens d'amitié où ceux de la famille n'entraient pour rien. Toutes deux étaient laides mais alors qu'aucune grâce n'arrangeait la situation chez « Liselotte », la nouvelle venue n'en manquait pas. Grande et élancée, sa taille était parfaite ainsi que ses bras, sa gorge et ses mains. Elle parlait quatre langues, jouait du clavecin à ravir, dansait encore mieux et – c'est en cela qu'elle se rapprochait le plus de sa « tante » – possédait beaucoup d'esprit. Evidemment, il y avait le visage ! Si le nez de Madame était de travers, celui de Marie-Christine était en pied de marmite. En outre le tour de la bouche ainsi que le bas des joues trop rouges et quelques taches jaunes sur le front n'évoquaient guère les lys et les roses mais le sourire fréquent découvrant de jolies dents et la gaieté des yeux bleu foncé rectifiaient largement ces imperfections. En résumé, elle avait séduit non seulement son mollasson de mari, mais aussi le Roi, la famille et la majeure partie de la Cour.

Ce matin-là, elle était venue bavarder en voisine avec Madame comme il lui arrivait de temps en temps pour parler du pays, de ceux que l'on y avait laissés – même s'ils se haïssaient cordialement ! – et retrouver un instant le goût des pâtisseries bavaroises. Mais elle venait aussi partager un souci :

— J'aimerais savoir qui est au juste cette Mme de Maintenon que l'on a fait entrer dans ma maison en tant que deuxième dame d'atour. On la dit sans naissance et elle s'entend fort mal avec Mme de Montespan dont je sais qu'elle est... l'amie du Roi ?

— Avez-vous quelque raison de vous en plaindre personnellement ? demanda Madame pleine d'espoir.

— Non. Elle est toujours fort polie, fort aimable, toujours souriante, toujours modeste, d'une grande piété, mais l'on ne peut jamais savoir ce qu'elle pense. Cependant je suis mal satisfaite de son comportement vis-à-vis du Roi.

— Pourquoi ? Ne vous a-t-on pas dit qu'elle était sa nouvelle amie ?

— Eh bien je trouve que l'amitié va un peu loin. Savez-vous que chaque soir, à huit heures, M. de Chamarande vient la chercher pour la conduire dans la chambre de Sa Majesté où elle reste plus de deux heures ? Pourquoi mon beau-père a-t-il besoin de la voir tous les soirs et que peuvent-ils se dire pendant tout ce temps ? Je me demande si elle n'est pas chargée de m'espionner et si c'est le cas que peut-elle avoir à rapporter ?

— Calmez-vous ma chère ! fit Madame en riant. Je suis certaine que vous n'êtes pas le centre de leurs conversations. Qu'il lui arrive de parler de vous est possible mais vous menez auprès de votre époux une vie si paisible, si régulière qu'elle ne doit pas offrir matière à critique. En revanche soyez sûre que les sujets de conversation ne manquent pas à cette mégère hypocrite. Tout au moins quand il y a conversation !

— Que voulez-vous dire ?

Madame émit un petit ricanement :

— Dieu que vous êtes naïve ! A votre avis que peut-on faire à deux dans une chambre ?

— Vous ne voulez pas me faire entendre qu'elle... couche avec lui ?

— C'est une aventurière et des aventures, elle en a eu tout son content ! Quand la Montespan a piqué cette grosse colère en les lui rappelant, elle ne proclamait que la vérité !

— Mais elle est vieille ! Plus que le Roi à ce que l'on dit.

— Et alors ? C'est une vieille putain, lâcha brutalement la princesse, et ce sont les plus habiles parce qu'il leur faut compenser la fraîcheur déclinante de leurs appâts par d'autres talents!

— Et c'est cela que l'on a introduit chez moi?

— Mme de Montespan est bien surintendante de la Maison de la Reine! La Maintenon est une couleuvre qu'il vous faut avaler sans broncher, ma belle! En avez-vous parlé avec votre époux?

— Je n'ai pas encore osé par crainte de lui déplaire en ayant l'air de critiquer le Roi que par ailleurs j'aime bien!

Cette fois Madame partit d'un rire homérique :

— Eh bien osez, sacrebleu! Vous aurez la surprise d'apprendre que le Dauphin déteste la vieille guenipe autant que moi! Vous en retirerez au moins quelque réconfort! A deux on supporte mieux les épreuves!

— Et puis peut-être pourra-t-il en toucher un mot à son père? ajouta Marie-Christine soudain pleine d'espoir.

— N'allez surtout pas lui demander cela! Vous semblez vivre en parfaite harmonie lui et vous?

— Oh oui! Monseigneur est le meilleur des époux! Je l'aime infiniment et il me le rend au centuple!

— Alors ne faites rien qui puisse troubler cette harmonie! Goûtez votre bonheur et ne vous souciez pas des turpitudes des autres! Un jour vous serez reine de France! Vous pourrez choisir votre entourage à votre convenance!

— Ainsi ferai-je et je vous remercie de vos bons conseils! C'est égal... comment la Reine fait-elle pour permettre que Mme de Montespan dirige sa Maison?

— La Reine est une sainte, ma chère! Mais ne vous y trompez pas, elle est loin d'être sotte. Quand la

Montespan a été nommée, elle m'a dit : « Allons, il semble que ce soit mon destin d'être servie par toutes les maîtresses de mon mari ! », faisant ainsi allusion à la surintendante précédente, la comtesse de Soissons, qui a pris la fuite il y a peu pour n'avoir pas à répondre d'une accusation d'empoisonnement ! Je vous laisse juge !

La Cour se disposait à quitter Versailles pour prendre ses quartiers d'hiver à Saint-Germain mais auparavant le Roi avait décidé de convier toutes les dames et demoiselles à une promenade à travers les jardins. Le point d'orgue en serait une collation que l'on prendrait dans l'un de ces bosquets qui en étaient l'un des charmes. Les hommes étaient exclus mais Sa Majesté tenait essentiellement à ce que tout l'élément féminin de la Cour soit présent pour ce dernier jour. Une manière comme une autre de s'entourer de « fleurs humaines » au moment où l'automne allait les raréfier dans les parterres.

— Sacrebleu ! Notre Roi aurait-il dans l'idée de se faire sultan ? ronchonna Madame qui brûlait d'envie de rejoindre son cher Saint-Cloud pour en profiter encore un peu avant de rentrer au Palais-Royal et qui avait espéré partir dans la matinée.

Lydie de Theobon se mit à rire :

— Sans avoir l'intention de me montrer irrespectueuse, il me semble qu'il y a déjà un moment que cette idée-là lui est venue. Une reine ne lui suffit pas : il en faut toujours deux ou trois.

— Voulez-vous bien vous taire ! s'indigna la princesse.

— Je ferai remarquer à Madame que c'est elle qui a commencé ! Si elle le souhaite nous pouvons compter. La Reine : une ?...

— On se tait !... Et qu'est-ce que je vais mettre ?

— Madame devrait s'en soucier de temps en temps car le choix n'est pas immense : le grand habit, la « petite tenue » ou le costume de chasse ?

— Et ma robe en velours violet, qu'en avez-vous fait ? Des coussins pour mes chiens ?

— Ce serait un sacrilège... mais nous en avons aussi une en moire bleue, une autre en velours feuille-morte...

— D'où les sortez-vous ? fit Madame abasourdie.

— C'est Monsieur qui en a passé commande d'après les mesures de Votre Altesse Royale. Il estime, non sans raison, que Madame ne s'habille pas toujours comme il sied à une grande princesse.

— Et c'est maintenant que vous en parlez juste au moment où nous allons quitter Versailles ?

— Oh, ici Madame portait le costume de chasse dans la journée et le grand habit le soir. Et puis nous ne devions pas séjourner si longtemps ! Monsieur visait Saint-Cloud et Paris. Là, pour cette fête où seules les dames sont admises, il faut faire un effort !

— Eh bien, montrez-moi la « feuille-morte ». C'est très poétique. Cela convient à la saison !

Ladite robe réservait une agréable surprise : durant l'agitation perpétuelle du séjour Madame avait un peu maigri et il fallut reprendre deux ou trois coutures. En outre, la couleur lui plaisait et elle se déclara finalement ravie.

De son côté Charlotte connaissait un problème analogue à cette différence près qu'elle ne pouvait s'attendre à aucune « surprise ». Ces temps derniers elle n'en avait pas souffert, étant restée à l'écart des festivités à cause de son pied prétendument blessé, mais cette fois il lui fallait se joindre aux dames de la maison. Madame elle-même avait pris la peine de le lui signifier :

— Le Roi veut voir toutes les dames et demoiselles sans exception. En outre, il déteste que l'on soit souffrante ou empêchée ! J'ai ouï-dire que Mme de La Vallière – comme Mme de Montespan d'ailleurs ! – était tenue de paraître à la Cour quelques heures seulement après avoir accouché !

— Mais je suis si peu de chose !

— Il a dit « toutes » et vous en faites partie !

Elle disparut sur cette mise en demeure. Charlotte opta finalement pour la robe verte qu'elle devait à sa tante Claire – que l'on avait rallongée parce qu'elle avait grandi – et que Theobon compatissante agrémenta en lui prêtant une jupe et un « devant » de satin blanc.

— Vous êtes tout à fait mignonne, la rassura-t-elle. Et vous n'avez plus l'air d'un fantôme !

Cela dit elles rejoignirent la suite de Madame et de la petite Mademoiselle. On n'eut pas loin à aller, le rassemblement étant sur la terrasse où l'on se rangea sur deux rangs. Il faisait un temps délicieux sous un soleil qui avait perdu la brutalité de l'été et le ciel était d'un azur profond où voltigeaient ici et là quelques petits nuages blancs, ronds et dodus comme des chérubins. Débarrassée d'elle-même, Charlotte admira sincèrement le panorama magique des pièces d'eau, des bosquets rejoignant le Tapis vert et pour finir le Grand Canal dont l'eau bleue allait si loin qu'elle abolissait l'horizon. En outre, la foule brillante et diversement colorée des invitées offrait un ravissant coup d'œil. Celui en effet d'un parterre de fleurs sur lesquelles on aurait semé des diamants, des perles, des rubis, des saphirs et des émeraudes. Ou alors une volière d'oiseaux exotiques tant les papotages allaient bon train.

Le silence se fit soudain : le Roi arrivait tenant Madame la Dauphine par la main. Légèrement en retrait venaient la reine Marie-Thérèse, Madame et sa fille. Ce fut un festival de révérences.

— Mesdames, dit Louis XIV, je suis fort aise de vous voir toutes !

Puis, comme pour donner le signal du départ, il leva la haute canne enrubannée qu'il tenait dans son autre main. La troupe joyeuse traversa le Parterre d'eau, gagna le bassin de Latone, mère d'Apollon et de Diane, dont la grande vasque de pierre crachait l'eau par des grenouilles, tortues et lézards en bronze. On le contourna pour se diriger vers l'entrée d'un bosquet au centre duquel était une fontaine. Cinq tables y étaient disposées, fleuries et flanquées d'orangers en caisses, nappées de blanc à broderies d'or sur lesquelles on avait disposé tout ce qui pouvait tenter l'appétit et la gourmandise. Autour de ce rond-point où aboutissaient cinq allées s'érigeaient des statues dorées. L'ensemble fut accueilli par des applaudissements unanimes. La fête en vérité était une réussite et son air champêtre enchantait tout le monde. Chacune put se servir et s'asseoir où bon lui semblait cependant que des violons cachés jouaient en sourdine.

Pour la première fois depuis son arrivée à Versailles, Charlotte se sentait bien. Sans doute la magie de ces merveilleux jardins agissait-elle sur elle. Durant la promenade, elle avait marché entre ses amies, Cécile et Lydie, en bavardant à bâtons rompus. L'atmosphère était idyllique. Ces dames semblaient d'excellente humeur comme si l'absence des hommes les libérait d'un poids.

Des hommes, pourtant, il n'en manquait pas mais c'étaient les valets chargés du service. Etant vêtus d'un vert en accord parfait avec celui des arbres, ils se fondaient dans le décor et c'est à peine si on les remarquait.

L'un d'eux ayant offert à Charlotte un verre de limonade, elle leva machinalement la tête et faillit le lâcher en reconnaissant Delalande. D'un coup d'œil impérieux il lui imposa silence et passa à Lydie de Theobon qui n'avait aucune raison de faire attention à lui. Elle bavardait avec Cécile de Neuville. Ce qui laissa à Charlotte le temps de se reprendre.

Que faisait-il à Versailles? C'était la seconde fois qu'elle voyait Alban sous la livrée d'un domestique, mais là, dans ce décor magnifique et au milieu de toutes ces femmes, elle en fut frappée et en éprouva même de la gêne. C'était stupide parce qu'elle n'ignorait pas les avatars imposés par le métier du jeune homme mais elle ne pouvait s'empêcher de mesurer la largeur du fossé qui les séparait. A la pensée qu'elle s'était laissée embrasser par lui, qu'elle lui avait dit qu'elle l'aimait, elle ressentit de la honte mêlée de douleur. Rien ne serait jamais possible entre un policier et une fille de la noblesse même désargentée comme elle l'était en ce moment. Grâce à Dieu, il ne devait pas l'avoir prise au sérieux... Mais en dépit de ces pensées déprimantes, elle chercha des yeux sa silhouette, élégante jusque sous cette vêture servile! C'était à pleurer et la joie légère qui l'habitait tout à l'heure s'était envolée...

Elle se tourna vers ses deux amies. Lancées dans leur conversation, elles n'avaient pas remarqué son silence.

La collation prenait fin. La compagnie quitta le bosquet pour gagner le bassin d'Apollon dont le large emplacement allait permettre au Roi de recevoir les remerciements de ses invitées. Perdue dans ses pensées, Charlotte se laissait emmener quand, soudain, Cécile saisit son bras en chuchotant!

— Vite! La révérence! A quoi pensez-vous?

Charlotte revint à la réalité juste à temps pour voir le groupe du Roi et des princesses approcher. Elle pliait les genoux quand elle entendit :

— Qui êtes-vous, Mademoiselle? Il me semble que je vous ai déjà vue?

C'était à elle que le Roi s'adressait et elle s'effondra dans son salut. Aussi sa voix fut-elle à peine audible en répondant :

— Charlotte de Fontenac, Sire.

— Vraiment?

L'étrangeté de la question la releva. Elle put voir alors Mme de Maintenon s'approcher de Louis XIV, lui glisser quelques mots à l'oreille. Immédiatement le royal visage, d'abord souriant, se referma :

— Que me dit-on ? Vous seriez une novice échappée du couvent des Ursulines de Saint-Germain et vous auriez cherché refuge...

La peur rendit son aplomb à la jeune fille. Elle osa rectifier :

— Je n'étais pas novice, Sire ! Simplement, je me suis enfuie en apprenant que, par la volonté de ma mère, je devais faire profession dans cette maison où j'achevais mes études...

— La défunte comtesse de Brecourt vous aurait recueillie, fortifiée dans votre décision d'échapper à la main maternelle ? ! Ensuite vous auriez cherché asile...

— Elle n'a absolument rien cherché, Sire mon frère ! C'est moi qui l'ai prise chez moi à la demande de sa tante et je n'ai eu qu'à m'en louer...

A sa façon directe Madame entrait dans le débat, décidée à y mettre tout son poids et le cœur de Charlotte se fit moins lourd.

— Ensuite, reprit le Roi, vous l'avez jointe, pour plus de sûreté, aux femmes de ma nièce, Sa Majesté la reine d'Espagne à qui il paraîtrait qu'elle se soit dévouée... au-delà de ce qui était séant pour une fille d'honneur. Cela lui a valu d'être rappelée en même temps que l'une de ses compagnes je crois ?...

— Moi, Sire, fit courageusement Cécile. Et j'ajoute, si le Roi le permet, que nous n'avons fait qu'obéir à Sa Majesté !

Mme de Maintenon se tourna à nouveau vers le Roi, lui murmura quelque chose en regardant Charlotte. Ce qui eut le don d'exciter la colère de la marquise de Montespan. Elle s'écria :

— Je me demande, Sire, quelle est la raison ténébreuse qui anime Mme de Maintenon contre cette jeune fille? Qu'a-t-elle donc à lui reprocher? D'être belle et d'offrir une ressemblance avec cette pauvre La Vallière?

— Mme de Fontenac s'est venue plaindre à moi. Devrait-on ignorer la douleur d'une mère bafouée plus encore que le Seigneur Dieu?

— La douleur d'une mère? Laissez-moi rire, lança Madame. Mme de Brecourt, persuadée que cette femme a empoisonné son époux, ne m'en a rien laissé ignorer.

— Mensonge! siffla la Maintenon. Si cela était, M. de La Reynie aurait instrumenté depuis longtemps et...

— Quoi qu'il en soit, coupa le Roi irrité, cette demoiselle risque d'être à ma cour un sujet de scandale.

— Je vous ferais remarquer, Sire mon frère, qu'elle appartient à la mienne où elle n'en cause aucun. Et nous repartons demain pour Saint-Cloud, elle y compris!

— Il n'en peut être question, Madame! Le moins que je puisse faire est de rendre cette fille à sa mère. Il me semble, ajouta-t-il méprisant, qu'elle est trop insignifiante pour nous occuper aussi longtemps. L'affaire est entendue!...

Charlotte éclata en sanglots, terrifiée par ce qui l'attendait. Elle était perdue et c'était cette femme inconnue, cette Maintenon, qui venait de décréter de son sort... Pourquoi ? Que lui avait-elle fait ?... Soudain on entendit une voix douce mais cependant ferme intervenir :

— Pas pour moi, Sire ! Mme de Brecourt était de mes dames et je l'aimais beaucoup : elle ne m'a rien caché de cette triste histoire !

C'était la Reine qui se faisait entendre au milieu d'un silence stupéfait. On avait tellement l'habitude de la voir s'effacer, accepter les volontés du Roi – lui fussent-elles insupportables ! – sans mot dire que c'était un peu comme si l'une des statues venait de prendre la parole. Et Louis ne fut pas le moins surpris :

— Vous, Madame ? A quoi pensez-vous en parlant ainsi ?

Marie-Thérèse était devenue très rouge. Pourtant elle poursuivit bravement :

— A la justice, Sire ! A votre justice. Et aussi à sauver une jeune fille innocente d'un sort certainement cruel. Feu Mme de Brecourt savait ce qu'elle disait et ce qu'elle faisait. Et moi je vous demande instamment de me donner Mlle de Fontenac !

— Vous, si pieuse, si soumise à Dieu, vous me demandez de vous confier cette fille ?

— Oui, Sire ! Je vous le demande... moi la Reine !

Elle s'était redressée de toute sa petite taille et il émana soudain d'elle une telle majesté que Louis détourna le regard...

— Qu'allez-vous en faire ? Vous n'avez plus de filles d'honneur...

Ce n'était pas une bonne idée de lui dire cela. Marie-Thérèse en effet avait obtenu de les supprimer quand elle s'était aperçue que son auguste époux considérait la chambre de ses demoiselles comme un terrain de chasse à portée de la main...

— J'en ferai ma lectrice. Je sais qu'elle parle espagnol...

Il n'y avait plus rien à ajouter. Le mari volage força le Roi à rendre les armes :

— Qu'il soit fait selon votre volonté ! Prenez-la ! Je vous la donne. Et vous, jeune fille, remerciez votre reine !

Mais Charlotte n'avait pas attendu son ordre : elle était déjà aux genoux de Marie-Thérèse pour baiser le bas de sa robe :

— Merci ! Oh merci, Madame ! Votre Majesté n'aura pas de servante plus fidèle que moi.

On la releva et elle put constater que celle qui la sauvait tremblait autant qu'elle. L'effort que Marie-Thérèse avait fourni pour oser s'opposer ainsi à Louis, et en public, avait dû épuiser ses forces. Elle en retrouva cependant assez pour sourire à son acquisition :

— J'en suis certaine... Ma sœur, ajouta-t-elle en s'adressant à Madame, vous voudrez bien la faire conduire chez moi à Saint-Germain puisque demain nous rentrons chacune chez nous.

— Ce sera fait. En tout cas je vous remercie du fond du cœur, ma sœur ! J'aime bien cette petite qui n'a plus personne pour la protéger des mauvais procédés de... certaine dame ! Chez vous, elle sera vraiment à l'abri, renchérit-elle en lançant un coup d'œil venimeux en direction de Mme de Maintenon qui, le dos un peu courbé, s'éloignait en direction du château à la suite du Roi. Marie-Thérèse et ses dames en firent autant. Quelqu'un pourtant resta : Mme de Montespan qui riait franchement :

— Qui aurait cru Sa timide Majesté capable d'un tel exploit ! Voilà Votre Altesse Royale battue sur le terrain de la combativité ! Et pardieu, j'en suis plus aise que je ne saurais dire ! La tête de la Maintenon était à peindre !... Que lui avez-vous donc fait... Charlotte ? C'est bien cela ?

— C'est bien cela, Madame. Quant à ce que j'ai pu lui faire, je l'ignore. Je sais seulement qu'elle voit volontiers ma mère mais je ne pensais même pas qu'elle sût qui j'étais.

— Soyez sûre qu'elle le sait depuis longtemps. La seule vue de votre visage a dû l'intriguer. C'est une fouine que cette femme !... Pour ma part, je ne me reprocherai jamais assez d'avoir fait sa fortune. Et si ce palais se veut à l'image du Paradis, elle en est le serpent ! Cela posé, vous ne gagnez pas au change, ma chère. On s'amuse beaucoup moins chez la Reine que chez Madame !

— C'est sans importance ! Je me dévouerai à elle... et à vous aussi, madame, qui avez bien voulu plaider ma cause.

D'un doigt rapide Athénaïs caressa la joue de Charlotte et rejoignit le cortège qui s'éloignait. Madame et ses dames rentrèrent au château par un autre chemin. Tout en marchant la princesse mâchonnait une série de jurons qui, pour être en allemand, ne manquait pas de vigueur. Mal remise de la scène dont elle venait d'être le centre, Charlotte ne pouvait retenir sa tristesse. Elle allait perdre ses deux meilleures amies.

— Que vais-je devenir sans votre amitié et vos conseils? dit-elle à Cécile et à Lydie visiblement émues.

— Vous ne perdrez strictement rien! Sa Majesté aime avoir Monsieur son frère sous les yeux et nous nous verrons souvent. En échange vous allez avoir une magnifique occasion de faire votre salut : on prie énormément chez la Reine. Vous en viendrez peut-être à regretter votre couvent? En outre, on dirait que vous avez une alliée inattendue. La Montespan peut se montrer bonne fille quand elle veut...

De retour dans ses appartements, les ronchonnements de Madame se muèrent en cris de douleur. Le baron Gecks, ambassadeur de l'Electeur Palatin en France, l'attendait porteur d'une nouvelle qu'il délivra sans la moindre précaution :

— J'ai le regret d'apprendre à Votre Altesse Royale que son père est mort!

Une autre plus délicate se fût sans doute évanouie. Madame ouvrit la bouche pour une sorte de long hululement puis éclata en sanglots et courut se jeter sur son lit en pleurant toutes les larmes de son corps, laissant le malencontreux messager stupéfait. Il ne comprit pas davantage quand Mme de Ventadour lui montra la porte :

— Où donc avez-vous appris la diplomatie, Monsieur? Dans un corps de garde?

Troisième partie

LE RÉGICIDE

Chapitre 10

Une étrange proposition

La toilette de la Reine déroulait comme chaque matin son rite immuable. Pourtant, il fut vite évident pour les dames présentes qu'il était arrivé quelque chose d'inhabituel : Marie-Thérèse n'avait pas cet air de dignité, juste teinté d'un sourire qu'on lui voyait toujours. Au point que l'on pouvait se demander si ce n'était pas un masque destiné à cacher ses souffrances, qu'elle appliquait dès le réveil. Or, pas de masque ce jour-là mais une expression de souriante douceur se rapprochant... oui, de la béatitude. Aussi les yeux des femmes de son entourage étaient-ils autant de points de muette interrogation. On pensait généralement que Sa Majesté avait dû faire un beau rêve et qu'elle était encore sous son emprise...

Assise au bord de son lit, elle avait laissé Pierrette Dufour, sa femme de chambre préférée, lui passer ses bas de soie sur lesquels Mme de Saint-Martin, dame d'atour en second, avait bouclé les jarretières de rubans ornées de bijoux sans dire un mot. Puis le sourire s'était à peine effacé pendant les premières prières mais alors qu'il arrivait fréquemment qu'elles fussent accompagnées d'une ou deux larmes, elles avaient cette fois une apparence d'action de grâces...

Ensuite, la Reine gagna sa chaise de commodité d'un pas léger après quoi elle revint s'asseoir tandis que commençait le ballet des pages et des chambrières portant l'eau, la cuvette de cristal, le savon de Venise et les parfums. Après cela la première tasse de chocolat fut dégustée avec un plaisir visible. Et d'ailleurs aussitôt suivie d'une autre. Toujours en silence ! Aussi le cercle féminin regardait-il avec quelque agacement la naine Chica qui dormait habituellement dans la ruelle du lit et qui prenait des airs importants.

Cela fait la Reine prit sa chemise des mains de la maréchale de Béthune, première dame d'atour, puis on la vêtit d'une jupe de soie blanche, si étroite qu'elle épousait ses formes dodues, d'un léger corset en toile fine généreusement pourvu de baleines que l'on laça pour essayer d'affiner sa taille. Soudain, la duchesse de Créqui, dame d'honneur qui avait tiré la naine à part pour la confesser, s'écria avec un sourire épanoui :

— Mesdames, je crois qu'il nous faut demander à Sa Majesté la permission de lui présenter nos félicitations émues. Notre Reine a reçu, cette nuit, la visite de son auguste époux !

L'événement ne s'était pas produit depuis des années, aussi toute la chambre entra-t-elle en ébullition et les félicitations fusèrent tandis que Marie-Thérèse riait sans retenue en frottant ses petites mains l'une contre l'autre comme elle le faisait autrefois lorsque, toute jeune épousée, on la plaisantait gentiment sur l'assiduité d'un mari qui s'en serait voulu de laisser passer une seule nuit sans la rejoindre. Et ce, quelle que fût la maîtresse du moment. Or, cette bonne habitude Louis l'avait abandonnée quand sa passion pour Mme de Montespan avait flambé au point de lui faire dédaigner le devoir conjugal. Sans jamais le montrer, Marie-Thérèse avait souffert le martyre. Une seule fois, après avoir vu Athénaïs lui passer devant le nez dans la voiture du Roi, la coupe avait débordé et elle s'était écriée :

« Cette pute me fera mourir! »

Rien de plus et jamais plus! Mais, retombée dans son silence, la pauvre petite reine s'était efforcée de faire bon visage à celle qui lui déchirait le cœur. Ce dont d'ailleurs on ne lui avait su aucun gré. N'était-il pas normal qu'une femme se soumît aveuglément aux volontés de son époux?

L'annonce de la « bonne nouvelle » mit un peu de désordre dans le cérémonial. Les dames parlaient toutes à la fois, tandis que l'on coiffait les cheveux blonds restés très beaux, dont le cendré s'accentuait de fils d'argent que lui conféraient la quarantaine, et qui lui allaient bien. Le bonheur surtout lui allait bien! Elle avait rajeuni de dix ans et le bleu de ses yeux, trop souvent rougis, retrouvait de l'éclat.

La voix de la Reine soudain domina le brouhaha :

— Je crains, dit-elle, de m'être montrée fort injuste envers cette pauvre Mme de Maintenon dont le Roi mon époux accepte les conseils. Au fond c'est une excellente personne et une vraie chrétienne.

Mme de Créqui, dont on n'était pas persuadé qu'elle en fût une vraie, protesta :

— La Reine est trop indulgente ! Quelle sorte de conseil une femme comme elle pourrait-elle bien donner ?

— A moi, non, mais au Roi si... Elle lui a fait comprendre qu'un époux vertueux se devait d'abord à sa femme et que c'était elle le véritable refuge dans la période troublée qu'il traverse. Et mon cher mari l'a écoutée. A y penser, s'il se reprend d'amour pour moi, c'est à elle que je le dois. Il faudra que je l'en remercie !

Le silence stupéfait qui suivit cette déclaration inattendue vola en éclats : Mme de Montespan, surintendante de la Maison de la Reine, faisait son entrée quotidienne c'est-à-dire accompagnée de quelque fracas. Elle avait entendu la réflexion de Marie-Thérèse et s'en indigna. Sa voix sonna haute et claire :

— Si j'ai bien compris Sa Majesté, l'impudence de cette femme ne connaît plus de bornes puisqu'elle ose se mêler de régenter le ménage royal ? La Reine devrait savoir qu'elle possède assez de charme pour attirer le Roi sans qu'il soit besoin des bons offices de cette guenipe comme dit Madame.

— Madame est une mauvaise langue et vous aussi, trancha Marie-Thérèse. Le Roi est trop avisé pour donner son amitié à qui ne la mérite pas. Et si cette femme m'a fait du bien, je saurai lui en montrer ma gratitude.

Ayant dit et le dernier nuage de parfum répandu, la Reine fit une belle révérence à ses dames et prenant son missel s'en alla rejoindre son seigneur et maître pour entendre la messe. Les plus titrées la suivirent. Mme de Montespan demeura et se tourna vers Charlotte occupée à remettre en place sur la table à coiffer les nombreux pots et flacons dont on venait de se servir. Mme de Visé, l'unique Espagnole laissée à la Reine parce qu'elle avait épousé un Français, pliait et rangeait le peignoir de soie blanche et les vêtements de nuit. Elle s'éclipsa sur un signe de la surintendante :

— Que dites-vous de cela, petite ? Ces étranges dispositions de Sa Majesté me paraissent menaçantes pour votre tranquillité !

— Peut-être. Mais si c'est la volonté de la Reine, que puis-je faire ?

— Pas grand-chose j'en conviens ! Cette vipère est habile à se faufiler partout. D'une piété « espagnole », la Reine est un mets de choix pour cette bigote doucereuse qui ne cesse de prêcher la vertu. Elle veut, en régentant le Roi, réformer la Cour, faire de Versailles une sorte d'Escorial parfumé à l'encens où les violons seront remplacés par les grandes orgues, où l'on ne dansera plus, où aucune jolie femme ne sera admise afin que soit aboli à jamais le règne des favorites détestées. Elle ne cesse de parler au Roi du salut de son âme et lui fait reprendre le chemin du lit conjugal mais elle couche avec lui en prônant le beau cadeau qu'elle lui fait là. Comme si un corps de cinquante ans pouvait en faire oublier un de vingt ans ! Voyez l'état où elle a réduit cette pauvre Fontanges qu'elle a persuadée d'accompagner sa sœur au couvent de Chelles !

Charlotte avait écouté sans mot dire la philippique exaspérée de la marquise mais ouvrit de grands yeux en l'entendant invoquer celle dont une bonne moitié de la Cour, à commencer par l'intéressée, était convaincue qu'elle l'avait fait empoisonner.

En effet, quelques mois plus tôt la malheureuse Angélique était trépassée au monastère parisien de Port-Royal où elle s'était fait transporter sur la réputation d'une austérité plus conforme à une fin exemplaire qu'à l'abbaye infiniment plus mondaine sur laquelle régnait sa sœur. Tenu au courant du mal par les ducs de La Feuillade et de Noailles, Louis XIV était allé la voir. Fontanges n'avait que vingt ans mais elle n'était plus que l'ombre d'elle-même et à ce spectacle il avait versé des larmes abondantes qui avaient arraché un ultime sourire à l'agonisante. Elle avait alors murmuré :

— Je meurs contente puisque mes derniers regards ont vu pleurer mon Roi...

Cependant il fallait que Charlotte trouve quelque chose à répondre. Elle se contenta d'un banal :

— Elle était très malade, ne s'étant jamais remise de son accouchement!

— Sans doute mais quel exemple de choix à étaler sous les yeux du Roi que cette éclatante beauté menée au tombeau en deux ans par ses turpitudes!

Charlotte aurait pu faire remarquer qu'en fait de turpitudes la toujours belle Athénaïs était orfèvre en la matière, mais ce n'était pas à elle de lui faire la morale. D'ailleurs celle-ci continuait :

— A présent la Maintenon a entrepris de circonvenir la Reine et comme celle-ci est trop malléable, elle n'aura guère de mal à la mettre sous son emprise. A ce moment-là, pouvez-vous me dire ce que vous deviendrez? Elle n'aura trêve d'obtenir votre renvoi...

— Mais pourquoi ?

— Parce qu'elle a peur de vous ! Cessez donc de me regarder avec ces yeux ronds et venez ici !

Saisissant la main de Charlotte, elle la plaça devant un miroir :

— Quel âge avez-vous ?

— Bientôt dix-huit ans !

— Elle avait cet âge quand j'ai présenté Fontanges au Roi... Vous avez le même et vous êtes presque aussi belle bien que différente !

— Mais, Madame, à quoi songez-vous donc ? fit Charlotte qui craignait de commencer à comprendre. On dit que vous avez fort regretté d'avoir mis Mlle de Fontanges sous le regard du Roi...

— Evidemment, je l'ai regretté ! Cette malheureuse s'est avisée de tomber amoureuse. Elle était bête à pleurer et les présents dont il l'a comblée lui ont fait perdre la tête. Elle s'est crue reine... Que dis-je, reine ? Déesse ! Vous êtes loin d'être sotte. Et il y a cette ressemblance... j'ai remarqué que les rares fois où l'on vous a vue dans le sillage de la Reine, le Roi vous a regardée...

— C'est possible, mais peut-être parce que je lui rappelle un mauvais souvenir : celui d'une femme délaissée par lui et qui est allée chercher refuge au Carmel.

L'orgueilleuse Montespan lança :

— Elle n'était pas de taille contre moi et, si vous le voulez, la Maintenon ne sera pas de taille contre vous !... Bon ! Voilà que vous vous effarez de nouveau ! J'admets que je vous prends à l'improviste mais réfléchissez...

— C'est tout réfléchi, Madame la surintendante ! Je n'aime pas le Roi et n'ai aucune vocation à devenir favorite. En admettant que vous voyiez juste.

Athénaïs se mit à rire :

— Mais ni La Vallière ni moi-même n'y avions songé quand nous avions votre âge. Elle aimait Louis mais, timide et effacée, elle souhaitait l'aimer dans le silence et le mystère. Non à son de trompes et sur la place publique comme il a plu à notre Sire ! Quant à moi, j'étais fille d'honneur de Madame Henriette d'Angleterre, la première Madame, et j'étais follement amoureuse de... mon époux ! Aimez-vous quelqu'un ?... Vous ne me le direz pas mais je suis certaine que c'est oui. C'est pourquoi je vous répète : réfléchissez ! Si vous laissez le champ libre chez la Reine à la Maintenon, elle vous fera chasser et vous aurez de fortes chances de rejoindre La Vallière dans son couvent...

— Mais j'aime la Reine ! gémit Charlotte près des larmes. En admettant que vos vues soient justes, jamais je ne voudrai lui causer la moindre peine ! Vous venez de la voir. Elle est heureuse pour la première fois depuis des années...

La favorite haussa ses belles épaules :

— Je tenais semblable langage à dix-huit ans. A cette différence que je ne risquais pas d'être rejetée dans les ténèbres extérieures...

Les ténèbres extérieures, Charlotte avait bien eu l'impression d'y pénétrer le jour où quittant Madame, Theobon et Cécile, elle avait pris seule le chemin de Saint-Germain. Elle allait entrer dans un monde où elle ne connaissait personne, où elle n'avait pas d'amies. Certes, le château, elle le connaissait depuis l'enfance. Elle aimait ses briques roses et ses chaînages en pierre blanche de Chantilly mais, comme si un génie malin se mêlait de sa déroute, elle vit, atterrée, arrivant en voiture dans la cour d'honneur, qu'on y faisait presque autant de travaux qu'à Versailles et qu'il y avait des échafaudages un peu partout. A croire que le Roi était possédé du démon de la construction!... Son Versailles encore inachevé il faisait bâtir à Marly et voilà que Saint-Germain à son tour se retrouvait sous les gravats et la poussière. Aussi songeait-elle avec une mélancolie grandissante aux charmes et à la lumière éclatante de Saint-Cloud et, l'hiver approchant, au confort douillet du Palais-Royal, au rire communicatif de Madame et aux bons moments passés dans les chambres des filles ou dans le parc. Par bonheur elle n'avait jamais approché la Bastille mais, en posant le pied sur les pavés de la cour, elle pensa que ça devait y ressembler! Des murs, encore des murs! Quatre étages plus une terrasse, un donjon dans un coin et une admirable chapelle élevée quatre siècles plus tôt par le roi Saint Louis mais défigurée par les travaux ajoutaient à la tristesse du décor qui ressemblait un peu à un puits.

La Reine habitait au second l'un des plus vastes parmi les soixante-sept appartements du château. Il était contigu à celui du Roi et sis juste au-dessus de celui de Mme de Montespan. Les six pièces d'enfilade étaient indéniablement somptueuses : marbres diversement colorés, bronzes dorés, tapis des Echelles du Levant, brocarts et meubles d'essences rares, rien n'y manquait et l'ensemble était magnifique.

En outre, les fenêtres donnaient au sud sur les

parterres de Le Nôtre, le Château Neuf, ses jeux d'eau et ses terrasses descendant jusqu'à la Seine, une bien jolie vue, ce qui n'empêchait pas l'atmosphère d'y être souvent irrespirable à cause de l'odeur complexe où dominaient l'encens et le chocolat. L'un reflétant l'extrême piété de la Reine et l'autre sa principale gourmandise. Elle buvait chaque jour sept ou huit tasses de ce liquide épais et très sucré qui lui gâtait les dents et lui valait parfois des digestions difficiles, mais c'était elle qui l'avait mis à la mode et elle en raffolait. Pour sa part, la nouvelle lectrice n'appréciait qu'à moitié.

En revanche sa position présentait certains avantages : une petite chambre voisine de celle de la Reine afin de la secourir en cas d'insomnies, un traitement régulier que versait chaque mois le trésorier de Sa Majesté et une garde-robe beaucoup mieux montée. A son arrivée, la dame d'atour, la duchesse de Béthune, s'était avisée de la quasi-indigence du contenu de ses bagages. Après avoir émis une opinion bien sentie sur le dédain de Madame pour la toilette, elle avait nanti Charlotte de vêtements, linges et souliers dignes d'une suivante royale, mais en précisant qu'il lui incomberait, à l'avenir, de remplacer ce qui s'userait.

Côté entourage, évidemment, c'était moins agréable que chez les Orléans. Les dames – toutes de haute naissance et de grande piété ! – regardaient avec une certaine méfiance cette fille qui avait osé s'échapper du couvent et qui avait été renvoyée de Madrid. Aussi Charlotte n'avait-elle rencontré de sympathie qu'auprès de la principale femme de chambre, la marquise de Visé, une Espagnole nommée Maria Abarca, la seule ayant échappé au nettoyage par le vide qui avait réexpédié de l'autre côté des Pyrénées le service espagnol de Marie-Thérèse quand la politique avec Madrid s'était tendue. Même la chère Molina qui avait servi la petite infante avait dû partir en dépit des supplications de la Reine. Maria de Visé était une femme d'environ trente-cinq ans, vive et gaie. Elle avait pris la jeune lectrice en sympathie et ne l'avait pas caché. Ce qui avait beaucoup réconforté Charlotte avec le fait que la Reine elle-même lui montrait de l'amitié et réclamait souvent sa présence. Surtout le jeudi! Ce jour-là c'était le jardin secret, la face cachée de la souveraine que bien peu connaissaient : quand elle était à Saint-Germain, la Reine, vêtue simplement et couverte d'une mante à capuchon, faisait charger des paniers remplis de nourriture et de médicaments dans une voiture sans marque distinctive et s'en allait à l'hôpital-hospice aider les Dames de la Charité à soigner les malades.

La première fois qu'elle l'avait emmenée, Charlotte n'en avait pas cru ses yeux. Dans sa robe de laine bleue protégée par un vaste tablier de chanvre, ses cheveux enveloppés d'un bonnet, Marie-Thérèse se dépensait sans compter, allant d'un lit généralement occupé par deux personnes à un simple matelas, assistant l'un pour manger sa soupe, épongeant le front fiévreux d'un autre, toujours douce, toujours souriante, sans jamais montrer le moindre dégoût même devant les spectacles les plus répugnants. L'hiver était rude et l'hôpital surpeuplé. De toutes parts s'élevaient des plaintes, des gémissements, des quintes de toux, des râles. La maladie et la misère se partageaient tous ces corps étendus d'où s'élevait une odeur pénible qu'essayait de combattre celle des immenses braseros posés de loin en loin pour lutter contre le froid. Les robes des religieuses passaient comme des fantômes au milieu de cette humanité pitoyable. Celles de quelques femmes charitables s'y mêlaient, mais aucune n'était aussi efficace que la Reine. Une scène en particulier frappa Charlotte, qui, encore maladroite bien sûr, essayait de la seconder de son mieux : une violente quinte de toux s'était élevée dans un coin de la salle. Il y avait là, sur un matelas, un vieil homme que l'on venait d'admettre et qui, entre les répits de sa toux, jurait comme un païen en réclamant à boire. Il était sale à faire peur et, sous les plaques de crasse, sa peau présentait une sinistre teinte grise qui s'enflammait dramatiquement aux pommettes. On lui avait donné de l'eau à boire mais il l'avait renversée en braillant qu'un vétéran de Rocroi ne buvait pas de cette saleté. Comme la toux reprenait, Marie-Thérèse se pencha sur lui. Elle tenait un gobelet de vin d'Espagne qu'elle approcha des lèvres du vieux!

— Buvez un peu mon ami! cela vous soulagera!

Simultanément, elle faisait signe à Charlotte de l'aider à soulever le buste du malade pour qu'il pût se désaltérer plus commodément. Il trempa ses lèvres puis fit la grimace :

— Pouah! Ça vient d'chez ces faillis chiens d'Espagnols! Faudrait voir à me trouver autre chose, ma fille! J'suis un vieux soldat...

— De Rocroi, je sais mais vous devriez...

Un nouvel accès lui coupa la parole et, brusquement, le malade vomit sur la main de Marie-Thérèse. Ce que voyant, une religieuse accourut, horrifiée :

— Doux Jésus, Votre Majesté ne devrait pas faire ces choses ! La voilà toute souillée...

— C'est sans importance, ma sœur. Il faudrait essayer de mettre plus au propre ce pauvre homme. Allez me chercher ce qu'il faut ! Nous le changerons ensemble !

Elle se relevait en reposant sur son grabat le vieux qui avait cessé de tousser et qui la regardait avec stupeur :

— C'est y pas Dieu possible que vous êtes... la Reine ?

Elle lui sourit gentiment :

— Ici je ne suis plus la Reine mais vous, vous êtes toujours un soldat du Roi et cela vous donne droit à tous mes soins.

— Hé ben, hé ben ! C'est pas pour dire mais j'aurais eu d'la chance puisque si j'en réchappe, j'pourrai dire qu'j'ai été soigné par la reine de France. J'suis sûr qu'le Roi peut pas en dire autant !

— Non... Il ne peut pas en dire autant... et je le regrette.

A la suite de ce jour, elle avait emmené Charlotte de préférence aux autres femmes :

— Vous savez regarder la misère en face et vous n'avez pas peur de vous salir les mains.

— J'aurais honte de me montrer plus difficile que Votre Majesté, mais comment fera-t-elle quand la Cour sera définitivement installée à Versailles. A moins qu'il ne s'y trouve un hôpital ?

— Non. La ville n'est pas achevée. Je continuerai à venir ici : ce n'est pas si loin.

— Mais la Reine risque sa santé. Le Roi le permet-il ?

— Non. Naguère encore lors de mes visites, avec Pierrette et une de mes dames, celle-ci n'avait rien de plus pressé que courir chez le Roi lui expliquer que je mettais en danger ma vie et celle de toute la Cour. Il me l'avait interdit. Mais cela n'empêchait pas mes visites sous un déguisement et je n'ai plus emmené aucune de ces dames. Seule Maria de Visé a le dévouement de m'accompagner. Maintenant vous êtes là et je crois que vous accepterez sans trop de peine de m'assister à tour de rôle avec Maria ?

— Ce sera une joie pour moi, une façon de remercier la Reine de m'avoir sauvée. J'avais tellement peur de n'être utile à rien !

Marie-Thérèse se mit à rire :

— Il est vrai qu'à l'exception des livres de piété, nous ne lisons guère, mais vous oubliez qu'avec vous je peux parler ma langue natale et c'est sans prix !

Par la suite, Charlotte devait apprendre que la charité de Marie-Thérèse ne s'arrêtait pas à l'hospice de Saint-Germain. Elle avait aussi fondé à Poissy une maison d'accueil pour les scrofuleux, ces porteurs d'écrouelles que l'onction du sacre donnait au Roi le pouvoir de guérir. Sans compter les secours aux pauvres, les dots des filles dépourvues et d'autres aides encore offertes dans la plus grande discrétion afin de ménager la fierté de ceux qu'elle aidait. Sa cassette n'y suffisait pas toujours, surtout quand elle avait perdu au jeu. C'était là, en effet, son point faible :

elle aimait jouer tout autant que boire du chocolat. Alors il lui fallait faire appel à son époux qui ne se faisait pas trop tirer l'oreille, conscient des sommes fabuleuses qu'il dépensait pour ses maîtresses, ses plaisirs et ses bâtiments. Mais lorsqu'elle gagnait, sa générosité ne connaissait pas de bornes !

Ce jour-là, aux approches du crépuscule, on rentrait de l'hôpital et comme d'habitude on passait devant la maison natale de Charlotte. A ce moment la jeune fille se rejetait en arrière dans la voiture pour éviter de voir et d'être vue. Jusqu'à la mort de son père, elle y avait vécu heureuse et craignait l'assaut des regrets stériles. Mais cette fois non seulement elle se pencha à la portière, mais demanda même la permission de descendre.

— Le château n'est pas loin et je rentrerai à pied, dit-elle.

— Vous ne voulez pas que nous vous attendions ?

— Grand merci, Madame, mais c'est inutile. Votre Majesté est en retard et il ne faut pas contrarier le Roi. Cette maison est celle de mon père et il s'y présente quelque chose d'inhabituel.

En effet, le portail était grand ouvert et Charlotte avait pu apercevoir dans la cour un groupe de domestiques apeurés regardant aller et venir des hommes qui ne pouvaient être que des policiers parce que, debout au milieu d'eux, Alban Delalande commandait la manœuvre. Toutes les portes et les fenêtres étaient ouvertes en dépit du froid et des gardes de la Prévôté qui faisaient circuler les curieux.

— Ne vous attardez pas alors ! recommanda Marie-Thérèse. Je voudrais savoir moi aussi...

Déjà Charlotte sautait sur le sol, franchissait le portail et courait vers Alban. L'un des gardes voulut lui barrer le passage mais elle le repoussa :

— C'est ma maison et M. Delalande me connaît !

Mais celui-ci vint à sa rencontre, la prit par le bras et l'entraîna vers le fond de la cour :

— Vous avez décidément l'art d'arriver quand on n'a pas besoin de vous ! Qu'est-ce que cette voiture ?

— La Reine est dedans, souffla-t-elle, et vous feriez mieux de vous en occuper ! Discrètement s'il vous plaît !

A l'évidence, la foule des curieux s'épaississait et gênait l'avancée des chevaux. Le passage fut vite rétabli. Sur l'ordre du jeune homme les piques des gardes dégagèrent le chemin et l'attelage s'éloigna. Alban revint vers Charlotte :

— C'était réellement la Reine ?

— Je ne vois pas pourquoi je mentirais. Evidemment c'est elle ! Nous sortons de l'hôpital où elle se rend chaque semaine. Et maintenant me direz-vous ce que vous faites chez... mon père ?

Elle allait dire chez moi mais pensa que ce n'était plus vrai depuis longtemps. Il comprit, sourit et la fit asseoir sur une marche du perron où il appuya un pied :

— Il y a deux jours, j'ai arrêté les assassins de Mme de Brecourt !

— Ce n'est pas possible ! Comment avez-vous fait ?

— Grâce à Jacquemin, mon second. Dans un cabaret de l'île Notre-Dame il a remarqué un homme en train de vendre un bijou à un autre. Or, ce bijou, un bracelet orné de camées, correspondait à l'un de ceux qui ont été volés sur le corps de votre tante...

— Comment saviez-vous ce qu'elle portait ce jour-là ?

— Une certaine Marguerite, gouvernante au château de Prunoy, nous les a décrits minutieusement. Jacquemin n'a pas lambiné : quelques minutes après l'individu était appréhendé et conduit au Châtelet où il n'a pas été très laborieux de lui faire donner le nom de ses complices. Ils étaient quatre que nous n'avons pas eu de difficultés à retrouver, mon ami Desgrez et moi. Ils sont tous sous les verrous et cela a été un jeu d'enfant pour M. de La Reynie d'obtenir qu'ils racontent leur histoire. C'est La Pivardière qui les a soudoyés...

— Et... ma mère y est impliquée ?

— Ils n'en ont rien dit. Ce qui est normal : ce n'est pas l'affaire d'une dame de recruter des tueurs. Ce qui ne signifie pas qu'elle soit innocente ! Je pense savoir où trouver la preuve qu'elle a empoisonné votre père...

— Mon Dieu ! gémit Charlotte. Ainsi ma pauvre tante avait raison ! Et où est cette preuve ?

— Ici. Malheureusement, n'ayant pas de charges contre Mme de Fontenac, je n'ai aucun moyen de m'en assurer. D'autant plus qu'elle s'est retirée dans la pièce même où cela doit se trouver.

— Ma mère est ici ?

— Je viens de vous le dire ! En comprenant que je venais épingler La Pivardière, elle a jeté feu et flammes puis est allée s'enfermer après nous avoir insultés en ajoutant que nous le chercherions en vain parce qu'il n'était pas là. Et de fait, nous avons fouillé de fond en comble sans rien trouver. Sauf, dans sa chambre, que nous a indiquée l'intendant, quelques objets lui appartenant... mais qui pourraient aussi bien appartenir à n'importe qui. Nous nous apprêtions d'ailleurs à partir...

— Ce qui m'échappe c'est que vous dites qu'il y a une preuve contre elle cachée dans la librairie et que vous lui ayez permis de s'y enfermer. Et si elle y cachait justement La Pivardière ?

— Je l'ai déjà visitée. Pourquoi ? Y aurait-il un passage secret ?

— Pas dans la librairie. Il ouvre sous l'escalier et mène hors les murs de la ville en descendant jusqu'au bas du plateau...

— Qu'attendez-vous pour me le montrer ? C'est par là sans doute qu'il s'est enfui...

On rentra dans la maison mais Charlotte eut beau actionner à plusieurs reprises le mécanisme que son père lui avait montré pour l'amuser, il lui fut impossible d'ouvrir :

— Ce doit être bloqué de l'intérieur ! soupira-t-elle.

— Et vous savez à quel endroit il débouche dans la campagne ?

— Non. Mon père a refusé que j'y descende : il disait que l'escalier creusé à l'époque des guerres de Religion était devenu extrêmement dangereux avec l'usure du temps et il m'avait fait promettre de ne jamais essayer...

— Il aurait mieux fait de ne pas vous le montrer alors.

Sur ces mots Charlotte prit feu :

— Qui êtes-vous pour vous permettre de juger mon père? Il était l'homme le plus merveilleux, le meilleur de la terre! Je l'aimais! s'écria-t-elle la voix enrouée par les larmes.

— Ah oui?... Il serait sans doute grandement fier aujourd'hui s'il pouvait voir sa fille acoquinée avec les argousins de la police!

Sans que l'un ou l'autre l'eût entendue venir, Marie-Jeanne de Fontenac se tenait en retrait d'eux, les bras croisés sur la poitrine, le mépris à la bouche...

Si elle fut surprise, la jeune fille se reprit instantanément :

— Ma mère! riposta-t-elle, rendant insolence pour insolence. Croyez-vous qu'il serait plus fier d'apprendre que son épouse n'a cessé de le trahir et lui a non seulement donné la mort, mais, pour employer votre langage, s'est acoquinée avec l'assassin de sa sœur?

Il y avait longtemps que les deux femmes ne s'étaient vues puisque lors de sa fuite des Ursulines près d'une année s'était écoulée depuis leur dernière rencontre. Elles se redécouvraient en quelque sorte. Charlotte gardait le souvenir d'une jolie femme très parée, tirée à quatre épingles dans des toilettes roses ou bleu pâle qu'elle déclarait convenir à sa carnation de blonde, les cheveux brillants comme de l'or. Mais le temps avait coulé, détruisant cette espèce de vernis soyeux qui – Charlotte n'en savait rien! – avait tenté un jour l'appétit facilement en éveil de Louis XIV. Restaient les yeux dorés autour desquels la peau cachait sous un pied de crème et de poudre ses flétrissures et une couperose due à un penchant marqué pour la bouteille en voie de développement. Des rides apparaissaient et un pli amer marquait la commissure des lèvres autrefois si fraîches. Mais se voulant proche de la mode, elle portait – avec élégance – une robe de beau velours outremer brodée d'or et réchauffée d'un mantelet assorti. Des bagues bosselaient ses mitaines de dentelle blanche comme la fontange filigranée d'or qui la coiffait.

De son côté, Marie-Jeanne détaillait avec colère cette grande jeune fille mince dans de modestes mais chauds vêtements de laine brune et de batiste blanche qu'embellissaient son teint de fleur, ses magnifiques cheveux blond argent et les longs yeux verts qu'elle tenait de son père.

Debout entre les deux, Alban les dévisageait l'une après l'autre en se demandant si le fait qu'elles fussent mère et fille était vraiment crédible. Mme de Fontenac cependant reprenait le combat :

— Comme c'est facile d'accuser à tort et à travers sans la moindre preuve ! Vous mériteriez le fouet pour cela mais cela pourrait venir un jour... prochain sans doute quand on vous aura enfin enfermée dans le sévère couvent qui vous attend.

— Ne rêvez pas, Madame. Je suis à la Reine !

— On me l'a dit, en effet, mais je pense qu'elle a déjà dû vous chasser puisque je vous trouve en telle compagnie et habillée en conséquence. Vous couchez avec cet homme je suppose ? Un beau mâle d'ailleurs !

Charlotte prévint la réaction, qu'elle craignait violente, d'un geste de la main :

— Ne mesurez pas les autres à votre aune, Madame.

Vous l'auriez fait peut-être. Moi pas, je me contente de lui devoir la vie. Quand à mes vêtements, ils sont conformes à ce que l'on doit porter quand on accompagne Sa Majesté dans ses visites à l'hospice. En revenant j'ai vu l'agitation qui règne ici et j'ai demandé la permission de descendre de voiture. Ce que la Reine a eu la bonté de m'accorder. Souffrez à présent que je retourne à mes fonctions...

On s'en tint là. Jacquemin, qui venait de mener les investigations dans les caves et les dépendances, effectuait sa réapparition. Poussiéreux et visiblement mécontent :

— Rien, Monsieur ! fit-il sobrement.

Marie-Jeanne éclata d'un rire hystérique :

— Vous l'ai-je assez dit ! M. de La Pivardière est seulement un ami qui me rend visite de temps en temps et votre intrusion est inqualifiable. Cette fouille d'une noble demeure va vous coûter fort cher, jeune homme ! Je vais porter ma plainte...

— Si j'étais vous, Madame, je me tiendrai tranquille. La ville entière sait que La Pivardière est votre amant et qu'il vit ici... ainsi que j'ai pu le constater lors du dernier incendie. Je ne peux rien contre vous ce soir mais il peut en aller autrement demain. De toute façon, cet hôtel restera sous surveillance et vous voudrez bien vous rappeler qu'abriter un criminel recherché par la justice revient à se faire sa complice et pourrait vous valoir la Bastille... Mademoiselle de Fontenac, je vais vous faire ramener au château. Toi Jacquemin tu prends soin de Madame. Il y a là une banquette où elle peut s'asseoir. Je t'envoie Léonard et Dulaurier pour éviter qu'elle ne te brûle la politesse...

— Je suis chez moi et vous n'avez aucun droit !

— Au nom du Roi j'ai tous les droits, Madame. Quant à moi, je désire vérifier un détail. Rassurez-vous ce ne sera pas long.

Il retint cependant son élan. Marie-Jeanne n'avait pas fini de cracher son venin et s'adressait à sa fille qui s'apprêtait à sortir :

— Ne faites pas trop la renchérie, la belle ! Vous pourriez bien vous retrouver à la rue. Les reines ne sont pas éternelles. Il se peut que celle-ci ne vive pas vieille !

— C'est une menace ? gronda Delalande. Vous m'avez l'air d'en savoir des choses et j'ai bonne envie de vous prier de venir avec moi !

— Où ? En prison ? Je vous rappelle que vous cherchez ce pauvre La Pivardière, pas moi !

— Alors que signifie ce que vous venez de dire au sujet de Sa Majesté ?

— Cela ne signifie rien. C'est un simple point de vue. Il faudrait être aveugle pour ne pas voir qu'elle devient gênante.

— Priez Dieu qu'il ne lui arrive rien sinon je saurai me souvenir de vos paroles. Elles sont de celles qui tuent !

— Ce serait fort injuste ! Je ne lui veux aucun mal, moi, à cette malheureuse !

— Alors allez vous asseoir et tenez-vous tranquille ! Je reviens... Ah, Léonard ! Tu ramènes Mlle de Fontenac au château, ajouta-t-il à l'intention du policier qui entrait...

Charlotte ouvrit la bouche pour protester mais Alban était déjà parti, se précipitant vers la librairie dont, par précaution, il referma la porte sur lui avant de jeter un regard circulaire. Les traces de l'incendie restaient visibles en dépit des quelques coups de pinceau que l'on y avait appliqués pour effacer le plus gros. Les grands rayonnages séparés par des panneaux peints et contenant les livres n'avaient souffert que de la suie et de la fumée. Se souvenant des instructions de Mlle Léonie, il chercha celui que décorait la muse de l'Histoire et aussi le point qu'on lui avait décrit. C'était sur le côté droit du panneau et protégé par un lourd volume sur l'art des fortifications, une protubérance du bois sur laquelle il appuya, dévoilant l'ouverture d'une cachette.

— C'est bien ça ! fit-il avec satisfaction. Voyons un peu ce qu'il y a là-dedans...

Et il glissa la main dans l'ouverture.

Charlotte rentra au Château furibonde. Si, d'une part, elle était satisfaite que les assassins de sa tante fussent sous les verrous en attente d'une inévitable exécution et que la culpabilité de La Pivardière soit établie, le savoir en fuite ne lui causait aucune joie. En revanche, elle en voulait à Alban de ne pas l'avoir raccompagnée lui-même au lieu de la confier à ce garçon à moitié endormi qui ne lui avait pas adressé la parole. Pour dire quoi, d'ailleurs ? C'eût été tellement différent avec son chef ! Cet animal devait bien se douter qu'elle avait besoin de réconfort après s'être retrouvée en face d'une mère qu'elle n'avait jamais eu aucune raison d'aimer, dont elle était sûre à présent qu'elle était son ennemie. Et une ennemie désormais implacable. Au lieu de cela, il ne s'était intéressé à elle que dans les strictes limites de son métier, pour lui poser des questions sans plus d'égards que si elle avait été la première fille venue !

A la colère succéda un désagréable sentiment de honte en passant en revue la suite de leurs relations. N'était-ce pas elle qui, au retour d'Espagne, s'était jetée dans ses bras, allant jusqu'à lui avouer qu'elle l'aimait ? Quelle idiotie ! Bien digne d'une gamine et tout cela parce qu'elle sentait le besoin d'être protégée, défendue et qu'il émanait de lui une extraordinaire impression de force. Lorsqu'elle était près de lui d'étranges pulsions s'éveillaient en elle dont elle avait à peine conscience, mais qui, en se retirant, lui laissaient une bizarre sensation de faim jamais éprouvée en face d'autres hommes. Dieu sait pourtant que, depuis son entrée chez la Reine, nombre de gentilshommes lui avaient fait la cour sans qu'elle y fût le moindrement sensible ! Aucun ne faisait battre son cœur au rythme affolé que suscitait la présence d'Alban. Il allait falloir se reprendre sinon cette attirance – puisque à l'évidence on devait se résigner à l'appeler ainsi ! – risquait de la détruire.

Rentrée dans son petit logis elle se hâta de changer de vêtements pour se rendre auprès de la Reine qu'elle trouva inquiète du temps qu'elle avait mis à revenir. Et ce fut avec plaisir que Marie-Thérèse apprit que les assassins de sa chère Mme de Brecourt ne tarderaient pas à payer leur forfait, regrettant seulement que l'instigateur ait pu s'échapper...

— Si je vous ai comprise, la police suspecte votre mère ? Cela doit être horriblement cruel pour vous.

— Moins cruel que la perte de ma tante. Je sais depuis longtemps que ma mère ne m'aime pas et je ne l'aime pas non plus. Il n'en reste pas moins que cette suspicion me couvre de honte vis-à-vis du monde et que je ne remercierai jamais assez Votre Majesté de m'avoir donné un asile où je peux demeurer à l'écart d'une cour dont je redoute la méchanceté...

— Je ne peux vous donner tort ! Ces gens savent se montrer si impitoyables parfois. Sans doute ne diffèrent-ils guère de ceux qui peuplent les autres cours, mais ce n'est pas vraiment une consolation... Cela dit j'ai une heureuse nouvelle. Vous allez retrouver des amis : Monsieur et Madame arrivent demain pour célébrer avec nous les fêtes de la Nativité et l'An nouveau. Ils logeront comme d'habitude au Château Neuf...

A l'idée de revoir la Palatine, Lydie de Theobon et Cécile de Neuville, Charlotte éprouva une joie réelle. Elle ne les avait pas vues depuis longtemps, Madame ayant, suite à la mort de son père, voyagé plusieurs semaines en Alsace, où elle avait retrouvé sa mère, et outre-Rhin. Certes Charlotte aimait bien Maria de Visé qui depuis son entrée chez la Reine lui avait montré beaucoup de sympathie, mais ce n'était pas la même chose qu'avec ses anciennes compagnes. Elles étaient pour elle les sœurs qu'elle n'avait jamais eues...

En réalité, le Château Neuf ne l'était pas tellement puisque le bâtisseur en était le roi Henri II, fils de François Ier. C'était en 1556 que le souverain avait chargé son architecte Philibert Delorme de construire à quatre cents mètres du Château Vieux et sur le rebord du plateau une « maison de théâtre et de baigneries » posée sur six étages de terrasses et de jardins descendant jusqu'à la Seine. Interrompue par les guerres de Religion, la construction ne fut reprise que sous Henri IV. En fait c'était plutôt une résidence d'été avec son corps central, ses deux ailes et son unique étage posé sur une infinité de grottes, de jeux d'eau, de parterres où il était agréable de se promener. Louis XIII y était né et aussi Louis XIV, mais si la demeure dégageait un charme certain elle était mal commode pour les dimensions de la maison du Roi et, en 1664, celui-ci avait définitivement opté pour le Château Vieux, laissant l'autre à Monsieur son frère. Au-delà s'étendait l'immense terrasse de trois quarts de lieue bordant la Seine et que Le Nôtre avait achevée sept ans plus tôt[1]...

Au matin de cette arrivée qui lui causait tant de joie, Charlotte, profitant du ciel clair et d'un soleil un peu pâle, saisit l'occasion de descendre dans les jardins. Elle aimait le majestueux parterre étendu comme un tapis précieux entre les deux châteaux. Même sous sa vêture d'hiver. Parmi les arabesques dessinées par les bordures de petits buis taillés, des sables colorés remplaçaient les fleurs et le coup d'œil restait ravissant.

A l'exception des jardiniers à l'ouvrage comme chaque matin, elle pensait être seule et ne vit l'autre promeneur que lorsque, venant du Château Neuf

1. Il ne reste du Château Neuf que le pavillon Henri IV.

sans doute, il sortit de sous un rideau d'arbres et marcha vers elle. Charlotte n'y prit pas garde d'abord : le personnage, enveloppé d'un manteau sombre, un tricorne bordé de courtes plumes noires sur la tête, allait d'un pas tranquille appuyé sur une canne. Ce pouvait être M. Le Nôtre ou l'un de ses assistants... Elle ne reconnut le Roi que lorsqu'il fut à un mètre d'elle.

Plongeant en catastrophe dans une révérence un rien chancelante, elle faillit céder à la tentation de s'enfuir mais la surprise la cloua sur place. D'ailleurs, il l'avait reconnue :

— Mademoiselle de Fontenac ? Vous êtes bien matinale ! Ne devriez-vous pas être à cette heure à votre emploi auprès de la Reine ?

Le ton de reproche n'était pas sévère. La jeune fille n'en rougit pas moins. Elle émit une petite toux nerveuse puis répondit :

— Je suis seulement la lectrice de Sa Majesté. Quand elle est à sa toilette, elle n'a pas besoin de moi. Je... j'en profite souvent pour descendre au jardin...

Ce dernier morceau de phrase fut à peine audible tant Charlotte se sentait mal à l'aise.

— Vous aimez les jardins ?

— Oh oui, Sire ! Et ceux du Roi sont toujours si beaux ! Même dans la mauvaise saison. M. Le Nôtre doit être un grand poète !

— Voilà une raison que je lui rapporterai. Il en sera content... mais le vent se lève : rentrons, voulez-vous ?

Ils marchèrent un moment en silence. Le cœur de Charlotte lui battait si fort qu'il devait s'entendre jusqu'au château. Soudain le Roi dit :

— Avez-vous peur de moi ?

— ... Oui, Sire !

— Cela se voit ! Vous êtes toute rouge !... Elle aussi s'empourprait quand je lui adressais la parole et cela lui allait bien. A vous aussi d'ailleurs...

La jeune fille ne se risqua pas à demander à qui le Roi faisait allusion mais la douceur de l'intonation lui fit relever la tête. Elle vit qu'il lui souriait et sa gorge se desserra. Elle lui rendit son sourire :

— Votre Majesté est infiniment bonne !

Il prit sa main qu'il retint dans la sienne :

— Vous le pensez réellement ? Je n'en suis pas certain... Quoi qu'il en soit vous ne devez rien redouter de votre Roi ! La Reine vous aime... et nous vous verrons toujours avec plaisir...

Le retour au pluriel de majesté signifiait la fin de l'entretien. Charlotte le comprit, s'agenouilla presque en saluant et regagna le château, laissant le Roi poursuivre seul sa promenade. Elle n'avait plus envie de continuer. Il fallait qu'elle remît de l'ordre dans ses idées. Jamais elle n'aurait imaginé que le redoutable souverain pût s'adresser à elle avec une telle douceur. C'en était presque troublant !...

Ce le fut plus encore quand, s'engageant dans le grand escalier, elle rencontra Mme de Montespan qui descendait emmitouflée de fourrures et escortée de deux suivantes.

— Eh bien ? lui lança-t-elle, que vous avais-je dit ?... Je pense qu'à présent vous réfléchirez plus attentivement à mes paroles.

Puis baissant la voix jusqu'au murmure :

— La place de la pauvre Fontanges est encore chaude même si le souvenir qu'elle laisse est peu... ragoûtant.

— On dit que le Roi l'a beaucoup pleurée...

— Il pleure toujours beaucoup ! Surtout en public !... Ne soyez pas sotte ! Vous avez tout ce qu'il faut pour jouer les consolatrices...

Ayant dit, elle poursuivit son chemin, laissant derrière elle le sillage d'un parfum complexe et envoûtant...

Rue Beautreillis c'était le drame. Effondrée plus qu'assise sur une chaise basse, Mlle Léonie regardait Delalande faire l'ours en cage, les mains derrière le dos et l'œil orageux :

— C'est à n'y point croire ! exhala-t-il enfin. Vous êtes certaine de ne pas vous être trompée ?...

— De quoi ? De muse ? Je suppose qu'il n'y a pas une cachette derrière chacune de ces neuf dames ?

— Et vous avez indiqué Clio !

— Bien sûr que j'ai indiqué Clio et je persiste puisque c'est ce que m'avait confié mon cousin. Je vous rappelle que j'ai vu, de mes yeux vu, ce qu'il y avait à l'intérieur : une lettre et un paquet que je n'ai pas eu le loisir d'explorer...

— Eh bien, ma chère demoiselle, moi je n'ai absolument rien trouvé ! Pas de lettre, pas de paquet ! Et je ne peux que constater que quelqu'un est passé avant moi et a tout emporté !

— Mais qui ? Je suis certaine qu'Hubert n'a parlé qu'à moi seule !

— On a pu l'entendre.

— En ce cas on se serait empressé de se servir. Or, il était mort depuis plusieurs jours quand j'ai découvert le pot aux roses.

— Oui, mais vous n'avez pas eu le temps de le prendre parce que la veuve vous a interrompue. Vous m'avez dit que vous aviez eu juste le temps de refermer ?

— C'est exact.

— Etes-vous vraiment sûre qu'elle n'a rien vu ? Auquel cas il ne faut pas chercher plus loin : c'est elle qui les possède... et nous il ne nous reste plus que nos yeux pour pleurer. Nous n'avons pas l'ombre d'une preuve. Et comme je n'ai pas non plus La Pivardière pour le travailler au corps, je ne vois pas ce que nous pourrions faire...

Mlle Léonie non plus. Elle pleurait. Tellement même qu'Alban alla chercher une bouteille de vin et deux verres qu'il remplit pour lui et son invitée :

— Cela ne sert à rien de vous mettre dans cet état ! Buvez un coup ! Vous aurez les idées plus nettes et moi aussi...

Elle cessa de pleurer, renifla, sortit son mouchoir pour s'essuyer les yeux et finalement prit le verre et le vida d'un trait :

— Qu'allons-nous faire maintenant ?

— Chercher La Pivardière bien sûr ! N'oublions pas que c'est lui l'assassin de Mme de Brecourt ! Alors la chasse continue !

Chapitre 11

Le grand déménagement

Cette fois c'en était fait : le Roi, la Reine et la Cour quittaient Saint-Germain pour n'y plus revenir. C'était le 2 mai 1682. On allait habiter Versailles, laissant les deux châteaux entrer dans un sommeil dont ils ne se réveilleraient plus guère. Massés de chaque côté de la route, les habitants, consternés, regardaient passer le brillant cortège des trois imposantes « maisons » royales escortant le carrosse rouge attelé à six chevaux bais du Roi, celui bleu de la Reine attelé à six chevaux blancs, celui du Dauphin rouge aussi avec des chevaux gris enveloppés par les régiments des gardes du corps, des Suisses, des gardes françaises et suivis d'une ligne interminable de voitures où avaient pris place tous ces hauts personnages et grands serviteurs dont depuis des années vivait Saint-Germain. La tristesse était peinte sur les visages de ces gens que l'on abandonnait ainsi et il y avait des larmes dans bien des yeux.

Mais en ce qui concernait les « partants », on n'était pas beaucoup plus gais. Depuis que Louis XIV avait annoncé six ans auparavant son intention d'établir sa personne, sa cour et son gouvernement à Versailles, on avait fini par ne plus y croire et s'engourdir dans la bienheureuse certitude qu'en admettant que cela vienne un jour, ce serait plus tard, beaucoup plus tard... dans un avenir agréablement flou. Le pire étant que l'on n'en bougerait plus ! On allait s'établir définitivement à la « campagne ». Autant dire dans la brousse ! On était si aise à Saint-Germain dont le site était charmant, à trois heures de Paris, où l'on pouvait même se rendre en empruntant le fleuve quand les chemins étaient trop boueux et que l'on n'était pas trop pressés. L'on y avait ses habitudes, ses hôtels ou ses propriétés et il fallait quitter cet Eden pour un palais immense, fabuleux certes, mais plein de courants d'air, pratiquement impossible à chauffer, implanté dans un paysage plat et marécageux dont on n'avait pas encore fini d'effacer les inconvénients. Même ceux qui avaient pu se faire construire des demeures dans la ville en gestation auraient préféré qu'on leur donne davantage de temps pour faire leur installation... Grâce à Dieu la belle saison commençait et la perspective du grand parc étendu à la suite des plus beaux jardins et de leurs jeux d'eau était séduisante mais ne compensait pas, pour ceux, moins favorisés, qui n'avaient pas pu faire construire la pensée de s'établir dans des logements exigus, des entresols bas de plafond, voire des soupentes... Sans compter le fait que le palais était encore en cours de travaux ! Cette année voyait s'achever les Grandes Ecuries ainsi que l'aile du Midi – celle du Nord n'était qu'en gestation ! – et la première chapelle allait être bénie en présence du Roi, mais ce n'était guère consolant. En résumé, assez peu d'avantages pour énormément de désagréments...

La vie dans l'entourage de la Reine n'était pas follement récréative mais Charlotte, ces derniers mois, y avait trouvé une tranquillité et un calme tels qu'elle n'en avait pas connus depuis son couvent. Les heures de la journée étaient rythmées de façon immuable par les obligations – et aussi les nombreuses prières ! – de la Reine. Une sorte d'apaisement venu du monde extérieur s'y était ajouté. Les assassins de Mme de Brecourt avaient expié leur forfait sur la roue et si l'on n'avait pu retrouver La Pivardière que l'on soupçonnait d'avoir passé une frontière, celui-ci n'en était pas moins condamné à mort s'il avait la mauvaise idée de revenir. Paris – et la Cour donc ! – connaissait un réel soulagement : la Chambre ardente, un moment remise en activité, était définitivement close. Après celui de la Filastre on n'avait rallumé qu'un ou deux bûchers. En revanche, les principaux accusés avaient pu sauver leur vie – tant on redoutait leurs déclarations publiques avant de mourir ! –, mais à quel prix ! La fille Voisin et une autre sorcière avaient été envoyées à la forteresse de Belle-Île, le prêtre satanique Guibourg, Lesage et deux de leurs complices Romani et Galet à la forteresse de Besançon mais ils y étaient autant dire emmurés et, pour plus de sûreté, on les avait enchaînés aux murs de leur prison. De plus, et les ordres de Louvois étaient impitoyables, au cas où il leur arriverait de protester ou de citer certains noms, on les avait avertis qu'ils seraient « corrigés si cruellement au moindre bruit qu'ils feront qu'il n'y en ait pas un qui ose souffler[1] ».

Le grand déménagement vint rompre l'espèce de cocon dans lequel s'était enfermée Charlotte. Quitter Saint-Germain lui faisait de la peine parce qu'elle savait que c'était sans retour. Au moins les dimensions du vieux château étaient-elles à taille humaine ! Il n'en allait pas de même pour celles de l'immense Versailles. Elles lui donnaient l'impression d'être jetée à la mer. Fini les descentes matinales au jardin avec parfois un livre à la main. Si la Reine utilisait rarement sa lectrice, celle-ci ne se privait pas de dévorer tout ce qu'elle pouvait trouver. Fini les rencontres presque familières, rendues possibles par la proximité, avec certaines personnes de la Maison du Roi ! Et à l'occasion avec le souverain en personne qui semblait prendre plaisir à échanger quelques paroles avec cette jeune fille qui lui en rappelait une autre. Un plaisir que Charlotte se surprit à partager. Louis XIV pouvait se montrer charmant quand il le voulait. Parfois aussi avec Mme de Montespan que ces brèves entrevues paraissaient enchanter ! A Versailles ce côté familier allait devenir plus rare, en admettant qu'il existât encore puisque les Grands Appartements des deux époux royaux étaient en voie d'être séparés par les quelque cent toises[2] de la galerie en construction. En revanche, il fallait espérer que l'on verrait plus rarement Mme de Maintenon !

1. Lettre de Louvois à Chauvelin, intendant de Franche-Comté responsable de la forteresse de Besançon.

2. Environ 200 mètres.

Celle-ci, en effet, réussissait chaque jour un peu plus à s'insinuer dans les bonnes grâces de la Reine. L'astucieuse marquise avait réussi à convaincre la douce Marie-Thérèse du rôle prépondérant qu'elle jouait dans les retours d'affection – aussi bien diurnes que nocturnes ! – d'un époux que la malheureuse continuait à adorer en silence. Charlotte ne l'avait-elle pas entendue soupirer un matin avec une sorte d'extase :

— Dieu a suscité Mme de Maintenon pour me rendre le cœur du Roi !

N'avait-elle pas, aussi, répondu à sa dame d'honneur, la duchesse de Créqui, tentant de modérer cet enthousiasme :

— Le Roi ne m'a jamais traitée avec autant de tendresse que depuis qu'il l'écoute !

Propos qui mettaient hors d'elle Mme de Montespan, laquelle n'hésitait pas à s'en prendre à Charlotte :

— Je n'ignore rien de vos petites rencontres matinales avec le Roi et je sais qu'il vous voit sans déplaisir ! Qu'attendez-vous pour vous montrer plus aimable... moins réservée, que diable !

— Je ne suis pas certaine que ce serait de bon aloi, Madame. En outre Sa Majesté m'impressionne, je l'avoue...

— Il impressionne tout le monde ! Sauf moi ! Quant à cette pauvre Fontanges, cela allait jusqu'à l'éblouissement !

— C'est qu'elle aimait le Roi, Madame !

— Et vous ? Vous ne l'aimez pas ?

— Je... je ne crois pas ! Pas comme Fontanges l'entendait, à mon sens !

— Taratata ! On aime toujours le Roi ! Enfin... on doit toujours se tenir prête à l'aimer ! Secouez-vous, ma petite, et souriez-lui davantage si vous ne voulez pas voir un jour la Maintenon reine de France !

L'idée fit rire Charlotte :

— Vous évoquez l'impossible, Madame ! Même si la Reine venait à disparaître – ce qu'à Dieu ne plaise ! –, le plus grand roi du monde ne la remplacerait pas par... par...

— Cette vieille rôtisseuse de balais ? riposta brutalement la marquise. Je la crois capable de l'amener à ce scandale.

— Heureusement la santé de la Reine est fort bonne ! Il faudrait... oh non ! Il n'est pas possible qu'elle puisse imaginer...

— De la faire passer de vie à trépas ? Peut-être n'y pense-t-elle pas elle-même mais je suis persuadée que d'autres y pensent pour elle ! Et le nombre de ses fidèles ne cesse d'augmenter. Alors cessez de faire la mijaurée et montrez-vous plus gracieuse ! Débrouillez-vous pour détourner ce benêt d'une telle harpie !

La marquise s'était esquivée là-dessus, laissant Charlotte se demander si oui ou non elle avait bien entendu. Avait-elle vraiment traité le Roi-Soleil de benêt ?...

Le lendemain elle recevait deux robes ravissantes : l'une en satin vert céladon, l'autre en moire rose pâle sans somptuosité déplacée mais propres à rehausser la beauté d'une jouvencelle de dix-huit ans. Un mot bref les accompagnait : « Ceci devrait vous convenir. N'oubliez pas qu'à Versailles il y aura beaucoup de monde. Il faut que l'on vous voie ! »

Que faire sinon remercier et ranger soigneusement ces falbalas inattendus qu'elle ne pouvait s'empêcher de trouver tentants mais qui ne laissaient pas de la mettre dans l'embarras. Elle aimait de moins en moins l'idée de remplacer la pauvre Fontanges tragiquement disparue. On pouvait même dire qu'elle lui répugnait. Aussi dans la voiture qui l'emmenait avec Maria de Visé vers leur nouvelle destination y pensait-elle avec un mélange de crainte, de doute et l'idée déprimante qu'elle allait se trouver prise entre deux feux : elle savait la Montespan capable de tout sous l'empire de la colère et de l'orgueil blessé. Outre le souvenir cauchemardesque qu'elle gardait de la nuit de sa fuite, elle avait été témoin, quelques jours plus tôt, d'une scène proprement incroyable. La marquise raffolait des parfums dont elle s'arrosait abondamment. Or, Louis XIV ne les appréciait pas et, ce jour-là, alors qu'il venait de faire monter la Reine en carrosse où Athénaïs devait aussi prendre place, il lui avait reproché sèchement cette débauche de senteurs :

— Je ne vous empêche pas de sentir mauvais ! lui avait-elle vertement répondu avant de lui tourner le dos.

Dieu sait à quelles extrémités elle pouvait se laisser aller si Charlotte la décevait ! D'autre part la Maintenon ne la rassurait pas davantage. Elle se méfiait des regards qu'on lui jetait pendant qu'on lui souriait. Et moins encore les mots surpris par elle, en apportant à la Reine une écharpe que celle-ci lui avait demandée. Marie-Thérèse s'apprêtait à faire sa dernière promenade dans les jardins en terrasse du

Château Neuf. Pas seule évidemment : ils étaient nombreux ceux qui voulaient dire un ultime adieu à ces lieux où, depuis plus de deux cents ans, s'était déroulée l'Histoire. Mme de Maintenon était de ceux-là et s'était empressée de venir saluer la Reine qui l'avait invitée à cheminer de concert.

Et ce fut en rapportant l'écharpe que Charlotte entendit :

— Cette pauvre Mme de Fontenac fait peine à voir. L'horreur du forfait commis par celui qu'elle avait eu la faiblesse d'aimer la poursuit et elle ne cesse d'implorer le pardon du Seigneur ! Elle ne sort plus de chez elle que pour se rendre à l'église et soulager les miséreux. En vérité, cela est vraiment touchant...

L'arrivée de Charlotte l'avait interrompue et elle s'était écartée prestement, mais la jeune fille ne s'était pas trompée sur la signification du regard moqueur que la dame lui avait adressé. Le temps n'était plus très éloigné où Marie-Thérèse, si habilement circonvenue, laisserait parler son bon cœur, accueillerait peut-être même une femme si intéressante et pourrait s'attacher à réunir une mère « douloureuse » et sa fille rebelle. Surtout si l'on parvenait à la persuader que c'était la volonté de Dieu !... Mme de Montespan avait raison, il fallait agir ! Ou du moins essayer en admettant que ce soit encore possible...

Pour permettre à la multitude des serviteurs chargés de son quotidien d'organiser son emménagement, le Roi avait décidé de faire une escale de trois jours chez Monsieur son frère. Dans ce but le long cortège du grand déménagement se sépara donc en deux parties inégales, la plus importante poursuivit sa route tandis que l'autre gagna Saint-Cloud... Une circonstance qui enchantait Charlotte, ravie de pouvoir bavarder avec Lydie de Theobon et Cécile de Neuville autrement que par le truchement des billets qu'elles échangeaient. Ce qui lui avait permis de soupçonner que tout n'allait pas pour le mieux chez les Orléans.

Aussi fut-elle à peine surprise de retrouver le cher Saint-Cloud baignant dans une atmosphère difficile où la bonne humeur n'était qu'apparente. La beauté des jardins où mai épanouissait des milliers de roses, la splendeur raffinée des salons et des appartements abondamment fleuris ne faisaient que souligner par contraste une tristesse latente. L'exubérance habituelle de Monsieur, toujours paré comme une châsse, avait quelque chose de contraint. Quant à Madame, vêtue pour une fois avec élégance de taffetas nacarat[1], de dentelles d'Alençon et de perles, ses yeux rougis sous la poudre parlaient de larmes et de nuits sans sommeil. En outre, un certain frémissement de narines révélait à qui la connaissait une colère difficilement contenue. Mais il fallut attendre l'heure du feu d'artifice tiré dans le parc pour que Charlotte pût s'isoler avec ses deux amies :

— Si la présence de Mme de Montespan lui est indifférente, expliqua Lydie, elle a dû faire appel à toute sa bonne éducation pour supporter sans piper, vous devez vous en douter, celle de Mme de Maintenon dans sa maison...

1. Rouge clair à reflets nacrés.

— Au point d'en pleurer? N'est-ce pas exagéré?

— Vous n'y êtes pas! C'est bien plus alarmant! Madame est depuis le début de l'année victime d'une véritable cabale menée par le chevalier de Lorraine, la Grancey et le marquis d'Effiat. Cabale destinée à la perdre dans l'esprit de Monsieur, du Roi et de lui rendre la vie intenable!

— Mais pourquoi maintenant?

— Parce que l'Affaire des poisons a pris fin et que la Chambre ardente n'existe plus. Souvenez-vous, Charlotte, de la peur qu'on avait de M. de La Reynie dans l'entourage de Monsieur!

— La Cour entière avait peur de lui.

— Mais singulièrement les « mignons » de monseigneur. Ils vivaient dans l'angoisse tant que fut sur le tapis la question de savoir si l'on pourchasserait aussi la sodomie. A présent la menace a disparu et la confrérie a relevé la tête. Elle a compris surtout depuis l'arrivée de la Dauphine que la position de Madame devenait plus fragile.

— Je ne vois pas pourquoi.

— Mais si! Tant que la faveur du Roi et « l'affection » de son époux la soutenaient, Madame était inattaquable, mais cette nouvelle Allemande – on estime qu'une seule suffit à la cour de France! – a sans le vouloir grignoté sa position. La Dauphine amuse le Roi et aime la chasse. Aussi pour la bande qui a pu inscrire impunément à son palmarès la mort d'Henriette d'Angleterre, la première Madame ne voit pas de raison pour que la deuxième en réchappe.

— Mais enfin en quoi les gêne-t-elle?

— Elle les déteste et ne s'en cache pas. Une des

multiples lettres écrites par elle à sa tante Sophie de Hanovre a été subtilisée et n'a laissé aucun doute sur ce qu'elle en pense. Alors, la guerre a commencé, une guerre de harcèlement où le moindre de ses gestes est tourné en dérision, où l'on moque ses emportements, son physique, ses habitudes, l'accent qui lui revient parfois. Que sais-je encore ? Et le tout combiné de façon assez habile pour mettre les rieurs de leur côté, à commencer par Monsieur lui-même. Quant à Madame, elle ne possède pas la maîtrise de soi de la Reine. Elle réagit, elle crie, elle vitupère, elle pique des crises de fureur. Sans tenir compte, il faut bien le dire, des conseils du Roi qui a tenté de lui faire comprendre qu'à la Cour, le silence et le mépris sont les meilleures armes pour faire taire les ragots.

— C'est folie d'espérer d'elle un tel comportement ! Elle est tout d'une pièce ! Le Roi, s'il en a connaissance, ne pourrait-il s'en prendre à ceux qui suscitent une telle tempête de larmes et de fureurs ?

— Sans doute... mais se tient auprès de lui une personne qui a horreur du bruit, qui prêche le silence, l'accommodement, la patience, la vertu...

— La vertu ? Pour ces gens-là ? Il me semble avoir ouï-dire que Sa Majesté exècre la sodomie !

— Aussi ce léger... travers est-il mis en veilleuse depuis quelque temps afin que les torts soient du côté de Madame.

— Et que gagneront-ils de plus s'ils réussissent à éliminer notre Palatine ?

— Oh, c'est élémentaire ! ils auront le champ libre pour « plumer » Monsieur sereinement sans que personne ose venir se mettre en travers. Lorraine et

Effiat sont déjà gorgés d'or mais ils n'en n'ont jamais assez...

— Mon Dieu! Comment est-ce possible? Pauvre, pauvre Madame! Ne trouvera-t-elle pas quelqu'un pour la défendre?

— Ceux qui l'aiment comme moi, Mme de Clérambault, Neuville, ses serviteurs et vous pareillement je suppose? Mais de quel poids pesons-nous contre un ennemi si lourdement armé? Notre affection lui apporte, au moins, un peu de réconfort!

— Bientôt la mienne ne pourra plus s'exprimer que par écrit, soupira Cécile qui n'avait encore rien dit. Je me marie... ou plutôt mon frère me marie... à un très important personnage de notre pays.

— Comme vous dites cela! s'étonna Charlotte. Ne devriez-vous pas être heureuse?

— Ce n'est pas un mot à prononcer devant elle, conseilla Lydie.

— Est-ce qu'elle... ne l'aime pas?

— Vous allez tout de suite comprendre, soupira Cécile. Il a le double de mon âge, un triple menton et une bedaine de cardinal... mais il est immensément riche! Alors dans une semaine j'aurai quitté Saint-Cloud, Madame... et vous sans grand espoir de retour!

Elle avait visiblement envie de pleurer et Charlotte ne le supporta pas :

— N'acceptez pas, voyons! Vous êtes jeune, jolie, sous la protection de Madame. Il faut...

— Me révolter ainsi que vous l'avez fait? pour aller où? Vers qui? Ce mariage a reçu l'approbation du Roi... et je n'ai pas le choix, ma chère Charlotte. Mais ne vous tourmentez pas trop pour moi ! Il y a un coin de ciel bleu dans cette grisaille : mon... fiancé a une réputation de bonté tant chez les petits que chez les grands. Il y a longtemps qu'il m'aime, paraît-il, et ce n'est pas sa faute s'il n'est pas aussi beau que le chevalier de Lorraine. Je ne serai peut-être pas malheureuse !

— Ce que vous seriez à coup sûr si le chevalier avait été votre conjoint ! conclut Lydie. Eh bien nous allons nous mettre à la mode de Madame et vous écrire des centaines de lettres. Contre l'amitié véritable, la distance est impuissante !

Theobon avait raison et puisque Cécile semblait résignée, Charlotte n'avait plus rien à objecter et elle se contenta de l'embrasser en lui promettant elle aussi de donner beaucoup de nouvelles. Cependant l'apparition du Roi dans cette affaire la choquait : il avait donné son consentement pour un mariage à ce point disproportionné alors qu'il n'avait peut-être jamais vu le prétendant... et peut-être jamais remarqué Cécile. Et Charlotte n'aimait pas l'idée qu'un seul homme – fût-il couronné – pût disposer ainsi de la vie de ses sujets sans distinction d'âge ni de sexe, décidant en aveugle de leur destin sans qu'ils puissent émettre la moindre protestation. Et maintenant il y avait cette femme, cette ombre grise et silencieuse attachée à ses pas qui, à travers lui, cherchait à s'attribuer au moins une part de cette toute-puissance !

Cette nuit-là, Charlotte eut du mal à trouver le sommeil, ce qui la mit de mauvaise humeur dès le réveil. Aussi quand la Reine n'eut plus besoin d'elle – il n'était pas rare qu'elle l'aidât à l'habillement et à la parure, Marie-Thérèse ayant remarqué son goût déjà affirmé –, elle descendit dans les jardins comme elle en avait pris l'habitude lors de ses séjours à Saint-Cloud. Et aussi pour profiter encore du foisonnement des roses. Dans deux jours ce serait Versailles d'où les beaux dessins de M. Le Nôtre bannissaient cette sorte d'exubérance.

Elle rejoignit son banc préféré à demi dissimulé par un buisson odorant mais, en l'atteignant, elle laissa échapper une exclamation en constatant qu'il était occupé. Elle s'apprêtait à prendre une autre direction quand l'importun se leva et la rejoignit :

— Un moment s'il vous plaît, Mademoiselle de Fontenac !

C'était Adhémar de Saint-Forgeat. Plus tiré à quatre épingles, plus emplumé et enrubanné que jamais dans des tons allant de l'azur pâle à l'outremer, il offrait un beau salut qu'elle paya d'une brève révérence :

— Je ne pensais pas rencontrer âme qui vive dans ce coin écarté et de si bon matin après la fête de cette nuit. Qu'y faites-vous donc ?

— N'ayant pas oublié que vous affectionnez cet endroit, je vous y attendais...

— N'était-ce pas un peu aventuré ? J'aurais pu aller ailleurs...

— Non. Un pressentiment me disait que je vous y verrais. Il faut que je vous parle !

— De quoi, mon Dieu ?

Il la dérangeait, ce qui n'améliorait pas son humeur.

— Vous allez le savoir... mais faites-moi d'abord la grâce de vous asseoir. Ce sera... plus facile !

Pensant que discuter serait inutile, elle obtempéra :

— Voilà ! Je vous écoute ! Hé mais que faites-vous ?

De la façon la plus imprévisible, il plia en deux sa longue carcasse et mit un genou en terre. Le mouvement dégagea un peu plus du parfum d'ambre dont il faisait usage :

— Je prends l'attitude convenable pour ce que j'ai à dire : ma chère Charlotte, voulez-vous me faire la grâce de me prendre pour époux et de devenir de ce fait comtesse de Saint-Forgeat ?

— Vous voulez m'épouser ? Vous ? émit-elle sidérée.

— Oui, moi ! Verriez-vous là quelque chose de surprenant ?

— Plutôt. Vous êtes toujours des familiers de Monsieur ?

— Bien entendu, mais je ne vois pas pourquoi ce serait un empêchement.

— Un empêchement non, mais la plupart de ses gentilshommes sont célibataires !

— Ce n'est pas une règle immuable ! Chacun sait que votre amie Theobon est secrètement mariée à Beuvron qui est des nôtres.

— Qui était des vôtres. On ne le voit plus guère... mais laissons cela. Me direz-vous la raison qui vous pousse à demander ma main ? Serait-ce que vous m'aimez ?

— Oh l'amour !... Seriez-vous très fâchée si je me relevais ? Cette position est diantrement inconfortable !

La mauvaise humeur de Charlotte n'y résista pas. Elle éclata de rire :

— Mais je vous en prie !... Relevez-vous ! Et tenez : asseyez-vous là ! La conversation sera plus aisée.

— Ah merci ! fit-il avec un soupir de soulagement. Où en étions-nous ?

— Je vous demandais si vous m'aimiez et vous avez répondu : « Oh l'amour ! » Comment l'entendiez-vous ?

— Eh bien, je pensais que le... enfin ce sentiment n'est pas indispensable pour faire un bon mariage. Peut-être même est-ce un inconvénient dès l'instant où cela peut troubler... une bonne entente !

— Je me disais aussi ! Alors pourquoi voulez-vous m'épouser ?

— Parce qu'il me semble que nous nous convenons. A tous égards ! Nous sommes bien nés tous les deux, vous êtes belle et je suis beau, vous êtes riche...

— Un instant, coupa Charlotte. Où prenez-vous que je suis riche ? c'est ma mère qui l'est et elle ne me donnera jamais un sol...

— ...Si vous ne l'êtes pas, vous le serez. Disons que vous avez des espérances ! Je reprends : nous ne sommes pauvres ni l'un ni l'autre. En outre je suis à Monsieur, vous êtes à la Reine qui nous veulent du bien... Le Roi même serait favorable. Que demander de plus ?

— Le fait que ma mère ait probablement empoisonné mon père ne vous dérange pas ?

— S'il fallait écouter tous les potins ! Et puis vous ne feriez jamais une chose pareille ! Pas à moi ! Ne vous ai-je pas sauvé la vie ?

Le lui rappeler était un manque de tact mais le bon

Saint-Forgeat était si content de lui qu'il ne l'aurait pas crue si elle lui avait dit qu'il était un malotru...

— Je ne l'avais pas oublié, rassurez-vous ! Quant à vous épouser...

Elle se donna le temps de l'examiner, essayant d'imaginer ce que ce pourrait être de partager la vie avec cette grande asperge qu'elle n'arrivait pas à trouver belle, en dépit de son nez grec, de sa bouche délicate, de ses yeux bleus et de ses cheveux... d'une couleur indécise. Elle l'avait connu en effet sous un amas de frisures d'un noir profond et elle le retrouvait tirant sur le brun-roux. Il est vrai que la mode des grandes perruques permettait toutes les fantaisies. Pour le reste c'étaient toujours les mêmes gestes précieux, l'abondance de rubans – couleur d'aurore ce jour-là ! –, le même air perpétuellement las et le même parfum entêtant... sans parler de cette voix haut perchée !... De plus, la mémoire de Charlotte lui joua soudain le tour de faire apparaître en surimpression l'image d'Alban qui se chargea de changer son envie de rire en envie de pleurer. Mais il fallait répondre. D'ailleurs le prétendant s'impatientait :

— Alors ?

— Je ne sais pas si vous allez me comprendre et surtout je ne voudrais pas que vous en fassiez une affaire personnelle mais pour le moment c'est non. En fait... je n'ai pas envie de me marier du tout !

— Vous voulez rester vieille fille ? Avec votre tournure ?

— Je n'en suis pas encore là.

— Non, mais c'est vite venu !

— Peut-être... Disons que je me réserve un peu de

temps pour penser au mariage. J'ai vécu des moments difficiles mais depuis que je suis chez la Reine, je goûte une paix profonde.

— Je ne vois pas pourquoi une union avec moi changerait quelque chose. Il est hors de question que je quitte Monsieur, moi ! Notre position s'en trouverait même renforcée !

— Je ne voudrais pas vous contredire. Eh bien, disons que j'ai besoin de réfléchir. Vous conviendrez que votre demande est un peu subite.

— Absolument pas ! J'y songe depuis longtemps !

— Que n'en avez-vous parlé plus tôt dans ce cas, j'aurais eu le temps d'y réfléchir. Ce que je ne manquerai pas de faire...

— Quand pensez-vous me rendre votre réponse ?

Seigneur ! Il devenait agaçant ! A quoi rimait cette hâte intempestive de la faire passer devant l'autel ?

— Est-ce que je sais ? Pour l'heure présente c'est non... mais il se peut... qu'à la longue... je change d'avis !

— Je ne saurais trop vous le conseiller ! Si vous tardez trop, il se pourrait que ce soit moi qui change d'avis !

Et, sur un salut désinvolte, il recoiffa son chapeau et partit à grands pas. Charlotte le suivit des yeux en retenant une hilarité dont l'envie ne dura guère. Il y avait dans cette curieuse façon de demander une fille en mariage un ou deux points qui donnaient à penser. A commencer par l'assurance que le Roi serait d'accord et aussi la hâte que Saint-Forgeat semblait avoir de l'épouser alors qu'elle n'était pas – et de loin ! – le plus beau parti de la Cour.

Quittant non sans regrets son buisson de roses, Charlotte se mit à la recherche de Theobon, la seule à qui elle pût raconter son histoire pour obtenir en échange un conseil judicieux. Mais elle ne la trouva pas et finit par apprendre que Madame l'avait dépêchée à Paris faire des emplettes. Elle en fut contrariée, surtout en apprenant que Lydie ne serait pas de retour avant le départ du Roi et de la Reine. Restait Cécile, mais sur l'ordre de Madame qui appréhendait de voir ses enfants mélangés à la Cour, elle les avait emmenés en voiture faire collation sur les bords de la Seine. Inutile donc de la chercher et puis la pauvre était suffisamment occupée d'un mariage qui ne l'enchantait pas !

L'idée lui vint d'en parler... au Roi ! Pourquoi pas ! Leurs fortuites – et brèves ! – rencontres dans les jardins avaient effacé la crainte qu'il lui inspirait. Quand il le voulait, le potentat pouvait être charmant et Charlotte sentait fondre peu à peu l'impression pénible laissée par leur première entrevue. Mais il faudrait attendre. A Saint-Cloud, Sa Majesté se devait à ses hôtes.

En revanche, elle croisa Mme de Montespan sortant de chez la Reine au moment où elle allait y rentrer. La marquise la prit par le bras et l'entraîna dans l'encoignure d'une fenêtre :

— Pourquoi ne portez-vous pas les robes que je vous ai envoyées ?

— Je sais que j'aurais dû vous remercier plus tôt, Madame, mais c'est que... j'hésitais à les conserver.

— Vraiment ? Et me direz-vous pourquoi ? Elles ne vous plaisent pas ?

— Oh ! Elles sont exquises ! Et je craignais qu'on ne les remarquât trop ! On me sait pauvre...

— N'exagérons rien ! La Reine y a mis bon ordre, n'est-ce pas ?

— En effet... et c'est justement parce que ces atours sont destinés à attirer l'attention du Roi que j'ai scrupule à les porter... Si le Roi me montrait plus d'intérêt, la Reine pourrait être mécontente...

— Mais quelle bécasse ! Vous n'êtes pas favorite déclarée que je sache ! Ces robes peuvent être un cadeau... posthume de votre marraine ? C'est tout à fait dans la manière des contes de M. Perrault ! A cela près qu'il vaut mieux ne pas m'attribuer le rôle de la bonne fée. Vous seriez tout de suite suspecte ! ajouta-t-elle avec une soudaine amertume. Et cette vieille garce de Scarron aurait tôt fait de vous les faire enlever ! En outre il est naturel que vous cherchiez un époux...

— Le malheur est que je viens d'en trouver un...

— On vous a demandée en mariage ?

— Pas plus tard qu'il y a cinq minutes... et j'en ai été abasourdie !

— Qui est-ce ?

— Le comte de Saint-Forgeat et...

Le fou rire de Mme de Montespan lui coupa la parole. Interdite, elle resta là à la regarder se tordre de si bon cœur qu'il était difficile de lui en vouloir. Mais la marquise se calma vite.

— Un de plus ! exhala-t-elle en s'essuyant les yeux. Et comme ceux de Charlotte s'arrondissaient, elle expliqua :

— Vous ne pouviez pas le savoir mais il y a ces

temps derniers une grande furie de mariage chez les amis de Monsieur. La meilleure manière, selon eux, de se prémunir contre l'accusation de sodomie est de convoler en justes noces ! Votre Saint-Forgeat suit leur exemple, rien de plus... et pardonnez-moi si je vous enlève quelques illusions !

— Oh, son discours était loin d'être romantique ! J'avais plutôt l'impression qu'il cherchait à conclure une affaire. Seulement je ne comprends pas : depuis la clôture de la Chambre ardente, je pensais ces messieurs à l'abri des poursuites ?

— Parce qu'ils en profitent pour tourmenter cette pauvre Madame ? Ne vous y trompez pas. Si certains sont rassurés au point de se sentir quasiment intouchables, tel le chevalier de Lorraine qui tient Monsieur et le tient bien parce que c'est son plus grand amour depuis le comte de Guiche, la foule des autres sait parfaitement qu'on n'y regarderait pas à les éliminer. Le Roi n'a jamais aimé la confrérie. Même s'il a toujours fait en sorte de favoriser les goûts de son frère, certains bruits lui viennent aux oreilles. Se marier – et dare-dare ! – leur paraît une garantie convenable.

Cette fois, Charlotte avait compris. Du coup elle en profita pour lâcher ce qui la tourmentait :

— L'ennui c'est que M. de Saint-Forgeat prétend que le Roi est favorable à cette union ?

— Tiens donc ! Cela m'étonnerait fort... à moins que notre Sire préfère courtiser une femme mariée de préférence à une jeune fille ?... J'en suis la meilleure preuve... mais gardez-vous de répondre pour l'instant ! Il me faut savoir ce qu'il en est. Pour conclure : allez-vous vous décider à porter mes robes ?

Et comme Charlotte se taisait :

— Avez-vous attentivement regardé la figure de Madame ? J'ai bien peur que ses beaux jours ne soient derrière elle. La confrérie a juré sa perte et – chose incroyable chez une femme qui prétend incarner la vertu ! – la Maintenon la souhaite tout autant. Alors ? Allez-vous me rendre mes robes ?

— Non !... Quand nous serons à Versailles, je les porterai !

Le cortège royal quitta Saint-Cloud le 6 mai, après avoir remercié chaleureusement Monsieur et Madame de leur accueil. Chacun put remarquer que Louis XIV s'était attardé en gardant la main de sa belle-sœur dans la sienne et lui avait murmuré quelques mots à l'oreille, faisant ainsi revenir le sourire qu'on ne lui voyait plus guère. Après quoi, se tournant vers Monsieur :

— Je vous ai donné la meilleure des épouses, mon frère. Ayez-en quelque soin !...

Incontestablement Versailles avait fait de gros progrès depuis que Charlotte l'avait vu. L'aile du Midi était achevée ainsi que les Grands Appartements et la chapelle[1]. Pourtant des centaines d'ouvriers s'activaient encore aux terrassements, aux réservoirs et à

1. La première. Elle a été remplacée par l'actuelle.

la nouvelle Orangerie. Les jardins étaient terminés mais c'était à présent au parc que l'on travaillait. On y apportait des chênes, des conifères, des sycomores, des tilleuls, des marronniers, six mille ormes et quatre millions de « pieds de charmille » arrachés à la forêt de Lions en Normandie.

Quoi qu'il en soit, l'éblouissement fut total quand, après l'entrée triomphale saluée par les trompettes et les tambours, on découvrit les Grands Appartements. Celui de la Reine arracha à celle-ci une exclamation :

— Oh ! Que c'est beau !

Ensuite, les mains jointes devant sa bouche pour endiguer son enthousiasme, elle parcourut ce qui devenait son domaine : le magnifique escalier de marbre polychrome séparant la salle des Gardes de l'Antichambre suivie de la Chambre, étourdissante avec la barrière d'argent séparant le lit du reste de la pièce, ses sièges d'argent couverts de brocart, ses meubles de bois rares, ses tapisseries parfilées d'or, les peintures de son plafond représentant les reines de l'Antiquité, ses tapis de soie, ses moulures d'or, ses bronzes dorés, ses lustres chargés de cristaux et tout ce qui pouvait séduire une femme en chantant la gloire de son époux. Cette gloire omniprésente dans le palais grâce au pinceau prestigieux de Le Brun ou de Mignard – subtilisé à Monsieur ! – et à l'art des bronziers. Partout des marbres de couleurs et de provenances différentes, carrare, brocatelle, turquin, cipolin, sans oublier les onyx, les malachites, les lapis-lazulis et l'or, encore de l'or, toujours de l'or. Et puis les énormes lustres en cristal de roche pendus aux plafonds, très hauts, qui parachevaient l'élégante richesse de l'ensemble. Inutile d'ajouter que, chez le Roi, c'était encore mieux.

Le premier éblouissement passé, chacun, à l'exception de la « famille », des favorites et des Grands Offices, se mit à la recherche de son logement. Charlotte et les femmes n'eurent pas à aller bien loin : elles habiteraient des petites pièces d'entresol donnant sur une cour intérieure. Elles furent émerveillées par la splendeur du palais mais un peu effrayées par ses dimensions et les vastes espaces qu'elles découvraient. En outre elles regrettaient à l'unanimité le bon vieux Saint-Germain où l'on se sentait tellement chez soi ! La Reine elle-même, s'apercevant que la future galerie des Glaces reliant son appartement à celui de son époux n'était pas encore praticable – elle était bâtie mais loin d'être achevée –, s'en montra contrariée. D'autant plus que ceux de Mme de Montespan et de Mme de Maintenon étaient du côté du Roi ! Mais elle fut tout de suite emportée par la série de fêtes et de réjouissances diverses qui marquèrent pour le château et pour la ville l'installation définitive... On en profita pour établir la liste des plaisirs réguliers. Il y aurait comédie trois fois la semaine, bal tous les samedis et les trois autres jours musique et chant à partir de six heures du soir. Sans oublier évidemment le jeu auquel on s'adonnerait... quasi quotidiennement.

De son précédent séjour à Versailles, Charlotte gardait un souvenir relativement serein. Sans doute parce qu'elle s'y trouvait un peu à l'écart de la Cour proprement dite. Les appartements de Madame, pour être splendides, n'étaient pas – et de beaucoup! – les plus fréquentés, la Palatine n'ayant aucune des qualités qui font les astres, telles que les possédait l'exquise et fragile Henriette d'Angleterre. Sachant que le Roi l'aimait bien et partageait avec elle les plaisirs violents de la chasse, on la ménageait. Elle avait ses fidèles comme en avait aussi la Reine. Mais la majorité des courtisans fréquentait plus volontiers – outre les appartements sacro-saints du Roi – ceux des favorites. Après La Vallière, il y eut Montespan puis Fontanges et à présent Maintenon, encore que cette dernière refusât le plus souvent les rayons du soleil pour s'en tenir à un éclairage plus discret.

Cette fois Charlotte se retrouvait en pleine lumière de par les dispositions du palais où la Reine occupait la place qui lui revenait de droit. En même temps s'instaurait une étiquette soigneusement mise au point par Louis destinée à se déifier lui-même tout en jugulant les mouvements et aspirations des quelque cinq mille personnes civiles et dix mille militaires que renfermait dorénavant sa résidence. A considérer cette foule et l'apparat dont s'entourait le Roi, la jeune lectrice en vint à penser que le plan imaginé par Mme de Montespan en vue de faire obstacle à celle qui s'affirmait de jour en jour comme sa rivale était proprement irréalisable. Parée ou non de robes brillantes, elle n'avait aucune chance, au milieu de cette multitude chamarrée et dorée sur tranche, de retenir ne serait-ce qu'un instant le regard royal et, si beaux qu'ils soient, les jardins de Saint-Germain ne pouvaient se comparer à leurs sublissimes successeurs, d'où était bannie toute idée d'intimité... Elles étaient bien finies les promenades du petit matin sur lesquelles comptait Charlotte. Elle n'était plus qu'une infime marionnette perdue dans la masse des figurants d'un gigantesque théâtre...

Cependant, elle n'eut guère le loisir de s'appesantir sur sa déception. A peine était-on installés qu'une violente tempête s'abattait sur une cour encore mal remise de l'Affaire des poisons. La colère du Roi, la plus violente qu'il eût jamais exprimée, s'abattait sur la confrérie que Madame avait si durement appris à redouter...

Quelques mois avant l'emménagement à Versailles, quand la Chambre ardente venait de clore ses travaux, le Paris nocturne avait été le théâtre d'une abominable scène de débauche. Une nuit, après avoir mis à mal le bordel de la rue aux Ours, quatre jeunes seigneurs, ivres comme toute la Pologne, avaient envoyé chercher un petit marchand d'oublies, assez joli garçon, et avaient voulu le soumettre à leurs jeux. En voyant qu'il s'y refusait, ils lui tranchèrent les parties génitales et le laissèrent mourir dans un bain de sang. Les incriminés étaient le duc de la Ferté, le marquis de Biran, le chevalier de Colbert fils du ministre et le jeune d'Argenson. L'horreur d'un tel forfait secoua Paris qui cria vengeance. Informé dans les heures qui suivirent, Louis XIV voulut d'abord faire exécuter les coupables mais finit par céder aux prières de leurs familles en se contentant de les priver de leurs charges et de les bannir de la Cour. Colbert fut le seul à réagir comme il convenait et administra à son fils une raclée qui le laissa à moitié mort sur le carreau...

Dans ce début d'été, une seconde affaire analogue ramena l'attention du Roi sur ce que l'on appelait « la mode d'Italie ». Et cette fois déchaîna sa colère parce qu'elle lui fit prendre conscience qu'il ne s'agissait plus de cas isolés mais que la confrérie comptait de plus en plus d'adeptes. Paris une fois de plus servit de cadre au crime. Une bande d'ivrognes appartenant tous à la Cour avaient festoyé dans une élégante maison de prostitution et prétendaient soumettre les filles à leurs pratiques. Comme elles s'y refusaient, ils en prirent une par force, la plus belle, et l'ayant attachée par les bras et les jambes aux colonnes du lit, lui introduisirent dans ce qu'on leur refusait une fusée à laquelle ils mirent le feu, après quoi, incommodée sans doute par les cris de la malheureuse, la bande courut les rues toute la nuit, brisant les lanternes, éventrant les boutiques, maltraitant les passants attardés et, pour finir, n'ayant pu réussir à incendier le Petit-Pont, ils en arrachèrent le crucifix et le brûlèrent...

Cette fois le Roi chassa publiquement les coupables et leurs commensaux habituels sans regarder à la naissance ou à la réputation. Ainsi partirent le prince de Turenne et le marquis de Créqui, et Sainte-Maure et Mailly et La Caillemotte, et le vidame de Laon – un La Rochefoucauld ! – et le prince de La Roche-sur-Yon, frère du prince de Conti, et d'autres encore, mais le comble de l'horreur fut atteint par Louis quand il sut qu'un de ses fils, le jeune comte de Vermandois, né de ses amours avec Louise de La Vallière, s'était laissé prendre au piège du chevalier de Marsan, frère du Grand Ecuyer de France, le comte d'Armagnac. Interrogé par son père, le gamin – il n'avait pas quinze ans! – avoua tout ce qu'il savait. Entre autres que Marsan avait fait une tentative sur le Grand Dauphin, qui d'ailleurs ne s'était guère montré enthousiaste.

Une saine justice aurait voulu que Marsan fût sévèrement puni, mais par égard pour son frère, il ne fut que réprimandé, de même que son neveu le comte de Brionne. Quant au pauvre petit Vermandois, chassé de la vue de son père et traité en pestiféré, il ne trouva d'asile que dans le giron de Madame, inlassablement compatissante et d'autant plus que la mère du garçon était devenue supérieure des Carmélites de Chaillot. La bonne Palatine ne put cependant l'empêcher de s'enrôler dans l'armée en dépit d'une santé défectueuse et d'aller se faire tuer devant Courtrai l'année suivante...

Chez les Orléans d'ailleurs, les favoris de Monsieur vivaient à nouveau des quarts d'heure pénibles. La foule allait-elle aussi leur tomber dessus ? Un présage ô combien sinistre l'annonçait. Au cours d'une chasse où Monsieur n'était pas mais à laquelle participait le chevalier de Lorraine, celui-ci fut attiré à l'écart par le Grand Ecuyer qui lui annonça que « le Roi lui ordonnait de ne plus paraître aux chasses et, ne le tolérant à la Cour qu'à cause de Monsieur, il ne désirait plus le voir hors la présence de Monsieur ».

Le grand favori n'était pas homme à se laisser faire sans réagir. Il commença par aller protester auprès de Louvois puis – malin ! – alla se plaindre à... Mme de Maintenon à laquelle il « parla fortement ». Et le Roi s'en tint là. Mais le vindicatif personnage entendait prendre sa revanche sur Madame dont il savait qu'elle s'était plainte de lui à maintes reprises. De connivence avec Mme de Grancey sa complice, il monta une cabale destinée à la perdre.

Parmi les gentilshommes avec qui la princesse plaisantait volontiers à la chasse, il y avait le chevalier de Saint-Saëns. La Grancey accusa le malheureux de lui avoir manqué de respect au cours d'un bal sur l'ordre de Madame. C'était ridicule, à la limite du grotesque et, au début, tout se passa bien, le Roi – qui savait décidément beaucoup de choses ! – ayant averti sa belle-sœur qu'on allait l'accuser d'entretenir une « galanterie » avec ledit chevalier.

D'abord médusée, puis furieuse, Madame alla tout de go raconter l'histoire à son époux qui d'ailleurs ne fit qu'en rire avec elle. Cela ne faisait pas l'affaire des conjurés : ils trouvèrent un autre stratagème en s'attaquant à Lydie de Theobon, prétendant qu'elle servait de courrier non seulement à Saint-Saëns, mais aussi à diverses personnes que Monsieur n'aimait pas. Or, celui-ci en avait voulu à la suivante de sa femme d'avoir pris dans ses filets le comte de Beuvron qui était son capitaine des gardes et son ami. Il saisit la balle au bond, entra en fureur à son tour et chassa ignominieusement de chez lui celle qui était devenue l'indispensable confidente de sa femme. Pendant qu'il y était, le mari courroucé expédia dans la foulée l'innocente maréchale de Clérambault et prétendit interdire à Madame d'entretenir la moindre correspondance avec ces pestiférées.

La fureur de la princesse retentit à tous les échos de Versailles. Toute fumante d'indignation, elle courut chez le Roi lui demander la permission de se retirer chez sa tante à l'abbaye de Maubuisson[1]. En réalité, elle eût été bien fâchée d'être exaucée mais elle voulait frapper un grand coup. Et cette fois elle réussit. Tancé par son royal frère et d'ailleurs conscient du ridicule de la situation, Monsieur accepta les ouvertures de paix. Après quoi Louis ramena lui-même l'épouse indignée chez son frère, délivra au couple un discours bien senti qu'il conclut en disant :

— Embrassons-nous donc tous trois !

Là-dessus, Lorraine, Grancey et Effiat reçurent l'ordre de venir présenter leurs excuses à la princesse outragée cependant que le Roi poussait la malice jusqu'à exiger qu'en signe de bonne entente revenue les deux époux passent la nuit ensemble. Et veilla personnellement à ce qu'on lui obéisse !...

1. Sa tante, Louise-Hollandine du Palatinat, en était l'abbesse depuis des lustres après une fuite d'Allemagne rocambolesque et sa conversion au catholicisme.

Chapitre 12

Un crime parfait

En dépit de la réconciliation quasi burlesque et de Madame et de Monsieur et malgré les « plaisirs » quotidiens inscrits dans le marbre par un protocole impavide, la Cour continue de vivre son malaise. Moins grave sans doute que celui des Poisons mais un malaise tout de même. Presque chaque jour on découvrait de nouveaux « cas » et l'humeur du Roi ne s'arrangeait pas. Il s'était même écrié un matin qu'il était bien fâché de compter dans son beau royaume tant de zélateurs de Sodome. Et l'ombre discrète de Mme de Maintenon prêchant la vertu et le retour à la pureté originelle se dessinait de plus en plus nettement derrière la silhouette scintillante du Roi.

Durant ces temps difficiles, Charlotte appréciait sa chance de vivre auprès de la Reine qui faisait figure de lis immaculé au milieu d'un champ de mauvaises herbes. De même, ses appartements représentaient un îlot de paix parfumé à l'encens, au chocolat... et à l'ail posé sur un étang dont les eaux lourdes se soulevaient parfois pour crever en bulles nauséabondes. Marie-Thérèse restait sereine grâce aux visites nocturnes de son époux mais son cœur la poussait à secourir ceux qui l'étaient moins. A commencer par Madame qu'elle voyait souvent, le Roi ayant exprimé le désir d'avoir toute sa famille autour de lui pour ses premiers mois à Versailles.

La pauvre Palatine était inconsolable d'avoir vu son conjoint chasser ignominieusement ses chères Theobon et Clérambault. La première surtout ! Au fil du temps et après le départ de Venningen partie se marier en Alsace, Lydie était devenue sa confidente, sa messagère, presque son agent secret et, surtout, le plus sûr de ses remonte-moral avec son courrier qui prit dès le début de l'éloignement de la jeune femme des proportions olympiques : la tante Sophie reçut à ce moment-là une lettre de vingt pages et Madame se mit à écrire journellement à celle qui s'appelait désormais officiellement Mme la comtesse de Beuvron.

Dans ses visites, Charlotte ne manquait pas d'accompagner Marie-Thérèse. Elle ressentait cruellement, elle aussi, l'exil de sa meilleure amie. Ce qui la rapprochait encore de Madame dont l'isolement faisait peine à voir. Lorraine et ses complices avaient admirablement travaillé. Il ne restait plus rien de l'entente affectueuse qui unissait les deux époux depuis leur mariage. Le trop beau chevalier y avait mis bon ordre et tenait le prince d'une poigne de fer. La belle humeur de « Liselotte » n'y avait pas résisté. Il ne lui restait que la fureur et le chagrin :

« On m'a pris mon cœur gai ! » disait-elle.

Dans l'immensité harmonieuse créée par le génial Le Nôtre au pied du palais, Charlotte, plus que jamais attirée par les jardins, s'était trouvée à la lisière des parterres un endroit relativement paisible où elle aimait aller respirer. C'était le labyrinthe[1] dont elle avait décrypté le parcours grâce aux fontaines qui le jalonnaient. Un livre à la main, fidèle en cela à une habitude déjà ancienne, elle s'apprêtait à y pénétrer quand la grande carcasse enrubannée de Saint-Forgeat lui barra le chemin. Il la salua puis, avant qu'elle eût ouvert la bouche :

— Je suis venu savoir de vous si vous avez pris une décision. Il me semble que je vous ai laissé assez de temps. Alors quand nous marions-nous ?

Mais c'est que l'animal n'avait pas l'air de mettre la réponse en doute. La moutarde monta au nez de Charlotte plus vite que du lait sur le feu :

— Il n'est pas très logique votre discours, Monsieur de Saint-Forgeat. Si je comprends bien, vous tenez une décision favorable pour acquise ? Eh bien, vous vous trompez ! Je crois vous avoir confié que je n'avais aucune envie de me marier et non seulement je n'ai pas changé d'avis mais vos façons cavalières renforcent ma décision. C'est non !

— Je ne suis pas certain que vous ayiez le choix ! émit derrière Charlotte une voix froide qui la fit se retourner. Le chevalier de Lorraine lui interdisait la retraite. Magnifique à son habitude dans un justaucorps de satin du même bleu glacé que ses yeux, il s'appuyait d'une main sur une haute canne et, de l'autre, agitait négligemment devant son visage un

1. Il n'existe plus, remplacé par le bosquet de Vénus devenu par la suite bosquet de la Reine.

mouchoir de dentelle parfumé à l'eau de Chypre comme si Charlotte eût émis des effluves déplaisants. Mais celle-ci refusait de se laisser impressionner :

— Vraiment ?... Et qui dit cela ?

Il lui offrit un sourire insolent :

— Moi d'abord qui souhaite vivement le bonheur de ce cher ami... Ensuite Monsieur qui se trouve dans les mêmes dispositions...

— Parce qu'il fait tout ce que vous voulez ! lança-t-elle, rendant dédain pour dédain. Ce qui ne signifie rien ! Je suis à la Reine, Monsieur, et n'appartiens plus à la maison d'Orléans ! Veuillez me laisser passer !

— Plus tard ! Nous avons encore à parler !

— Je ne crois pas ! Je répète : laissez-moi passer !

— Pas avant de vous avoir mis les points sur les « i » ! Vous êtes à la Reine, soit ! Mais au-dessus d'elle il y a le Roi et il se trouve qu'il est plus que favorable à cette union !

— C'est faux ! Le Roi vous déteste, vous et ce que vous représentez ! Pourquoi vous ferait-il plaisir en contrariant son épouse ?

— Serait-elle si contrariée ? Vous savez qu'elle apprécie chaque jour davantage Mme de Maintenon à qui elle doit le retour d'affection du Roi ? La marquise est très persuasive. Elle saura lui expliquer qu'en donnant la main à ce mariage, elle procurera un contentement sensible à son époux tout en assurant un établissement inespéré à une modeste suivante. Devenue Mme la comtesse de Saint-Forgeat vous pourrez prendre rang parmi ses dames, devenir – qui sait ? – dame d'atour ? C'est élémentaire en vérité ! Pensez-y !

Conscient d'avoir frappé un grand coup, il rompit là, vira sur ses talons rouges et repartit tranquillement vers le château. Ecrasée par ce qui lui semblait d'une logique implacable, Charlotte était restée figée avec, dans la bouche, le goût amer de la défaite ! Ce démon n'avait que trop raison et si la Maintenon se faisait sa complice, elle savait qu'elle ne serait pas de force...

Saint-Forgeat, lui, n'avait pas bougé, n'ayant d'autre issue que s'enfoncer dans le labyrinthe ou bousculer Charlotte pour pouvoir s'éloigner. Or elle semblait changée en statue et était devenue si pâle qu'il s'inquiéta :

— Voulez-vous que nous rentrions ?

Il lui tendait une main qu'elle ne vit pas. Elle demanda :

— Que vous ai-je fait ?... Pourquoi me tourmentez-vous ainsi ?

— Vous tourmenter ? Je n'y songe pas un instant ! Je veux seulement vous épouser. Est-ce si terrible ?

— Oui... si je ne le souhaite pas ! Et je vous croyais mon ami.

— Ne me suis-je pas montré un bon ami en vous sauvant la vie ? Que voulez-vous de plus ?

Elle l'enveloppa d'un regard accablé. Etait-il vraiment stupide ou faisait-il semblant ?

— Vous ne me laisserez jamais l'oublier, n'est-ce pas ? fit-elle avec amertume. Et croyez que je vous en gardais de la reconnaissance... mais puisque vous en demandez le paiement...

— Où le prenez-vous ? Il me semble qu'en cette affaire, c'est moi qui apporte le plus. Un titre, un beau nom, un château, des terres...

— J'en suis tout à fait consciente. Mais je ne comprends pas pourquoi, possédant cet apanage, vous vous obstinez à me vouloir pour femme moi qui n'ai rien ? A moins que vous ne considériez que, me l'ayant conservée, ma vie vous appartient de droit ? Si encore vous m'aimiez...

— C'est une obsession ! Cet amour auquel vous paraissez tenir tellement n'est guère d'usage à la Cour dans les transactions de mariage... Et vous devriez penser que l'on pourrait vous unir – vous qui êtes sans dot ! – à un baron quinteux mais riche qui vous demanderait pour votre seule beauté. Je m'étonne même que ce ne soit pas déjà arrivé. Qu'auriez-vous fait dans ce cas ?

— Ça ne m'est jamais venu à l'esprit mais soyez sûr que j'aurais refusé...

— Au risque d'être envoyée dans un lointain couvent ? Quand les ordres viennent de haut, il n'est jamais bon de dire non...

Charlotte ne répondit pas. Elle songeait à Cécile, tenue à vingt ans de se laisser donner à un quasi-vieillard simplement parce que son frère le voulait et que le Roi approuvait.

— Vous devriez vous estimer heureuse, reprit Adhémar en se rengorgeant. Je n'ai rien d'un vieillard quinteux et je tiens pour assuré que nous formerons un beau couple !...

— Bien ! soupira-t-elle, abandonnant un combat stérile. Laissez-moi à présent retourner auprès de la Reine !

— Je vous rappelle que je vous ai demandé une date.

— Si elle doit être donnée, ce ne sera pas par moi ! De toute façon nous n'allons pas, j'imagine, rester plantés au milieu de cette allée jusqu'à ce que nous ayons des cheveux blancs ?

Il consentit enfin à lui livrer passage et même la gratifia d'un salut qu'elle n'eut pas le courage de lui rendre. Libérée elle prit sa course vers le palais qu'elle trouva en ébullition. Une nouvelle parcourait salons, galeries et couloirs à la vitesse du vent : les douleurs de l'enfantement venaient de s'emparer de Mme la Dauphine...

Comme il s'agissait d'un premier enfant et que cela pourrait être long, le Roi et la Reine firent placer des matelas dans la chambre de la future mère et s'y installèrent pour la nuit en compagnie des princes et des princesses. Or, il ne se passa rien et, au matin, chacun rentra chez soi pour faire toilette et se remettre mais, à midi, le travail ayant recommencé, on revint. Au grand chagrin de la Dauphine qui se serait bien passé d'une si nombreuse assistance. Il faisait une chaleur de four et cent fois la malheureuse pensa périr par étouffement. Enfin, à dix heures du soir, son supplice cessa : dans un ultime cri de douleur elle donna le jour... à un fils ! Un magnifique petit garçon bien bâti et visiblement vigoureux. Versailles explosa de joie. Bientôt les cloches sonnaient, les canons tonnaient. Une énorme liesse souleva la ville royale mais aussi Paris, suivies par la France entière pour saluer l'arrivée triomphale de Monseigneur le duc de Bourgogne ! Quant à la Cour, elle s'était ruée en masse chez le Roi et lui aussi faillit étouffer. C'était à qui le toucherait, baiserait ses mains. Certains cherchèrent même à l'embrasser !...

Après avoir pleuré de joie au chevet de sa belle-fille, Marie-Thérèse consacra une grande partie de sa journée à remercier Dieu et Notre-Dame. Elle avait mis au monde six enfants dont il ne lui restait qu'un et celui-là venait d'assurer l'avenir de la Couronne, la consolant de nombre de chagrins. Elle pouvait considérer que sa tâche était accomplie !...

Si intense que fût son désir de lui parler pour demander sa protection contre un mariage qui lui déplaisait, Charlotte n'osa pas troubler son bonheur. La pauvre n'en avait pas eu tellement dans sa vie. Il fallait lui laisser savourer celui-là. En revanche elle se rendit chez Madame.

La Palatine avait tenu son rang durant les diverses cérémonies qui avaient marqué le si considérable événement. Elle avait visité à plusieurs reprises la Dauphine dont on n'avait pas encore célébré les relevailles, l'accouchement l'ayant épuisée et laissée dolente. Une affection liait les deux cousines. La plus jeune, en dépit de l'accueil reçu en France et du fait qu'elle avait plu à son époux, avait ressenti ce dépaysement, cette désagréable impression de déracinement obligatoire pour une jeune fille précipitée dans un milieu étranger. Elle avait apprécié d'y trouver cette cousine haute en couleur mais cordiale et toujours d'humeur joyeuse. Sauf bien entendu quand elle piquait une colère mais cette facette-là, Marie-Christine ne la connaissait pas. Et si la cabale du chevalier de Lorraine s'était efforcée de les dresser l'une contre l'autre en établissant des comparaisons perfides qui n'étaient jamais en faveur de Madame, la jeune Dauphine n'y était évidemment pour rien. Elles avaient eu à ce sujet un entretien à portes closes très satisfaisant. En outre, elles se rejoignaient dans leur commune aversion pour Mme de Maintenon.

Connaissant ses habitudes, Charlotte la trouva devant sa table à écrire. Autrement dit à l'un des moments où elle était le plus détendue et, surtout quand elle était seule, à l'écart d'oreilles mal intentionnées. Quelques jours plus tôt, en effet, une toute jeune fille d'honneur entrée à son service depuis peu sur l'ordre de Monsieur – donc du chevalier de Lorraine ! – était venue à ses genoux et en larmes lui avouer qu'elle n'était chez elle que pour l'espionner au profit de celui-ci.

Ainsi qu'elle l'espérait, Charlotte fut introduite aussitôt. Madame jeta sa plume et lui tendit une main tachée d'encre qu'elle baisa respectueusement :

— Venez, venez, ma petite ! J'étais certaine que vous ne tarderiez pas à venir me voir. Il paraît que l'on veut vous faire épouser Saint-Forgeat ?

— Madame sait déjà ?

— Je pourrais évoquer les courants d'air qui ne cessent de traverser cette vaste demeure plus vite qu'à Saint-Germain mais la vérité est plus simple. Monsieur me l'a annoncé voici une bonne semaine. J'ajoute qu'il tient la chose comme réglée et qu'elle le satisfait... Si Madame la Dauphine n'avait enfanté ce pourrait être fait !

— Comment est-ce possible ? Avec tout le respect que je lui dois, Monsieur ne peut disposer de moi. Il y a la Reine ! Je ne lui en ai pas encore parlé pour ne pas troubler sa joie si peu que ce soit...

— Et vous avez eu raison. C'était faire preuve de tact mais ne fondez pas trop d'espoirs sur elle...

— Pourquoi ? N'a-t-elle pas pris ma défense lorsque le Roi voulait me rendre à ma mère ? Et cela en faisant violence à sa timidité et à son grand amour. Simplement parce qu'elle estimait que c'était juste...

— Un vrai miracle, en effet, et dont on a beaucoup parlé, mais les miracles ne se renouvellent pas ! Surtout si l'on a persuadé ma belle-sœur que ce mariage vous tirerait d'une situation fausse en vous assurant une position digne de votre naissance.

— On ?... Qui est on ?

— Ne soyez pas stupide ! Vous le savez aussi bien que moi ! N'étant guère appréciée chez la Dauphine, on la voit de plus en plus souvent chez la Reine dont elle se donne les gants de se vouloir la protectrice. Ce dont on lui est vraiment très reconnaissante. N'avez-vous pas su qu'au dernier Noël Sa Majesté lui a fait don de son portrait entouré de diamants ? Une faveur des plus rares.

— Ce qui veut dire que Sa Majesté ne m'aime plus ? émit Charlotte prête à pleurer.

— Pas du tout ! Et même au contraire ! Elle est persuadée de travailler à votre bonheur. Il n'y a pas plus dangereux qu'une bonne volonté convaincue d'agir pour le mieux !

— Je la détromperai. Je dirai – ce qui est vrai – que je n'aime pas M. de Saint-Forgeat. Elle sera obligée de me croire !

— Mais elle vous croira ! Seulement, comme votre

prétendant est jeune, pas vilain et bien en cour, elle essaiera de vous persuader que l'amour viendra plus tard. Surtout quand vous aurez des enfants !

— Des enfants ? Avec lui ? Votre Altesse sait pertinemment...

— Oh oui, je sais ! Cependant j'en ai eu avec Monsieur, n'est-ce pas ? Votre argument tiendra d'autant moins que l'amour ne préside guère aux mariages de cour. Voulez-vous un autre exemple ? Le « cher » – ô combien ! – chevalier de Lorraine aurait engendré plusieurs enfants. On dit même qu'il a épousé secrètement une de ses cousines, princesse de Lorraine devenue abbesse... Par désespoir sans doute !...

— Alors j'irai aux genoux du Roi !

Madame se mit à rire, ce qui ne réconforta pas Charlotte :

— Il est normal que vous y songiez mais vous pouvez être certaine que de ce côté-là aussi Lorraine a assuré ses arrières. De plus, depuis que vous êtes à ma belle-sœur, j'ai cru remarquer que notre Sire vous regardait avec une bienveillance... soutenue... Et si d'aventure il gardait quelque idée derrière la tête, cette union avec ce nigaud de Saint-Forgeat ferait tout à fait son affaire !

— Mais pas celle de Mme de Maintenon ! On assure qu'elle a juré de ramener le Roi à la vertu et à la soumission aux volontés de Dieu... et que pour cela...

Madame, qui avait entrepris de tailler ses plumes, posa son canif et en essaya une :

— ... elle paierait de sa personne. C'est dans la manière de cette vieille garce hypocrite... mais pas stupide ! Elle a dû apprendre qu'un pareil coureur de jupons ne se convertit pas du jour au lendemain à une quasi-abstinence mais elle tient ses armes prêtes !

— Puis-je demander à Madame comment elle l'entend ?

— Elle n'a pas pu empêcher l'épisode Fontanges mais Fontanges n'a pas tenu bien longtemps le devant de la scène. Il en sera de même avec n'importe quelle autre tentatrice. D'autant plus que la protection de la Reine vous serait retirée.

— Et que se passera-t-il si je m'obstine à refuser ce mariage ?

— Ou je me trompe fort ou vous ne feriez pas de vieux os ! assena Madame en prenant une nouvelle feuille de papier. Finalement, qu'avez-vous à perdre en épousant Saint-Forgeat ? Il ne vous touchera sans doute même pas !

— Ma liberté !

De ronds, par nature, les yeux de Madame tirèrent sur l'ovale :

— Votre li-ber-té ? Où prenez-vous que vous l'ayez jamais eue sauf peut-être durant la nuit de votre fuite ? Si j'ai un conseil à vous donner c'est de ne pas employer ce mot devant le Roi ! Vous vous retrouveriez à la Bastille ou à Vincennes sans avoir eu le temps de comprendre ce qui vous arrive... Depuis la Fronde c'est un mot qu'il a en horreur !

— Mais...

— Pas de mais ! Pourquoi croyez-vous qu'il construit ce gigantesque palais et la ville qui va avec ? Tout bêtement pour y tenir sous clef cette turbulente noblesse française dont il sait depuis des décennies ce dont elle est capable si on ne la jugule pas d'une main de fer !

En dépit de la mise en garde de Madame, Charlotte voulut tenter sa chance auprès de la Reine. Elle choisit, pour lui adresser sa supplique, le moment où Marie-Thérèse, ses prières dites, allait se mettre au lit. Le plus souvent devant une assistance réduite dont faisait partie la lectrice au cas où la Reine souhaiterait s'endormir au son de sa voix. C'était le cas ce soir-là, mais, au lieu d'ouvrir son livre, Charlotte se jeta à genoux sur les marches du lit :

— Daigne, Votre Majesté, me pardonner mon audace mais je voudrais lui adresser une supplique.

— A cette heure ?... Laquelle, mon Dieu ?

— Je ne sais si Votre Majesté en a été informée mais on veut que j'épouse l'un des gentilshommes de Monsieur et...

Le visage déjà un peu endormi de Marie-Thérèse s'éclaira d'un sourire :

— Le comte de Saint-Forgeat ? N'est-ce pas ? Cette bonne Mme de Maintenon m'en entretenait encore tout à l'heure pendant ma promenade et je pense comme elle que ce serait pour vous une excellente chose. Seriez-vous d'un avis contraire ? ajouta-t-elle avec dans la voix une note d'appréhension qu'elle traduisit aussitôt en disant que le Roi y était favorable.

Charlotte baissa la tête :

— En effet, Madame. Je... je n'ai aucune envie de

me marier. Je suis heureuse auprès de Votre Majesté ! Et la pensée de la quitter...

— Mais il ne saurait être question de me quitter. Au contraire nous songeons, le Roi et moi, à vous nommer à cette occasion dame d'atour en second en remplacement de Mme de Saint-Martin qui se retire. C'est bien, non ?

— La Reine est trop bonne ! Je n'ai jamais souhaité plus que je ne mérite...

Marie-Thérèse tendit une main et la posa sur la tête inclinée de sa lectrice :

— C'est entièrement mérité et vous savez que je vous apprécie. Je vous en donnerai la preuve en vous dotant et le Roi de son côté... Oh ! Vous n'allez pas pleurer ? Soyez assurée que tout le monde ici ne souhaite que votre bonheur ! L'amour, je sais ? Mais, croyez-moi, l'amour est plus souvent source de chagrin que de joie ! En outre, il vous faut penser à ce qu'il adviendrait de vous au cas où Dieu me rappellerait...

— Oh non ! Comment la Reine peut-elle seulement imaginer un tel malheur ! s'écria Charlotte sincère.

— Nous sommes tous mortels, ma chère enfant et nul ne sait ni où ni quand Dieu rappelle à Lui. Il faut que vous restiez auprès de moi... ce qui ne serait pas certain si vous refusiez cette union ! ajouta-t-elle plus bas et en détournant les yeux. Le Roi y tient !

— M. de Saint-Forgeat n'aime pas les femmes ! Je ne lui serai rien ! protesta Charlotte incapable de se contenir plus longtemps...

— Pour le moment sans doute mais Mme de Maintenon a fait allusion à... ce travers devenu fréquent et elle pense à juste raison qu'une jeune femme aussi belle que vous pourrait l'en guérir...

Mme de Maintenon ! Mme de Maintenon ! A la seule évocation de ce nom Charlotte aurait pu se mettre à hurler. Qu'avait-elle fait à cette femme pour qu'elle s'acharne ainsi à gouverner sa vie ?... Soudain une idée lui traversa l'esprit et elle l'exprima, comme on joue une dernière carte :

— Qu'en dit Mme de Fontenac, ma mère ?

— On ne demande pas son avis à une personne d'une telle réputation. Elle ne sera ni prévenue ni invitée au mariage. Le Roi entend que les ponts soient coupés entre vous et c'est pourquoi il est formellement attaché à ce que vous deveniez comtesse de Saint-Forgeat !

Il n'y avait rien à répondre à cela mais Charlotte n'eut pas le loisir de s'étendre sur une déception à laquelle Madame l'avait préparée : le Roi s'annonçait. Selon le protocole, on vit paraître le premier valet de chambre portant dans une pièce de taffetas rouge le haut-de-chausses et l'épée du monarque qu'il vint déposer sur un fauteuil placé dans la ruelle du lit du côté où il avait l'habitude de dormir. Le maître le suivait en robe de chambre. Charlotte n'eut que le temps de se relever et de plonger aussitôt dans sa révérence tandis que dans ses draps Marie-Thérèse rosissait d'émotion.

— Ah ! Mademoiselle de Fontenac ! fit aimablement Louis XIV. Nous avons plaisir à vous voir...

— Sire !...

— ... et à vous féliciter pour votre prochain mariage!

— C'est que..., osa la Reine remise de son trouble. Mlle de Fontenac me disait justement qu'elle ne souhaitait pas se marier.

— Pas se marier?... Quel âge avez-vous, jeune fille?

— Dix-huit ans, Sire!

— Une demoiselle a toujours envie de se marier à cet âge... à moins qu'elle ne se destine au couvent? Ce qui nous étonnerait fort!

Ce fut au tour de Charlotte de rougir. Elle croyait déceler une vague menace dans les paroles du Roi. Elle baissa la tête :

— En effet, Sire...

— Eh bien, mariez-vous! Et nous vous ferons du bien!

Tout en parlant, il avait laissé son valet le débarrasser de sa robe de chambre. En chemise, il s'assit dans le lit tandis que Charlotte se retirait avec les autres dames encore présentes. Seules deux caméristes dormiraient non loin du couple royal sur des matelas disposés dans la pièce de service attenante...

Elle regagna par un escalier intérieur l'endroit, à peine plus vaste qu'un placard, qui lui servait de logis mais où, du moins, elle était seule. Ce qui l'avait enchantée jusque-là mais pas ce soir. Elle ressentait trop cruellement le besoin d'une épaule amie sur laquelle pleurer mais il n'y avait plus personne et elle mesurait douloureusement la solitude qui n'avait cessé de grandir autour d'elle. Il y avait eu d'abord la mort tragique de sa tante Claire assortie de l'exclusion, lourde de mépris, de son fils qui en la traitant implicitement de bâtarde l'avait rejetée hors du cercle de famille, puis Cécile de Neuville partie se marier aux confins de la Bretagne et de la Normandie, puis la chère Theobon, et Madame, cette lionne à qui l'on s'efforçait d'arracher les griffes et qui n'avait plus aucun pouvoir. Enfin la Reine qu'elle aimait et qui sans doute le lui rendait un peu mais qui s'était laissée prendre aux discours mielleux d'une femme attachée à sa perte sans l'ombre d'une raison...

Sa pensée s'arrêta un instant sur Mme de Montespan qui, en dépit d'un plan bizarre conçu à son endroit, s'était toujours montrée plutôt amicale, mais elle était absente de Versailles et prenait, comme elle le faisait chaque année, les eaux à Bourbon-l'Archambault. Puis vint, bonne dernière et presque à son corps défendant, l'image d'Alban Delalande. Elle ne l'avait pas vu depuis trop longtemps pour qu'il puisse s'intéresser encore à elle. L'Affaire des poisons n'était plus qu'un souvenir et si, à Saint-Germain, le policier gardait quelque proximité avec elle en s'attachant à surveiller la maison de son père et les faits et gestes de sa mère, il n'avait rien à faire à Versailles même si, une seule fois, elle l'avait reconnu sous l'habit d'un valet. A Versailles où désormais allait s'inscrire sa vie à elle. L'immense et sublime palais lui apparut soudain dans sa vérité : la plus somptueuse des prisons. Une bulle scintillante à l'écart du reste du royaume dans laquelle la volonté du Roi enfermait, selon un ordre soigneusement établi, sa famille proche ou plus éloignée, son gouvernement et cette noblesse où demeuraient mal éteintes peut-être les braises des anciennes révoltes féodales. Il les y tenait au point de les amener à considérer comme la pire des catastrophes l'éloignement de ce microcosme que les rayons du soleil éclairaient exclusivement, laissant le reste de l'univers dans les ténèbres extérieures. Elle en éprouva tout à coup une douleur insupportable qui lui coupa le souffle, lui restituant l'envie de fuir qui, une nuit pas si lointaine, l'avait poussée hors des murs de son couvent. Peut-être au bout du chemin trouverait-elle un cavalier solitaire pour la mener vers la douceur d'un refuge ?

Son passage à la cour d'Espagne lui avait ouvert les yeux sur les réalités du mariage et, bien que Saint-Forgeat n'eût rien d'un monstre, l'idée de se retrouver dans le même lit lui serrait la gorge. A tout prendre, elle aurait... oui, elle aurait préféré le Roi. Quoique après l'avoir vu en chemise !... De toute façon elle n'avait pas le choix.

Aussi en revint-elle à ce que l'on pourrait appeler son point de départ : la fuite ! Mais où ? mais comment ? Sortir du château, de nuit comme de jour, ne présentait aucune difficulté. Sauf aux petites heures les plus obscures où résonnait le pas des sentinelles, les allées et venues y étaient incessantes. Se mêler à cette affluence serait facile. Facile de prendre l'une des voitures de place qui stationnaient devant le château. Mais pour se diriger dans quelle direction ? Chez qui ? Personne ne donnerait asile à une fugitive ayant à ce point contrevenu à la volonté royale ! La disgrâce... ou pis encore pourrait s'inscrire dans le filigrane ! Pas même celui à qui elle pensait trop souvent. En admettant qu'il accepte de la secourir, il y risquerait sa carrière et qui sait, sa vie.

Et soudain, une idée lui vint : M. de La Reynie bien sûr ! En mémoire de Mme de Brecourt qu'il avait aimée, il s'était occupé d'elle et s'était efforcé de la conseiller. Evidemment, il ne fallait sans doute pas trop compter sur lui pour approuver une nouvelle fuite, mais il savait tellement de choses ! Il avait tellement d'idées ! En outre, il avait l'oreille du Roi dont il détenait les secrets ! Plus peut-être que la Maintenon... Sans hésiter, c'était à lui qu'il fallait s'adresser !

Aller jusqu'à lui au Châtelet lui paraissant aventureux – cela représentait une assez longue absence et il pourrait ne pas y être ! –, elle décida de lui écrire et passa le restant de la nuit à rédiger – après quelques brouillons ! – une lettre où elle exposait sa situation et son angoisse... Elle la confia le lendemain à la poste puis, un peu réconfortée, elle attendit la réponse.

Qui ne vint jamais !

Le 27 décembre à minuit, dans la chapelle[1] de Versailles, le cardinal de Bonzy, aumônier de la Reine, unit Adhémar-Bertrand de Saint-Forgeat à Charlotte-Claire de Fontenac devant une assistance aussi noble que réduite. En présence du Roi, de la Reine, de

1. Cette chapelle n'était pas encore celle que nous connaissons qui fut commencée près de l'aile nord en 1689 et consacrée en 1710. Celle-là se trouvait dans l'aile sud, proche de l'appartement de la Reine dont la séparait l'escalier de la Reine.

Madame et de quelques dames et gentilshommes. Monsieur en personne conduisit la mariée à l'autel. Les témoins étaient le chevalier de Lorraine pour Saint-Forgeat et Mme de Montespan pour Charlotte.

Lorsque, revenue à Versailles, elle avait appris le mariage de celle qu'elle considérait comme sa protégée, la bouillante marquise en avait montré une vive satisfaction et s'était proposée d'elle-même pour tenir ce rôle. La mine lugubre de Charlotte l'avait fait rire :

— Comprenez donc qu'il ne pouvait rien vous arriver de mieux!

— Epouser quelqu'un que je n'aime pas et que je connais à peine?

— Il me semblait vous avoir dit qu'épouser Saint-Forgeat c'était n'épouser personne! Je serais fort étonnée que la nuit de noces vous incommode!

— Vraiment?

— Oh j'en jurerais! Je soupçonne ce grand benêt de ne pas savoir comment est faite une femme! Vous allez porter son nom un point c'est tout! Et cela, c'est une excellente chose car vous allez prendre rang parmi les plus nobles dames. Et étant donné qu'il ne doit pas avoir plus de famille que vous, vous n'aurez pas à subir les tracasseries d'une belle-mère! Enfin... et ce n'est pas le moins négligeable : ce mariage agrée pleinement au Roi! De plus vous serez seconde dame d'atour comme l'était votre tante. C'est dire que vous accompagnerez la Reine partout et que notre Sire vous aura constamment sous les yeux!

— J'ai peur, Madame, que vous ne vous illusionniez! Mme de Maintenon est pour quelque chose dans la conclusion de ce mariage. Ainsi que le chevalier de Lorraine ! Et je ne comprends pas ce qu'ils en espèrent !

— C'est ce que je ne saurais vous dire... mais je vais y réfléchir ! Dans l'immédiat chassez-moi vos papillons noirs et tâchez de briller d'un vif éclat à la chapelle ! Je serai là d'ailleurs pour y veiller !

Elle était là, plus brillante que jamais en dépit des bruits de disgrâce qui avaient couru sur elle. Le Roi se serait pris d'un regain d'amour. Ou bien serait-ce de la reconnaissance ? Dix ans plus tôt, sa cousine, la Grande Mademoiselle, vierge quadragénaire et fabuleusement riche, avait jeté son dévolu sur le comte de Lauzun, plus jeune qu'elle, laid, mais follement séduisant et plein d'esprit, et avait voulu l'épouser avec l'accord du Roi. Accord retiré la veille même du jour où elle allait faire de lui un duc de Montpensier. Désespoir de Mademoiselle, fureur de Lauzun qui s'en était pris au Roi et s'était retrouvé dans un carrosse fermé et entouré de mousquetaires à destination de la forteresse de Pignerol, non loin de Turin, où il s'était rongé les ongles pendant plus de dix ans. Jusqu'à ce que Mme de Montespan s'en mêle. Pour calmer le chagrin de la pauvre femme, elle lui avait proposé de donner la majeure partie de ses vastes domaines au petit duc du Maine, le fils aîné qu'elle avait eu du Roi et que celui-ci aimait particulièrement. Et elle avait réussi : Lauzun, extrait de sa prison, était revenu mais pas encore à Versailles. Mme de Montespan l'avait rencontré à Bourbon-l'Archambault où il essayait de se refaire une apparence et lui avait signifié les volontés du Roi : il reverrait la Cour ainsi que Mademoiselle mais qu'il ne soit plus jamais question de mariage. On en était à ce point.

Charlotte s'avouait que sa présence était réconfortante en dépit des idées tortueuses qu'elle concevait pour son avenir. Ce soir-là, dans la chapelle, la marquise jouait la mère de la mariée dont elle avait surveillé de près l'habillement. En brocart blanc tissé d'argent, une cascade de dentelles neigeuses et une « fontange » retenant le voile, Charlotte était ravissante. Monsieur lui en avait fait un grand compliment qu'elle avait lu également dans le regard approbateur de Madame, de la Reine, et dans celui, plutôt inquiet, de la Maintenon. Il est vrai que celui du Roi était plein d'une douceur un brin nostalgique peu rassurante pour sa « gouvernante ». Quant au principal intéressé, paré comme une châsse et couvert d'une forêt de rubans bleus et or, il avait soulevé, en la voyant, un sourcil surpris. Puis après s'être raclé la gorge il avait émis :

— Je crois que j'ai raison de vous épouser ! Vous êtes... hum, hum !... Vraiment très bien !

Il avait reçu en retour un sourire crispé et maintenant, debout auprès de lui en face du cardinal, Charlotte se demandait encore ce qu'elle faisait là et pourquoi cette gravure de mode tenait tellement à leur mariage ! Cela ressemblait à la conclusion d'un marché... Aussi sa main ne trembla-t-elle pas quand il lui passa l'anneau au doigt. Pas plus que sa voix en récitant la formule qui les liait l'un à l'autre jusqu'à ce que la mort les sépare. Et pas davantage quand, pour sortir de la chapelle, il prit cette même main.

Elle était à présent comtesse de Saint-Forgeat, devenant ainsi à part entière l'un des membres du plus brillant théâtre du monde. Il fallait le prendre avec philosophie...

Une philosophie qui vola en éclats au moment où le cortège traversa le palier de l'escalier de la Reine. S'y alignaient de chaque côté des porteurs de chandeliers dont les flammes ne laissaient rien dans l'ombre. Surtout pas le visage quasi pétrifié d'un de ces hommes dont les yeux débordèrent d'une douloureuse colère en croisant les siens... Alban !

Il y avait tant de mois qu'elle ne l'avait vu qu'elle se croyait oubliée. Et voilà qu'il reparaissait, si proche qu'elle aurait pu le toucher et pourtant plus éloigné de ce qu'elle était devenue : une poupée de cour dont certains attendaient que le Roi l'appelle dans son lit ! Son cœur se serra jusqu'à lui faire mal... Elle fut saisie d'une irrésistible envie de lui arracher ce candélabre, de l'entraîner pour dévaler avec lui l'escalier de marbre et d'or pour fuir ce palais de rêve et chercher refuge n'importe où... peut-être dans une île au bout du monde où il n'y aurait plus qu'eux seuls et leur amour... parce que après tant de stupide aveuglement, de cogitations stériles, la vérité éclatait en elle comme une fusée d'artifice qui monte dans une pluie d'étoiles : elle aimait cet homme plus que tout, elle l'aimerait toujours et lui aussi l'aimait. C'était écrit dans la crispation de ses traits. Sinon pourquoi serait-il là comme un reproche ?... Mais pourquoi, pourquoi M. de La Reynie n'avait-il pas répondu à sa lettre ?

Son émotion dut atteindre le bout de ses doigts car Saint-Forgeat demanda :

— Qu'avez-vous donc, ma chère ? Vous êtes lasse ?

— Un peu, oui...

Mais déjà ils franchissaient le seuil de l'appartement royal. Dans le Grand Cabinet de la Reine, ils reçurent les compliments de ces princes assemblés pour une caricature de mariage. A l'étonnement général – moins à celui de Mme de Montespan ravie ! – le Roi embrassa la mariée à la mode paysanne mais en chuchotant :

— Votre beauté m'émeut ce soir plus que je ne saurais dire...

Trop émue pour répondre, elle offrit en échange une profonde révérence...

De ce qui se passa ensuite, le médianoche dans un salon de la Reine, puis l'accompagnement des dames jusqu'à la chambre nuptiale – Charlotte ne vit rien. Elle se réveilla seulement pour faire face à la réalité quand on l'eut déshabillée et, revêtue d'une chemise aérienne, assise dans un grand lit de velours pourpre dont le dais était doublé de soie blanche.

Une réalité qui fut l'entrée majestueuse de l'époux, drapé dans une robe de chambre bleue à ramages dorés et pantoufles assorties entre lesquels s'apercevaient des jambes maigres et poilues. Il se tenait très droit mais sa démarche manquait de stabilité. Tandis qu'on le débarrassait de son vêtement sous lequel était une chemise blanche boutonnée jusqu'au cou, ses paupières papillotaient cependant qu'un sourire béat s'étendait sur sa longue figure.

— M... erci, mes amis... Vous pouvez... hic!... vous retirer... sans... sans oublier de... fermer la porte!

Des éclats de rire lui répondirent assortis de quelques souhaits gaulois. Quand ils furent sortis, le jeune marié considéra son épouse d'un œil incertain, esquissa un salut qui l'était tout autant puis déclara :

— Ma... Madame la... comtesse... je... je... vous... souhaite... une bonne... hic!... nuit!

Osant à peine croire à sa chance, Charlotte s'installa à son tour le plus près du bord opposé en s'efforçant de bouger le moins possible. Elle eut malgré tout quelque peine à trouver le sommeil parce qu'elle craignait vaguement une offensive nocturne puis finit par se rassurer en évoquant ce que lui avait dit Mme de Montespan touchant les exploits amoureux d'Adhémar. Celle-ci devait quand même savoir ce qu'elle disait... Forte de cette assurance, Charlotte s'endormit une heure plus tard.

Au matin, vers dix heures, après avoir reçu les soins de leurs serviteurs respectifs – et sans qu'aucun mot eût été échangé! –, M. et Mme de Saint-Forgeat se retrouvèrent devant la porte de la chambre qui avait abrité leur nuit de noces, s'adressèrent mutuellement un profond salut puis se tournèrent le dos pour se rendre chacun là où le devoir l'appelait. Adhémar rejoignit Monsieur qui partait pour son château de Villers-Cotterêts afin d'y préparer le séjour qu'y feraient le Roi et la Reine dans quelques semaines. Quant à Charlotte, elle se rendit chez Marie-Thérèse, encore à sa toilette, prendre ses nouvelles fonctions. Pas trop absorbantes d'ailleurs, la duchesse de Béthune étant assidue à ses devoirs dont la surveillance des joyaux de la souveraine n'était pas le moindre. Aussi était-on convenues que Mme de Saint-Forgeat dont on aimait la voix continuerait ses lectures.

Comme chaque fois lorsque le Roi était passé, la bonne humeur régnait. La nouvelle comtesse fut accueillie avec des sourires et d'autres félicitations. La Reine l'embrassa en lui souhaitant de vivre dans l'harmonie et la sérénité, n'étant pas assez naïve pour employer le mot bonheur. Après quoi on se rendit à la chapelle avec la componction adéquate.

En atteignant le grand palier, Charlotte sentit revenir l'angoisse de la nuit dernière. Remplacés par des gardes suisses en tenue rouge et or, les porteurs de flambeaux avaient disparu. Ils reviendraient à la nuit tombée mais il en manquerait un que, sans doute, elle ne reverrait jamais... Ce fut si pénible qu'en s'agenouillant avec ses compagnes, elle se hâta de cacher son visage dans ses mains comme si elle s'absorbait dans une profonde prière. Mais en fait elle n'entendait rien du rituel familier qu'elle ne suivait pas...

Un coup de coude la ramena à la réalité en même temps qu'on lui soufflait :

— Faites attention ! Le Roi vous regarde !

Elle tressaillit, laissa retomber ses mains et vit Mme de Montespan à côté d'elle :

— Seigneur ! Vous avez l'air de porter le Diable en terre ! Etes-vous à ce point déçue par votre nuit de noces ?

Au souvenir de ce qu'elle avait été, Charlotte eut soudain envie de rire :

— Non... Oh non ! Vous aviez tout à fait raison !

— J'ai souvent raison. Cela tient à ce que je connais parfaitement ce pays et les indigènes qui le peuplent !

— Alors dites-moi pourquoi l'on tenait tant à m'épouser ? Vous devez bien avoir au moins une idée ?

— Peut-être même deux. D'abord votre famille serait beaucoup plus riche que vous ne le pensez. Ensuite le courtisan dont la femme est remarquée par le maître pourrait en retirer des avantages conséquents... sauf quand on s'appelle Montespan ! ajouta-t-elle avec un soupir.

— Vous-même n'en espériez-vous pas quelque chose ? demanda Charlotte doucement.

— Certes ! Et je ne vous l'ai jamais caché : nous allons travailler toutes les deux pour le bien de l'humanité en débarrassant Versailles et son Roi d'une vieille hypocrite qui veut transformer cette merveille en couvent ! Ah ! Un conseil pendant que j'y pense : ne commettez pas l'erreur de cette pauvre Fontanges qui s'est couchée au premier regard. Ne cédez pas avant longtemps. Plus on vous désirera et plus vous serez forte !

La consécration suivie de l'élévation jeta les fidèles à genoux et interrompit le dialogue. D'ailleurs la marquise n'avait plus rien à dire. Quant à Charlotte, elle se garda prudemment de laisser entendre qu'elle n'avait pas l'intention de céder. Ni maintenant, ni plus tard !

L'année 1683 sembla, dès le départ, vouée à tous les agréments de l'existence. Le Roi, la Reine et les privilégiés de la Cour se rendirent successivement aux invitations de Monsieur et de Madame à Villers-Cotterêts, du Dauphin et de la Dauphine à Compiègne, du maréchal d'Humières à Mouchy puis revinrent à Versailles pour la semaine sainte et les fêtes de Pâques, mais partout Marie-Thérèse fut le centre de toutes les cérémonies comme de toutes les réjouissances. Redevenue coquette, souriante et parée à ravir, elle rejetait dans les ténèbres des années passées l'ombre grise, tremblante et timorée de ce qu'elle avait été. Nul ne s'en réjouissait plus que Charlotte, heureuse de ce bonheur que sa reine retrouvait chaque jour davantage.

On voyait moins la robe noire de Mme de Maintenon que, par exemple, on n'emmena pas à Villers-Cotterêts. Le Roi lui consacrait moins de temps. En revanche, il s'attardait parfois chez sa femme, à badiner avec la jeune comtesse de Saint-Forgeat mais sans jamais descendre aux chuchotements équivoques. Tout le monde pouvait entendre ce qu'ils se disaient et que des rires ponctuaient souvent. Louis XIV, lui aussi, semblait rajeunir...

Au début de l'été on partit pour un vrai voyage à destination de la Bourgogne et de l'Alsace. Deux mois sur les chemins, en carrosse ou à cheval ! Marie-Thérèse était une excellente cavalière. Un talent qui en surprit beaucoup parce que depuis tant d'années on ne s'en était jamais aperçu tellement elle était cachée par l'éclat des favorites. Partout elle fut acclamée. Même par les troupes dont, à Sarrelouis, elle traversa crânement le camp par une température saharienne.

« La chaleur est accablante. Un four. Un gril. Chaque matin dès cinq heures Marie-Thérèse est debout avant tout le monde, irréprochable comme toujours. On repart. La Cour avale les lieues et la poussière. Bonne humeur de la Reine qui paraît ne s'être jamais portée plus vigoureusement. Le 10 juillet on passe à Metz, le 12 à Verdun, le 15 à Châlons-sur-Marne, le 18 à La Ferté-sous-Jouarre et on est enfin de retour à Versailles le 20[1]... »

Ce fut avec un vif soulagement général que l'on retrouva les eaux jaillissantes, les bosquets ombreux. Toutes les dames étaient épuisées... sauf la Reine, épanouie comme on ne l'avait jamais vue ! C'était à peine croyable et Charlotte, qui l'avait suivie partout comme un petit chien, débordait d'admiration.

Et puis, brutalement, ce fut le drame. Le 26 juillet au matin, Marie-Thérèse, qui avait passé une mauvaise nuit, se sentit fébrile et décida de rester au lit. Appelé aussitôt, son premier médecin, Fagon, après l'avoir examinée, déclara qu'il n'y avait pas lieu de s'inquiéter :

— Dans quarante-huit heures il n'y paraîtra plus...

Mais, le lendemain, une forte fièvre se déclara. On s'aperçut en même temps qu'un furoncle poussait sous le bras gauche. Un furoncle qui la faisait beaucoup souffrir. On y appliqua un emplâtre humide et tiède cependant qu'à Fagon se joignait D'Aquin, le premier médecin du Roi qui, avec de grands airs,

1. Bruno Cortequisse, *Madame Louis XIV*.

prit sur-le-champ la direction des opérations. On décida d'un commun accord de saigner. Mais où ?

Une vive discussion commença. Fagon souhaitait saigner au bras alors que D'Aquin tenait pour une saignée au pied. Voyant qu'on ne s'en sortait pas, le médecin du Roi prit son confrère à part :

— Venez ça que nous débattions plus tranquillement qu'au milieu de tous ces gens...

Et de l'entraîner dans un petit cabinet de service voisin de la chambre.

— Je suis le médecin du Roi, intima D'Aquin et ce sont mes décisions qui doivent l'emporter. Il faut saigner au pied !

— Mais cela n'a pas de sens. Vous allez entraîner l'humeur à l'intérieur du corps...

— Pas du tout. Je sais ce que je dis. Vous allez ordonner au chirurgien Gervais d'opérer au pied. Ainsi vous servirez mieux le... royaume que vous ne l'imaginez et nous en retirerons l'un comme l'autre un grand bien ! Ecoutez-moi ! Il le faut !... Maintenant appelez Gervais !

Le chirurgien entendit l'ordre qu'on lui donnait avec une réelle stupeur, voulut discuter mais s'entendit imposer silence. Alors, les larmes aux yeux, il gémit :

— Vous voulez donc que ce soit moi qui tue notre reine ?

On le reconduisit aussitôt auprès du lit. Or aucun de ces hommes n'avait remarqué la présence de Charlotte cachée par les portes d'une armoire où elle cherchait quelque chose et qui, en les entendant, s'était retenue de bouger et même de respirer. Quand ils sortirent elle chercha un tabouret où s'asseoir, tremblant de tous ses membres tant elle était terrifiée par ce qu'elle venait d'entendre... Elle voulut se relever mais ses jambes refusèrent de lui obéir et elle retomba sur son siège, les oreilles bourdonnantes, à deux doigts de l'évanouissement...

Qu'est-ce que cela signifiait? Avait-elle rêvé ou vraiment entendu clairement le médecin du Roi intimer à celui de la Reine un ordre que celui-ci n'avait guère pris la peine de discuter? Il lui restait dans les oreilles la douleur du chirurgien : « Vous voulez donc que ce soit moi qui tue notre reine? »

Un moment elle put croire que les battements affolés de son cœur ne se calmeraient jamais et qu'elle allait rester là, quasi paralysée par l'horreur! Ce fut cette idée qui la remit debout et, oubliant ce qu'elle était venue chercher, la précipita dans la chambre. Le sang coulait déjà du pied dans un bassin d'argent...

Le regard terrifié de Charlotte rencontra, de l'autre côté du lit, celui de la duchesse de Créqui, plein d'une sombre incrédulité. Elle comprit que cette grande dame, possédant peut-être une teinte de l'art de soigner, n'arrivait pas à croire ce qu'elle voyait. D'ailleurs aucun soulagement ne se manifesta. On décida alors de faire boire à la malade un vin d'émétique qu'elle absorba sans se départir de sa douceur habituelle. Cela lui occasionna des vomissements douloureux qui achevèrent de l'affaiblir. La nuit fut agitée, la Reine délirait... Une nouvelle saignée dégagea un peu le cerveau, ramenant la conscience, mais il était évident que Marie-Thérèse souffrait le martyre...

Charlotte passa la nuit entière dans cette chambre dont le faste insultait presque à tant de douleur subie sans une plainte...

Au matin du 30 le bruit courut Versailles que la Reine était au plus mal. Le Roi vint prendre des nouvelles mais ne s'attarda pas : il y avait conseil. Cependant Marie-Thérèse avait compris qu'elle allait mourir et réclama le viatique. Son confesseur alla en avertir le Roi. C'est l'archevêque de Paris, François Harlay de Champvallon, qui fut le plus prompt à réagir. Il quitta son siège du conseil et retroussant ses moires violettes se précipita à la chapelle dont, toujours courant, il rapporta le saint sacrement, criant au passage à ceux qu'il rencontrait d'allumer et d'apporter des flambeaux. Puis ordonna que l'on ouvrît largement les portes de la chambre dont on pria les occupants de sortir... Seuls le Roi, le Dauphin et les membres de la famille royale purent y pénétrer.

Penché au chevet de Marie-Thérèse, Monseigneur de Harlay voulut l'exhorter à accepter les volontés du Ciel mais, en dépit de ses souffrances, elle était résignée. Un moment après, elle recommanda à son époux ses œuvres, ses pauvres, ses malades[1] puis murmura :

— Depuis que je suis reine je n'ai eu qu'un jour heureux...

Etait-ce le premier ou ce dernier qui l'envoyait auprès de Dieu ?

Louis XIV éclata alors en sanglots mais chacun savait qu'il pleurait facilement. Le chagrin du Dauphin,

1. Un souhait qui ne sera pas exaucé.

lui, faisait peine à voir. Il ne cessait de baiser les mains de cette mère chérie qui prenait si grand soin de lui quand il était petit, le faisait manger, le promenait, le veillait quand il était malade. Toujours si douce, si tendre !... Monsieur, débordant de bonne volonté mais toujours frivole, présentait à sa belle-sœur une eau de senteur en laissant tomber des larmes. Madame, elle, pleurait de tout son cœur celle qui s'était montrée une amie fidèle...

A trois heures de l'après-midi, tout était fini...

Laissant alors le corps aux femmes de chambre qui lui fermèrent les yeux et allaient procéder à la toilette afin d'exposer la Reine sur son lit, le Roi déclara noblement :

— Voilà le premier chagrin qu'elle me cause. Elle n'a jamais dit non...

Puis sortit en annonçant qu'il partirait dans une heure pour Saint-Cloud...

C'en fut trop pour Charlotte qui avait assisté, impuissante et désespérée, à cette agonie exemplaire et à cette espèce de comédie que jouait Louis XIV sous laquelle pointait un détachement qui ne tarderait pas à se manifester. Rassemblant soudain ses jupes, elle partit en courant à travers le palais sur les traces du Roi sans se soucier de l'étonnement qu'elle suscitait.

Elle l'atteignit comme il entrait dans son cabinet en compagnie de Louvois et se jeta à ses pieds sans songer à essuyer ses larmes :

— Sire ! Au nom de Dieu, que je parle un instant à Votre Majesté !

— Ce n'est guère le moment ! Que voulez-vous ?

— Je l'ai dit, Sire ! Une minute, rien qu'une minute d'audience ! Il faut que le Roi sache...

— Soit ! Entrez mais rien qu'une minute.

Elle le suivit puis quand il se retourna vers elle, retomba sur ses genoux :

— Sire ! exhala-t-elle, c'est la justice du Roi que j'implore !

— Ma justice ? En cet instant où l'on devrait avoir la décence de me laisser à ma douleur ?...

— Justement à cause de cette douleur, Sire ! On a tué la Reine !

— Vous êtes folle !

— Non, Sire... Malheureusement !

Et, en quelques phrases, elle rapporta la conversation des médecins et l'exclamation bouleversée du chirurgien. Tandis qu'elle parlait, elle gardait les yeux fixés sur le visage du Roi et le vit blêmir... En revanche elle ne s'aperçut pas que Louvois s'était glissé dans la pièce. Quand elle eut terminé, elle attendit. Le silence s'établit, un silence qui lui parut durer une éternité. Louis XIV ne la regardait plus. Passant au-dessus d'elle, ses yeux s'attachaient à ceux du ministre... Enfin il lui tendit la main pour l'aider à se relever.

— Ce que vous m'apprenez m'afflige et je verrai ce qu'il convient de faire. Retirez-vous à présent... et veillez à ce que cela ne s'ébruite pas ! Notre chère épouse serait sans doute la première à le demander. Vous vous tairez ?

— Oui, Sire ! Je le jure !

— C'est bien. Allez maintenant !

Une demi-heure plus tard, un carrosse fermé enveloppé de gardes de la Prévôté emmenait Charlotte vers une destination inconnue. Apparemment Louis XIV n'accordait guère de crédit au serment d'une jeune fille...

Deux mois après, le Roi épousait, nuitamment, Mme de Maintenon.

FIN

Saint-Mandé, mars 2008

TABLE

Photocomposition C*MB* Graphic
44800 Saint-Herblain

Achevé d'imprimer par GGP Media GmbH, Pößneck
en mars 2009
pour le compte de France Loisirs,
Paris

N° d'éditeur: 54912
Dépôt légal: mars 2009

Imprimé en Allemagne